郑州大学基础与新兴学科项目"《文选》与活体文献研究"支持

《绿野仙踪》
副词研究

王素改 ◎ 著

中国社会科学出版社

图书在版编目（CIP）数据

《绿野仙踪》副词研究／王素改著．—北京：中国社会科学出版社，
2017. 11

ISBN 978-7-5203-1038-3

Ⅰ.①绿… Ⅱ.①王… Ⅲ.①章回小说–副词–研究–中国–清代
Ⅳ.①I207.41

中国版本图书馆 CIP 数据核字（2017）第 231981 号

出 版 人　赵剑英
责任编辑　曲弘梅
责任校对　郝阳洋
责任印制　戴　宽

出　　　版　中国社会科学出版社
社　　　址　北京鼓楼西大街甲 158 号
邮　　　编　100720
网　　　址　http：//www.csspw.cn
发 行 部　010-84083685
门 市 部　010-84029450
经　　　销　新华书店及其他书店

印刷装订　北京君升印刷有限公司
版　　　次　2017 年 11 月第 1 版
印　　　次　2017 年 11 月第 1 次印刷

开　　　本　710×1000　1/16
印　　　张　27
插　　　页　2
字　　　数　393 千字
定　　　价　116.00 元

序

　　素改的《〈绿野仙踪〉副词研究》即将出版，我很高兴。书稿是她在 2013 年通过答辩的博士论文的基础上修改而成的。我知道，她完成这篇博士论文很不容易，付出了艰苦的努力。答辩完后她并没有放弃对所研究问题的思考和探索，又对论文进行了反复的修改和打磨。我想，现在呈现在读者面前的这部书稿一定比当初的博士论文更加完善。

　　翻阅书稿，得到两点突出的感受，概括起来，就是"两个体现"。

　　第一，体现了求实创新的学术追求。副词是汉语词类中比较复杂的一类词，它们虽然具有"只能充当状语"的共性特征，但每个副词往往表现出不同的个性。正因为副词情况复杂，所以成为学界关注和研究的重点。本书对《绿野仙踪》的副词做了穷尽性的考察，不光细致地描写了每个具体副词的意义和用法，而且就副词的性质、次类的划分等理论问题进行了深入的探讨，提出了自己的见解，反映出一种强烈的基于事实的创新意识。

　　第二，体现了研究方法的灵活运用。本书有效地运用了邢福义先生提出的"两个三角"（"表—里—值"小三角、"普—方—古"大三角）的研究思路和方法。研究中特别重视"纵横比较"。通过纵向比较，将《绿野仙踪》的副词跟之前的元明时期副词和之后的现代汉语副词进行对比，揭示出汉语副词发展演变的轨迹；通过横向比较，将《绿野仙踪》的副词跟同期作品《红楼梦》《儒林外史》《儿女英雄传》的副词进行对比，展示出不同作者、不同作品在言语风格上的差异。这种多角度的考察，有效深化了对问题的认识，也反映了作者研究思路的开阔。

汉语语法史的研究需要有代表性的专书专题研究的支持。本书的研究结果可以为汉语语法史的研究提供有益的材料，在研究思路和方法上对同类的研究也具有一定的启发意义。

素改年富力强，踏实肯干，勇于进取。我想，本书只是她研究里程的开端，相信她会有更多的创新成果问世。

汪国胜

2017 年 11 月 13 日

中文摘要

  副词是虚词中数量最多的一个词类，也是内部最不均衡、个性强于共性的一个词类，因此一直是语法学界研究的热点。本书选取清代中叶著名长篇白话小说《绿野仙踪》为语料来源，研究该著作的副词系统。将《绿野仙踪》中的副词分为程度副词、范围副词、语气副词、关联副词、否定副词、时间副词、频率副词、情状方式副词八个次类，对每类副词进行了细致、深入的描写。在对《绿野仙踪》副词全面描写分析的基础上进行横向比较和纵向比较：横向比较方面，与同时代的《儒林外史》《红楼梦》《儿女英雄传》三部白话著作进行对比，这种比较有助于深入认识《绿野仙踪》副词的特点，同时也有助于认识清代副词的特点；纵向比较方面，与宋元明副词和现代汉语副词进行对比，采取重点副词重点分析的方法，将使用频率高、意义和用法发生变化大的副词进行专门对比，探求这些副词的发展变化特点，并解释其变化的原因。

  本书在深入分析和考查的基础上认为：由于受到作者语言风格和所操方言的影响，《绿野仙踪》中的副词与同时代的《儒林外史》等三部白话著作中的副词在使用频率、意义及用法上存在差异。《绿野仙踪》副词系统总体稳固，发展到现代汉语中有些副词在使用频率、所表意义和组合能力等方面发生了变化。本书主要内容分为以下五个部分：

  第一部分，绪论。重点介绍本书的研究对象、研究现状、研究意义，以及研究的基本思路和所运用的研究方法。

  第二部分，《绿野仙踪》副词的分类研究。将《绿野仙踪》中的

· 1 ·

副词分为程度、语气、范围、时间等八个次类，从使用频率、意义、组合能力、句法功能等方面对每个次类中的副词进行细致描写，展现《绿野仙踪》副词的基本面貌和特点。

第三部分，《绿野仙踪》副词的横向比较。将《绿野仙踪》中的副词与同时代的《儒林外史》《红楼梦》《儿女英雄传》中的副词进行横向对比。通过对比能更深入地认识《绿野仙踪》副词的特点，同时也有助于认识清代副词的特点。对使用频率高、用法差异大的副词进行重点研究，认为副词使用上的差异主要是由作者的语言风格造成的，同时还受到作者所操方言的影响。

第四部分，《绿野仙踪》副词的纵向比较。纵向比较部分，选取《绿野仙踪》中一些常用副词，分别与宋元明时期和现代汉语中的副词进行个案比较，探求这些副词的历时发展特点和变化规律。

第五部分，结论。综合上述研究，总结《绿野仙踪》副词的主要特点，双音节副词占优势，单纯副词的用法丰富，使用频率较高。通过横向对比发现，《绿野仙踪》副词整体上与其他著作差异不大，但受作者语言风格和所持方言的影响，某些副词的意义和用法也会不同。与宋元明时期副词相比，《绿野仙踪》中的副词既表现出继承性，又有较明显的发展变化；在现代汉语中呈现出简化、规范的趋势。与现代汉语相比，汉语副词系统总体具有稳固性，但副词的形式更加规范，表达趋于准确，同时形成了一些常用的固定格式。

关键词：《绿野仙踪》；副词；横向比较；纵向比较

Abstract

Adverbs enjoy the largest quantity as a category of the function word, yet they are internally disproportioned, with individualities overpassing their commonalities. Therefore, they have always been a hot research topic. This dissertation studies the adverbs in *A Wizard Journey to the Immortal* (Lüye Xianzong), a famous vernacular novel in the middle of the Qing Dynasty. It firstly divides the adverbs in the novel into eight subcategories, namely, adverbs of degree, adverbs of scope, adverbs of modality, adverbs of conjunction, adverbs of negation, adverbs of time, adverbs of time, adverbs of frequency and adverb of manner. It then gives a detailed and in-depth description of these adverbs. Based on these studies, it makes a horizontal and longitudinal comparison. Horizontally, it compares A *Wizard Journey to the Immortal* with three other contemporary vernacular novels, *The Scholars* (Rulin Waishi), *The Dream of the Red Chamber* (Honglou Meng) and *The Gallant Maid* (Ernü Yingxiong Zhuan). This comparison deepens our understanding of the adverbs in this novel as well as the adverbs during the Qing Dynasty. Longitudinally, it compares the adverbs in the Qing Dynasty with those in the Song, the Yuan and the Ming dynasties and with those in modern Chinese. Methodologically, it focuses on some major adverbs with dramatical changes in their use of frequency, meaning and usage, with an aim to explore their routes and characteristics when undergoing changing and to provide an explanation to their changes.

On the basis of the in-depth analysis and examination, it is held that due to the influence of the whiter's writing style and mother tongue, the adverbs in *A Wizard Journey to the Immortal* differ from those contemporary vernacular novels in terms of use of frequency, meaning and usage. In general, they display substantial stability, and some undergo changes in terms of frequency of use, meaning and lexical combination compared with modern Chinese. This dissertation can be divided into the following five chapters:

Chapter One is introduction. It introduces the research subject, reviews the previous research and presents the significance, methods and methodology in this dissertation.

Chapter Two is the classification of the adverbs in *A Wizard Journey to the Immortal*. It classifies the adverbs into eight subcategories in terms of degree, modality, scope, time and so on. A detailed and in-depth description is given to each subcategory regarding to their frequency of use, meaning, lexical combination and syntactic function so as to outline the fundamental features and characters of the adverbs.

Chapter Three is a horizontal comparison of the adverbs in *A Wizard Journey to the Immortal* with those of three other contemporary vernacular novels. This comparison deepens our understanding of the adverbs in *A Wizard Journey to the Immortal* as well as adverbs in the Qing Dynasty. It focuses its study on the adverbs showing great differences in frequency of use and usage. It proposes that the differences can be explained by the influence of the writer's writing style and his mother tongue.

Chapter Four is the longitudinal comparison of the adverbs in *A Wizard Journey to the Immortal* with those in the Song, the Yuan and the Ming dynasties as well as in modern Chinese, with the aim to explore the chronological development features and the law of changing.

Chapter Five is the conclusion. The main feature of the adverbs in *A Wizard Journey to the Immortal* is that the disyllabic adverbs predominate the

whole adverb system while the monosyllabic adverbs display a higher fre-
quency of use and richer meanings. The horizontal comparison shows that the
adverbs in *A Wizard Journey to the Immortal* do not differ substantially from
those in the other three contemporary novels. Some are different in meaning
and usage as a result of the influence of the writer's writing style and mother
tongue. The longitudinal comparison indicates that the changes of adverbs
displays continuity, succession and chronological inheritance. When it
comes to modern Chinese, adverbs have a tendency of becoming more sim-
plified and specified. Modern Chinese adverb system are more stable and ac-
curate, at the same time, have some fixed collocation patterns.

Key Words: *A Wizard Journey to the Immortal*; adverbs; a
horizontal comparison; longitudinal comparison

目　　录

第一章

绪　论

第一节　《绿野仙踪》及版本介绍

　　《绿野仙踪》是清朝著名的长篇白话小说，作者李百川，生平事迹均不详。大约生于康熙五十九年（1720）前后，卒于乾隆三十六年（1771）。李百川出身名门望族，年轻时家庭富足，生活衣食无忧，经常流连诗酒，后来遭遇变故，生活窘迫，只能以教书为生，因此有时间读稗官野史。作者在百回本"自序"中谈到了创作《绿野仙踪》的原因和成书过程。他说："余家居时，最爱谈鬼，每于灯清夜永际，必约同诸友，共话新奇，助酒阵诗坛之乐。"后来他代人借四千余金，导致家业破败，只能携带家中所存古董远货扬州，中途又误信炼丹成仙之说，被人欺尽所带，致使古董散失，一无所有，从此生活无着落，依靠朋友亲人接济救助为生，为维持生计奔波于扬州、陕西、河南等地，同时萌生"著书自娱"之念。乾隆十八年（1753），在扬州创作《绿野仙踪》30回。之后，"风尘南北，日与朱门做牛马，劳劳数年"，整个创作经时九年，到乾隆二十七年（1762），在河南写成100回。

　　《绿野仙踪》讲述了冷于冰及其弟子得道成仙的故事。明朝嘉靖年间直隶人冷于冰天资聪慧，本为状元之才，却开罪奸相严嵩，屡遭诬陷，求仕途不得，最终看破红尘，立志求仙，决意觅长生之道。他从家中访道百花山，即使为人所骗也在所不辞，最终在杭州得到火龙真人点化，渐入玄门。后借助法力广行善德，救助连城璧；帮助朱文炜，平贼师尚诏，大破倭寇于杭州，收复失地；弹劾严嵩于朝廷，为忠烈之士平反，得到朝野拥护。冷于冰得到天书，并勤加苦练，终成上仙。泰安温如玉为富家子弟，特具仙骨，但却浪荡无忌，吃喝嫖赌样样俱全，冷于冰曾劝其修道，他哂之不从，后被人陷害，家道中落，银钱尽无。温如玉被妓女金钟儿所迷，变卖典质家产欲与之结百年之好，但金钟儿被逼死，温如玉只能求助冷于冰，冷于冰使之做南柯一梦，最终使之幡然醒悟，进入道门。江西首富周通之子周琏本是冷于冰表弟，他风流成性，不顾家有正室，先与齐惠娘私通，后纳惠娘为妾，使妻子被冤枉自杀。周琏被鱼精摄走，与之成亲，冷于冰派徒弟相救才保其性命，周琏改过自新，积善行德。冷于冰师徒经历各种磨炼，炼取仙丹，先后得道成仙，修得正果。

《绿野仙踪》在文学上取得了卓越的成就。郑振铎曾对《绿野仙踪》的艺术价值给予非常高的评价①，赞其"比《儒林外史》涉及的范围更广大，描写社会的黑暗面，比《外史》也更深刻，而其技巧与笔力也更是泼辣"，"苗秃、萧麻、金姐，那些市井无赖和娼妓，写来比《金瓶梅词话》更为入木三分"。郑振铎把它和《红楼梦》《儒林外史》并列为清中叶三大小说，认为"皆为前无古人之作"。李百川的朋友陶家鹤在《序》中对《绿野仙踪》给予极高的评价，把此书与《水浒》《金瓶梅词话》并列，因为小说"行文之妙，真是百法具备"，"立局命意，遣字措词，无不曲尽情理"，因此叹赏此书为"说部中之极大山水也"。《绿野仙踪》对传统的神魔小说有所突破和创新，融神魔小说、历史小说、世情小说为一体，在文学史上的地位不容忽视。

作者拥有超群的语言驾驭能力，语言绘声绘色，彰显人物的身份和个性。小说叙事大气老道，着笔时而玉润珠圆，时而冷峻尖刻，时而调笑微讽。书中人物对话惟妙惟肖，不落俗套，每人的语言都因身

---

① 参见《郑振铎全集·第十二卷·文学大纲·三》，花山文艺出版社 1998 年版，第430—432 页。

份和情态的不同而各异。

《绿野仙踪》问世于乾隆中期，抄本和刻本均有传世，抄本为百回本（北京大学出版社 1985 年版）；刻本有道光十年（1830）刻本，道光二十年（1840）武昌聚英堂刻本，以及光绪二十年（1894）、民国十三年（1924）石印本等，各刻本均为八十回。抄本还有作者李百川的自序和署名虞大人的评语。刻本和抄本内容大致相同，但刻本在情节、内容上都有些压缩和调整，因此刻本减少了二十回。抄本有以下优点：语言完整，文字准确；安排合理，情节丰富；表达生动，描写细腻。

本书以人民文学出版社 2002 年版的《绿野仙踪》为语料进行研究。

第二节　研究现状

一　《绿野仙踪》的研究现状

作为清代重要的长篇白话小说之一，《绿野仙踪》一直受到学界重视，但学者们往往都是从文学的角度进行研究，在李百川的生平，作品的思想内容、艺术特色、人物的形象分析等方面取得了较大的成绩，如伍大福（2004）的《〈绿野仙踪〉与道侠文化》，董建华（2001）的《从〈绿野仙踪〉看作者李百川的心态》，谢昆芩（2007）的《〈绿野仙踪〉的叙事结构》，许隽超（2012）的《〈绿野仙踪〉作者李百川生平家世考实》等。从语言学角度对《绿野仙踪》进行的研究并不充分，目前只有三篇期刊论文。

其一为王为民（2003）的《〈绿野仙踪〉中的 AABB 式——兼谈 AABB 式词在明清时期的发展变化》，文章采用定性分析和对比的方法，将 AABB 格式中的词按照 A、B 的语法功能进行分类，指出到《绿野仙踪》时期，AABB 式结构的功能已经十分灵活多样，组成这一格式的 A 和 B 一般为功能相近或相似的元素，并且对原有的语义限制已经有所突破；同时将《绿野仙踪》中的 AABB 式与明代《金瓶梅词话》中的 AABB 式词进行了对比。

其二为张小燕（2005）的《〈绿野仙踪〉中"与"的使用》，文章根据语法性质将《绿野仙踪》中的"与"分为动词、连词和介词三个词类，同时通过"与"在《绿野仙踪》和《水浒全传》中用法的对比，发现两者存在相似性，进一步说明在语言发展中，新兴语法现象是逐渐缓慢地战胜和取代旧语法现象的。

其三为李茂、康健（2009）的《〈绿野仙踪〉双音节倒序词札记》，文章辨析了《绿野仙踪》中两组同义倒序词"发遣、遣发"和"故典、典故"的词性，并对两者的用法、表意特征等方面进行了详细的论述；通过对两组词的历时考察，揭示他们在不同历史时期呈现出的差异，分析了这两组词在现代汉语中的使用情况，并从多个角度对两组词差异的原因进行了解释。

二　近代汉语副词的研究现状

汉语副词是处于实词和虚词的临界位置上的一类虚词，语法地位特殊；除纯状语性这一共同语法特点之外，每个副词都有很强的个性，吕叔湘先生（1979：36）也因此称之为"大杂烩"，加上副词又是数量最多的虚词，自然也就成为学者们关注的热点。但是由于缺乏合适的副词研究理论和方法，早期的副词研究常常从意义出发，重点介绍副词在不同环境中的意义和用法，通常采用的是词典式的列举，因此副词的特点、分类等宏观问题长期存在争议，同时重点副词的语法特点，发展演变等微观问题没得到很好的解决。从 20 世纪 80 年代以来，受新理论新方法的影响，汉语副词研究呈现出新的特点，主要表现在以下两方面。

1. 近年来，许多近代汉语语法著作都对副词进行了深入的说明，同时副词的专书和断代研究取得了较大成绩，出现了一些专著和大量的硕士、博士论文，主要有：

日本学者太田辰夫（1987：249—286）的《中国语历史文法》

副词部分，将近代汉语中的副词分为程度副词、范围副词、时间副词、否定副词、情态副词五个次类，考察了近代汉语中的一百多个常用副词，大部分副词如"极、最、从来、当初、本来"等举出较早出现的用例。同时对某些副词的发展演变作了初步考察，如"顶"的原义是"头的最上部"，又指"其他东西的最上部"，由此引申为表示程度最高，用法与"最"相似。

向熹（1993：654—684）在《简明汉语史》的"近代汉语副词、介词的发展"一节中，将副词分为程度副词、范围副词、时间副词、情态副词、语气副词、否定副词六个次类，每个次类下又分若干小类考察了近代汉语中新出现的副词，指出副词出现的时代，并举出一些用例；同时对某些常用副词的本义和发展演变做了初步考察，如副词"一并"，是由"一"和"并"同义连用而形成的双音程度副词，表示两件事情一同发生；"一并"产生于宋代，元明以后广泛应用。

吴福祥（1996：105—168）的《敦煌变文集语法研究》副词部分，将该书中的副词分为时间副词、程度副词、范围副词、语气副词、方式副词五个次类进行计量统计和描写分析。每个副词均统计了出现频率，并指出其意义和用法；有些副词还探讨了其来源和产生时代。吴福祥（2004：104—173）的《〈朱子语类辑略〉语法研究》根据语义功能，将《辑略》中的副词分为八个次类，即范围副词、程度副词、时间副词、累加副词、关联副词、否定副词以及情状方式副词，然后分别加以讨论。分析单个副词时，先指出该副词的意义，然后对其句法功能进行分析。

唐贤清（2004：13—14）的《〈朱子语类〉副词研究》，本论部分把《朱子语类》副词分为程度副词、范围副词、时间副词、语气副词、否定副词、情状方式副词六个次类，对其中的副词做穷尽性统计；分论部分对"煞"类、"大段"类、"尽"类、"索性"类副词在《朱子语类》中的运用及产生发展进行了考察；最后总结了《朱子语类》副词的特点，归纳了副词形成的条件。

杨荣祥（2005：49—50）的《近代汉语副词研究》，以晚唐五代的《敦煌变文》、宋代的《朱子语类》、元代的《新编五代史平话》和《元曲选》、明代的《金瓶梅词话》为基本语料,整理出晚唐五代至明代汉语中使用的副词,按照语义特点和功能特征将副词分为总括副词、类同副词、限定副词、统计副词、程度副词、时间副词、语气副词等十一个次类。然后分析了近代汉语中如"仍、莫、正、刚"一些多项副词和副词词尾"乎、生、地、个"等的来源及其在近代汉语中的使用情况。最后重点讨论了近代汉语中总括副词"都"、类同副词、程度副词、时间副词、语气副词、否定副词六类词的发展演变情况。

陈群(2006:1)的《近代汉语程度副词研究》,根据程度副词所表示程度的不同把近代汉语的程度副词分为"太"类、"最"类、"更加"类、"很"类和"稍微"类五类。然后逐一分析每一类中各个程度副词的意义、所修饰成分的性质以及"程度副词+动词性短语"在句法结构中的功能,描写分析得非常细致。

山东大学王群(2006)的博士论文《明清时期山东方言副词研究》,以明清时期的三部白话小说《金瓶梅词话》《醒世姻缘传》《聊斋俚曲集》为研究对象,将三书中的副词分为程度、总括、统计、限定、否定、语气等十二个次类进行穷尽的计量统计和描写分析,展现了明清时期山东方言副词的基本面貌和特点;结语部分,总结了明清时期山东方言副词的特点,并探讨了副词的性质范围、形成方式等理论问题。

湖南师范大学张振宇(2010)的博士论文《〈三言〉副词研究》,把该书中的副词分为范围、程度、时间、否定等六类,并做了穷尽性考察;然后选取了"毕竟、端的、一时、漫、辄、总"等多义副词,分析了它们在《三言》中的义项,并讨论了这些义项的发展演变过程,并理清了这些多义副词各个义项之间的联系;同时对《三言》中"不常、大分、怪见、烂"等二十个具有浓厚方言色彩的副词的来源及其发展演变进行了分析。

苏州大学刘冬青(2011)的博士论文《北京话副词史(1750—

1950）》，以《红楼梦》《儿女英雄传》《正红旗下》为语料，将这段时期的副词分为范围副词、程度副词、时间副词、情状方式副词、语气副词、否定副词六个次类，讨论了各类副词的历时发展，总结了北京话副词的整体特点，并归纳了北京话副词发展演变的一些规律。

山东大学栗学英（2011）的博士论文《中古汉语语气副词研究》，概论部分，根据表示所表语气的不同，将中古汉语语气副词分为确认强调、委婉估测、评价、疑问反诘、否定劝止五大类，并对其进行一一描写，清晰地展现出中古时期语气副词的概貌。分论部分，考察了中古时期"都、势必、其实、莫、莫不"等语气副词的出现时间及发展演变过程，并分析了它们的来源和演变原因。结论部分，总结了中古语气副词的特点，归纳了语气副词的形成特点和五种形成方式。

彭坤（2005）、聂丹（2005）、张晓英（2005）、许卫东（2006）、刘蕾（2009）、宋媛媛（2009）、管晓燕（2009）、张伟丽（2010）、李锦（2010）、薛瑾（2010）、赵质群（2011）、杨艳华（2011）等人的硕士、博士论文也以近代汉语的专书副词为研究对象，通过细致描写和分析得出了十分可信的结论。

2. 副词的个案研究成为重点和热点，在副词的个案研究中运用多种理论和方法，使具体副词的特点和演变过程逐渐清晰，由先前单一共时平面的静态描写逐渐转变为多角度立体的动态考察。近年来，副词演变的个案研究取得了一定成果，发表了一些有分量的单篇论文。

李杰群（1986）认为，"甚"在先秦两汉时是形容词，到魏晋南北朝才发展为程度副词。陈宝勤（1998）指出，副词"都"是由"聚集"义的动词"都"引申而来。"都"作为范围副词最早出现于东汉，魏晋到北宋时期，副词"都"的使用频率逐渐增高，南宋以后，"都"的使用和意义发展迅速，元明时期"都"的用法已经和现代汉语中的用法和意义基本一致。杨永龙（2002）认为，"已经"成词初见于宋，至明代已经常见。"已+经"本不在同一句法层面，在逐步发展中，意义上"经"的动词义逐渐减弱，句法上两者从没有关系到最终结合为一个整体。"已经+N"是"已经+V"功能扩展的结果。卿显堂（2003）的《副词"尽情"的形式化标志》，认为副词"尽情"萌芽于宋代，正式出现于明代，其形式化标志有二：一是句法形式上使用"将""把"等处置式的句子；二是语义特征上具有表示多数的数量特征。这种情形到明代得到充分的体现。席嘉（2003）认为，转折副词"可"产生于唐代。汉代产生的"可"作反诘副词的用法，在唐代引申出否定、疑问和强调语气等多种语气。梅立崇（2003）细致地讨论了两类"却"的语义和句法分布特征，揭示了"却"在句法、语义方面的"正负对立"现象及形式和意义方面的对应关系。武振玉（2004）的《程度副词"非常、异常"的产生与发展》，认为这两个程度副词均来源于含有"超常"义的词组，都在南北朝时期虚化出程度副词的用法，用于表示程度之高。李宗江（2005）认为，"即、便、就"共有五个相同的意义，在这五个意义上，"即、便、就"分别存在着历时替换关系，此文通过统计分析的方法描述了它们的替换过程，以及"即"和"就"由动词虚化为副词的过程。唐贤清（2006）探讨了副词"互相"与"相互"产生发展的过程，比较了二者演变的差异性，特别注意了它们在现代汉语中的代词用法。张谊生（2007）指出，副词"极其"是由动词"极"和指示代词"其"经常共现连用虚化而成的。副词"极其"萌芽于南宋，形成于元明，成熟于清朝。节奏的双音化、表述的程度化和指称的虚无化是副词"极其"词汇化的三个基本动因。曹秀玲（2008）认为，"相当"的虚化是历时演变的必然和共时层面语言运用的偶然因素双重作用的结果。此文考察了"相当"虚化的轨迹，描述其现实表现，分析其虚化机制。雷冬平、胡丽珍（2010）认为，时间副词"正在"在元代产生，它的形成是"正+在这里/那里+动词性短语"结构强化更新的结果。

此外，江蓝生（1990）、孔令达（1996）、钟兆华（2002）、朱冠英（2002）、唐贤清（2003）、邱冰（2004）、武振玉（2004）、李宗

江（2005）、孙菊芬（2007）、王秀玲（2007）、叶壬华（2008）、李广瑜（2010）等都对近代汉语副词有深入的研究。

近年来汉语副词的研究取得了丰硕成果，但不难看出，近代汉语副词的研究集中在对专书进行平面的静态描写，横向对比和纵向比较相对薄弱。静态考察可以对专书副词的面貌有全面认识，横向对比和历时比较有助于更深刻地认识副词的整体特征及副词的演变特点。因此，蒋绍愚、曹广顺（2005：115）认为，对近代汉语语法研究既要做平面的静态描写，同时也要对专书副词做横向对比和纵向比较，只有这样才能把副词演变的研究引向深入。

我们拟对《绿野仙踪》中的副词做全面、细致的探讨，横向上将其副词与同时代的《儒林外史》《红楼梦》《儿女英雄传》三部书中的副词进行比较，纵向上与宋元明时期以及现代汉语副词进行对比。

第三节　副词的性质及分类

副词是汉语语言学界关注的热点问题，汉语的第一部语法著作《马氏文通》就对副词（状字）进行了全面的研究，之后的黎锦熙[（1924）2007：143]、王力（1985：131）、丁声树等（1961：7）、吕叔湘（1979：35—36）、朱德熙（1982：192—200）、邢福义（1996：183—184）、北京大学现代汉语教研室（2003：236—238）等都对副词进行过深入的研究，研究的领域包括副词的定义、副词的性质、副词的主要功能、副词的分类等主要课题，虽然在各个层次的研究都取得了很大的成功，但是汉语中副词仍然是一个至今研究得还很不充分的词类。

一　副词的性质与范围

副词是专门充当谓语修饰成分的词。从句法功能上看，副词能够充当句法成分，是一种成分词，但副词充当句法成分的能力十分有限，汉语中的副词只能出现在谓语之前充当句子的状语①，能且只能充当句子的状语是副词的最典型特征。

副词从句法功能上看只能充当句子的状语。其他词类，例如形容词、时间名词等也可以做句子的状语，但是形容词、名词等除了做状语之外还有其他功能，还能充当其他成分。形容词还能够充当谓语、定语、主语等；时间名词可以充当主语，可以做介词的宾语，可以做定语等。这些都与副词的句法功能不同。

从组合能力上看，副词可以与动词、形容词相连，很少与名词等体词性成分相组合。语气副词还经常修饰小句。一般说来，副词经常修饰其他成分，但很少被其他成分修饰。

副词与时间名词、形容词和连词在意义和语法上存在一些交叉之处，因此有必要对副词的界线进行说明。

1. 副词与名词的区别

时间副词和时间名词在语义上都表示与时间相关的概念，许多时间名词也可以做句子的状语，两者在语义和语法上存在共性。但两者在语法上的差异也是明显的，主要表现在副词只能作状语，修饰谓语，与之组合的通常是动词和形容词；而时间名词除了做状语之外可以做定语，能与介词组合，充当介词的宾语等。② 如：

> 小张刚买了一本语法书。
> 小张就在刚才取走了报告。

例句中表示时间的"刚"是时间副词只做句子的状语，后一例中的"刚才"做介词"在"的宾语，是时间名词。

---

① "很、极、非常、万分"等个别副词能够充当补语，邢福义（1996：182）认为对副词纯状语性稍微有所突破。

② 本文使用了北京大学 CCL 语料库，部分例句为内省语料，恕不一一标注。

2. 副词与形容词的区别

副词和形容词都表示对中心的限定和修饰，形容词也经常做句子的状语，因此两者很容易混淆。从句法上看，副词只能做句子的状语，限定的是谓词性成分；形容词一般修饰限定名词作定语。形容词除了做状语还经常做句子的谓语，性质形容词还能受到程度副词和否定副词的修饰。总的说来，形容词的语法功能比副词丰富得多。如："偶然"和"偶尔"都表示不常出现，两者的意义相近，但两者在句法性质上存在差异。"偶然"能够受程度副词"很"修饰"很偶然"，能够做谓语"这种情况很偶然"，能够出现在"是……的"结构中"这一情况的出现是偶然的"等等，说明"偶然"是形容词；"偶尔"只能出现在状语位置，如"她偶尔会向外望一下，"不能出现在其他语法位置，不能受其他副词的修饰，说明"偶尔"是副词。

3. 副词与连词的区别

关联副词和连词都能可表示两个分句之间的关系。两者在连接两个句子这一形式上具有共性，但在形式和意义上也存在差别。邢福义先生（1996：225）指出，副词与连词的区别主要在于连词具有双向性，而副词具有单向性。连词的意义较副词更虚，它在句中不能充当句法成分，只能起连接作用；而关联副词一般出现在句中，能单独充当句法成分。中位连词（位于两个分句之间的连词）和关联副词的区别主要表现在，前者只能出现在主语之前，而后者则只能出现在主语之后。

二　副词的分类

副词是数量最多的虚词，也是个性大于共性的一个特殊词类，各个副词在纯状语性这一共同特点之外还存在许多差异，因此给副词分类自然也成为汉语研究的一个难点。吕叔湘先生（1979：36）在《汉语语法分析问题》中指出："副词的内部需要分类，可是不容易分的干净利索，因为副词本身就是个大杂烩。"此后"大杂烩"就成为副词的特征之一，汉语副词需要分类是汉语语法研究的基本要求，但汉语副词的分类又存在问题，这是汉语副词个性大于共性的特点决定的。

汉语语法学家几乎都尝试着对现代汉语副词进行了分类：黎锦熙［（1924）2007：143］将副词分为 6 类；王力（1985：131）分为 8 类；吕叔湘［（1944）2002：18］分为 7 类；黄伯荣、廖序东（1991：18—19）分为 8 类；朱德熙（1982：192—200）分为 4 类；邢福义（1996：183—184，1991：275—276）将副词分为 3 大类 7 小类；钱乃荣（2001：180）分为 7 类；吕冀平（2000：120—138）分为 8 类；张谊生（2000：23）另辟蹊径将副词分为 3 类。各位学者对副词划分的次类数目不同，名称也不尽相同。副词的分类一般与相应的语法系统相关，本书的论述参照邢福义先生（1991：275—276），将副词分为程度副词、范围副词、时间副词、频率副词、否定副词、语气副词、关联副词。同时表示事物情态状况变化的情状方式副词也是我们研究的对象。

程度副词是表示性质状态和动作行为所达到的各种程度的副词，如"太、最、十分、特别、比较、略微"等。汉语中的程度副词从组合能力上看，只能修饰心理动词和形容词，偶尔可以修饰名词；从句法功能上看，程度副词主要充当句子的状语，部分副词（很、极）可以出现在谓词之后作补语。

语气副词是表示说话人主观态度，传递感情色彩的一类副词，如"必、必定、委、委的、几乎、竟然、偏、偏偏、难道、的确"等。从组合能力上看，语气副词经常与谓词性成分组合，也可以修饰名词性谓语；从句法功能上看，主要充当句子的状语；从句法位置上看，语气副词可以出现在句首，也可以出现在句子谓语之前。

范围副词意义上表示限定事物的范围和数量，如"都、全、俱、仅、亦、也、不过、统统、总共、一概"等。句法功能上修饰谓语动词，充当句子的状语，也可以出现在句首名词之后限定主语。

时间副词是表示动作行为或情况出现时间的副词，如"正、正在、曾、曾经、终于、渐渐"等。句法功能上，时间副词一般只能修饰动词性成分。句法位置上，大多数时间副词位于主语之后谓语之前，但有些时间副词还可位于主语之前。

频率副词语义上表示某种动作行为或某种情况经常性地反复出现或进行，如"再、又、再三、常常、屡次"等。频率副词在句法位置上一般出现在谓语之前，不能出现在主语之前。

关联副词是指用在词语或分句之间起关联作用的副词，如"就、却、才、又、到（倒）"等。关联副词在句法功能上具有特殊性。尽管它们在句法功能上处于状语的位置，但是在关联作用特别明显时，比较接近于连词，因此可以分析为黏合成分，即辅助性语法成分。

情状方式副词表示动作行为进行时的状态，或动作行为进行后结果的状态，或动作行为进行的方式等，如"暗暗、悄悄、竭力、尽力、一力、窃、不禁、好好、一并"等。此类副词在整个副词系统中，意义比较实在，新副词产生的速度较快，但单个副词的使用频率较低。句法功能上，情状方式副词只能作状语，一般只修饰动词谓语，不能修饰形容词性成分、主谓短语和数量短语。

否定副词在语义上表示否定，如"不、无、没、不曾、莫、休、勿、毋"等。否定副词在句法上一般只能充当句子的状语，修饰动词和动词性短语，也可以修饰形容词和形容词性短语，但一般不能修饰小句。

第四节 研究意义和研究方法

一 本书的研究意义

1.《绿野仙踪》是研究近代汉语的重要语料，具有很高的语言价值。它语言上最大的特点是口语性强，基本上反映了清朝中叶的口语。它的叙事语言老到、大气，富有幽默感，时而调笑微讽，时而尖刻冷峭，用笔十分老辣。所写的人物对话，则口吻毕肖，绘声绘色，能把人物的个性、身份、心理在口语中刻画出来。《绿野仙踪》基本反映了清中叶的语言实际面貌，加上篇幅较长，有 65 万字，语料丰富，是研究近代汉语，特别是清朝中叶语言的重要语料。

2. 对《绿野仙踪》副词进行研究，有利于加强专书语法研究。蒋绍愚（2001：341）曾经指出：基础性的研究工作仍应放在重要地位，无论语音、语法、词汇，都要扎扎实实地做好专书和专题的研究工作。专书的词类研究是专书语法研究中的重要组成部分，虽然副词的专书研究已经取得了很大成绩，但副词在发展史中的轮廓还不够清晰，这种状况必然影响对副词演变规律的深入研究。

3. 对《绿野仙踪》副词进行研究，有利于加强断代语法研究。《绿野仙踪》成书于清代，而清代是近代汉语向现代汉语过渡的重要阶段。蒋绍愚、曹广顺（2005：8）明确指出："以往对近代汉语的前期即唐宋时期的语法研究得比较多，这在今后还要继续做，但同时要向两头扩展。一是上溯到中古时期，一是下推到元明清时期，这个时期是近代汉语向现代汉语逐步发展的时期，这方面的研究对于了解现代汉语语法体系的形成和加深对现代汉语语法体现的认识有更直接的关系。"因此，对《绿野仙踪》副词进行研究具有重要意义。

4. 对《绿野仙踪》副词进行横向比较和纵向比较，有助于全面揭示《绿野仙踪》副词的特点和汉语副词的历史发展轨迹。我们在对《绿野仙踪》副词做全面细致描写的基础上，将其副词进行横向和纵向的比较。横向比较方面，将《绿野仙踪》副词与同时代的《儒林外史》《红楼梦》《儿女英雄传》三部书中的副词进行比较。这种横向对比，能清晰地展现《绿野仙踪》副词的特点，同时也能更清晰地展现清代副词的基本面貌和特点。纵向比较方面，将《绿野仙踪》中的副词与宋元明时期以及现代汉语中的副词进行对比。这种纵向比较，能比较清晰地展现汉语副词的历史发展轨迹，有利于发现汉语副词发展的基本特点和规律。

二 本书的研究方法

1. 以传统语法的基本理论为依托，对《绿野仙踪》中的副词进行全面考察，并对其中的常用副词进行个案研究，对它们进行细致、多角度的描写，分析的角度包括副词的使用频率、所表意义、组合能力、句法功能等。

2. 运用比较的方法，主要进行以下两方面的比较。

（1）横向对比。将《绿野仙踪》中的副词与同时代的《儒林外史》《红楼梦》《儿女英雄传》中的副词进行对比，以更深入地认识《绿野仙踪》副词的特点，这也有助于认识清代副词的特点。

（2）纵向比较。将《绿野仙踪》中的副词与宋元明时期副词以及现代汉语中的副词进行对比研究。既有不同时期副词系统的对比，又有副词的个案比较，揭示《绿野仙踪》副词与宋元明时期以及现代汉语副词的差异，探索近代汉语到现代汉语副词发展演变的特点。

3. 定性分析与定量分析相结合，力求语言研究的科学性。在全面描写的基础上，对《绿野仙踪》中的副词进行统计。将定性分析和定量分析结合起来，特别是对重要副词的使用频率进行对比，揭示副词在不同时期、不同著作中的使用变化，有利于得出更准确的结论。

4. 描写与解释相结合。蒋绍愚、曹广顺（2005：7—8）明确指出：光掌握了材料而把材料加以罗列，或作简单的分析类比也是不够的，还必须在研究中加强理论思考，在描写的基础上进一步做出解释，探索汉语发展演变的动因和机制。我们不仅要揭示《绿野仙踪》副词与宋元明时期以及现代汉语副词的差异，还要将产生差异的原因进行解释，做到描写与解释相结合。

本书研究时没有考虑版本差异，依据《绿野仙踪》《儒林外史》《红楼梦》《儿女英雄传》《朱子语类》《金瓶梅词话》《醒世姻缘传》等著作的电子版进行检索统计。

第二章

《绿野仙踪》副词的分类研究

第一节 《绿野仙踪》中的程度副词

程度副词是表示性质状态和动作行为所达到的各种程度的副词。现代汉语中的程度副词从组合能力上看，只能修饰心理动词和形容词，偶尔可以修饰名词；从句法功能上看，程度副词主要充当句子的状语，部分副词（很、极）可以出现在谓词之后作补语。近代汉语中的程度副词在组合能力上与现代汉语存在差异，它可以自由地修饰谓词性成分，包括动词、形容词及主谓结构，有时还能修饰数量名结构，对谓语起修饰限制或补充说明的作用；另外，程度副词修饰形容词作定语时，结构助词"的"的使用相对自由。

汉语中的程度副词虽然数量上有限，内部相对稳定，但各个程度副词在语义、功能上却存在较大的差别。我们认为，程度副词的语义特征主要表示为动作行为或性质状态所达到的各种程度，因此根据程度副词所表示的程度不同，将《绿野仙踪》中的"太、甚、极（是）、好、十分、更、较"等51个程度副词分为表强度、极度；表比较度；表微度、弱度三类。

一 表强度、极度

这类副词在语义上表示程度很高、至极或过甚。《绿野仙踪》中共有 29 个：太（49），大（742）、大是（37）、大为（24），甚（398）、甚是（224）、甚为（4），深（78）、深为（8）、深深

（19），最（184）、最是（16）、最为（1），好（69）、好生₁（2），极（176）、极为（3），忒（6），过（35）、过于（19），十分（7），很（狠）（14），颇₁（54），绝（25）、顶（2），分外（13）、异常（7）、万分（2），良（1）。

（一）太

"太"，作为程度副词在先秦时已出现，多写作"泰"，语义上表示程度超出正常情况或某种预期的标准，程度过分①。《绿野仙踪》中程度副词"太"共计49例。

句法组合能力上，"太"可修饰形容词、动词性成分，还可以位于否定词"没"之前。

1."太"修饰形容词，包括单音节形容词和双音节形容词。如：

（1）文炜到书房中，换了衣服靴帽出来，与桂芳拜谢。桂芳笑道："我只嫌秀才们礼太多。"（28回）

（2）金不换，你口太锋利了，你这没王法的光棍，若不动大刑，何难将本县也说成个强盗！（21回）

（3）于冰道："闻老兄开设当铺，此地居住，似离城太远些。"（15回）

例（1）、例（2）中分别修饰形容词"多、软弱"，例（3）中"太"修饰形容词"远"，仍然表示程度过分，但其后有量词"些"，使程度过分的语气变得委婉。

2."太"可修饰动宾短语和主谓短语。如：

（4）海中鲸道："温先生亦不可太分厚薄了……"（65回）

（5）大人书气过深，弟到不好违拗，坏你重师生而轻仇怨之意，就将"正法"二字，改为"革职"罢。只是太便宜他了！

---

① 本书中所列副词的本义主要参见《古代汉语虚词例释》《汉语大词典》等工具书。

（73 回）

（6）萧麻子向如玉道："这也怪不得他，委实那日温大爷的嘴巴，太手重些了。"（51 回）

例（4）和例（5）中"太"分别修饰动宾短语"分厚薄"和"便宜他"，例（6）中修饰主谓短语"手重"。

3. "太"出现在由否定词"没"构成的否定形式前，加强否定程度。如：

（7）我们连破五不过便去，一则他多一番酬应，二则着试马坡的人看的你和我太没见势面。（52 回）

（二）大、大是、大为

1. 大

"大"，本为形容词，表示体积、面积、数量等超过一般或所比较的对象，与"小"相对。后来引申为程度副词，先秦时已有用例。"大"作为程度副词，表示程度很高，相当于"很、十分"等。"大"在《绿野仙踪》中共有 742 例。

句法组合能力上，"大"可修饰形容词，动词及动词性短语。

（1）"大"修饰形容词。如：

（8）我见事已大坏，将剩下这两口猪要出卖于人……（8 回）

（2）"大"以修饰动词及动词性短语为主。"大"在修饰动词性成分时，即可表动作行为的程度高，又可表动作行为的力度大、涉及的范围广。如：

A "大"修饰动词。"大"修饰的动词有两大类：一类是心理动词，另一类是动作性动词，以修饰心理动词为主。如：

（9）不换见于冰回来，大喜道："先生真是信人。"（16回）

（10）国宾大嚷道："你将我主人骗去，你推不知道……"
（6回）

B "大"修饰动词性短语。如：

（11）我听了这个风声，急欲寻人做一篇，设或中了他的面
孔，于我便大有荣光。（2回）

（12）夏邦谟站起来，大睁着两眼，向众官道："此天皇氏
至今未有之奇观也。"（26回）

2. 大是、大为

程度副词"大"因为常与判断动词"是""为"连用，逐渐凝固
为复合副词"大是""大为"，其中的"是""为"不再表示判断，
而只起加强语气的作用①。

《绿野仙踪》中程度副词"大是"共37例，以修饰双音节动词
为主，同时还可修饰双音节形容词。如：

（13）于冰虽是未中，然得此子，心上大是快活，与他起了
个乳名，叫做状元儿。（1回）

（14）国宾等大是着急，忙问道："我家主人哩？"（6回）

《绿野仙踪》中程度副词"大为"共24例，均是修饰双音节动
词。如：

（15）于冰大为诧疑，心里想道："此女绝非人类，非鬼即

---

① 参见董秀芳《"是"的进一步语法化：由虚词到词内成分》，《当代语言学》2004
年第1期。

妖⋯⋯"（6回）

（16）只看了个破承起讲，便道好不绝，再看到后面，不住的点头晃脑，大为赞扬。（79回）

（三）甚、甚是、甚为

1. 甚

"甚"本为形容词，表示"过分"。作为程度副词的"甚"，在先秦时已有用例，由形容词虚化而来，表示程度深，与现代汉语中的程度副词"十分、非常"相当。从秦汉到明清时期，"甚"一直是使用频率极高的程度副词，现代汉语中逐渐被"很"取代，一般仅出现在书面语中。《绿野仙踪》中程度副词"甚"共有398例。句法组合能力上，它可以修饰形容词、动词以及动词性短语。

（1）"甚"修饰形容词。音节组合能力上，"甚"以修饰单音节形容词为主，同时它也修饰少量双音节形容词。如：

（17）若错过我，谁也不肯与你留下，让人穿着罢。天气甚冷，你这皮袄我要穿去。（9回）

（18）为人聪明仁慈，娶妻姜氏，亦甚纯良。（17回）

例（17）中，"甚"修饰单音节形容词"冷"；例（18）中，"甚"修饰双音节形容词"纯良"。

（2）"甚"修饰动词、动宾短语和动补短语。它以修饰单独动词为主，这些动词多为心理动词，同时还可以修饰少量动宾结构。如：

（19）不数日到了家中，一家男妇迎接入内，又见他儿子安好无恙，心上甚喜。（4回）

（20）于冰又怕别有絮聒，天交四鼓，便收拾起身，心上甚得意这件事做的好。（4回）

前一例"甚"修饰单音动词"喜"，后一例修饰动宾结构"得意这件事做的好"。

（3）"甚"与否定副词"不"连用时可前可后，位置比较灵活，但总的来说，"甚"位于"不"前的用例较多。如：

（21）苗秃道："已奔出六七里去，怎么个赶法？"听了甚不爽快。（26回）

（22）周琏道："家中读书，男女出入甚不方便；我看这右边的房子，到好做一处书房……"（80回）

（23）将他两只手上，重责四十戒尺。刑房见本官心上用情，责打亦不甚着力（60回）

2. 甚是、甚为

"甚是"，本为程度副词"甚"和判断动词"是"组成的状中短语。随着"是"的进一步虚化，它的动词义逐渐弱化，变为副词后缀，"甚是"也虚化为双音节程度副词，表示的意义和"甚"相同，但在语气上比"甚"更强。《绿野仙踪》中程度副词"甚是"共有224例，句法组合能力上，"甚是"可以修饰形容词性成分，动词性成分，包括形容词、动词、动宾短语、偏正短语，还可以用在由"不"构成的否定形式前。

（1）"甚是"以修饰形容词性成分为主，包括修饰形容词，以及由形容词构成并列短语。如：

（24）又见那夏夫人和公子衣衫破碎，甚是可怜，满心要送他几两盘费，又怕惹出事来。（4回）

（25）一直说到将木人儿装在枕头内，今日被大爷识破，一边哭，一边说，到也说的甚是明白详细。（86回）

（2）"甚是"修饰动词、动宾短语以及偏正短语。

（26）于冰道："小生连日奔波，备极辛苦，今承盛情留宿，心上甚是感激。"（7回）

（27）谁想那令居甚是爱我表弟，将家中私囊竟倒换了十两金子，仍要买我表弟，我母舅只是不肯。（14回）

（28）城璧听了弃绝金不换话，心上甚是替他愁苦。（27回）

（3）"甚是"用于由"不"构成的否定短语前面。

（29）与林楷同寅间甚是不对，屡因不公不法的事，被林楷当面耻辱。（17回）

"甚为"，与"甚是"相似，本为程度副词"甚"与判断动词"为"组成的状中短语，随着"为"意义的逐步虚化，动词义逐渐消失，逐渐变为副词词缀，"甚为"也随之变为一个双音节程度副词。"甚为"在《绿野仙踪》中共有4例，均修饰双音节形容词。如：

（30）于冰将到周家不得脱身，并途间送夏公子银两事与众人说知，陆芳甚为悦服。（4回）

（四）深、深为、深深
1. 深
"深"，《说文》中为河流名称，后引申为形容词"水不浅"，先秦时出现程度副词的用法，表示"远、甚"等程度义，一直沿用至今。

《绿野仙踪》中程度副词"深"共78例，句法功能上都作状语。句法组合能力上，以修饰动宾短语为主，其中的动词多为单音节动词，还可修饰少数单个动词。如：

（31）其高祖冷谦，深明道术，在洪武时天下知名，亦周颠、

张三丰之流亚也。(1回)

（32）姜氏道："我的量小，嫂嫂深知。既承爱我，我也少不得舍命相陪……"（23回）

（33）今蒙不弃蜗居，殊深欣慰。（25回）

"深"修饰兼语短语1例，如：

（34）赵文华听了，佯为吃惊道："我们品端行洁，不意外边竟作此等议论，深令人可怒，可恨！"（73回）

"深"有1例用于否定词之后，构成"不+深"的形式。如：

（35）阎年说他素无眼力，还不深信。（71回）

2. 深为、深深

程度副词"深为"在《绿野仙踪》中共8例，修饰含有词缀"异"的形容词7例，还有1例修饰动词。如：

（36）众兵丁深为怪异，忙道："适才可是你这秀才，要和我们说话么？"（14回）

（37）卜氏深为诧异，随吩咐众小厮分头去买，先将家中有的取来。（15回）

（38）问起功名，于冰细道原委，周通深为叹息。（4回）

"深深"，是由程度副词"深"重叠形成的双音节程度副词。与"深"相比，"深深"表达的语气更重。《绿野仙踪》中"深深"共19例，后面有时带结构助词"的"，都是用来修饰动词性短语。如：

（39）不换先去深深一揖，随即磕下头去。（21回）

（40）那五个仙女走到厅中间，深深的一拂，随即歌的歌，舞的舞，婷婷袅袅……（26回）

（五）最、最是、最为

1. 最

"最"，本义为"攻取"，本义与程度副词"最"无关，而是"冣"的误字，"最"的副词义是由"冣"的"积聚"义引申而来，"最"作为程度副词，表示某种属性超过其他同类，程度到达极点。"最"为程度副词的用法在先秦时已经出现，一直沿用至今，仍然是现代汉语中很常用的程度副词之一。《绿野仙踪》中程度副词"最"共有184例。在句法功能上，可以修饰形容词、修饰动词及动词性短语、"的"字短语、方位名词，可以位于由"不"构成的否定形式前。

（1）"最"修饰形容词。

（41）于冰道："有酒最妙，何用添补？"（9回）

（42）性慧陪于冰吃毕，说道："后院东禅房最僻静。"（11回）

（43）那移搬运诸法，我看也都罢了，只是这呆对法和这指挥法，最便宜适用。（71回）

例（41）"最"修饰单音节形容词"妙"；例（42）修饰双音节形容词"僻静"；例（43）修饰由形容词组成的并列短语"便宜适用"。

（2）"最"修饰动词、动宾短语、状中短语。如：

（44）原来近视眼看诗文最费力，这先生将一本赋掀来掀去，几乎把鼻孔磨破。（7回）

（45）而画符最是难事，定要以气摄形，以形运气，形气归

一。(38回)

(46)为人最会弄钱;处人情世故,到像个犯而不较的人。
(43回)

(3)"最"修饰"的"字短语。如:

(47)出色的也有两三个,到被世蕃打听出头一个最出色的,
硬要去。(71回)

(4)"最"修饰方位词。如:

(48)见东西角门上着锁,从门隙中一觑,后面从是空地,
最后便是城墙。(11回)

(5)"最"位于由"不"构成的否定形式前。

(49)其胆大妄为,较人中之最不安分者还更甚数倍。
(100回)

2. 最是、最为

"最是",本是程度副词"最"与动词"是"组合成的偏正短语,由于"最+是"经常连用,其中的"是"的动词义逐渐弱化,变为副词后缀,成为复合副词的词内成分,"最是"也随之变为双音节程度副词。《绿野仙踪》中程度副词"最是"共16例,可修饰形容词、动词及动词性短语。如:

(50)宋媒道:"成就最是容易,必须林大爷写一个为欠官钱卖妻的亲笔文约,方能妥贴的了。"(17回)

(51)文魁最是惧内,又好赌钱,每逢赌场,便性命不顾。

（17 回）

（52）依我的主见看来，我妈最是爱你。莫若托个能言快语的人，与我爹妈前道达。（82 回）

《绿野仙踪》中程度副词"最为"仅 1 例，在句中修饰状中短语。如：

（53）休说太夫人是六十以外之年，就是一少年壮盛人，也当受不起。况泻在痢先，脾传肾为贼邪，最为难治。（41 回）

（六）好、好生₁

1. 好

"好"，本义指女子貌美，引申指一切事物的"美好"。它作程度副词是由形容词"美好"义虚化来的，始见于魏晋时期，但一般不带有感叹语气。① "好"一直沿用在现代汉语中，且都带有感叹的意味。《绿野仙踪》中共有程度副词"好"共 69 例。

句法组合能力上，以修饰数量（名）短语为主，"好"还可修饰形容词性成分和动词性成分。

（1）"好"修饰数量（名）短语，包括数量短语、数量名短语。

（54）飞鹏日日替如玉跪恳，哭诉了好几次，细说卖房弃产。（37 回）

（55）如玉道："好一座山峰呀！你我不可不落云游览。"（97 回）

（2）"好"+形容词。"好"修饰形容词时，其中将近一半"好"

———————————

① 参见武振玉《程度副词"好"的产生和发展》，《吉林大学学报》（社会科学版）2004 年第 2 期。

修饰形容词"容易"，且"好+容易"与"好+一般形容词"表示的意义不同，因此这里我们分开讨论。

A "好"修饰一般形容词。如：

（56）你还敢问我哩！教你主仆两个害的我好苦。（35 回）

（57）董玮道："好利害大旋风！"（26 回）

"好"既修饰单音节形容词，如"苦"；也修饰双音节形容词，如"厉害"。值得注意的是，"好 A"作定语时可直接修饰名词，中间可以不用结构助词"的"。

B "好"修饰形容词"容易"，"好容易"意义上为"很不容易"。如：

（58）不换笑道："做女孩儿的，好容易盼着这一日，怎么到如此哭喊起来？"（71 回）

（59）我今日好容易遇你，真是千载难逢。（97 回）

（3）"好"修饰动词性短语，包括动宾短语、状中短语。如：

（60）城璧听了个叫字，不由的大怒，骂道："好瞎眼睛的奴才。"（36 回）

（61）你好胡说。我为北五省有名大盗，领袖诸人。你去了有我在，朋友们尚不介意；我去了留下你，势必有人在遍天下寻我。（9 回）

例（60）中"好"修饰动宾短语"瞎眼睛"，例（61）修饰状中短语"胡说"。

2. 好生₁

"好生"，据杨荣祥（2005）考察，最早出现于晚唐的《敦煌变文集》，如"好生供养观音"。《绿野仙踪》中副词"好生"有两种意义，既可表示程度高，我们记为"好生₁"，又可表示情状方式，我们记为"好生₂"。程度副词"好生₁"在《绿野仙踪》中共出现2例，均是修饰双音节形容词。如：

（62）如玉想起昔日，一旦到这步时候，心上好生惭愧。（64回）

（63）那些寒鸦野鸟，或零乱沙滩，或娇啼树杪，心上好生伤感。（70回）

上面两例中"好生"分别修饰形容词"惭愧"与"伤感"。

（七）极、极为

1. 极

"极"，表示程度非常高，达到了极点。"极"本为名词，意义是"屋脊之栋"，后逐渐虚化为程度副词，"极"作程度副词的用法先秦两汉时已有用例。《绿野仙踪》中程度副词"极"共176例。

句法组合能力上，副词"极"修饰形容词及形容词性短语，修饰动词性短语，还可位于由否定词"不""没"构成的否定形式前。

（1）"极"修饰形容词。如：

（64）苏氏是个能言快语、极聪明的妇人。（82回）

（65）世上那有个极贫的寒士，拿得出厚礼来？（43回）

（66）今我欲用火龙真人仙衔法牒，移会冥司，着汝等各托生极富贵人家。（62回）

"极"修饰形容词是其主要功能，修饰的形容词以单音节词为主，如单音节形容词"贫"，还可修饰双音节形容词，如"聪明、富贵"。值得注意的是，《绿野仙踪》中"极"修饰形容词作定语时，中间可用结构助词"的"，也可不用"的"，如"极富贵"直接修饰名词

"人家"。而现代汉语中，中间必须用结构助词"的"。

（2）"极"修饰动宾短语、状中短语。如：

（67）他是极有才学的秀才，他家中的钱也不知有多少。（36 回）

（68）此题极难着笔，那官儿做的虽未能句句切住并蒂，却也敷演的富丽。（65 回）

前一例"极"修饰动宾短语"有才学"，后一例修饰状中短语"难着笔"。

（3）"极"位于由否定词"不、没"构成的短语前。

（69）就是极不堪的文字，人家也要与几句高兴话。（58 回）

（70）公子几时到极不得意处，那不是起身的时候了。（44 回）

句法功能上，"极"作状语是其主要功能，同时，"极"也可作补语。如：

（71）苗秃子见他怒极，也不敢留了，忙忙的走回。（49 回）

（72）想是他气恨极了，所以才一言不发。（59 回）

"极"做补语时，后面可带语气词"了"，也可不带语气词"了"。

2. 极为

"极为"是由程度副词"最"与副词词缀"为"构成的双音节程度副词，程度副词"极为"在《绿野仙踪》中共有 3 例。组合能力上，"极为"可修饰形容词、动词、动宾结构。如：

（73）如此办理，极为简当。银两到日，那时再劳动尊神。（39回）

（74）他是极为顾我的话，我怎么不听他？（19回）

（75）写完，林润看了，极为誉扬，亲送徐阶看视。（76回）

（八）忒

"忒"的意义与"太"相近，表示程度极高或动作行为的过度、过分。"忒"在两宋时期已有用例，元明以后的白话小说中已大量使用。现代汉语中，"忒"主要在北方方言中使用。"忒"在《绿野仙踪》中共出现6例。组合能力方面，都是修饰形容词，用法比较简单，如：

（76）袁太监笑道："你的礼忒多，到底还和我是两个人。"（91回）

（77）向于冰道："那道人，你忒也无情！原说耍戏法儿，怎么就暗算起人来了？"（62回）

（九）过、过于

1. 过

"过"，《说文》："过，度也。"本义为动词"经过"，由本义"经过"引申为"超越、超过"义，又由动词"超过"义引申为动作行为或状态、程度超过某种限度，进而虚化为程度副词。在现代汉语中程度副词"过"多在书面语中使用。"过"在《绿野仙踪》中共35例。

句法组合能力上，"过"以修饰单音节形容词为主，还可修饰单音节动词和动宾短语。

（1）修饰单音节形容词。如：

（78）别人尚不足介意，诚恐萧麻子利心过重，或勾通匪类，

意外生枝。（55 回）

（2）修饰单音节动词和动宾短语，但修饰动宾短语仅 1 例。如：

（79）秦尼道："胜败兵家常事，元帅不必过忧……"（31 回）

（80）听得帝内一个太监说道："斯文一道最贵，那官儿不必过拘礼法。"（65 回）

前一例"过"修饰单音节动词"忧"，后一例修饰动宾短语"拘礼法"，但动宾短语中的动词仍是单音节的。

2. 过于

"过于"，本不在一个句法层面上，"过"是动词，"于"是介词，后面的成分是"于"的补语，后来逐渐凝固为一个程度副词。程度副词"过于"在明代时可能刚刚开始，而在清代则比较常见了。"过于"与"过"的意义相同，也是表示程度超过一定限度。"过于"在《绿野仙踪》共 19 处，"过"以修饰单音节成分为主，"过于"则以修饰双音节词为主，也有修饰词组的例子。如：

（81）吴氏素患失血症，自冷松死后，未免过于哀痛，不两月亦相继沦亡。（1 回）

（82）于冰道："小弟近月总只吃素，长兄不可过于费心。"（8 回）

（83）他们看在这几百银子分上，也必不肯过于强我。（55 回）

（十）十分

"十分"，本义为"按十等分划分"，后引申出对事物进行十等分的概括，相当于"十成"，在此基础上又引申出"全部、完全"的意义，又有范围副词引申为表示程度很高的副词。两宋时已经出现"十分"作程度副词的用例，到现代汉语中"十分"仍然是常用的程度副词。《绿野仙踪》中程度副词"十分"有7例。

组合能力上，"十分"可修饰形容词、动词性短语，还可用在由否定词"不"组成的成分前。

（1）"十分"修饰形容词。如：

（84）大雄道："十分迟了，归德一破，被同事人拉扯出来，就不好了。"（33回）

（85）手执青珪，珊珊玉佩，锵锵和鸣，白面乌须，与月色相映，倍觉光彩十分。（99回）

前一例"十分"修饰单音节形容词"迟"；后一例"十分"修饰形容词"光彩"，不过是位于形容词"光彩"之后。

（2）"十分"修饰动词性短语，包括动宾短语和动补短语。如：

（86）金钟儿见如玉十分敬重于冰，也在傍极力的款留。（44回）

（87）张华十分焦急了，如玉便说："你若想家，任凭你便，我是绝不回去的。"（48回）

（3）用在由"不"构成的否定成分前。如：

（88）又听了那两段，早已十分不快。（100回）

（十一）很（狠）

"很"，最初为动词，表示"违逆、不顺从"，后发展出"凶狠、残忍"义的形容词用法。近代汉语中，"很"又写作"狠"，逐渐由形容词虚化为表程度高的副词。太田辰夫（1987：251）认为，"很"

作为程度副词大约在元代产生，清代中叶以后逐渐活跃起来，现代汉语中仍是使用频率非常高的副词。《绿野仙踪》中，程度副词"很"均写作"狠"，共出现14例。句法功能上比较单一，只做补语。如：

（89）那边热闹的狠，你这道人若会算命起课，也不愁不弄几个钱。（61回）

（90）城璧道："我口渴的狠，若无茶，凉水也罢。"（27回）

（十二）颇₁

"颇"本义为"头偏斜"，后引申出"偏、倾斜、不正"等义。先秦时又引申出作副词的用法，表示程度轻微，相当于"略微、稍微"；汉代时又产生了程度高的用法，在后来的发展中，表程度高的用法占据优势，这种情况一直持续到清末。现代汉语中，"颇"仅表示程度高，使用范围变小，仅用于书面语中。我们把表示程度深的"颇"记作"颇₁"。《绿野仙踪》中"颇₁"共出现54例。

句法组合能力上，"颇₁"可修饰形容词，还可修饰动宾短语和状中短语。

（1）"颇₁"修饰形容词，如：

（91）总之，此辈聪明人颇多，有良心的甚少。（41回）

（92）妻郑氏亦颇贤淑。夫妻二人年四十余，止有一子一女。（1回）

"颇₁"以修饰单音节形容词为主，也修饰双音节形容词。

（2）"颇₁"可修饰动宾短语，还可修饰状中短语。如：

（93）湖广有黄山赤鼻鹿门等处，颇多佳境，我意要领你们一行。（36回）

（94）原来那和尚是湖广黄山多宝寺僧人，颇通文墨，极有胆量。（9回）

（十三）绝、顶

1. 绝

"绝"作为程度副词，表示程度极高，先秦时已有用例，《绿野仙踪》中程度副词"绝"共25例。句法组合能力比较单一，只修饰单音节形容词。如：

（95）如玉道："明日绝早的收拾行李，我好回去。"（47回）

（96）罢了，罢了。我明日只绝早回家去罢。眼里不见，到还清净些。（47回）

（97）就在西湖后山，寻了个绝静地方，调神御气，演习口诀。（11回）

（98）白净瓜子面皮，脸上有几个小麻子儿，绝好的一双小脚，年纪不过三十上下。（28回）

例句中程度副词"绝"都是修饰单音节形容词，如"早、静、好"。"绝+形容词"作定语时，可以用结构助词"的"，也可不用"的"。

句法组合能力上，"绝"以作状语为主，还可位于单音节形容词后作补语，后面不用"了"。如：

（99）如此喧闹。他也不睁眼，口里还大赞道："精绝妙绝！"（26回）

2. 顶

"顶"，原义指头的最上部，也指其他东西的最上部，由此虚化为程度副词，表示程度最高，用法与"最"相似。程度副词"顶"在《绿野仙踪》中共2例。句法组合能力上比较单一，只修饰单音节形容词"好"。如：

（100）再将顶好酒拿几壶来，我们吃了还要走路，快着快着。（8回）

（101）他心上正要寻个顶好的补缺。今众妇人话皆相同，他安肯放得过去？（71回）

（十四）分外、异常、万分

1. 分外

"分外"，最初是个短语，表示"本分之外、职分之外"，由此逐渐虚化为程度副词。王秀玲（2007）认为，"分外"作程度副词的用法大约出现于晚唐时，表示事物的性质、状态达到了与众不同、异乎寻常的程度，意思上跟"特别"相近。《绿野仙踪》中程度副词"分外"共13例，可修饰形容词、动词及动词性短语，还可修饰名词。其中修饰形容词7例，修饰动词2例，修饰动补短语1例，修饰动宾短语1例，修饰名词1例。如：

（102）自此一家儿待温如玉分外亲切。（47回）

（103）正在疑惑间，猛见桌腿上有些血迹，白木头上，非油漆过的可比，分外看的清楚。（82回）

（104）冷氏听的侄儿亲来，喜欢之至。周通差人远接，姑侄相见，分外亲情。（4回）

2. 异常

"异常"，最初为短语，表示"与平常不同"，魏晋南北朝时期虚化为程度副词的用法，不过此时"异常"均是位于修饰语之后，如"严暴异常"。唐代时开始出现"异常"位于修饰语之前的用例，如

"异常严酷"。"异常"作为程度副词，表示性质状态或程度不同于一般、不寻常。《绿野仙踪》中程度副词"异常"共7例，组合能力比较单一，均是修饰形容词，且都位于形容词之后。如：

（105）曹军门见尚诏凶勇异常，众将陆续落马，忙传令箭，调北门主将林岱快来。（32回）

（106）又听得他和张华女人说笑，语音儿清清朗朗，娇嫩异常。（32回）

3. 万分

"万分"，表示程度最高，与"十分、非常"相当，有很强的夸张色彩。《绿野仙踪》中程度副词"万分"仅2例，均是修饰形容词。如：

（107）但愿贤契速刻成功，救我于水深火热，便是我万分侥幸。（77回）

上面例句中，"万分"分别修饰形容词"侥幸"。

（十五）良

良，本为形容词，义为"善良、贤良"，由此又引申出程度副词的用法，表示程度高，相当于现代汉语的"很"。《绿野仙踪》中程度副词"良"仅1例，修饰形容词"多"。如：

（108）又将周琏叫到面前，说道："叶先生学问比我还大，你须虚心请教，受益良多。"（85回）

二 表比较度

表比较度的副词语义上表示程度的加深，句法结构中既可修饰形容词性谓语，也可修饰动词性的谓语。这类副词《绿野仙踪》中共有 11 个：更（93）、更是（15）、更为（6），越（39）、越发（99），益（9）、益发（1）、益加（2），愈（8），尤（1）、尤为（1）。

（一）更、更是、更为

1. 更

"更"，本为动词，意义为"更改、改变"，由此引申为表示程度增高的副词。"更"做程度副词的用法先秦时已经出现。《绿野仙踪》中程度副词"更"共有 93 例。在句法组合能力方面，"更"所修饰的成分为以下三种。

（1）"更"修饰形容词。如：

（109）于冰向城壁面上一拂，须发比前更黑。（36 回）

（110）不意他死后更了不得，到黄昏后屡屡现形。（11 回）

（2）"更"修饰动词性短语，包括动宾短语和动补短语。如：

（111）到底要算一把肥赌手，仍是时来谈笑，引他入局，比昔时更敬他几分。（40 回）

（112）那妇人此时更忙乱百倍，急圈，急说，急拜，急吹，恨不得那男子登时身死方快。（88 回）

前一例修饰动宾短语"敬他几分"；后一例修饰动补短语"忙乱百倍"。

（3）"更"用在由否定词"不"构成的成分前。如：

（113）既成气候，其心较人倍灵，却比世间极无赖人，更不安分百倍。（46 回）

2. 更是、更为

"更是"本为程度副词"更"与判断词"是"组成的偏正短语，

随着"更+是"使用频率的增多,"是"的动词义逐渐弱化,逐渐变为词内成分,"更是"也随之变为双音节程度副词。"更是"在《绿野仙踪》中共 15 例,修饰双音节形容词和双音节动词。如:

（114）于冰道:"先生承、破绝佳,而起讲更是奇妙。"（21 回）

（115）如玉听到此际,比晚前那一番更是难受,心上和刀剁剑刺的一般,长出了一口气。（48 回）

"更为",作为由程度副词"更"和副词后缀"为"组成的双音节程度副词,在《绿野仙踪》中共 6 例,均是修饰双音节形容词。如:

（116）若是趋时附势,不但有玷家声,其得祸更为速捷。（1 回）

（二）越、越发

1. 越

"越",《说文》:"越,度也。"本义是"渡过、跨过"。唐宋时期,虚化为程度副词,表示事物性状或动作行为的程度因随着时间改变或条件改变而加深,意义相当于"更加"。《绿野仙踪》中程度副词"越"共 39 例。

形式上,"越"可单独使用,也可连用,形成"越……越……"连用形式。

（1）"越"单用共有 4 例,其中修饰动补短语 2 例,修饰动宾短语 2 例。如:

（117）眉中间点了一点红,口唇上也点一点红,头上带着青缎银鼠卧兔儿,越显的朱唇皓齿,玉面娥眉。（51 回）

（118）若不是为苗秃子来，几乎挨一顿好打。此后与金钟儿越成不解之仇恨。（53回）

上述两例中"越"分别修饰动补短语"显的朱唇皓齿"和动宾短语"成不解之仇"。

（2）"越A越B"连用，大约产生于宋代，如"若只看'仁'字，越看越看不出"（《朱子语类》）。表示两种性状或动作行为之间程度上的倚变关系，形式上都是用于紧缩句中，语义上都是正比倚变关系。

（119）于冰道："可将长绳子弄几十条来，越多越好。"（36回）

（120）郑三在南房里气的睡觉，头前听的骂也就装不知道，后来听着越骂越刻毒，脸上下不来，跑入东房一脚踢倒……（56回）

上面"越"的连用式，形式上都用于紧缩句中，语义上都是正比倚变关系。

2. 越发

"越发"，意义和"越"相同，表示事物性状或动作行为的程度因随着时间改变或条件改变而加深。

组合能力上，"越发"以修饰动词性短语为主，包括动宾短语、动补短语、偏正短语、并列短语，可修饰形容词，还可用于由"不"构成的否定成分前。程度副词"越发"在《绿野仙踪》中共99例。

（1）"越发"修饰形容词。如：

（121）秀才们行路极难，况以富户子弟，走山路越发难了，费七八天工夫，始过了丰公、大汉、青山三个岭头……（6回）

（122）二位老长亲好，家道越发富足。姑母已生了儿子八九

年了。（15 回）

上述两例中"越发"分别修饰形容词"难"与"富足"。

（2）"越发"修饰动词及动词性短语，动词性短语包括动宾短语、动补短语、偏正短语。如：

（123）四面一望，天色比前又暗了些，心上越发着急。（25 回）

（124）于冰听了这几句话，越发疑心他不是等闲人，于是双膝跪倒，极力用手推他。（10 回）

（125）那妇人到此，越发着急的了不得，连圈，连拜，连说，连吹，忙乱的没入脚处……（8 回）

（126）于冰惊笑道："怎么一诗犹不足以尽其辜，还有一屁赋么？越发要领教了。"（7 回）

例（123）中"越发"修饰动词"着急"，例（124）中修饰动宾短语"疑心他不是等闲人"，例（125）中修饰动补短语"着急的了不得"，例（126）中修饰偏正短语"要领教"。

（3）位于由"不"构成的否定成分前。如：

（127）沈襄做此等题，越发不用费力，顷刻即就。体仁看了，喜欢的手舞足蹈。（79 回）

（三）益、益发、益加

1. 益

"益"，本义为"水满了溢出来"，引申为"水涨"，又引申为"增溢、增加"，由此虚化为程度副词，表示行为或性状的程度进一步加深，相当于"更、更加"等。程度副词"益"在《绿野仙踪》中共 9 例，用法如下：

（1）"益"修饰形容词，共 2 例，均是修饰单音节形容词。如：

（128）由此观之，则事亲之道，得友而益顺。（2 回）

（129）大概年愈久，则道益深，所行正直无邪，即可与天地同寿。（6 回）

（2）"益"修饰动宾短语，共 7 例。如：

（130）承兄过誉，益增甲颜。（48 回）

（131）本月文炜又生了儿子，心上甚是快乐，益信于冰之言有验。（73 回）

上面两例"益"分别修饰动宾短语"增甲颜"与"信于冰之言有验"。

2. 益发、益加

程度副词"益发"在《绿野仙踪》中仅出现 1 例，在句中修饰主谓短语。

（132）今听了差人的话，是个断无指望，又兼如玉时时动怒，益发去志速决。（41 回）

例句中"益发"修饰主谓短语"去志速决"。

程度副词"益加"在《绿野仙踪》中共出现 2 例，均修饰"奋勉"。如：

（133）祈就弟子等目今造就，示知终身结果，并迟早年头，弟子等可好益加奋勉。（98 回）

（四）愈

"愈"，本是动词，表示"胜过、超过"，后来虚化为程度副词，表示程度加深，意义上相当于"更、更加、越发"等。《绿野仙踪》中程度副词"愈"共8例，可修饰形容词、动词及动宾短语。

（1）"愈"修饰形容词，共3例。如：

（134）于冰见四面皆崇山峻岭，被连日大雪下的凸者愈高，凹者皆平，林木通白。（9回）

（135）后来这几千年，他的道术愈大，反嫌水中出入不便……（61回）

上面两例中程度副词"愈"分别修饰单音节形容词"高"与"大"。

（2）"愈"修饰动词或动宾短语。如：

（136）王氏喊天振地的大叫。州官愈怒，吩咐拿鞋底打嘴。（58回）

（137）相交了七八年，潘知县见于冰从无片言及地方上事，心上愈重其品，唯唯而已。（4回）

前一例"愈"修饰动词"怒"，后一例修饰动宾短语"重其品"。

（五）尤、尤为

《绿野仙踪》中程度副词"尤"修饰偏正短语1例，"尤为"修饰双音节形容词1例。

（138）烧丹时，一人掌扇，两人看守，昼夜轮流。至丹将成时，尤须加谨防备。（99回）

（139）原来这军门姓胡，名宗宪，是个文进士出身，做的极好的诗赋，八股尤为精妙，系严世蕃长子严鹄之妻表舅也。

（30 回）

前一例"尤"修饰动宾短语"须加谨防备"，后一例"尤为"修饰形容词"精妙"。

三 表微度、弱度

表程度微弱的程度副词语义上表示程度轻微，在句法结构中此类副词一般只修饰形容词、谓语动词。《绿野仙踪》中共有 10 个：略（54）、略略（4）、略为（4），有些（32）、有点（4），微（39）、微微（1），颇$_2$（12），少（25），稍（1）。

（一）略、略略、略为

1. 略

"略"作程度副词，表示程度低浅，相当于"稍微"。先秦时已有程度副词的用法，后沿用于文言中。《绿野仙踪》中"略"共54 例。

"略"在句法功能上，均是修饰动词性成分，以修饰动宾短语、述补短语为主，还可修饰状中短语及"VV""V 了 V"形式。如：

（1）"略"修饰动宾短语。如：

（140）和尚将眼一瞬，约略着有一两五六钱，脸上才略有点笑容……（11 回）

（141）元帅妙用，某等已略知一二，只怕马如龙人马不肯来。（67 回）

（2）"略"修饰述补短语。其中述语既可为动词，又可为形容词。如：

（142）见个个俱是些憨儿，止有尤魁略老作些。（40 回）

（143）老婆子说是狗赶猫儿上这夹道墙上去，我才略放心

些。（82 回）

（3）"略"修饰状中短语。如：

（144）强打精神，扒出石堂，心上略觉清爽些。（9 回）

（4）修饰"VV"和"V 了 V"形式。如：

（145）请老爷暂在门内略等等，我去问声主人，再来回覆。（91 回）

（146）两人略安顿了安顿，便一齐往试马坡来。（47 回）

"略"在《绿野仙踪》中经常出现在人物对话和叙述性语言中，而现代汉语中，"略"多用于书面语中，可见与现代汉语相比，"略"的使用范围变小。

2. 略略、略为

"略略"是由"略"构成的重叠式副词，副词重叠形式的语气比单用式的语气更强，因此"略略"表示的程度更浅。《绿野仙踪》中程度副词"略略"共 4 例。如：

（147）周通还略略好些，只苦了冷氏，直援援守了一日两夜。（84 回）

（148）适才被冷爷大喝了一声，我才看见了，觉得心上才略略有点清爽。（8 回）

"略略"在例（147）中修饰述补结构"好些"，在例（148）中修饰状中短语"有点清爽"。

"略为"在《绿野仙踪》中出现 4 次，修饰形容词 2 例，修饰动词 1 例，修饰动宾短语 1 例。如：

（149）凤仪竟把他斩尸，传首号令，苏州人心才略为舒服。（78 回）

（150）你别的话还略为近理，怎么金姐死了，是我交运的时候？（63 回）

（二）有些、有点

1. 有些

"有些"，本为存现动词"有"和量词"些"组成的动宾结构，表示存在意义，后逐步虚化为程度副词，表示程度较低，相当于"略微、稍微"。《绿野仙踪》中程度副词"有些"共 32 例。句法组合能力方面，可以修饰双音节形容词、动词和动词性短语，包括动宾短语、动补短语、状中短语和兼语短语。

（1）"有些"修饰双音节形容词，如：

（151）如玉觉得有些怪异，正欲拉住于冰，于冰急到罐前，双脚一跳，已入罐内。（36 回）

（2）"有些"修饰动词和动词性短语，包括动宾短语、动补短语、状中短语和兼语短语。如：

（152）又见他衣服侍从，也是个没钱的光景，心上有些可怜他。（44 回）

（153）苗秃子也就有些气恼在心，想了些时，想出个最妙的道路。（54 回）

（154）到是姜氏，见他夫妻投奔，有些动人可怜，不由的吊下泪来。（35 回）

（155）我听了，到有些替他感伤。（7 回）

2. 有点

"有点"作为程度副词，表示程度不高，相当于"稍微"。程度副词"有点"在《绿野仙踪》中共出现 4 例，均是修饰双音节形容词。如：

（156）到是第三个还有点聪明，却又最怕读书。（4 回）

（157）适才被冷爷大喝了一声，我才看见了，觉得心上才略略有点清爽。（8 回）

（三）微、微微

1. 微

"微"，《说文》："隐行也。"由此引申"隐匿、隐藏"义，后来引申为程度副词，表示动作行为或性状的程度轻微。《绿野仙踪》中作程度副词"微"共有 39 例。

"微"在句法组合能力上，修饰单音节形容词和动宾短语。如：

（158）从门内走出二十三四岁一个妇人来，风姿甚是秀雅，面色微黄。（18 回）

（159）于冰留神看那和尚，见他也常动转，却不将身睡倒，鼻孔中微有声息。（9 回）

2. 微微

"微微"本为形容词，表示"渺小、幼小"，是由程度副词"微"重叠而成的双音节形容词。到近代汉语中，"微微"才开始用作程度副词。《绿野仙踪》中程度副词"微微"仅 1 例。如：

（160）两个互看间，忽见那女娘眉抒柳叶，唇绽樱桃，微微的一笑。（79 回）

（四）颇₂

根据上下文语境，"颇"有时表示程度低浅，我们记作"颇₂"。"颇₂"在《绿野仙踪》中共12例。在句法组合能力上，以修饰动宾短语为主，还可修饰述补短语和状中短语。

（1）"颇₂"修饰动宾短语，共10例。如：

（161）我虽然是个亡八恚子娼妇养的，也还颇有些人性、人心，并不是驴马猪狗，恩怨不分。（54回）

（162）殷氏素常颇喜吃几杯酒，今见姜氏许了嫁人的话，心上快活，吃了二十来杯，方才别去。（19回）

（2）"颇₂"修饰述补短语和状中短语，各1例。如：

（163）从树林内四下一觑，见正南上山势颇宽平些，树木荆棘亦少。（6回）

（164）我少时常听我亡母说，我母舅一贫如洗，生下我表弟时，同巷内有个邻居。颇可以过得日月，只是年老无儿。曾出十两银子，要买我表弟去做后嗣。（14回）

（五）少

"少"本义为"数量小"，由此引申出虚词出程度副词"少"，表示程度轻微，相当于"稍、稍微"。《绿野仙踪》中程度副词"少"共25例。

句法功能上，"少"以修饰动词及动宾短语为主，还可用在由"不"构成的否定结构前。

（1）"少"修饰动词及动宾短语。如：

（165）于冰道："你们在此少坐，我去泰安城内走遭。"（37回）

（166）如玉自得此信，昏昏迷迷有两昼夜，才少进些饮食

（59 回）

（2）用在由否定词"不"构成的否定结构前。如：

（167）打发的少不如意，他回去就有许多不好的话说。

（44 回）

（六）稍

"稍"作程度副词，表示程度浅。《绿野仙踪》中仅 1 例，修饰动词"长"。如：

（168）两孙儿骨气葱秀，稍长，须教以义方，毋私禽犊。

（15 回）

第二节 《绿野仙踪》中的语气副词

王力先生（〔1942〕1985）首次使用"语气末品"即语气副词这一名称，他所说的"末品"即指副词。语气副词，就是在句中表示各种语气，从而使语言带有各种不同感情色彩的副词。它们经常出现在句中或句首，用来表达各种不同的语气。如"诚、诚然、着实、定然、明明"等用于陈述语气，"何不、何必、难道、难说"等用于反问语气，"切、务必、千万"等用于祈使句中。

语气副词是副词中数量最多的一个次类，同时也是内部很不均衡的一个次类，可从不同的角度划分出不同的小类。目前，有两种不同的分类角度，一是从语法角度对语气副词进行分类，二是从表义特点对其进行分类。我们认为，语气副词应主要根据所表语气的不同进行分类，我们将《绿野仙踪》中的语气副词划分为 5 个不同的小类，下

面逐一描写分析。

一 表确认、强调类

此类副词是语气副词中数量最多的一个小类。《绿野仙踪》中表确认、强调类的语气副词共有 46 个：本（27）、本来（4）、本自（1），原来（25），必（341）、必定（40）、必须（61），定（125）、一定（15）、定必（26），诚（36），实（187）、实实（9）、实在（4）、其实（4）、着实（51），委（3）、委的（1）、委实（3）、诚（36），果（19）、果然（62），明明（3）、分明（8），断（76）、断断（43），管保（16）、保管（1）、包管（3）、管情（8），真（289）、真个（6）、真正（12）、当真（1），势必（13）、索性（1），正$_1$（187）、便$_1$（206）、就$_1$（176），并（106）、都$_1$（113）、才$_1$（98），毕竟（2）、究竟（20）、到底（24）、端的（20）、终$_1$（16）。语义上，此小类副词表示对某一事件、性质状态、属性的确认或强调。句法功能上，此类副词都可修饰动词性谓语、形容词性谓语，大多可修饰句子形式，个别副词还可修饰作谓语的名词性短语。

（一）本、本来、本自

"本、本来、本自"强调事实理应如此。

"本"在《绿野仙踪》中共 27 例，其中修饰动词性短语 14 例，修饰形容词 7 例，修饰名词 6 例。如：

（1）就如做儿女的，心上本待父母凉薄，却外面做出许多孝顺，还要邀美誉于宗族乡党，这便是隐恶，这便要雷霆。（46 回）

（2）行气去积的药，一点也用不得。今气本不足，而日行其气；血本虚衰，而复攻其积。（41 回）

（3）城璧还要苦留，于冰道："我本闲云野鹤，足迹应遍天下，与其住在老弟家，就不如住在我家了。"（9 回）

"本来"在《绿野仙踪》中有4例，其中修饰形容词1例，修饰主谓短语2例，修饰动词性短语1例。如：

（4）他虽具猴形，却本来沉静，因此方能修道千余年，得享遐寿。（37回）

（5）金不换本来知交寡少，自留下城璧，越发不敢招惹人往来。（20回）

"本自"在《绿野仙踪》中仅1例，如：

（6）吾法本自仙传，止用就地用剑画法坛一座，将净口净身等咒念讫，脚踏罡斗，左手雷印，右手剑诀……　（38回）

（二）原来

语气副词"原来"强调说话人对某情况有所醒悟或发现了以前所不知道的情况。《绿野仙踪》中"原来"共25例，其中修饰动词性短语16例，修饰主谓短语9例。如：

（7）如玉听了此话，心肺俱裂，大怒道："你今日原来是讹诈我么？"郑婆子冷笑："我怎么不讹诈别人，单讹诈姓温的？"（60回）

（8）原来姜氏已早有身孕，四月内就该是产期。文炜听了，钦服之至，拉住于冰，总是不肯放去。（70回）

（三）必、必定、定必、必须

此组词一般说话人表示对动作行为、性质状态、事理的肯定推断，有时表示对事理、情理或主观认定上的某种必要性。

"必"共出现341例，均是修饰动词或动词性短语。如：

（9）我们这伙计见睡的功夫大了，到要叫起你来。我估料你必是走路辛苦，就没教他惊动你，不料你就睡到这时候。（69回）

（10）卜氏道："他去广平已五六天了，也只在三两天内即回。陆永忠是在乡下住，不知道你来，他今晚明早必到。"（19回）

"必定"共出现40例，修饰动词性短语39例，修饰形容词1例。如：

（11）他若是不看二相公家更妙，若必定要看看，到其间教姓乔的先藏在书房内，我将二相公家诳谎出去，从窗子内偷看。（23回）

（12）萧麻子道："大爷是几时来的？文章必定得意。"（59回）

"定必"在《绿野仙踪》中共出现26例，句法功能上以修饰动词性短语为主，有时还可修饰动词。如：

（13）我今日总无本领报仇，久后定必请几个同道，拿住你碎尸万段，方泄终天之恨！（11回）

（14）姜氏方才想过来，又问道："他到荆州，林岱定必帮助，到只怕一半月，也可以到来。"（27回）

"必须"《绿野仙踪》中共有61例，语义上表示事理或情理上的必要，句法功能上均修饰动词性短语。如：

（15）细看公子气色，秋冬之间还有些小不如意；明年秋后，必须破财，见点口舌，过此即入佳境。（44回）

（四）定、一定

语气副词"定、一定、必定"语义上表示说话人对某一情况或动作行为的判断推测确定无疑，有时表示对某一行为的态度坚决。

"定"在《绿野仙踪》中共出现125例，有时"定"表对某一情况或动作行为的判断推测确定无疑，有时表示对某一行为的态度坚决。如：

（16）见里边坐在椅上一人，头戴八宝九梁幅巾，身穿油丝色飞鱼貂氅，足登五云朱履，六十内外年纪，广额细目，一部大连鬓胡须。于冰私忖道："这定是宰相了。"（1回）

（17）那公子感谢入骨，拉定国宾，定要问于冰名姓，国宾不肯说，公子死亦不放。（4回）

"一定"在《绿野仙踪》中共有15例，均是修饰动词性短语。如：

（18）龙文道："如此说，就是弟兄了。"一定要扯于冰到他那边坐坐，连柳国宾也叫了去。（2回）

（19）众宾大吵道："不消说了，这一定是他们的军师。"（14回）

（五）实、实实、实在、其实、着实

"实"作为语气副词，表示"的确、确实"的意思。《绿野仙踪》中共出现187例，在组合能力上，以修饰动词性短语为主，有时还可修饰主谓短语和名词性谓语。如：

（20）这一月余被弟妇管待，实没吃个饱饭。你将酒饭拿些来，我吃饱了再走。（20回）

（21）于冰又大笑道："信如先生言，实一句一字也做不

出。"（7回）

（22）献述常向冷松道："令郎实童子中之龙也，异时御风鼓浪，吾不能测其在天在渊。"（1回）

"实实"，是"实"的重叠形式，用来加强对所述情况的肯定，也表示"确实、的确"的意思，但语气上比"实"的语气要强。《绿野仙踪》中语气副词"实实"共有9例，其中"实实的"2例，全部修饰动词性短语。如：

（23）王氏道："偷埋主人银子，原是小的起的意见，埋时小的并未同去。如今差四百五十两，老爷再问我男人。我实实不知道。"（58回）

（24）姜氏见厅内无人，向欧阳氏道："这位就是冷先生的儿子，不想是个大家。若再问我几句，我实实的就羞死了。"（25回）

"实在"表示"的确、确实"的意思，《绿野仙踪》中共有4例，修饰动词及动词性短语。如：

（25）鹅头道："要你我媒人做什么？"又笑向不换道："客人可是实在愿意么？"（21回）

"其实"表示对所述情况真实性的肯定，"其实"前后的话意思上往往含有转折的意思。有时，"其实"仅仅是申明事情的实质或真相，不含转折的意思。《绿野仙踪》中语气副词"其实"共4例，如：

（26）如今小的女儿也瘦了好些，日日和他妈嚷闹，说是害了他了。这件事，其实原是小的老婆招惹的。（50回）

（27）就如萧麻子，名虽秀才，其实是这地方上的土棍，惟利是图。有他在此主持，也可免无穷的口舌。（58回）

例（26）中"其实"前后的话明显含有转折的意思，例（27）中"其实"前后的话不含有转折的意思，只是申明事情的真相。

"着实"用来肯定情况、事物的真实性，意义上与"确实、实在"相当。《绿野仙踪》中"着实"共51例，组合能力上，修饰形容词、动词及动词性短语。如：

（28）细看那铁绳，一个个尽是铁环连贯，约长数丈，岩上都凿着窟窿，看来着实危险。（9回）

（29）郭氏见不换着实醉了，连忙打发他睡下。（20回）

（30）文炜接来，双手递与林岱，林岱也不推让，也不道谢，止向段诚道："着实烦劳你了。"（18回）

（六）委、委的、委实、诚

"委"，用在谓语前，表示所述事实确实如此，相当于"实在、确实"。《绿野仙踪》中共3例，其中2例位于句中动词性短语之前，1例位于句首。如：

（31）捕厅大怒，将老和尚严行责处。细问几次，委不知情，他又无力赔补。（19回）

（32）不是我小弟贪得无厌，委因平凉百姓愚野，重担是小弟一身肩荷，老先生总忍心轻薄小弟，独不为小弟功名计耶？（39回）

"委的"表示"的确、确实"的意思。《绿野仙踪》中"委的"共1例。如：

（33）如玉就将方才的事，如何长短，据实诉说了一遍。又道："委的是他撩戏我，我何尝有半点意思在他？"（52回）

"委实"在意义上也表示"的确、确实"，《绿野仙踪》中共3例。如：

（34）小弟得升兵部，尚在梦中。大人与胡大人旨意，委实一字未闻。（77回）

"诚"，表示事情确凿，与现代汉语中的"确实、实在"意思相当。"诚"在《绿野仙踪》中共出现36例，其中35例均是"诚+恐"的形式。如：

（35）于冰又附国宾耳边说道："我话才要多送夏公子几两银子，诚恐解役路上生心，或凌辱索取。"（4回）
（36）我母亲修道将及千年，今一旦死于你手，诚为痛心。（11回）

（七）果、果然
"果"，表示事情的结果与预期相符。《绿野仙踪》中"果"共19例，在句法功能上都是修饰动词性短语，其中的动词均是单音节动词。如：

（37）向石堂内一觑，果有一和尚，光着头，穿着一领破布衲袄，闭着眼坐在上面。（9回）

"果然"，表示事情的结果与预期相符。《绿野仙踪》中"果然"共62例，可以位于句首修饰整个句子，也可以位于句中，一般修饰动词性短语。如：

（38）于冰心里说道："怪不得此妇与他主母出谋定计，果然是个精细人。"（23回）

（39）（于冰）站了片刻，又从树林中向东瞅看，见无动静，自己笑说道："果然那些山汉们话是实。"（6回）

例（38）"果然"位于句中，修饰动词性短语；例（39）"果然"位于句首，修饰整个句子。

（八）明明、分明

"明明、分明"意义上表示"很明显地、显而易见地、清清楚楚地"。"明明"在《绿野仙踪》中共3例，都是位于句中修饰动词性短语。如：

（40）翠黛向锦屏道："你我明明握在手内，怎么一开手就全没了？端的归于何处？"（72回）

"分明"在《绿野仙踪》中共8例，其中5例位于句中，3例位于句首。

（41）桂芳道："我分明没有夹棍，若有，我定将你两个丧良鬼一人夹一夹棍才好。"（34回）

（42）分明你是个老实人。假若是我，他前脚去了，我后脚就将他的银子拿去……（56回）

（九）断、断断

"断"，表示肯定而不容置疑的语气，有"绝对"的意思。《绿野仙踪》中语气副词"断"共76例，在句中均修饰动词性短语，其中70例后跟否定形式，6例后跟肯定形式。如：

（43）于冰道："虽没什么好处，也还不至于文理荒谬，任

凭他们看去罢。严太师问起来，断不可说是晚生做的。"（2 回）

（44）刻下官军势重，断难瓦全。你若有命杀出，可速归范村，搬取家小，另寻一幽僻去处居住，免人物色。（13 回）

例（43）"断"用于否定句中；例（44）"断"用于肯定句中，"断"用于肯定句时总是"断+难"的结构形式。

"断断"，是"断"的重叠形式，肯定的语气比"断"更强。《绿野仙踪》中"断断"共 43 例，后面全是跟否定形式。如：

（45）大抵人生穷通富贵，自是命定，我若欺了哥哥，天亦不容我。父亲可安心养病，断断不必过虑。（17 回）

（十）管保、保管、包管、管情
"管保、保管、包管、管情"，用作语气副词都表示确定无疑。
"管保"，《绿野仙踪》中共 16 例，其中用于主谓短语前的有 11 例，用于句中主语之后的有 5 例。如：

（46）文魁道："老兄若肯将赢我的六百五十两还我，我管保事体必成。"（23 回）

（47）许寡道："这事原是我作主，设或官府任性乱闹起来，你两个只用一家挨一夹棍，我管保完账。"（22 回）

"保管"，《绿野仙踪》中仅 1 例，用于句首主语之前。如：

（48）到那里不必你寻我，我还要寻你，助你之一臂之力，保管你吐气扬眉。（44 回）

"包管"，《绿野仙踪》中共 3 例，都用于句中主语之后谓语之前。如：

（49）大爷可速写一名帖，亲去一拜，外再备即午蔬酌候教一帖，通要写教弟二字，小弟包管必来。（36回）

"管情"，《绿野仙踪》中共8例，修饰动词性短语和主谓短语。如：

（50）于冰直等日西时分，门前官吏散了大半，方见龙文出来，说道："七太爷不知回过此话没有，老弟管情肚中饥饿了。"（2回）

（51）因这样一件小事教大爷抱恨伤生，老爷太太心上管情也过不去。现放着若大家私，再连这样一件事办不了，要那银钱何用？（84回）

（十一）真、真个、真正、当真

"真"，《绿野仙踪》中共289例，其中"真+是"有213例。"真"一般修饰动词性短语，有时也修饰名词性谓语。如：

（52）那人道："二哥，这十来年在那里，怎么连面也不见？问令兄，他愁苦的了不得，也说不知去向，真令我们想杀。"（13回）

（53）严嵩道："吏部尚书夏邦谟夏大人日前送我惠酒二坛，名为绛雪春，真琬液琼苏也。"（3回）

"真个"，《绿野仙踪》中共6例，都是在句中修饰动词性短语。如：

（54）小小厮拾起来，真个向火盆内一入。苗秃子急忙跳下地抇起，笑骂道："你家主仆们没一个识数儿的。"（50回）

"真正"，《绿野仙踪》中共 12 例，在句中位于谓语之前。如：

（55）方才又说起他媳妇承老长兄几千里家安顿他，这是何等的热肠！且能未动先知，真正教人爱极怕极。（30 回）

"当真"，意义上相当于"真的、的确"等，《绿野仙踪》中仅有 1 例。如：

（56）山汉道："你当真要去么？断断使不得。此去要上三十八盘，道路窄小，树木繁多……"（6 回）

（十二）势必、索性

"势必"，强调事物现象发展中的必然性，意义上相当于"必定"。《绿野仙踪》中"势必"共有 13 例，均位于句中主语之后谓语之前。如：

（57）你去了有我在，朋友们尚不介意；我去了留下你，势必有人在遍天下寻我。（9 回）

（58）你们看贼营人马虽多，率皆乌合之众，一经交战，势必丧胆，断不可存彼多我少之心。（31 回）

"索性"，表示某种动作行为在说话人看来是最彻底、最干脆的。《绿野仙踪》中"索性"仅有 1 例。如：

（59）自己将右边胡子，索性也剃了个干净。反成了一无胡子的少年，闻者见者无不痛快！（71 回）

（十三）正₁、便₁、就₁

"正₁""便₁""就₁"都可作为表示肯定强调的语气副词。《绿野仙踪》中表示语气的副词正₁共出现187次，便₁共有206例，就₁共有176例。如：

(60) 那汉子道："小弟姓张，名仲彦，与段祥同住在范村。先生尊讳可是于冰么？"于冰道："正是贱名。"（8回）

(61) 况我家田产生意，要算成安县第一富户，丰衣美食，便是活神仙。（3回）

(62) 冷某赋性愚野，不达世故，况贵署事务繁杂，实非幽僻之人情意所甘。承厚爱，就在这庙中住一半天罢。（30回）

（十四）并、都₁、才₁

"并"作为语气副词，位于否定副词或否定动词前加强否定的语气。并在《绿野仙踪》中共出现106次。如：

(63) 郑三又跪在地下，作哭声说道："小的并不是弄权套，想大爷的钱……"（53回）

"都₁"作为语气副词，经常与"连"字同用，起到加强语气的作用；有时和否定词连用，起加强否定语气的作用。作为语气副词的都₁在《绿野仙踪》中共出现113例。如：

(64) 怎么二表兄几月不见，便须发白到这步田地？我都不敢冒昧相认。（27回）

(65) 如玉却不过，只得同去走走。到堡内西头，才是郑三的住处。（43回）

（十五）毕竟、究竟、到底、端的、终₁

"毕竟"，表示肯定强调的语气副词，相当于"终归、终究"和"必定、肯定"两种意义。《绿野仙踪》中"毕竟"共2例，都位于句首主语之前。如：

（66）如玉道："这几根头发，到也是这小奴才的。毕竟他的比旁人分外黑些。"（50 回）

（67）园馆参差，排连街市之内。做官的锦袍玉带，必竟风流。（65 回）

"究竟"，《绿野仙踪》中共 20 例，表示两种意义：一是表示"终究、终归"，仅有 1 例；二是意义上相当于"其实"，此种意义有 19 例。如：

（68）林岱道："父亲这件事做的过甚了！受害者是朱义弟，我们不过是异姓知己，究竟是外人。他弟兄虽是仇敌，到底是同胞骨肉。"（34 回）

（69）你且听我说，金姐这几天，眉头不展，眼泪盈腮，天天虽和我们强说强笑，究竟他心上挽着个大疙瘩。（50 回）

（70）庞氏道："闻得你家大爷娶过这几年了，但不知娶的是谁家的小姐？"苏氏道："究竟娶过和不娶过一样。"庞氏道："这是怎该说？"苏氏道："我家大奶奶姓何，是本城何指挥家姑娘。太太和姑娘不是外人，我也不怕走了话……"（82 回）

例（68）、例（69）中"究竟"表示终归、终究的意思；例（70）中"究竟"意义上相当于"其实"。

语气副词"到底"，在《绿野仙踪》中共 24 例，有两种意义和用法：一是表示肯定强调，相当于"终归、终究"，共有 20 例；二是表示疑问语气，相当于"究竟"，有 4 例。如：

（71）于冰看那公子虽在缧绁之中，气魄到底与囚犯不同。又见含羞带愧，欲前不前，虽是解役教他叩头，他却站着不动。

（4 回）

（72）严氏点头道："任他怎么参商，到底是林氏一脉，你又在患难中，谁无个恻隐之心？"（17 回）

（73）有几个人道："这果然是林大嫂不是处。长话短说罢，你到底还教加多少，才做个了结哩？"（18 回）

"端的"，有两种意义和用法，一是表示对动作行为或性质的肯定，相当于"确实、的确"；二是表示追究事情的真相，多用于疑问句中，相当于"究竟、到底"。《绿野仙踪》中共出现 20 例，表肯定、强调语气有 12 例，表疑问、深究语气有 8 例。如：

（74）面貌是个少年斯文人，脸上没半点凶气，端的不是做大罪恶的人。（26 回）

（75）这宝珠端的是怎样偷去？可从实招来，免得皮肉受苦。（96 回）

语气副词"终$_1$"，意义上为"终归、终究"，《绿野仙踪》中共有 16 例。如：

（76）弟到二十五岁，想着此等事损人利己，终无好结局，就是祖父，也不过是偶尔漏网，便劝我哥哥改邪归正。（9 回）

二 表委婉语气

此类副词语义上表示使对某个事件或情况的肯定、强调、否定语气变得委婉，在语气上变得不再生硬。此类副词在《绿野仙踪》中共有 7 个：不妨（14）、不免（5）、未免（35）、未尝（17）、未必（25）、也$_1$（1172）、几乎（23）。如：

（77）你的住房，是三百多银子买的，不妨卖了，费一百来银，买几间小房居住。（55回）

（78）于冰道："你我虽同是祖师的弟子，然师兄是日夕亲近之人，不妨随便出入……"（63回）

（79）郭家有人来，不换又说过，不许与城璧相见，陪伴饮食，不免又多一番支应，因此这妇人心上就嫌厌起来。（20回）

（80）既成气候，其心较人倍灵，却比世间极无赖人，更不安分百倍。任他修炼几千年，终不免雷火之厄。（44回）

（81）吴氏素患失血症，自冷松死后，未免过于哀痛，不两月亦相继沦亡。（1回）

（82）况娶亲太早，未免剥削元气，使此子不寿，皆系我之过也。（1回）

（83）屈指整十个年头，我在这玉屋洞修炼，家间妻子未尝不思及，然随起随灭，毫无萦结，惟于他到不能释然。（14回）

（84）昔日公子富足时，我亦未尝乞怜。只因有两个朋友要去寻访。（44回）

（85）总文武衙门遍行缉捕，也未必便寻到那个地方。（14回）

（86）我嫁人，是要救夫出监，只怕他未必肯出大价钱娶我。至于与人家做妾，我到不回避这声名。（17回）

（87）段祥道："还说猪哩，我几乎被你送了命。快开门，大恩人到了。"（8回）

三　表不定、推测语气

此类副词语义上表示对事物、情况、性质状态或数量不太确定，是一种大致的推测和判断。《绿野仙踪》中此类副词有 13 个：大凡（1）、大抵（7）、大概（19），约$_1$（68）、大约（5）、约略（1），想必（4）、想是（44）、想来（12），庶（16）、庶几（1）、或（17）、或者（32）。

（一）大凡、大抵、大概

（88）雄吩咐左右道："收拾了去！"大凡贼杀人谓之"收拾"，殷氏忍不住求情道……（28回）

（89）非敢负父亲疼爱至意，大抵人生穷通富贵，自是命定，我若欺了哥哥，天亦不容我。（17回）

（90）左边与穿黄的并坐妇人，年纪二十六七岁，眉目也生得端正，态度极其风流，神气间与那妇人无异，大概都是被妖气邪法所迷。（12回）

（二）约₁、大约、约略

（91）于冰趁空儿又往西跑，一边跑，一边回头看视，约跑有百十余步，见那虎不曾追赶，急急的向树林多处一钻，方敢站住。（6回）

（92）本日住吴公店中，昨日止走了十五里，住在何家店中，今日总快也不过走十数里，此刻大约还在西大路上行走。（24回）

（93）次早于重山环绕之地，见半山腰有一座庙宇，约略不过两层院落。（27回）

（三）想必、想是、想来

"想必、想是、想来"，语义上表示偏于肯定的推断，相当于"大概、也许"，但在语气上比较肯定。这类副词一般位于主语、谓语之间，有时也位于句首主语之前。

（94）我也知此计不甚刻毒，先生想必另有奇策，可使张㤕全家受戮，祈明以教我。（3回）

（95）我与他素不相识。焉何来拜我？想是拜错了。（3回）

（96）国宾道："想来做京官的都是这个样儿。"（2回）

（四）庶、庶几

"庶、庶几"用作语气副词，表示对某种情况的估计或推测，相当于"也许"。如：

（97）跟到他巢穴中拿他，岂不一网打尽，自必断绝种类，庶不遗害人间。（12回）

（98）天子向阁臣道："宋时虞允文破逆亮于江上，刘琦谓国家养兵三十年，大功出于儒者。朱文炜其庶几矣。"（35回）

现代汉语中，"庶"多用于书面语中，如"庶免误会"。"庶几"在现代汉语中基本不用。

（五）或、或者

"或、或者"，表示不肯定、测度的语气，相当于"或许、也许"。如：

（99）每请一神一将，必先定一事差烦，若见神将凶恶丑陋，或生畏惧玩忽之心，其受祸只在转眼之间。（38回）

（100）好大爷哩，就是俺女儿死了，他那间房还在，就去坐坐。或者他的阴魂还在，见见大爷，也是他拼着死命……（59回）

四　表疑问、反诘语气

此类副词语义上表示疑问或反诘语气。《绿野仙踪》中此类副词共有11个：何必（28）、何苦（21）、何尝（4）、何不（41）、何妨（4）、何须（4），莫非（5）、莫不是（1），岂（199）、难道（70），可（108）。

（一）何必、何苦、何尝、何不、何妨、何须

"何必、何苦、何尝、何不、何妨、何须"表示疑问或反诘语气，"何必、何苦、何尝、何不、何妨"都位于主语之后谓语之前，"何须"既可位于主语之前也可位于主语之后。

（101）星夜奔到江南，由范公堤架船入海，在外国另寻一番事业，亦可以称王称帝，传及子孙，何必在中国图谋？（32回）

（102）夏公子见于冰话句句爽直，又想着仇敌在朝，何苦问出人家姓名，干连于人。（4回）

（103）那人用手在地下连拍了几下，道："你何苦救我？是谁要你救我？"（22回）

（104）不换道："何尝没盘问他？他说家贫无所归，着求小的替他寻个活计……"（21回）

（105）龙文道："大概作家俱知此意，只讲到文便大有差别。年兄既如此说，何不做一篇领教。"（2回）

（106）若为他是异邦人，心性莫测，何妨暂授一官，看他动静。如果诚心报效，一二年后式缔姻好，亦未为晚。（65回）

（107）林岱道："水陆军至十万余，何须等候我们属下人马？只用拣选精壮者十分之六七，破贼足矣！"（76回）

（108）此人满面轻浮，走一步，都有许多不安分在脚下。大哥自是法眼，何须弟等评论？（36回）

例（101）至例（106）中"何必、何苦、何尝、何不、何妨"均位于主语之后；例（107）中"何须"位于主语之后，例（108）中"何须"位于主语之前。

（二）莫非、莫不是

"莫非"，作语气副词时的意义是"难道、或许"，表示疑问或反诘的语气。《绿野仙踪》中"莫非"共5例，其中4例位于谓语之

前，1 例位于主语之前。如：

（109）城璧先与于冰磕了几个头，放声大哭道："弟今日莫非已死，与大哥幽冥相会么？"（14 回）

（110）文炜听了，向文魁道："这又是何说？莫非有人保荐么？"（76 回）

"莫不是"，意义上相当于"莫非、或许"，表示疑问或反诘的语气。《绿野仙踪》中"莫不是"仅 1 例。如：

（111）你见了本府，还是这样大剌剌的，你莫不是槐阴国的奸细，假装山东秀才来探听虚实么？（65 回）

（三）岂、难道

"岂"，作疑问语气副词时表示反诘语气，意义上相当于"难道"。常跟"有、可、能、期、是"等连用，还常跟否定副词"非、不、不是"连用构成双重否定，表示肯定。《绿野仙踪》中"岂"共出现 199 例，主要修饰动词性短语。如：

（112）于冰笑道："岂有人家夫妻的话向朋友说的？"姜氏心急如火，又不好过为催逼。（24 回）

（113）城璧笑道："我走了，你岂不吃官司么？"不换道："我遭逢下这样恶妇，也就说不得了。"（20 回）

现代汉语中语气副词"岂"一般用于书面语中，口语中一般不再使用。

"难道"，用在反问句中表示反诘语气，句末常有语气词"么"或语气助词"不成"。《绿野仙踪》中语气副词"难道"共出现 70例，其中"难道……不成"有 23 例。如：

（114）那妇人见于冰说出妖怪二字，知他识破行踪，也大声道："你会拿人，难道人不会拿你么？"（11回）

（115）我和你主人是朋友，我又不是他的奴才，我又不是他的解役，他要拜望朋友去，难道我缚住他不成？（6回）

前一例"难道"与语气助词"么"连用，后一例"难道"与语气词"不成"连用。

（四）可

"可"，用作语气副词时有两种用法：一是用在疑问句中，加强疑问语气，询问情况是否如此；二是用在反问句中，表示反诘语气。《绿野仙踪》中语气副词"可"共有108例，其中表示疑问语气的有102例，表示反诘语气的有6例。如：

（116）剥皮听了甚喜，吩咐左右献茶。又问道："银两可全在么？"于冰道："有几个小价在后押解，不过三两天即到。"（39回）

（117）如玉越发大怒道："我这姓温的，可是你嚼念的么？我把你个不识上下、瞎眼睛奴才……"（60回）

从上下文语境可以看出，前一例"可"加强疑问语气，后一例"可"加强反诘语气。

五 表评价语气

评价语气表示说话者对所说的话表达的某种态度和情感，如侥幸、惊讶、祈使、无可奈何等。《绿野仙踪》中此类副词共有20个：幸（20）、幸而（2）、幸喜（3）、幸亏（10）,亏得（16）、多亏（2）,恰（7）、恰恰（1），切（18）、务（2）、务必（16）、务要（3）、偏（45）、偏偏（12）、只得（165）、只好（5）、恨不得（28）、恨不能（12）、怪道（11）、怪不得（11）。语法功能上一般是修饰是修饰动词及动词性短语,有的还可修饰主谓短语。

(一)幸、幸而、幸喜、幸亏

"幸"修饰动词短语,《绿野仙踪》中共有20例。如:

(118)今幸睹慈颜,跪听犹恐无地,尚敢坐领玄机耶。(10回)

"幸而",《绿野仙踪》中仅有2例,都是位于句首修饰小句。如:

(119)众家人又持他入城,寻店歇下。虽然行李一无所有,幸而家人们身边都是几两散碎银子,主仆用度。(40回)

"幸喜",《绿野仙踪》中有3例,其中2例修饰小句,1例修饰动词性短语。如:

(120)平凉百姓皆小弟儿女,小弟何忍从他们身上刮刷?幸喜先生是外省人,非弟治下可比。(39回)

(121)蕙娘只怕他父母看出破绽,幸喜毫不相疑。(81回)

"幸亏",《绿野仙踪》中共有10例,修饰主谓短语和动词性短语。如:

(122)于冰道:"老兄既缺饮食,幸亏我带得在此。"将小口袋取出,双手递与。(10回)

(123)于冰大笑道:"果不出吾之所料,幸亏来的不迟不早,四川道路岂是两个妇人走的?还得我设处一番……"(24回)

（二）亏得、多亏

"亏得"，《绿野仙踪》中共 16 例，全部位于句首主语之前修饰小句。如：

（124）亏得我再四开说，才吩咐值日头，把你逐出境外。（19 回）

"多亏"，《绿野仙踪》中共 2 例，都是修饰小句。如：

（125）再说姜氏自冷于冰雇车打发起身后，一路上行行止止，出店落店，多亏二鬼扶掖，无人看出破绽。（25 回）

（三）恰、恰恰

"恰"，《绿野仙踪》中共 7 例，全部修饰动词性短语。如：

（126）于冰的见解出来，事事恰中严嵩隐微，喜欢的连三鼎甲也不知许中了多少次……（3 回）

"恰恰"，《绿野仙踪》中仅 1 例，修饰动词性短语。如：

（127）妇人又喜恰恰让周琏坐在对面椅上，那些侍女们皆眉欢眼笑，夸奖周琏人才不已。（87 回）

（四）切、务、务必、务要

"切"，用作语气副词时是"一定、务必"之意，是劝诫、嘱咐或请求，表示祈使决断语气。用在否定词前时，加强否定语气。《绿野仙踪》中语气副词"切"共 18 例，多与否定词"勿、不、莫"等连用，与否定词连用共 12 例，用于肯定句 6 例，用于肯定时总是"切+记"的形式。如：

（128）你年未成丁，即具如此才学，此盖天授，非人力所能为也。入学后切勿下乡试场，宜老其才……（1 回）

（129）总能幸免不死，神将亦再不肯来。汝宜慎之戒之，切记吾言。（38 回）

"务"，作语气副词是"必须、一定"之意，表示强烈的愿望和要求。《绿野仙踪》中"务"仅2例，均是修饰动词性短语。如：

（130）今科会试三场题目，俱在上面，公子务于两日内，赶做停妥。（64 回）

"务必"，也是"必须、一定"之意，表示强烈的愿望和要求。《绿野仙踪》中"务必"共16例，均是修饰动词性短语。如：

（131）严氏道："你出监后，务必到家中走走，我有许多要紧话嘱咐你。"（17 回）

"务要、务须"作语气副词均是"必须、一定"之意。《绿野仙踪》中"务要"仅有3例。如：

（132）文华道："机不可泄，大人务要谨密！"（73 回）

（五）偏、偏偏

"偏"，表示所发生的动作、行为出乎意料，与某种要求、愿望或常理是相反的。《绿野仙踪》中语气副词"偏"共45例，其中位于主语之后修饰动词性短语的有38例，位于句中主语之前的有7例。如：

（133）到了庙外，偏又走在于冰前面，东张西望，不住的催

于冰快走。(8回)

(134) 弟生平不知鬼为何物，偏这样有趣的鬼，被先生遇着，张某未得一见，想来今生再不能有此奇遇也，罢了。(8回)

例 (133) 中"偏"修饰动词性短语"又走在于冰前面"；例 (134) 中"偏"位于主语之前修饰整个小句。

"偏偏"，是"偏"的重叠式，语气上比"偏"更强。《绿野仙踪》中"偏偏"有 11 例，"偏偏的"有 1 例。如：

(135) 偏偏二十天前，就来了个金不换，烦张、尹二人做媒，与了二百两身价，各立合同。(22回)

(136) 孰意造物另有安排，偏偏的就遇着金不换。(71回)

(六) 只得、只好

"只得"和"只好"意义基本相同，表示没有别的选择。

"只得"在《绿野仙踪》中共 165 例，修饰动词性短语和主谓短语。如：

(137) 只教读了六七个月，史监生便嫌馆金太多，又没个辞他的法子，只得日日饮食茶饭刻减起来。(1回)

(138) 我存心出家久矣，在家不得脱身，只得烦王先生写字叫我入都，与王先生无干。(6回)

"只好"在《绿野仙踪》中共 5 例，修饰动词性短语。如：

(139) 曹邦辅深知严嵩利害，也只好语言间行个方便，赖情面开脱一二无辜人。(27回)

（七）恨不得、恨不能、怪道、怪不

"恨不得""恨不能"，都表示急切地盼望做成某事。"恨不能"在《绿野仙踪》中有28例，修饰主谓短语和动词性短语。如：

（140）那妇人此时更忙乱百倍，急圈，急说，急拜，急吹，恨不得那男子登时身死方快。（8回）

（141）那解役恨不得将头碰破。城璧道："我们还要走路，没多的功夫等你。"（8回）

"恨不能"在《绿野仙踪》中有12例，修饰动词性短语。如：

（142）于冰道："先生妙文，高绝千古，小生恨不能夜以继日的捧读……"（7回）

"怪道"，意义为"难怪、怪不得"，在《绿野仙踪》中出现11例，修饰动词性短语和主谓短语。如：

（143）城璧想了想，又笑道："怪道月来将我饮食核减，原来是夫妇商通。今见我不肯动身，又想出这样一条来吓我……"（21回）

（144）王磬儿听了，心下才明白，向苗秃子拍手大笑道："怪道你昨晚和疯子一样，不想是这个原故。"（51回）

"怪不得"在《绿野仙踪》中共11例，修饰主谓短语。如：

（145）于冰道："人原有品行高下，这也怪不得老师防范。"（11回）

第二节 《绿野仙踪》中的范围副词

范围副词意义上表示限定事物的范围和数量，句法功能上修饰谓语动词，充当句子的状语，也可以出现在句首名词之前限定主语。《绿野仙踪》中共有范围副词"都、全、俱、只、不过、仅、亦、也"等共计30个。范围副词内部并不均衡，各个副词在意义、句法功能等方面存在差异。根据语义和句法位置的不同，我们将范围副词分为四类：总括类范围副词、类同类范围副词、限定类范围副词和统计类范围副词。

一 总括类范围副词

总括类范围副词主要表示事物全部具有某种特征，没有例外。总括类范围副词在句法上可以修饰动词谓语句、形容词谓语句，也可以修饰数量结构；部分总括类范围副词可以直接修饰名词。《绿野仙踪》中总括类范围副词有：都$_2$（743），皆（417），通（61），尽（72），尽情（4）、尽行（11），统（15），俱（362），全（45），一概（概）（9），无非（6），均（8），一总（27）共13个。[①]

（一）都

"都"本义为城邑，而后引申为动词"聚集"，副词"都"由表示"聚集"义的动词虚化而来。杨荣祥（2005：316）认为，副词"都"产生于东汉，魏晋时期用例开始增多，元代时已发展为最常用的总括类范围副词。《绿野仙踪》中的"都"有多种意义，主要是范围副词和语气副词，我们将语气副词"都"表示为"都$_1$"，将范围副词"都"表示为"都$_2$"。"都$_2$"可以修饰动词谓语句，也可以修饰形容词谓语句；限定的对象可以是句子的主语，也可以是句子的宾

---

① 本书不将"俱皆""俱都"等形式看作总括类范围副词，而看作为总括范围副词的连用。

语，还可以是句子的外位成分。

1. "都₂" 修饰动词谓语句

"都₂" 修饰动词谓语句在《绿野仙踪》中非常常见，动词经常表具体动作。如：

（1）本城绅衿士庶都哄传这件事做的古道。（5回）

（2）看的人蜂屯蚁聚，都乱嚷上帝降罚，杀此亘古未有的怪物，从此永庆安澜，商旅可免覆舟之患矣。（16回）

"都₂" 修饰的动词也可以是判断动词 "是"，如：

（3）差人打听，不想满街都是卖题名录的，陆永忠买了一张，送与于冰。（1回）

（4）这都是老主人在天之灵，才教相公有此蹉跎。（3回）

例（3）为存现句，其中的 "是" 表示存在；例（4）中的 "是" 没有实在意义，是判断性动词。

"都₂" 修饰的动词可以是表示存在的 "有" 和表示拥有的 "有"，如：

（5）又一个道："这两个殃煞，此时离京，也不过六七天路。我听得说，每人都有二十多万两。"（38回）

（6）两傍各有几间石房，房子也与别处洞房不同，上面都有石窗棂，裱糊着红纱绿纱不等。（45回）

例（5）中的 "有" 表示拥有；例（6）为存现句，其 "有" 表示存在。

2. "都₂" 修饰形容词谓语句

"都₂" 修饰形容词谓语句表示主语全部具有某种性质，如：

（7）严氏又笑道："这都容易，我早晚与你拿来。只是一件，只怕胡大爷三心两意，万一反悔，我岂不在丈夫前丧品丢人。"（17回）

（8）桂芳道："你这话说的都太斯文，称呼也不是。你既与小儿结拜了弟兄，你就该叫我老伯，我叫你贤侄就是了。"（28回）

3. "都₂" 可以出现在被动结构中，形成 "都+被+V" 的结构。如：

（9）行至东大峪，山水陡至，可惜七驮酒、七个驴，都被水冲去。我与驴夫上了树，才留得性命。（8回）

（10）内外各房中箱柜，凡有银子在内者都被老鼠引去。未开的箱柜，俱咬成窟窿，钻了出来，向门外窗外乱飞。（39回）

4. "都₂" 可以出现在 "把、将" 等引导的处置结构中。如：

（11）只这几句，把两旁看的人都说笑了。（21回）

（12）把酒壶、酒杯都交在他手内，说道："还有两碟菜。一碟是咸鸭蛋，一碟是火腿肉，你受享罢。"（86回）

5. "都₂" 的语义指向通常是指向主语，"都" 之前可以有量词重叠形式共同表示周遍意义。如：

（13）你们都要用心扶持幼主，不可坏了心术，当步步以陆老总管为法。（5回）

（14）只是我弟兄两个，都做了正人，我们同事的新旧朋友，可能个个都做正人么？（9回）

例（13）中的"都"在语义指向上指向其前的名词；例（14）中的"都"之前出现了表示周遍意义的量词重叠形式。

（二）皆

"皆"意义上与"都、全"相当，经常用在谓语动词之前，表示主语所指的事物全部进行某一动作，或具有某种性状。"皆"在宋代之前的总括类范围副词中一直居于首位，后逐渐被"都"取代，现代汉语中"皆"只用于书面语和固定成语中。"皆"在《绿野仙踪》中共出现417次。

1. "皆"修饰动词谓语句

"皆"修饰的谓语经常是表示具体动作的动词，如：

（15）那府县书役人等，城中不敢催讨，皆散走各乡索诈。（74回）

（16）藩王府中，亦尽出丁壮相助，人人皆存死守之心。（78回）

"皆"修饰的谓语动词还可是判断动词"系""是"，如：

（17）只见七大八小，皆是神头鬼脸之人。（12回）

（18）况娶亲太早，未免剥削元气，使此子不寿，皆系我之过也。（1回）

2. "皆"修饰形容词谓语句

"皆"修饰的谓语可以是形容词，表示主语全部具有某种性质，"皆"修饰的形容词只能是简单形式，不能有其他副词修饰。如：

（19）于冰见雪越下越大，顷刻间万里皆白，急忙回到山下，至昨晚原住店中，借火烘衣，又顿了几两烧酒御寒。（9回）

（20）见坑上止有一领席子，四角皆残破，一副旧布被褥，

一张小炕桌。（15 回）

3."皆"修饰名词谓语句

"皆"可以修饰名词成分作谓语，经常出现在存现句中，表示某一地方和时间普遍存在某物。"皆"在《绿野仙踪》中共有 98 例。如：

（21）于冰见四面皆崇山峻岭，被连日大雪下的凸者愈高，凹者皆平，林木通白。（9 回）

（22）况此番官兵，皆沂州总兵久炼之卒，非泰安军兵可比。（13 回）

4."皆"修饰介词结构

"皆"修饰介词结构可以是谓语动词的补充，也可以是介词结构直接作谓语，还可以是复句的分句。如：

（23）这样诗，皆从致知中得来，子能细心体贴……（7 回）

（24）你今日为蟒头妇人所困，皆因不会架云故耳。（73 回）

（25）皆因他见众人都看他，越发得意起来，论文不已，那里还顾得蕙娘？（85 回）

5."皆"可以出现在被动句中

"皆"可以用在被动句，限制句首出现的主语。如：

（26）弟之所欲言，皆被萧大哥道尽。（47 回）

（27）其时有一九江夫人、白龙夫人皆被吾雷火诛杀（89 回）

（三）通

"通"表示整个、全部、普遍等意义，可以用于动词之前，概括动作行为主体或者所涉及的对象的范围，是典型的总括类范围副词，在《绿野仙踪》中共出现61例。

1."通"修饰动词谓语句

"通"修饰的动词谓语句一般以"是"为动词，如：

（28）凡米面油盐应用等物，通是殷氏照料；银钱出入，通是文魁经管。（35回）

（29）问道："我这两封柬帖，通是交与你二人收管，为什么将我的抵换了？"（69回）

"通"修饰的谓语也可以是表示动作的动词，但用例较少，如：

（30）又向王二小道："此车仗我法力，虽过极窄的桥，极深的河，你通不用下来，只稳坐在上面，任他走。"（71回）

（31）日前题姑娘喜事，蒙太太允许，我家老爷、太太喜欢的通睡不着。（84回）

2."通"修饰形容词

"通"修饰形容词可以充当句子的谓语，也可以充当句子的补语。"通"修饰的形容词只能是简单形式，不能带有其他副词修饰。如：

（32）同去又怕殷氏动气，银子难往出拿，只急得两眼通红，满脸陪笑。（23回）

（33）于冰见他须发通白，问道："你是柳国宾么？"（15回）

（四）尽

"尽"作总括类范围副词表示事物或动作的全部范围，在《绿野仙踪》中共出现 72 例。

1. 一般用在动词"是"前，带有很强的书面语色彩，偶尔出现在形容词前。如：

（34）细看那铁绳，一个个尽是铁环连贯，约长数丈，岩上都凿着窟窿，看来着实危险。（9 回）

（35）于冰道："贤弟事我已尽知，无庸细说。"（14 回）

（36）顷刻变的须发尽白。（27 回）

例（34）、例（35）中"尽"限定句子的主语，其后的谓语是动词；例（36）中其后的谓语是形容词。

2. "尽"可以出现在处置式和被动式中，语义指向"把/将"的宾语和被动句的主语。如：

（37）因此于要害些方，他毫不防备，将贼众尽聚江宁。（77 回）

（38）文炜尽将胡宗宪种种退缩实奏。（35 回）

（39）有未及上船者，无一不力倦神疲，腹中饥馁，沿路倒毙，或不能行动者，尽被官军斩绝，何止四五千！（78 回）

3. "尽"的语义指向相对自由，可以指向句子的主语，也可以指向动词后的宾语，不受句法的限制。如：

（40）今群贼尽积江宁，他为是省城地方，金帛、子女百倍于他郡。（77 回）

（41）放邯郸国人马入来，尽杀关内文武等官。（68 回）

例（40）中的"尽"语义指向句子的主语"群贼"；例（41）中的"尽"语义指向其后的宾语"关内文武等官"。

（五）尽行、尽情

1. "尽行"表示全部，无一例外，在《绿野仙踪》中共出现11例。如：

（42）除师尚诏同族以及亲戚，听候军门巡抚发落外，其余从贼家属妇女，尽行释放。（31回）

"尽行"经常用在处置式中，限定处置的对象没有例外。如：

（43）京报人道："小的等恐怕大人猜疑，已从吏部将林老爷参奏全稿并圣旨，尽行抄来。"（76回）

（44）可将我的旗号尽行收起，俱换上大丞相兼元帅海中鲸旗号。（67回）

2. "尽情"在现代汉语中表示尽量由着自己的感情，不加拘束。在《绿野仙踪》中"尽情"与"全、都"意义相同，出现在处置式中，表示全部、没有例外，共出现4例。如：

（45）大家相商，将这柳树尽情砍倒，使他无存身之地。（11回）

（46）后来大相公将本村地土尽情出卖，得价银八百八十两，是小人经手兑来。（29回）

（六）统

"统"用在动词之前，表示主语"全部、没有例外"，与"通"相同。但"统"不能修饰形容词，只能修饰动词，《绿野仙踪》中共有15例。如：

（47）又有那些不知死活的鱼虾，也来赶吃人肉，统被老鼋张开城门般大口，一总吞去。（16回）

（48）房产地土，统归外姓。（25）

（七）俱

"俱"是《绿野仙踪》中最常见的总括类范围副词之一，共出现362例。

1. "俱"经常修饰动词谓语句，动词可以是表示动作的动词，也可以是判断动词"是"。如：

（49）陆芳等俱跪在面前；元相公跑来，抱着于冰一只腿，啼哭不止。（5回）

（50）你们从老爷至我至大相公，俱是三世家人，我与你们都配有家室，生有子女。（5回）

"俱"可以出现在存现句，修饰谓语动词"是""有"等。如：

（51）于冰看去，见正面土房三间，东厦房一间，周围俱是土墙。（15回）

（52）铁绳所垂之处，俱有石窟窿，可挽绳踏窟而上。（9回）

2. "俱"可以修饰形容词，限定主语具有相同的性质。如：

（53）曹大人诸处俱好，也还有点才情，惟骄之一字未除，所以有此一跌。（32回）

"俱"修饰形容词必须是形容词的简单形式，不能受到其他副词修饰，不能是重叠形式。

"俱" 可以修饰名词结构作谓语，表示 "全部是" 的意义，"俱"
不能省略。如：

（54）外写《正罡总枢》四字，内中俱龙章凤篆，字有蝇头
大小，朱笔标题着门类，光辉灿烂，耀目夺睛。（62 回）

（55）被巡逻军士拿住，审明男叫朱文魁，女殷氏，俱虞城
县人。（34 回）

3. "俱" 可以出现在被动句中，其语义指向句子的主语。如：

（56）一次污了卷子，那三次到都是荐卷，俱被主考拨回。
（1 回）

（57）可怜众贼，一个未得生全，即有逃至海边者，船只俱
被我军所守，除非跳入海中，林管二总兵又带兵围裹上来，贼众
力战，死亡十分之四，家口并所有俱为官军所得。（78 回）

4. "俱" 可以出现在处置式中，其语义指向 "将/把" 的宾语，
处置式多为 "将" 标记，"把" 只有 1 例。如：

（58）超尘等将银俱搬入大殿上安放，猿不邪将纸剪的驴马
人众，陆续引到无人之地。（39 回）

（59）随将十八房官并内外监场御史、提调等官俱约入里面，
取出个纸条儿来，大家围绕着观看。（3 回）

（八）全

"全" 本义为纯色的完美的玉器，基本义为 "完整"，引申为
"全部、完整、完全" 等意义，成为典型的总括类范围副词。《绿野
仙踪》中共出现范围副词 "全" 45 例。

1. "全"经常修饰动词谓语句,如:

(60) 衣服鞋袜等类全领,银子收十两,存老弟之爱。(9回)

2. "全"的语义可以指向动词后的宾语,如:

(61) 能先克永城,全获逆党家属,又复生擒巨寇,厥功甚大。(35回)

(62) 把我学生几乎苦死!全不晓得凌辱斯文是何等罪犯。(53回)

3. "全"表示完全、没有例外,也可以用于否定,如:

(63) 肯将定物算了妆奁,没有全留下,还是周琏之幸也。(84回)

(64) 俱要一体保护,自全性命,并非全为国家仓库城池打算。(78回)

(九)一概(概)

"一概"用在动词结构之前,概括与动作相关的人或者事物的范围,表示全体在内。"一概"可以省略为"概",《绿野仙踪》中共有9例。如:

(65) 嗣后若有人出首,非师尚诏至亲骨肉,一概不准,只可暗中记名……(34回)

(66) 如玉自知无力,凡朋友概不劳礼。(42回)

（十）无非

"无非"强调论述的话题不超出其后的范围，与其他总括类范围副词不同，"无非"在语义指向上只能指向其后的名词，《绿野仙踪》中共出现 6 例。如：

（67）将献述书字取出，于冰看了，无非是深谢感情的话。（1 回）

（68）穿廊过户，无非是画雕梁，于冰大概一看。（2 回）

（十一）均

"均"作为范围副词，限定其前的主语没有例外，《绿野仙踪》中共有 8 例。"均"后的动词可以是连系动词"系"，也可以是表示动作的一般动词。如：

（69）妇人道："此辈亦梗楠杞梓松柏楸桧之属，均系经历六七千年者。"（16 回）

（70）此后身家，均付之行云流水。（14 回）

（十二）一总

"一总"作为范围副词表示全部，在《绿野仙踪》中共有 27 例。如：

（71）于冰将家中并连城璧送的银两，一总落在他手，喜的留得命在。（9 回）

（72）众侍女将翠黛放下，解去绳索，穿好衣服，将裙子和宝剑并锦囊中诸物，一总夹在胁下，哭哭啼啼，甚是悲切。（97 回）

二 类同类范围副词

类同类范围副词表示事物之间具有共同特征，属于类同关系。这些特征既可以是相同的情况，也可以是相同或相近的性质，还可以是相同的变化趋势等。类同类范围副词主要修饰动词谓语句和形容词谓语句，充当句子的状语，但不能修饰数量结构。类同类范围副词还主要指向句子的谓语动词。《绿野仙踪》中类同类范围副词有2个：也（2679）、亦（629）。

（一）也

"也"是《绿野仙踪》和现代汉语中最常见的类同范围副词。杨荣祥（2000）认为，"也"大约产生于六朝，在元明时期的白话文中大量兴起，并逐渐取代表示类同意义的"亦"。"也"能够用于主语类同、谓语类同等各种类同句，在《绿野仙踪》中共出现2679例。

1. 主语不同，谓语类同

"也"可以出现在主语不同，谓语类同的句子中，一般出现在后一小句的谓语之前，表示后一句子的主语与前一句子具有共同特征或变化。如：

（73）城璧拂拭了泪痕，又笑说道："……"于冰也笑道："你姑俟之。"（9回）

（74）一日如此，虽百年也不过如此。（70回）

"也"可以同时出现在前后两个小句中，意义较虚。如：

（75）如玉道："快驾云！你看刀也来了，枪也来了……"（97回）

（76）把嘴向张华一丢道："你只听听罢，云也来了，雾也来了，说个来了，就越发来了。"（94回）

2. 主语类同，谓语不同

"也"能够出现在主语类同，谓语不同的句子中，与现代汉语"也"只出现在后一小句不同，《绿野仙踪》中的"也"能够出现在前后两个小句中。如：

（77）文炜接来，双手递与林岱，林岱也不推让，也不道谢。（18 回）

（78）即得发放如玉文票，罗龙文也不发铺司，也不差人，将文票着飞鹏看了，然后封讫。（37 回）

3. 主语、谓语类同，宾语不同

"也"能够出现在主语、谓语类同，宾语不同的句子中，且宾语可以提前。如：

（79）娃子笑道："没有，没有。这一头柴也放，木炭也放。"（81 回）

4. 主语、谓语、宾语类同，状语不同

状语类同也可以用"也"表示，"也"可以出现在谓语动词之前，也可以出现在状语之前。如：

（80）他又不走正路，只拣有州县处绕着路儿走，二三十里也住，五六十里也住。（73 回）

（81）说道："先生今日也以富贵许我，明日也以富贵许我……"（70 回）

（二）亦

"亦"与"也"的基本意义相同，都表示类同，强调前后提到的两件事或两种情况在性质上有类同之处。"亦"也有实用用法与虚用

用法。"亦"在《绿野仙踪》中共有 629 例。

1. "亦"表示类同，类同的可以是主语、谓语、宾语、状语等，这些类同之处同时出现在句子中。如：

（82）那公子方肯入来作揖，于冰急忙还揖，那公子随即跪下，于冰亦跪下相扶。（4 回）

（83）人生世上，那有个不散的筵席？富贵者如此，贫贱者亦如此。（70 回）

有时类同之处没有直接表现在表面，"亦"暗含两者具有相同的性质。如：

（84）家道渐次不足起来；却为人方正，不但非礼之事不行，即非礼之言亦从不出口。（79 回）

2. "亦"可以修饰名词。如：

（85）其高祖冷谦，深明道术，在洪武时天下知名，亦周颠、张三丰之流亚也。（1 回）

（86）你今既动了改邪归正念头，就是与祖父接续香火的人，将来可保首领，亦祖父之幸也。（9 回）

"亦"与"也"都表示类同，"也"多用于现代汉语，"亦"多用于古代汉语，大部分可以替换，但两者也有不同之处。

三 限定类范围副词

限定类范围副词是对动作行为和与动作有关的事物的范围、数量等进行限定的副词。限定范围副词在语义上可以指向动作、主语、宾语等各种句法成分，组合能力上可以修饰动词、数量词，还可以修饰限定名词，但很少修饰形容词。《绿野仙踪》中的限定类范围副词有：只（929），止（378），惟（124）、惟有（49），独（2），仅（24），单（8），不过（284），专（13）、专一（1），但（103），凡₁（96）。

（一）只

1. "只"表示限定范围，用在谓语动词之前，强调动作的范围，若谓语为动宾结构，则重点强调限制宾语的范围。如：

（87）我只愿他保守祖父遗业，做一富而好礼之人，吾愿足矣。（1回）

（88）只求老爷将金不换、尹鹅头等严行夹讯。（22回）

"只"后若出现介词结构，则强调的范围是介词短语，表示只从某方面考虑。如：

（89）林岱连忙产道："不是我敢硬，只因与此位从未一面，心上过不去。"（18回）

（90）桂芳道："这话不用说，我知道，你只从赎回你嫂子后说罢。"（28回）

2. "只"后带有数量成分，则"只"强调数量，通常表示数量少。如：

（91）凡诗歌之类，冷松只口授一两遍，他就再不能忘，与他解说，他就能会意。（1回）

（92）如玉只急的要出监，可惜连铺房并货物二万有余的生意，只八千一百两了绝。（37回）

3. "只"可以于名词之前表示仅有，排除其他名词。如：

（93）后来随大哥出了家，觉得冷暖跋涉都是容易事，只这饭食甚是艰苦。（71回）

（94）只这一句，两辆车儿和钉定住的一般，车夫将骡马乱打，半步亦不能动移。（14回）

4."只"用在句首修饰名词，表示仅从这一项而言，不考虑其他的，已经如此。如：

（95）不算金帛珠玉，只银子有三万余两，足见宦久自富也。（35回）

（96）摇着头儿道："这酒利害，只这一口，我就有些醉了。"（83回）

（二）止

限定范围副词"止"与"只"相同，在《绿野仙踪》中共有378例。

1."止"可用于谓语动词之前，限定动作，若有数量结构则强调数量结构少。如：

（97）文炜道："约上止有三百五十两，怎么说是三百六十五两？"（18回）

（98）随即打一恭告别，宗宪止送在台阶下，就不送了。（73回）

2."止"之前可以有否定词"不"，表示除去限定的范围之外还有其他的。如：

（99）但出家人第一要割爱，割爱二字，不止是声色货利，（37回）

（三）惟、惟有

1. "惟"意义上表示"仅仅"，限定动作和事物的范围，是典型的限定范围副词，现代汉语中通常与"唯"相通①。"惟"可以修饰动词、介词短语和名词，在《绿野仙踪》中共有 124 例。

（1）"惟"修饰动词，限定动作的唯一性，相当于"只"。如：

（100）周琏被蕙娘阻留，只得忍耐，也没心情说话，惟放量的吃酒。（86 回）

（2）"惟"可以修饰介词结构，如：

（101）家间妻子未尝不思及，然随起随灭，毫无萦结，惟于他到不能释然。（14 回）

（3）"惟"经常修饰名词，出现在主语名词之前，表示只有，是"惟有"的省略形式。如：

（102）副帅是林岱，也是我的旧人。惟俞大猷，我认不得他。（77 回）

（103）惟周通家不轮流，每月独管三会。（79 回）

（4）"惟"能够受否定词"不"的限定，表示除限定的成分外还有其他成分，相当于"不只"。如：

（104）况我们做了正人，他们便是邪人，邪与正势不两立，不惟他们不喜，还要怨恨你我无始终，其致祸反速。（9 回）

---

① 《绿野仙踪》中的"唯"与"惟"不同，"唯"是拟声词，只存在于"唯唯"之中。

（105）若着汝等始终沉埋在我这葫芦内，不惟你们心上不甘，即我亦有所不忍。（62回）

2. "惟有"限定动作行为和动作对象的唯一性，意义与"只有"相当，在《绿野仙踪》中共有49例。

（1）"惟有"常用在谓语动词之前，表示只能做某个动作。如：

（106）城壁无心观玩，惟有步步吁嗟而已。（27回）

（2）"惟有"可用于句首名词之前，限定与动作有关的事物范围。如：

（107）惟有这金钟儿，才一十八岁，他的人才真是天上碧桃，月中丹桂，只怕仙女董双成还要让他几分。（43回）

（四）独

"独"表示仅有，作为限定范围副词，在《绿野仙踪》中共出现2次。如：

（108）老先生总忍心轻薄小弟，独不为小弟功名计耶？（39回）

（五）仅

"仅"是典型的限定范围副词，表示唯一，在《绿野仙踪》中共有24例。"仅"可以用于谓语动词之前，强调动作所支配的对象的范围，用于限定数量结构时表示数量少。如：

（109）如此鬼弄了月余，仅捐了三十多两，共得银四十三两有奇。（19回）

（110）我到杭州，查办被寇郡县地方事务，屈指仅十一日。
（78 回）

"仅"可以用"非"进行否定，表示并不限于范围之内。如：

（111）林润道："赵文华兵败逃奔扬州，满京城街谈巷议，人所共知，非仅臣一人知道。"（76 回）

（六）单

单是限定范围副词，表示唯一，用于谓语之前限定宾语，表示宾语内容的唯一性。"单"共有 8 例。如：

（112）在本村雇了个十四五岁的小厮，单伺候城璧茶水饭食，日落时才许他回家。（20 回）

（113）你的银子，在柜内放着，这贼诸物不偷，单偷银两？
（58 回）

（七）专、专一

"专"用于谓语动词之前限定动作、行为的范围，表示动作行为具有排他性，也可表示动作行为集中于某一事物上。《绿野仙踪》中"专"共有 13 例，其中"专一"1 例。如：

（114）这个公子酒色上到不听的，专在名誉上用意。（2 回）

（115）这小厮力气最大，汉仗又高，相貌极其凶恶，专一好斗殴生事。（11 回）

（八）但

"但"作为限定范围副词，表示"仅仅"，用在谓语动词之前，在《绿野仙踪》中共有 103 例，"但"后多为能够控制的感官动词。如：

     （116）妇人道："郎君但请放心，相会不愁五日。今天缘凑合，且成就喜事。过日再商。"（87回）

     （117）到乡试年头，有人劝他下场，他但付之一笑而已。（3回）

     "但"可以用在名词之前，表示仅某一方面。如：

     （118）但他一甲，就其大如此，身子真不知多长！（90回）

（九）不过

     "不过"作为限定范围副词表示将事物的范围缩小到某一限度之内，意义为"仅""只是"。"不过"经常用在谓语动词和数量短语之前，限定动作对象的范围；也可以用在名词之前，限定名词的范围。"不过"在《绿野仙踪》中共有284例。

     1．"不过"修饰谓语动词，限定宾语的范围，谓语动词可以是"是"。如：

     （119）做宰相、巡抚的到不管，你不过是个穷秀才，到要争着管。（3回）

     （120）说道："我不过吃了你几个点心，身子未尝卖与你，你若如此聒噪，我与你吐出来何如？"（10回）

     2．"不过"可以直接修饰数量结构，表示数量少。如：

     （121）石堂门却用一块木板堵着，也不过三尺高下，二尺来宽。（9回）

     （122）于冰见轿内坐着个官儿，年纪不过三十上下，跟着许

多衙役。(14 回)

3 "不过" 可以直接限定名词,如:

　　(123) 倭寇之所欲者,不过子女、金帛而已,地方非他所
欲!(74 回)

4. "不过" 可以与 "而已" "罢了" 等词配合使用,强调范围非
常小,程度很轻。如:

　　(124) 体仁笑道:"他有什么学问?不过以耳作目罢了。刻
下他儿子不过完篇而已。"(79 回)
　　(125) 于冰道:"也没什么道果,不过经年家登山涉水而
已。"(15 回)

(十) 凡$_1$

"凡$_1$" 作为限定范围副词,强调 "在范围之内无一例外",意义
为 "只要是"。"凡$_1$" 意义上与总括类范围副词相似,但总括类范围
副词强调的是总体,"凡$_1$" 强调的是个体;在语法的表现也不同,总
括类范围副词常出现在谓语动词之前,而 "凡$_1$" 则只出现在其限定
的句首名词之前。"凡$_1$" 经常与 "都、就" 等总括类范围副词一起
使用。"凡$_1$" 在《绿野仙踪》中共有 96 例。如:

　　(126) 陆芳深以为然,凡议亲来的,俱以好言回覆……(1
回)
　　(127) 凡通知人性者,皆欲得此一物食之,为修炼捷径。
(38 回)

"凡" 均出现在名词性成分之前,表示没有例外,例(126)、例

（127）中都有表示总括的范围副词"俱、皆"出现。

"凡$_1$"还可用于动词之前，表示出现的所有情况均不例外。如：

（128）前后倭船，凡到文炜等候处，十丧八九。（78 回）

（129）自此后，凡到内院，逢春必问明然后出入。（25 回）

四 统计类范围副词

统计类范围副词表示事物和动作的数量，是对全部数量的统计，表示"加在一起总共"。统计类范围副词必须与数量结构搭配，可以修饰数量结构和谓语动词，统计类范围副词在语义上只与数量有关。《绿野仙踪》中的统计类范围副词共有 5 个：凡$_2$（1）、共（55）、通共（3）、约（76）、大约（4）。

（一）凡$_2$

"凡$_2$"作为统计类范围副词出现在数量词之前，表示主语的总数。在《绿野仙踪》中仅有 1 例。如：

（130）《小雅》自《鹿鸣》而下，《湛露》而上，凡二十有二章。（2 回）

"凡"作为统计副词出现的频率很低，一般只出现在书面用语中，例（130）出现在仿古文写的祝词中。

（二）共

"共"作为统计类范围副词在《绿野仙踪》中共出现 55 例。

1. "共"可以直接用在数量结构之前，表示主语的总数。如：

（131）钱已有了一万九千三百余文，银子共十一两四钱有零。（18 回）

（132）四个人共一千二百两，都交付东家四胖子收存。

（23 回）

2. "共" 可以用于谓语动词之前，限定数量宾语。如：

（133）文魁道："这是二顷二十亩地价。共卖了八百八十两。"（23 回）

（134）鬼混了半天，文魁前后共输六百七十七两，直输的和死人一般。（23 回）

3. "共" 可以出现在疑问句中，其后接表示数量的疑问代词。如：

（135）俞大猷问文炜："所看战船，共有多少？"（77 回）

（136）世蕃道："你在他庄内共勾去多少人？"（37 回）

（三）通共

"通共" 作为统计类范围副词表示总共，可以出现在谓语动词之前，也可以出现在数量结构之前。如：

（137）胡监生道："……我前曾说过，连库秤并衙门中使费，通共该找我五十二两五钱。"（18 回）

（138）这一日，本乡亲友，或三十人一个名单，或五十人一个名单，通共止六七个祭桌，人倒不下二百有余。（42 回）

（四）约

"约" 表示对事物数量的不十分准确的估计，在《绿野仙踪》中共出现 76 例。"约" 经常直接出现在数量词之前，如：

（139）文炜道："此去水路约一千余里，老兄若无盘费，弟

还有一策。"（18 回）

（140）如玉目光一瞬，早看见个妇人，年约二十上下。
（95 回）

"约"也可以出现在谓语动词之前，但动词的宾语成分必须含有
数量结构。如：

（141）于是又放胆踏窟倒手，约有两杯茶时，已到了岩顶，
扒了上去。(9 回)

（142）约走了二十多里，至新都县饭铺内吃饭……（17 回）

（五）大约

大约表示对数量的大略估计，其后要带数量结构，"大约"既可
以与数量结构直接相连，也可以与动相连，《绿野仙踪》宾语中出现
数量结构共 4 例。如：

（143）小生有一朋友，彼此相订在安仁县内会面，大约三两
天就来。（11 回）

（144）大约两大壶酒，金不换也有半壶落肚。（20 回）

第四节　《绿野仙踪》中的时间副词

时间副词是表示动作行为或情况出现时间的副词。句法功能上，
时间副词一般只能修饰动词性成分。但表持续义的时间副词还可以修
饰形容词性成分，此时的形容词不再表示性质状态，而是表示一种动
态变化。有些时间副词还可以修饰数量成分，这时的"时间副词+数
量（名）"表示一种发展变化。句法位置上，大多数时间副词位于
主语之后、谓语之前，但有些时间副词还可位于主语之前。

时间副词是副词中数量较多的一个次类，为了更准确地分析时间副词的特点，我们对其进行再分类。分类时我们以语义为主，为了减少类别的数目，将语义相反或相对的时间副词归为一类，把《绿野仙踪》中的时间副词分为四大类：一表过去、进行、将来；二表初始、最终；三表短时、持续、不定时；四表暂且、逐渐。

一　表过去、进行、将来

（一）表过去

表过去的时间副词在语义上表示动作行为或情况在说话之前或某一特定时间之前即已发生、存在或完成。语法功能上，一般只能修饰动词及动词性短语，偶尔修饰数量（名）短语，如"已"。《绿野仙踪》中表过去的时间副词共 6 个：已（749）、已经（32）、曾（109）、早（286）、既（28），尝（4）。

1. "已"在《绿野仙踪》中共出现 769 例，其中修饰动词短语有 745 例，修饰数量短语有 24 例。如：

（1）不意罗龙文便衣幅巾，跟着两个俊秀鲜衣小厮，已到面前。于冰忙取大衣服要穿，龙文摆手道："不必。"（2 回）

（2）于冰见写的年家眷弟帖，日前眷晚生帖也不见璧回。少刻国宾走来说道："罗老爷已在门前了。"（2 回）

（3）陆芳道："老奴今年已六十八岁，再活十年，就是分外之望，世上那有活千年的人？除非做个神仙。"（1 回）

例（1）、例（2）中"已"分别修饰动词性短语"到面前"和"在门前"；例（3）中"已"修饰数量短语"六十八岁"。

2. "已经"在《绿野仙踪》中共出现 32 例，其中修饰动词性短语的有 29 例，修饰数量短语的有 3 例。如：

（4）我已经打发张华同差人去州中，与他们那凑去了，先和

母亲说声。(41 回)

(5) 如玉见他月前买的锦缎被褥料子，已经做成，辉煌灿烂的堆在坑上，先到与何公子试新，心上甚是气悔。(47 回)

(6) 你是几时搬到这里的？萧麻子道："已经二年了。"(43 回)

例（4）和例（5）中"已经"分别修饰动词性短语"打发张华同差人去州中"和"做成"；例（6）"已经"修饰数量短语"二年"。

3. "曾"在《绿野仙踪》中共出现 109 例，都是修饰动词和动词性短语。如：

(7) 陆芳笑道："老奴前曾说过，中会自有定命，迟早勉强不得。老奴着相公完姻，实有深意。"(1 回)

(8) 仙客道："东北上有一永顺县，县外有一崇化里，祖师曾吩咐，贤弟不可不一去。"(12 回)

例（7）、例（8）中"曾"分别修饰动词性短语"说过"和动词"吩咐"。

4. "早"在《绿野仙踪》中共有 286 例，均是修饰动词性短语的。如：

(9) 随即入内与他母亲详说，早有人报知姜氏、卜氏同儿媳李氏，到姜氏房中道喜。把一个姜氏喜欢的没入脚处。(35 回)

(10) 苗秃子跳起来道："实和你说罢，救兵和救火一样，没有三五天的耽搁。郑老人早已把车子雇下，在我们前等到此时了。"(50 回)

例（9）、例（10）中"早"分别修饰动词性短语"有人报知姜氏"和"已把车子雇下"。

5. "既"在《绿野仙踪》中共出现 28 例，均是修饰动词性短语。如：

（11）于冰道："老兄既缺饮食，幸亏我带得在此。"（10 回）

（12）起初未劫牢之前，还是藏头曳尾，今既杀败官兵，各胆大起来。（13 回）

例（11）、例（12）中"既"分别修饰动词性短语"缺饮食"和"杀败官兵"。

6. "尝"在《绿野仙踪》中共出现 4 例，均是修饰动词性短语。如：

（13）他虽是个少年娃子，却深以功名为意，尝背间和陆芳说："人若过了二十岁中状元，便索然了。"（1 回）

（14）弟子尝念赋质人形、浮沉世界，荏苒光阴，即入长夜之室，轮回一堕，来生不知作何物类，恐求一人身而不可得。（10 回）

（二）表进行

表进行的时间副词在语义上表示动作行为在某个时候正在进行；在句法功能上，它们只能修饰动词和动词性短语。《绿野仙踪》中表进行的时间副词有 2 个：正$_2$（168）、正在（24）。

1. "正$_2$"在《绿野仙踪》中共出现 168 例，其中大部分是"正+动词性短语+间/之间/时/之时/之际"的结构。如：

（15）正言间，家人们入来说道："本村的亲友，俱在外面看望大爷。"（37 回）

（16）严世蕃正坐着轿，率领众家丁行李走路，乍见了这枝人马，也与陈大经一般，没命的逃奔。（38回）

例（15）、例（16）中，副词"正"分别修饰动词"言"和动词性短语"坐着轿"。例（16）中，"正"与"动词+着"连用，更突出动作正在进行。

2. "正在"在《绿野仙踪》中共24例，大部分是"正在+动词性短语+间/之间/时/之时/之际"的形式，仅有2例是"正在+动词性短语+着"的形式。如：

（17）正在作难间，又见正东上一前一后，有两块乌云滚滚而来。（61回）

（18）大家正在叙谈时，只见家丁禀道……（30回）

（19）正在街上走着，忽见一家门内抬出个和尚……（12回）

例（17）和例（18）中"正在"分别修饰动词"作难"和"叙谈"，例（19）中"正在"与动态助词"着"配合使用。

（三）表将来

表将来的时间副词语义上表示情况或动作行为将要出现或进行；语法功能上，此类词一般只能动词谓语。《绿野仙踪》中表将来的时间副词共有4个：将（29）、将要（3）、待要（10）、然后（100）。

1. "将"在《绿野仙踪》中共29例，均是修饰动词性短语的用例。如：

（20）将走到天竺寺门前，见寺旁有一人倚石而坐，于冰见他形貌腌臜，是个叫花子，也就过去了。（10回）

（21）说罢，从后檐跳下。将走到厅门外，先咳嗽了一声，众妖齐向外看，于冰已入厅来……（12回）

2. "将要"在《绿野仙踪》中仅 3 例，均是修饰动词性短语。如：

（22）贼将要着朱文魁去当军，殷氏有的是银子，行了贿赂，将他留下。（44 回）

3. "待要"在《绿野仙踪》中共 10 例，既修饰动词也修饰动词性短语。如：

（23）于冰又将状元儿叫过来，却待要说，不由得眼中落下泪来。（5 回）

（24）却待要取被子睡觉，听得门外说道："是谁在我屋内？还不快开门！"不换道："房主人来了。"（27 回）

4. "然后"在《绿野仙踪》中共 100 例，既修饰动词及动词短语，也可修饰主谓短语。如：

（25）走上前先行跪拜，然后打躬，严嵩站起来用手相扶，有意无意的还了半揖。（2 回）

（26）如玉先到殿上，与观音大士一揖，然后着家人们投帖，下来到东禅房，与于冰三人叙礼，各通姓讳。（36 回）

二 表初始、最终

（一）表初始

表初始义的这小类副词语义上表示事物或动作行为的发展变化刚刚开始。《绿野仙踪》中此类副词共有 8 个：方（182）、才₂（98）、方才（156）、始（34）、初（15）、起初（13）、刚（36）、刚才（7）。

它们一般只能修饰动词及动词性短语，个别的副词可修饰数量短语，如"才"。表初始义的副词在现代汉语中可修饰形容词，此时形容词表示发展变化或过程，如"树叶才绿"。《绿野仙踪》中此小类副词没有这种用法。

1. "方"在《绿野仙踪》中共 182 例，均是修饰动词及动词短语。如：

（27）姜氏临行，坐骡轿大哭的去了。在路走了数天方到，文炜已补了兵部职方司员外郎。（35 回）

（28）三个家人都跟着他说长论短，他也不理论是几个。好半晌，方同众家人游走下来……（39 回）

"方"都修饰动词及动词性短语，表示动作行为或事物的发展变化刚刚开始。例（27）"方"修饰动词"到"，例（28）中"方"修饰动词性短语"同众家人游走下来"。

2. "才₂"在《绿野仙踪》中共 98 例，其中修饰动词及动词性短语 88 例，修饰数量短语 10 例。如：

（29）于冰细问周通家举动，国宾详细说了一番，才知周通家竟有七八十万家私，还没有生的儿子。（4 回）

（30）夫妻二人年四十余，止有一子一女，女儿乳名瑶娘，儿子才三岁，家中有二顷多田地，还将就过的……（1 回）

（31）严世蕃低头看他抱的仙女，不想是他五妹子，系严嵩第三房周氏所生，才十九岁，还未受聘。（26 回）

例（29）中，"才"修饰动宾短语"知周通家竟有七八十万家私"；例（30）、例（31）中，"才"修饰数量短语"三岁"和"十九岁"。

3. "方才"在《绿野仙踪》中共 156 例，均是修饰动词及动词短语。如：

（32）直至过午时分，方才到了，不想是个小去处，内中止有五六十家。（11回）

（33）且说何氏与蕙娘嚷闹后；过了两天，不见周琏动静，方才把心落在肚内。（86回）

"方才"相当于副词"才"，例（32）和例（33）中"方才"分别修饰动词"到"和动词性短语"把心放在肚内"。

4. "始"在《绿野仙踪》中共34例，均是修饰动词短语。如：

（34）余于十二日三鼓时始得此卷，深喜榜首必出吾门，随于次早荐送。（1回）

（35）文炜又接说道："投奔崇宁县被逐出境外，始流落在这庙内。"（24回）

例（34）和例（35）中，"始"分别修饰动词短语"得此卷"和"流落在这庙内"。

5. "初"在《绿野仙踪》中共15例，均是修饰动词性短语。如：

（36）桂芳恐林岱初到任费用不足，又自知年老，留银钱珍物何用，将数十年宦囊，尽付严氏带去。（35回）

（37）于冰初登云路，觉得两耳疾风猛雨之声不绝，低头下视，见山河城市，影影绰绰，如水流电逝一般，都从脚下退去。（20回）

例（36）、例（37）中"初"分别修饰"到任"和"登云路"。

6. "起初"在《绿野仙踪》中出现13例，均是修饰动词性短语。如：

（38）起初还想着于冰回心转意，陡然回家，过了三年后，始绝了念头，一心教养儿子，过度日月。（79回）

（39）姜氏系于冰早行说明，暗中有两个妥当人相帮，起初二鬼扶掖时，眼里又看不见，不知是神是鬼。（25回）

例（38）、例（39）中"起初"分别修饰动词性短语"还想着于冰回心转意"和"二鬼扶掖"。

7. "刚"在《绿野仙踪》中共有36例，均是修饰动词性短语。如：

（40）次日上衙门，刚走到二门前，不知怎么跌了一交……（4回）

（41）因此安顿了家事，骑了一匹马，带随身行李，刚到了平阳府地界，见一座饭馆，便下马打午尖。（13回）

例（40）、例（41）中"刚"分别修饰动词性短语"走到二门前"和"到了平阳府地界"，表示动作行为刚刚开始。

8. "刚才"在《绿野仙踪》中共7例，均是修饰动词性短语，相当于"才"。如：

（42）过了几天，周通设戏酒请贡生会亲，又约了许多宾客相陪。贡生辞了两次方来。刚才坐下，便要会叶先生。（85回）

（43）他母亲刚才亡过年余，他妻子洪氏又得了吐血的病；不上三两个月，也病故了，连棺木都措办艰难。（90回）

例（42）、例（43）中"刚才"分别修饰动词性短语"坐下"和"亡过年余"。

（二）表最终

表最终的这小类时间副词在语义上表示某种动作行为最终出现或某种结果最终发生。《绿野仙踪》中此类副词仅 2 个：终$_2$（18）、竟$_2$（16），功能上只修饰动词及动词性短语。

1. "终$_2$"在《绿野仙踪》中共 18 例，均是修饰动词性短语。如：

（44）弟到二十五岁，想着此等事损人利己，终无好结局，就是祖父，也不过是偶尔漏网，便劝我哥哥改邪归正。（9 回）

（45）于冰大悦，次日，写了一封书字，向董玮道："公子与我们在一处，终非常法。"（36 回）

2. "竟$_2$"，意义为"最后、最终"，在《绿野仙踪》中共 16 例。如：

（46）于是听几步，走几步，竟寻到了山庄前，见家家俱将门户关闭，叫了几家，总不肯开门，沿门问去，无一应者。（7 回）

（47）说罢，一直入内院去了。文华怕极，日夜登门，严嵩父子通不见面。文华竟是没法。（75 回）

三 表短时、持续、不定时

（一）表短时

此类副词语义上表示动作行为或情况在很短时间内出现或发生，功能上主要修饰动词性短语，个别还可修饰主谓短语。《绿野仙踪》中此类副词有 22 个：立即（58）、即刻（15）、即忙（21）、立刻（30）、忽（68）、忽然（19）、猛（119）、猛然（11）、猛可里（2）、霎时（1）、随即（126）、旋（47）、旋即（14）、一旦（9）、一时（41）、骤然（2）、转眼（3）、转眼间（3）、便₂（157）、就₂（256）、当下（2）、登时（7）。

1. "立即"在《绿野仙踪》中共 58 例，均是修饰动词性短语。如：

(48) 众人跑上，便将如玉上了大锁，蜂拥而去，把些大小家人都吓呆了，立即哄动了一庄人。(37 回)

(49) 郑婆子立即回转面孔，哈哈大笑道……（68 回）

2. "即刻"在《绿野仙踪》中有 15 例，均是修饰动词性短语。如：

(50) 段诚道："救人贵于救到底，小人即刻就去。"（18 回）

3. "即忙"在《绿野仙踪》中共 21 例，均是修饰动词性短语。如：

(51) 于冰即忙看视，见他一倒即化为乌有，急急向四下一望，形影全无，止见那男子还蹲在阶上。(12 回)

(52) 董玮即忙跪拜，于冰拉他不住，只得相还叩拜起来。（26 回）

4. "立刻"在《绿野仙踪》中共 30 例，均是修饰动词性短语。如：

(53) 如玉听了，催兵急行，到金钱镇城前。铁里模糊也不交战，立刻将人马退去，让如玉进城。(69 回)

(54) 讲到分家，到是段诚还较论了几句，他无片语争论，

就被我立刻赶出去。(25回)

5. "忽"在《绿野仙踪》中共 68 例，一般修饰单音节动词"言""见"等。如：

(55) 正言间，忽听得江声大振，水泛红波，见一鼋头大有丈许，被众神丁推涌上江岸。(16回)

(56) 忽见那被摔倒的解役，挣命扒起，又想逃走。城璧喊了一声，吓的他战哆嗦，站在阶前，那里还敢动移半步！(26回)

6. "忽然"在《绿野仙踪》中共 19 例，修饰动词性短语和小句。如：

(57) 过了二十余天，忽然京中来了两个人，骑着包程骡子，说是户部经承王爷差来送紧急书字的，走了七日才到。(5回)

(58) 于冰忽然又想起一事，向不邪、锦屏、翠黛道："固形一丹，是你三人所急需者。"(99回)

7. "猛"在《绿野仙踪》中共 119 例，修饰动词和动词性短语。如：

(59) 刚才站起来，猛见对面西山岔内，陡起一阵腥风。(6回)

(60) 等了一会，猛听得先生房内，叮叮当当，敲打起来，也不知他敲打的是甚么东西。(7回)

8. "猛然"在《绿野仙踪》中共 11 例，均是修饰动词和动词性短语。如：

（61）猛然一睁眼，见前面一座高大牌坊，直冲霄汉，彩画的丹楹绣柱……（65回）

（62）一日午间，于冰猛然从炕上跳起，大笑道："吾志决矣！"。（5回）

9. "猛可里"在《绿野仙踪》中仅2例，修饰动词和动词性短语。如：

（63）冷明猛可里见桌子旁边砚台下压着一封书字，忙取出一看，上写着"柳国宾等开拆"。（6回）

（64）这万剐凌迟的奴才，猛可里在我背后，将我腰眼间，被他那驴头加力一触，我几乎碰死。（27回）

10. "霎时"在《绿野仙踪》中仅1例，修饰动宾短语。如：

（65）须臾如天轮胶泪而激转，霎时若地轴挺拔而争回。（87回）

11. "随即"在《绿野仙踪》中126例，均是修饰动词性短语和小句。如：

（66）那花子见于冰回来，将于冰上下一看，随即将眼就闭了。（10回）

（67）随即郑三入来说道："昨日是大爷千秋，晚上才晓得，还和老婆子生了会气。"（54回）

12. "旋"在《绿野仙踪》中有47例，均是修饰动词性短语。如：

（68）旋用笔在庙墙上画了一个门儿，门头上写了"西安藩库"四字。（39 回）

13. "旋即"在《绿野仙踪》中共 14 例，均是修饰动词性短语。如：

（69）正想算间，只见那妇人又跑入庙来，先向于冰坐的廊下一望，旋即又向西廊下一望，急急的入殿内去了。（8 回）

（70）郭氏听罢，便将面色变了一变，旋即又笑问道："怎么他也不回家去？"（20 回）

14. "一旦"在《绿野仙踪》中共 9 例，均是修饰动词性短语。如：

（71）小的实该万死！小的从出娘胎至今，受主人恩典、娶妻生子，四十余年。一旦听了老婆的教唆……（58 回）

（72）生员深知温如玉年来没钱，一旦被盗四百余两，便心疑是金钟儿弄鬼。不想果然。（60 回）

15. "一时"在《绿野仙踪》中共 41 例，均是修饰动词性短语或小句。如：

（73）不意一时失算，娶了个郭氏，弄出天大的饥荒，微幸挣出个命来。（22 回）

（74）如玉复到江边，站了好半晌，心里还想他们一时泊船在别处，找寻回来，亦未敢定。（40 回）

16. "骤然"在《绿野仙踪》中仅 2 例，均修饰动词性短语。如：

（75）天下相同的人甚多，你骤然禀报了官，万一不是，这诬良为盗的罪，你到有限，我却难说。（28 回）

17. "转眼"在《绿野仙踪》中仅 3 例，如：

（76）我虽和他相交未久，他还重点朋情，背间说几句抱不平的议论；与那些转眼忘恩鸡肠鼠腹的小辈大不相同。（50 回）

18. "转眼间"在《绿野仙踪》中有 3 例，均修饰动词性短语和小句。如：

（77）话说于冰与城璧、不换入了大罐，转眼间出了长泰庄。（37 回）

（78）只见那猴儿跑到绳前，双手握住，顷刻扒入青霄。众人仰视，惊异不已，转眼间，形影全无。（38 回）

19. "便$_2$"在《绿野仙踪》中共有 157 例，均是修饰动词性短语。如：

（79）王献述于冷松夫妇葬埋之后，便要辞去，陆芳以宾主至好情义相留。（1 回）

20. "就$_2$"在《绿野仙踪》中共有 256 例，均修饰动词性短语。如：

（80）到第三日绝早，于冰整齐衣冠，同龙文到西江米巷，在府前大远的就下了车。（2 回）

21. "当下"在《绿野仙踪》中有 2 例，均是修饰动词性短语。如：

（81）夫人笑道："道兄手中何物？"于冰道："当下着你便知。"说罢，劈面打去。（61回）

22."登时"在《绿野仙踪》中有7例，均是修饰动词性短语和小句。如：

（82）萧麻子急急瞅了一眼，如玉登时耳面通红，正要发作，苗秃子大笑道……（48回）

（83）苏氏便将何氏说的话一一诉说。冷氏听了，登时变了面孔，向众仆妇道："怎他这样不识人敬重？"（84回）

（二）表持续

此类副词语义上表示动作行为持续或长时间内经常进行，某种情况持续存在，或事物长时间内保持某种性状不变。语法功能上，除了修饰动词谓语以外，还可比较自由地修饰形容词谓语。《绿野仙踪》中此类副词共有29个：从此（49）、从来（5）、历来（8）、连连（87）、仍（109）、仍旧（5）、仍然（1）、始终（24）、素日（38）、向来（1）、时刻（11）、依旧（12）、依然（5）、一连（14）、一向（4）、一直（23）、永（46）、永远（4）、犹（46）、照旧（4）、直（52）、至今（13）、总（46）、总是（24）、自来（1）、终日（7）、终日家（2）、逐日（5）、逐日家（8）。

1."从此"在《绿野仙踪》中共49例，均是修饰动词性短语和小句。如：

（84）那潘知县每看到改抹处，便击节叹赏，以为远不能及。从此竟成了个诗文知己，不是你来，便是我去。（4回）

（85）想算着，不但将来日月难过，还有什么脸面去见金钟

儿？从此茶饭减少，渐渐的黄瘦起来。（59 回）

2. "从来"在《绿野仙踪》中有 5 例，均修饰动词性短语和小句。如：

（86）从来妇人家性同流水，此时想起何公子，不但不爱，且心中厌恶他，也向众人说道："我和他交往一场……"（49 回）

（87）郑婆子道："放陈臭狗贼屁！从来亡八的盖子是硬的，不想你的盖子和蛋皮一样。难道教张华那奴才自打了不成么？"（60 回）

3. "历来"在《绿野仙踪》中有 8 例，修饰动词性短语。如：

（88）见树木细小者多倒折，房上瓦块亦多落地，真历来未有之大风！（87 回）

4. "连连"在《绿野仙踪》中共 87 例，均是修饰动词性短语。如：

（89）于冰连连摆手道："我们路过贵庄，见地方风俗淳厚，所以才顽耍顽耍，攒凑盘费何用？"（36 回）

（90）萧麻子连连摆手道："何大爷此番必定手紧，日后再来时，何难照看你们？休絮咶了。"（49 回）

5. "仍"在《绿野仙踪》中有 109 例，均是修饰动词及动词性短语。如：

（91）不意次日仍是大雪，于冰着急之至，晚间结计的连觉也睡不着。直下了四日方止。（9 回）

（92）千里驹等将连国玺三人仍放在岭上。韩八铁头乱嚷道："坏了，坏了！"不住的用眼看连国玺。（13回）

6．"仍旧"在《绿野仙踪》中有5例，修饰动词和动词性短语。如：

（93）惟有陆芳不肯出去，隔两三个月才肯去他家中走走，当日即回。不意他只病了半天，仍旧还死在你我家中。（15回）

（94）香气过处，门儿大开，从里边走出五个仙女来，那门儿仍旧关闭。（26回）

7．"仍然"在《绿野仙踪》中仅1例，修饰动词性短语。如：

（95）只用往返两次，就都带回泰安，教他收存在妥当地方，岂非人鬼不知？仍然这里连五十两也不用存留，以防不测。（55回）

8．"始终"在《绿野仙踪》中有24例，都是修饰动词性短语。如：

（96）他却不肯明做，或假手于人，或诱陷人自投罗网，致令受害者人亡家败，始终不知他是坏人，且还感激他。（46回）

9．"素日"在《绿野仙踪》中有38例，均是修饰动词性短语。如：

（97）你这娃子，素日还是个极聪明伶俐的人，自接何大爷后，便糊涂了个治不得。（49回）

10. "向来"在《绿野仙踪》中仅 1 例，修饰动词性短语。如：

（98）那国王又笑："你既是天朝秀才，向来读过甚么书籍？"（65 回）

11. "时刻"在《绿野仙踪》中共 11 例，均修饰动性词短语。如：

（99）如玉自得此信，昏昏迷迷有两昼夜，才少进些饮食，仍是时刻流泪。（59 回）

12. "依旧"在《绿野仙踪》中仅 12 例，修饰动词性短语。如：

（100）过了寿日，依旧不准文华入门。文华昼夜虑祸不测，大用金帛，买通内外上下。（75 回）

13. "依然"在《绿野仙踪》中有 5 例，修饰动词性短语。如：

（101）众神领命施威，迅雷大电，满空乱飞。秦尼请来的众邪神，俱备四散逃匿，依然日朗天清。（32 回）

14. "一连"在《绿野仙踪》中共 14 例，均修饰动词性短语。如：

（102）只催柳国宾领落卷，一连领了五六天，再查不出来，托王经承，也是如此。（3 回）

（103）止砍了五六株，到被他一连大闹了七八夜，如今连一枝柳条也不敢砍了。（11 回）

15. "一向" 在《绿野仙踪》中有 4 例, 均修饰动词性短语。如:

(104) 侄儿一向在省城有些事, 昨日才回来。听得说姑母患病, 不意就憔悴到这步田地。(41 回)

16. "一直" 在《绿野仙踪》中有 23 例, 均修饰动词性短语。如:

(105) 嘴里是这样说, 不知怎么心里丢不过, 睁着两眼, 一直醒到鸡叫的时候。(47 回)

17. "永" 在《绿野仙踪》中共 46 例, 修饰动词及动词性短语。如:

(106) 自献述死后, 知己师生, 昔年同笔砚四五年, 一旦永诀, 心上未免过于伤感……(5 回)

(107) 每天要你献果物一次, 供我日用; 更要遵吾法度, 速斩淫根, 永归正道。(13 回)

18. "永远" 在《绿野仙踪》中有 4 例, 修饰动词及动词性短语。如:

(108) 你若着我和你永远在你家中, 不去洞府, 你可将这丸药吃在腹中。(88 回)

(109) 赏仙官二人, 仙吏四人, 童男女四人, 力士八人, 仙乐一部, 永远服役。(99 回)

19. "犹" 在《绿野仙踪》中有 46 例, 均修饰动词性短语。如:

（110）又想到死后不论富贵贫贱，再得人身，也还罢了，等而最下，做一驴马，犹不失为有觉之物。（5回）

（111）又过了数日，留心细查，见二人没什么走滚坏心处，始将导引真谈传授。然于不换传时，犹有难色，叮咛教戒至再。（37回）

20．"照旧"在《绿野仙踪》中有 4 例，均修饰动词性短语。如：

（112）周通闻知，方照旧送起礼来。何氏两个丫头，冷氏收去使用。（88回）

21．"直"在《绿野仙踪》中有 52 例，均修饰动词性短语。如：

（113）两人方才对面坐下，共叙心田。直吃到未牌时分，方才将杯盘收去。（54回）

22．"至今"在《绿野仙踪》中有 13 例，均修饰动词性短语。如：

（114）黎氏道："我至今总不明白，怎么这姓吴的只咬定了你一个？"（37回）

23．"总"在《绿野仙踪》中有 46 例，均修饰动词性短语。如：

（115）如今手无一文，富安庄儿又被官兵洗荡，成了白地，埋的银子找寻了几次，总寻不着。（35回）

（116）殷氏和姜氏饮酒间，姜氏总不题旧事一句，只说冷于冰家种种厚情。（35回）

24. "总是"在《绿野仙踪》中有 24 例，均修饰动词性短语。如：

（117）每月只许于冰下处两次，总是早出晚归，没有功夫在外耽延。(3 回)

25. "自来"在《绿野仙踪》中仅 1 例，修饰动词性短语。如：

（118）须臾，天地昏暗，一军皆惊；通城士庶，无不悚惧，皆言自来未有之大风也。(78 回)

26. "终日"在《绿野仙踪》中有 7 例，如：

（119）人见我终日昏闷，都以我为痛惜王大人、伤悼潘大尹使然，此皆不知我者也。(5 回)

27. "终日家"与"终日"意义相同，在《绿野仙踪》中有 2 例。如：

（120）金钟儿自从如玉去后，两人的情况都是一般，终日家不梳不洗，埋头睡觉。(55 回)

28. "逐日"在《绿野仙踪》中有 5 例，如：

（121）家人们见他逐日垂头丧气，连小主母的衣服都典当了过度，料想着没什么油水。(41 回)

29. "逐日家"与"逐日"意义相同，《绿野仙踪》中共出现 8 例。如：

（122）表弟逐日家狐朋狗友，弄出这样弥天大祸来。（37 回）

（三）表不定时

这类副词语义上表示时间的不确定，语法功能上只能修饰动词性短语和小句，不能修饰形容词性短语。《绿野仙踪》中这类副词有 6 个：偶（10）、偶然（4）、不时（8）、有时（11）、早晚（35）、早晚间（3）。

1. "偶"在《绿野仙踪》中有 10 例，均修饰动词。如：

（123）即偶有发达者，亦必旋得旋失，总富贵断不能久。（64 回）

（124）公子不必开口，我是过路之人，因询知公子是宦门子弟，偶动凄恻，公子总有万分屈苦，我不愿闻。（4 回）

2. "偶然"在《绿野仙踪》中有 4 例，如：

（125）敝乡温大爷，素非登徒子。磨月琢云之兴，亦偶然耳。（47 回）

（126）令尊名登天府，充上界修文院总领之职。九华山一晤，适偶然耳。（72 回）

3. "不时"在《绿野仙踪》中有 8 例，均修饰动词性短语。如：

（127）先生若有余闲，可传与伊等些道术；再不时替贫道叱责，使其永绝邪念，安分修为。（45 回）

（128）可大、可久不时到周琏处，来了定留吃饭，走时必要送些物事，从没个教他弟兄空手回去的。（80 回）

4. "有时"在《绿野仙踪》中有 11 例，均修饰动词性短语。如：

（129）至八天后，又复遍身疼痛，寒热交作，有时狂叫乱道，有时清白。（17 回）

5. "早晚"在《绿野仙踪》中共 35 例，修饰动词和动词性短语。如：

（130）我早晚死后，你就用这银子，与我买副松木板做棺材，止可用四五十两，不可多了。（45 回）

（131）如玉道："我刻下现有官司，早晚还要听审。再来，到你家里去罢。"（59 回）

6. "早晚间"在《绿野仙踪》中有 3 例，均修饰动词性短语。如：

（132）大爷在我身上，恩典甚重，只可惜没有好管待，早晚间不知得罪下多少。（55 回）

四 表暂且、逐渐

（一）表暂且

此类时间副词语义上表示动作行为或状况在短时间内存在或进行着；语法功能上，它们只能修饰动词性短语。《绿野仙踪》中这类副词有 7 个：且（343）、暂（37）、暂时（8）、暂且（2）、权（4）、聊（1）、姑（4）。

1. "且"在《绿野仙踪》中共 343 例，均修饰动词性短语。如：

（133）于冰道："不必说他。我看庄西头有座庙，且去那边投歇。"（36 回）

（134）王范道："柳哥，你且让王先生入去，他现有家属在内，怕什么！"国宾方才放手。（6 回）

2. "暂"在《绿野仙踪》中有 37 例，修饰动词和动词性短语。如：

（135）我有天大的脸面钱，对不过人，只得求你这救命王菩萨，暂借与我十两，下月清还。（50 回）

（136）和父母说明，要同蕙娘到城外园中暂住几日。周通也无可如何，只得着他夫妻暂避些时。（87 回）

3. "暂时"在《绿野仙踪》中有 8 例，均修饰动词性短语。如：

（137）既然有他两个令妹在这里，我们就暂时坐坐何妨？（43 回）

4. "暂且"在《绿野仙踪》中有 2 例，均修饰动词性短语。如：

（138）州官笑道："本州暂且停打，待审过他的家人，再行处你。"（58 回）

5. "权"在《绿野仙踪》中有 4 例，均修饰动词性短语。如：

（139）这些须银两，权做家中茶水钱用，等我下场回来，再加十倍酬情。（55 回）

6. "聊"在《绿野仙踪》中仅 1 例，修饰动词性短语。如：

（140）若是遇不着冷于冰，将连城璧与你成就好事，也是我和你同胞姐妹一场，聊尽点手足之情。（45回）

7. "姑"在《绿野仙踪》中有2例，均是修饰动词性短语。如：

（141）本应立行斥逐，姑念你于我交战时以一妇人拼命相救，城璧倒地，你又以飞石助阵。（98回）

（二）表逐渐

这类副词语义上表示动作行为或状况缓慢而又不间断进行或出现。语法功能上一般修饰动词性短语；修饰形容词性短语时，形容词性短语不再表示性状而是表示变化。《绿野仙踪》中此类副词有4个：渐（20）、渐渐（2）、渐渐的（2）、渐次（24）。

1. "渐"在《绿野仙踪》中有20例，修饰单音节形容词和动词。如：

（142）不换将他倒抱起来，控了会水，见他气息渐壮，才慢慢的放在地下。（22回）

（143）看着只在左近，却寻不着那起白光的源头，我就打算着，必是宝贝。到五鼓时，其光渐没。（96回）

2. "渐渐"在《绿野仙踪》中有2例，修饰动词性短语。如：

（144）郭氏不言语了，自此后便渐渐将城璧冷淡起来。不换多是在田地中吃饭，总以家中有老婆照管，不甚留心。（20回）

3. "渐渐的"修饰主谓短语和述补短语，共2例。如：

（145）如玉设法劝慰，也不得宽爽，渐渐的骨消肉瘦起来。

（41 回）

4. "渐次"在《绿野仙踪》中有 24 例，修饰动词性短语和形容词。如：

（146）天色渐次发黑，影影绰绰，看见山脚下似有人家，又隐隐闻犬吠之声。(7 回)

（147）他原本是阳症，不过食火过重，汗未发透，邪气又未下，若不吃药，亦可渐次平安，他那里受得起人参附子大剂。(17 回)

第五节 《绿野仙踪》中的频率副词

频率副词语义上表示某种动作行为或某种情况经常性地反复出现或进行。频率副词可再分为三类：表惯常、表反复和表累加。句法功能上，频率副词只能修饰动词性成分。在《绿野仙踪》中频率副词共有 19 个，如"常、常常、时时、反复、再三、屡次"等。

一 表惯常

此小类频率副词语义上表示某种动作行为或情况经常性地反复出现或进行。《绿野仙踪》中表惯常的频率副词共有 7 个：常（47）、常常（1）、时常（18）、每常（1）、每每（3）、时时（14）、往往（1）。如：

（1）献述常向冷松道："令郎实童子中之龙也，异时御风鼓浪，吾不能测其在天在渊。"（1 回）

（2）今你自顾不暇，那里有个他常常做嫖客，你夜夜垫宿钱的道理？(52 回)

（3）世蕃大笑道："先生休得如此，家大人想先生之才，至今时常称颂。"（26回）

（4）每常不换必到天晚时回家，这日因下起大雨来，没有出门。（20回）

（5）房主人姓罗名龙文……凡严嵩家父子的赃银过付，大半皆出其手，每每仗势作威福害人。（2回）

（6）倒是黎氏知道他的隐情，时时向如玉道："如今内外一空，过的是刀尖儿上日月……"（41回）

（7）此处山高到绝顶……内中狼蛇虎豹，妖魔鬼怪，大白日里往往伤人，人少了如何去得？（6回）

此小类副词语义上与一些表持续义的时间副词很相近，但两者在句法功能和语义上都存在不同：句法功能上，表持续义的时间副词既可以修饰动词性短语，也可以修饰形容词性短语，而表惯常义的频率副词只能修饰动词性短语；语义上，前者侧重于动作行为在时间上的持续性，而后者侧重于动作行为重复的次数多。

二 表反复

此小类频率副词语义上表示某种动作行为反复或重复进行，句法功能上只修饰动词性短语。《绿野仙踪》中此小类频率副词共有8个：重（12）、从新（38）、反复（2），屡（38）、屡次（30）、屡屡（7），再三（42）、再四（18）。如：

（一）重、从新、反复

（8）不多时摆列酒肴，师生二人又重叙别后事迹，极其欢畅……（4回）

（9）话说于冰到张仲彦家，两人从新叩拜，又着他儿子和侄儿出来拜见。（9回）

（10）两口儿守到四更时候，黎氏又嗽了一回口，见如玉在

一旁守着，从新又嘱咐起话来。（42回）

（11）郑老婆子反复争论，谁想他没见世面，到二百分被郑婆子用反关话骂了个狗血喷头。（50回）

（二）屡、屡次、屡屡

（12）原来那和尚是湖广黄山多宝寺僧人，颇通文墨，极有胆量，人不敢去的地方，他都敢去，屡以此等法子骗人。（9回）

（13）他曾做过陇西县丞，与林楷同寅间甚是不对，屡因不公不法的事，被林楷当面耻辱。（17回）

（14）那小厮便在郭氏前播弄唇舌，屡次将盘碗偷行打破，反说是城璧动怒摔碎的，甚至加些言语，说城璧骂他刻薄。（20回）

（15）段诚道："当日老主人在日，屡屡说他夫妻二人不成心术……"（19回）

（16）只因他外面不与人计论，屡屡的在暗中谋害人，这一乡的老少男女，没一个不怕他。（43回）

"屡"表示多次发生或多次出现，相当于"常常、每每"。

（三）再三、再四

（17）不换再三苦留，城璧到一言不发，惟有神色沮丧而已。（16回）

（18）于冰道："本该击散魂魄，使尔等化为乌有，但念在再四苦求，姑与自新之路……"（11回）

（19）周琏再四嘱令保重，心上也甚是作难。（88回）

例（18）、例（19）中"再四"表示反复多次，现代汉语中已不再使用。

三 表累加

此小类频率副词语义上表示某种动作行为或性质状态在数量上的累加，句法功能上主要修饰动词性短语。《绿野仙踪》中此小类频率副词共有 4 个：更₂（13）、再（138）、又（617）、复（89）。如：

（20）彼此坐在一处，不是说自己男人长短，便是议论人家丈夫。若题起游街看庙，无不眉欢眼笑，互相传引。更兼男人，十个到有一半不是怕老婆的，就是曲意要奉承老婆的。（61 回）

（21）仙客道："若非老弟服了易骨丹，我也不能带你到此。觉得身上冷，是阳气不足，再修炼十数年，可以不冷矣。"（12 回）

（22）献述嗟叹久之，又道："贤契不求仕进也罢了……"（4 回）

（23）卜氏着他父亲各念了一遍，又复大哭起来。自此不隔三五天，总要把国宾等叫来骂一顿。（6 回）

第六节 《绿野仙踪》中的关联副词

关联副词是指用在词语或分句之间起关联作用的副词，如"便、就、才、却、也、还"等。关联副词在句法功能上具有特殊性。尽管它们在句法功能上处于状语的位置，但是在关联作用特别明显时，比较接近于连词，因此可以分析为粘合成分，即辅助性语法成分。如在"（只要）……就……""（尽管）……却……""（只有）……才……""又……又……""（不仅）……还……"这样的格式中，关联副词可以分析为辅助性语法成分。

邢福义先生（1996：338—362）根据分句之间的语义关系，从宏观上将复句分为因果类复句、转折类复句和并列类复句三大类。因果类复句又分为因果式、推断式、假设式、条件式和目的式 5 类，转折类复句又分为突转式、让步式和假转式 3 类，并列类复句又分为并列式、选择式、连贯式和递进式 4 类。关联副词"即、便、就、则、遂、方、才"经常出现于因果类复句中，"却、倒、反倒、倒反、反、反而"等经常出现于转折类复句中，"又、也、亦、还"等经常出现于并列类复句中。有些关联副词如"则、遂、方"，在现代汉语中已经消失或仅用于书面语中，由于篇幅所限，我们着重讨论"就""便""却""倒"这几个关联副词。

一　就

关联副词"就"可以用于因果式、推断式、假设式、条件式四类复句的后分句中，对前后分句起连接作用。根据复句中是否出现关联词，可分为有标复句和无标复句，关联副词"就"既可出现在有标复句中，又可出现在无标复句中。

（一）"就"用于因果式复句

关联副词"就"既可以出现在有因果标记出现的有标复句中，又可出现在没有因果标记出现的无标复句。

（1）"就"出现在有标因果式复句中

因果式复句中用来标明原因的关联词叫因标，如"因、因为、由于"。关联副词"就"可以与因标配合使用，《绿野仙踪》中"就"与因标"因"配合使用，共 6 例。如：

（1）只因走到庙前，心内就有些糊涂，自己原不打算入庙，不知怎么就到庙中。（8 回）

（2）脚户道："只因你性儿太急，好做人不做的事，家里就弄出奇巧故典来。"（28 回）

（3）冷法师因我处置过，他看我分上，就肯收留了你。（98 回）

因果式复句中用来标明结果的关联词叫果标，如"故、因此、因而、所以"。关联副词"就"有时与果标配合使用，《绿野仙踪》中"就"与果标"因此"配合使用，共5例。如：

（4）不换又说过，不许与城璧相见，陪伴饮食，不免又多一番支应，因此这妇人心上就嫌厌起来。（20回）

（5）庞氏道："他今年二十岁了，还没有个人家，只为高门不来，低门不去，因此就耽搁到如今。"（82回）

（6）严嵩未尝不以自尽为是，只是他心里还想着明帝一时可怜他，赏他养老的富贵，因此自己就多受些时罪了。（92回）

（2）"就"出现在无标因果式复句中

无标因果式复句，即复句中因标与果标都不出现，分句之间的因果关系是隐含的。《绿野仙踪》中，关联副词"就"有时出现在无标因果式复句中。如：

（7）先生与我家主人同去，就该和我家主人同回。（4回）

（8）此人最重斯文，一到任就观风课士，总不见个真才。（4回）

（9）令兄爱他二人武艺好，就收在伙内，同他做了几件事。（12回）

（10）乔老爷好容易光降，又是远客，今日就在舍下便饭。（23回）

上面四例均为前分句表示原因，后分句表示结果，前后分句之间的关系为因果关系。如例（7）前分句"先生与我家主人同去"表示原因，后分句"该和我家主人同回"表示结果，前后分句之间虽然没有出现因标和果标，但是前后分句之间隐含着因果关系，可以自然地加上关系标记，加上因果标记变为：

〈因为〉先生与我家主人同去,〈所以〉就该和我家主人同回。

(二)"就"出现在推断式复句中

推断式复句,即推断事物间的因果关系的复句。推断式复句的关系标记是"既、既然"。关联副词"就"出现在推断式复句中,形成"既……就……"或"既然……就……"的格式。

《绿野仙踪》中关联副词"就"与"既"搭配使用,即"既……就……"的推断式复句,共21例。如:

(11)你今既动了改邪归正念头,[就]是与祖父接续香火的人,将来可保首领,亦祖父之幸也。(9回)

(12)我既与你老做了儿子,就和亲骨肉一般,岂有个不见我妹妹之理?(80回)

(13)既曹大人开了口,就着他两个在副参以下坐坐罢。(32回)

(14)你既与小儿结拜了弟兄,你就该叫我老伯,我叫你贤侄就是了。(28回)

《绿野仙踪》中关联副词"就"与"既然"搭配使用,即"既然……就……"的推断式复句,共5例。如:

(15)你既然愿做道士,就该在庙内守着你那些天尊。(27回)

(16)既然胡大爷有实心于我,我就是他的人了,他何苦教我抛头露面。(17回)

(17)既然有他两个令妹在这里,我们就暂时坐坐何妨?(43回)

(三)"就"出现在条件式复句中

关联副词"就"既可出现在有条件标记的有标复句中,条件式复句的标记,如"只要、只、凡",也可出现在没有条件标记的无标复句中。

(1)"就"出现在有标条件式复句中

《绿野仙踪》中,条件式复句的标记有"只、只要、凡",关联副词"就"与"只、只要、凡"呼应使用,构成"只……就……""只要……就……""凡……就……"的格式。如:

(18)吴年兄不必争辨,只要你一人担承起来,这冷不华就是个解元。(3 回)

(19)只要东家作保,我就借与你。(23 回)

(20)尔等只要拿他一个,就是大功.(33 回)

(21)只要他们步步学你,就有好处。(45 回)

(22)杨寡立即喊冤,差人来捉拿你我。你只看看签,就明白了。(95 回)

(23)凡诗歌之类,冷松只口授一两遍,他就再不能忘。(1 回)

(2)"就"出现在无标条件式复句中

(24)回得家乡,就好计较了,哭他气他何益?(19 回)

(25)(于冰用手将小狐精一指,向翠黛道:)"你问他,他就会说了。"(72 回)

(26)(你这事,系袁散友再三相托。)有点缝儿,我就替你用力。(91 回)

(27)说起来,我就恼死。(91 回)

例(24)至例(27)中都是无标条件式复句,前后分句之间的条件关系是隐含的,前分句表示条件,后分句表示结果,关联副词"就"对前后分句起连接作用。如例(25)前分句"你问他"是条件，后分句"他会说"是结果，"就"对前后分句起连接作用。

（四）"就"出现在假设式复句中

关联副词"就"既可出现在有假设关系标记的复句中，假设关系标记如"要、要是、若、如"，也可出现在没有假设关系标记的无标复句中。

（1）"就"出现在有标假设式复句中

《绿野仙踪》中出现的表示假设关系的关联词有"若、若是、若不是、假若、要、如、设或"，关联副词"就"用于后分句中与这些词相呼应。如：

（28）若再有放肆的话说出来，就着人打死他。（3回）

（29）至于你嫂子和我，若得终身无事，就是天大福分。（9回）

（30）若是不中意，就立刻丢过一边了。（2回）

（31）若不是有家室牵连，也就跟于冰出家了。（70回）

（32）假若是我，他前脚去了，我后脚就将他的银子拿去。（65回）

（33）他如不依允，我就立行锁拿。（39回）

（34）设或弄出事来，求如今日安乐，就断断不能了。（3回）

（2）"就"出现在无标假设式复句中，如：

（35）（今日有人用我，我便得几个钱养家，）明日没人用我，我一家就得忍饥。（8回）

（36）我将来有此神通，也就足矣。（10回）

（37）日后你哥哥将家私输尽，你就帮助他些。（17回）

（38）此后有人问及，就说是我的从堂兄弟。（79回）

例（35）至例（38）中前分句表示假设，后分句表示结果，关联副词"就"在两分句间起连接作用。如例（35）前分句"明日没人用我"表示假设，后分句"我一家得忍饥"表示结果，前后分句之间的假设关系是隐含的，可以自然地补出，加上假设关系标记变为：

〈如果〉明日没人用我，我一家就得忍饥。

二 便

关联副词"便"与关联副词"就"一样，可以用于因果式、推断式、条件式、假设式复句的后一分句中，对前后分句起连接作用。

（一）"便"用于因果式复句

《绿野仙踪》中，关联副词"便"既可出现在有标复句中，也可以出现在无标复句中，"便"对前后分句起关联作用。

（1）"便"出现在有标因果式复句中

在有标因果式复句中，关联副词"便"与因标"因"配合使用，形成"因……便……"的格式。《绿野仙踪》中，"因……便……"的格式共19例。如：

（39）皆因他受火龙真人仙传，只一年便迥异凡夫身体。（12回）

（40）因拖欠下两日房钱，店东便出许多恶语。（19回）

（41）郭氏因丈夫在家，便将干烧酒送出两大壶……（20回）

（42）因他帮了姓林的几百银子，借此便动离绝之念。（25回）

《绿野仙踪》中，关联副词"便"用于因标和果标同时存在的因果式复句中，形成"为……因此便……"的格式，《绿野仙踪》中仅有1例。如：

（43）我只为和你久远做夫妻，因此我母亲说的话我便一字不敢遗露……（83 回）

（2）"便"出现在无标因果式复句中

（44）有那样没天良的太师，便有你这样丧人心的走狗。（3 回）

（45）于冰已看出他七八分，便不再问。（9 回）

（46）今见你女儿死了，便要挟仇害我……（21 回）

（47）世蕃听了会耍戏法儿，便有些笑容……（26 回）

上述各例中，"便"都是用在无标因果式复句中，前分句表示原因，后分句表示结果，"便"在两分句之间起关联作用。如例（44），前分句"有那样没天良的太师"表示原因，后分句"有你这样丧人心的走狗"表示结果，"便"在两分句之间起关联作用。两分句之间的因果关系是隐含的，可以自然地补出，加上因果标记变为：

〈因为〉有那样没天良的太师，〈所以〉便有你这样丧人心的走狗。

（二）"便"出现在推断式复句中

关联副词"便"有时出现在推断式复句中，推断式复句前分句的关联词为"既"，形成"既……便……"的格式。《绿野仙踪》中，"既……便……"的格式有 12 例。如：

（48）既承公子美意，便可早些安歇，明日还要走路。（44 回）

（49）既去崇明，便一日不可迟缓。（78 回）

（50）今既做女婿妻房，便是一家骨肉。（88 回）

（三）"便"出现在条件式复句中

"便"用于条件式复句的后分句中，与条件标记词"只要、只、但、凡"呼应，构成"只要……便……""只……便……""但……便……""凡……便……"的格式。如：

（51）只要破江南几处大府分，便又是大富贵，大快活。（74回）

（52）只要毋蹈邪淫，毋生贪妄，便可永保天和。（98回）

（53）从此大小便总在内院，但出二门，背后妇女便跟随一大群……（5回）

（54）凡买过如玉产业的人，他便去说合。（43回）

（四）"便"出现在假设式复句中

《绿野仙踪》中出现的表示假设关系的关联词有"若、若是、若不是、假如"，关联副词"便"用于后分句中与这些词相呼应，形成"若/若是/若不是/假如……便……"的格式。如：

（55）人若过了二十岁中状元，便索然了。（1回）

（56）若是邯郸国人马衰弱，便督兵剿杀，功成后不怕国王不加倍钦敬。（68回）

（57）若是没解法，便和阎年一般，什么亏也吃了。（71回）

（58）若不是许寡在坐，便要放肆起来。（22回）

（59）假如我彼时不口渴，便要走去，岂不当面错过？（27回）

三 却

梅立崇（1998）根据"却"所连接的两个分句是否存在逆常理性，认为"却"可分为表逆转关系和表对照关系两类。

（一）表逆转关系

所谓逆转关系，指"却"所连接的两个分句之间存在逆常理性。《绿野仙踪》中表逆转关系的"却"共139例，"却"用于后一分句中，可与转折连词"虽"共现，构成"虽……却……"的格式。如：

（60）他虽是个和尚，却一句和尚话不说，都说的是道家话……（9回）

（61）此葫芦亦吾锻炼而成，虽出于火，却能藏至阴之气物。（10回）

（62）似你虽出身大盗，却存心磊落光明，我就不用试你了。（26回）

（63）（于冰）见他虽在极贫之际，却举动如常，没有那十般贱相。（64回）

（64）二妖见于冰举动虽有些自大，却语言温和，面色上无怒气。（72回）

（65）如玉虽年来穷苦，酒肉却日日少不得。（72回）

例（60）至例（65）中，在句法形式上，表逆转关系的"却"都与转折连词"虽"共现。"却"均用于转折复句的后一分句中，它所连接的两个分句之间都存在逆常理性。例（60）的逆常理性表现在，他既然是个和尚，就应该说和尚说的话，而他说的都是道家话，劝人修炼成仙，"却"连接的两个分句"他是个和尚"与"一句和尚话不说"之间存在逆常理性。例（61）的逆常理性表现在，此葫芦既然出于火，不应该能藏至阴之物，但它却能藏至阴之物，所以"却"连接的两个分句之间存在逆常理性。例（62）的逆常理性表现在，既然出身于大盗，按常理不应该"存心磊落光明"，而他"却存心磊落光明"。例（63）的逆常理性表现在，如玉本是个没有吃过任何苦的富家公子，按常理，在极贫之际，举动应当不同寻常，应当表现出贫贱相，而他却"举动如常，没有那十般贱相"。

《绿野仙踪》中，关联副词"却"既可用于后分句的主语之后，这和现代汉语"却"的用法相同，也可用于后分句的主语之前。如：

（66）如玉虽年来穷苦，酒肉却日日少不得。（72 回）

（67）骨格儿甚是俊雅，虽固笑声不绝，却神气有些疯痴。（12 回）

（68）似你虽出身大盗，却存心磊落光明，我就不用试你了。（26 回）

（69）二妖见于冰举动虽有些自大，却语言温和，面色上无怒气。（72 回）

（70）只有严嵩，虽对众强为色笑，却心上难过的了不得。（78 回）

例（66）中，"却"位于后分句主语"酒肉"之后，这和现代汉语"却"的位置相同。例（67）至例（70）中，"却"位于后分句主语之前，如，例（67）中"却"位于主语"神气"之后，例（69）中"却"位于后分句主语"语言"之后，例（70）中"却"位于主语"心上"之后。

有时，表逆转关系的"却"，前一分句主语没有出现转折连词"虽"。如：

（71）我前曾走过，却记不真，大要多则十天，少则七八天可到？（41 回）

（72）（温如玉）浑身上下，瘦同削竹，却精神日觉强壮。（73 回）

（73）只因他一生止知读书，不知营运，将个家道渐次不足起来，却为人方正。（79 回）

（74）素常最好哭，此时却一点眼泪不落……（86 回）

（75）你心游幻境，却无甚大过恶。只是修道人最忌"贪、

嗔、爱、欲"四字……（98 回）

这些例句的前一分句都可以将让步连词"虽"补出来，如：

（76）我前〈虽〉曾走过，却记不真，大要多则十天，少则七八天可到？（41 回）

（77）（温如玉）浑身上下，〈虽〉瘦同削竹，却精神日觉强壮。（73 回）

（二）表对照关系

对照关系，是指"却"所连接的两个分句意思上相互关联而又各自独立、相互对立，两个分句之间不具有逆常理性；在使用时，常出现一对意思上相对或相反的词语，更加显示出它们的对照性。《绿野仙踪》中，表对照关系的"却"，如：

（78）当面都称他为冷老先生，不敢以同寅待他，背间却不叫他冷松，却叫他是冷冰。（1 回）

（79）到了定更时候，王经承回家，却不见于冰同来。（4 回）

（80）郑三道："小的看得甚好。小的女儿却看不上眼，凡事都是假情面。"（47 回）

（81）阎年耳中听得明白，口中却说不出一句，直气的他双睛叠暴……（71 回）

（82）"舍亲错会意了。且莫说八百，便是一千六百，看我何其仁收他的不收！"嘴里是这样说，却声音柔弱下来。（84 回）

（83）嘴里是这样说，身子却动也不动。（97 回）

关联副词"却"所连接的两个分句意思上相对或相反，这些例子中都有相对或相反的词语。如：例（78）有"当面"和"背间"意思相对；例（79）中"王经承回家"与"不见于冰同来"意思相对；例（81）有"耳中听得明白"与"口中说不出一句"相对；例（82）"嘴里是这样说"与"声音柔弱下来"相对。

《绿野仙踪》中，表对照关系的"却"既可位于后分句主语之前，也可位于后分句之后，如：例（78）"却"位于后分句主语"背间"之后；例（80）"却"位于主语"小的女儿"之后；例（83）"却"位于主语"身子"之后；例（82）"却"位于后分句主语"声音"之前。

四 到（倒）

关联副词"倒"在《绿野仙踪》中均写作"到"。关联副词"到"主要用在转折复句中，除此之外，还可用于因果式复句和假设式复句。

（一）"到"主要用于转折复句

《绿野仙踪》中关联副词"到"用于转折关系复句中，"到"所连接的两个分句之间具有转折关系。如：

（84）写来写去不过是那几句通套誉话，到极难出色。（2 回）

（85）不换再三苦留，城璧到一言不发，惟有神色沮丧而已。（16 回）

（86）先生满口许我将贱内夺回，怎么看见轿子，到反站住？（71 回）

（87）大人书气过深，弟到不好违拗……（73 回）

（88）我肚里生出来的，到不由我作主，居然算你的女儿！（83 回）

例（84）至例（88）中，"到"均用于转折复句中，"到"所连接的两个分句具有转折关系。如：例（84）前分句"写来写去不过

是那几句通套誉话"与后分句"极难出色"之间为转折关系；例
（85）前分句"不换再三苦留（于冰）"与后分句"城璧一言不发"
形成对比，具有转折关系；例（88）前分句"（女儿是）我肚里生出
来的"与后分句"不由我作主"之间具有逆常理性。上面例句的
"到"都可以用表示转折的关联副词"却"替换，如例（85）、例
（86）和例（88）替换后为：

（89）不换再三苦留，城璧却一言不发，惟有神色沮丧而已。
（16回）

（90）先生满口许我将贱内夺回，怎么看见轿子，却反站住？
（71回）

（91）我肚里生出来的，却不由我作主，居然算你的女儿！
（83回）

有时，表转折的关联副词"到"与转折连词"虽"配合使用，
形成"虽……到……"的格式。《绿野仙踪》中，"到"与"虽"配
对使用共有4例。如：

（92）虽是他自己张大其功，到便宜了许多将士，升的升，
赏的赏。（75回）

（93）贼虽未得，到得了许多倭船。（78回）

（94）木石虽小些，房子到都是半新的。（47回）

上面三例中表示转折的关联副词"到"位于后分句中，与前分句
中的转折连词"虽"配合使用，此时两分句间的转折关系更加明显。

（二）用于因果式复句

有时关联副词"到"用于因果式复句中，与因标"因、既然"
配合使用。《绿野仙踪》中，"到"用于因果式复句的有5例。如：

（95）你既然要了我，我到要和你要个真富贵哩！（70回）

（96）周通因王氏落泪话，到心上甚是过不去。（84回）

（三）用于假设式复句

有时关联副词"到"用于假设式复句中，与假设连词"若"配合使用。《绿野仙踪》中，"到"用于假设式复句的有4例。如：

（97）你若有出监之日，我到愁你没个归结。（17回）

（98）你若是去了，到不是恼金钟儿，到是连郑三也恼了。（56回）

第七节 《绿野仙踪》中的情状方式副词

情状方式副词表示动作行为进行时的情景状态，或动作行为进行后结果的状态，或动作行为进行的方式、手段等。此类副词在整个副词系统中，意义相对来说比较具体实在，数量上具有较大的开放性，但使用频率相对较低。

句法功能上，情状方式副词只能作状语，一般只修饰动词谓语，不能修饰形容性成分、主谓短语和数量短语。由于此类副词语法功能上具有较强的共性，从语法功能上对其分类比较困难，因此我们根据具体语义的不同对《绿野仙踪》中的情状方式副词进行分类。在根据语义对其分类时，我们把意义相同、相近或相反的归为一类，以减少类别的数目，这样我们将《绿野仙踪》中的情状方式副词分为四个小类，下面逐一描写分析。

一 表暗自、自然

（一）表暗自

此小类情状方式副词语义上表示动作行为是暗暗、隐秘进行的。《绿野仙踪》中此小类共有4个：暗暗（6）、悄悄（22）、窃（2）、私（4），都只修饰动词谓语。如：

（1）像这样大妖法人，亦非景州知州所能拿获，止可着家人暗暗通知他……（38回）

（2）睡到三更时候，暗暗的开了房门，抬头见一轮好月，将木剑取在手中……（11回）

（3）严氏收拾起诸物，又恐林岱听见，眼中流泪，心里大痛，悄悄出门。（17回）

（4）（殷氏）见人都安歇，悄悄的到厨房内，将文魁叫出来，说与他如此这般行事。（33回）

（5）如玉听了，吓的惊心动魄，益信于冰是前知神人；又窃喜自己的功名富贵，定不涉虚了。（64回）

（6）于冰紧走了几步，到门前一看，见里边坐在椅上一人，头戴八宝九梁幅巾，身穿油丝色飞鱼貂氅……于冰私忖道："这定是宰相了。"（2回）

例（1）中"暗暗"直接作状语，例（2）中"暗暗"和结构助词"的"一起作状语；例（3）中"悄悄"直接作状语，例（4）中"悄悄"和"的"一起作状语；例（5）和例（6）中单音节情状方式副词"窃"与"私"分别修饰单音节动词"喜"和"忖"。

（二）表自然

此小类副词语义上表示动作行为是自然而然发生的。《绿野仙踪》中表自然类的副词共有4个：不禁（20）、不觉（3）、不由的（100）、自然（43）。如：

（7）卜氏道："陆芳活了八十三岁，你昨年四月间来，他还在哩。"于冰不禁伤感，眼中泪落。（15回）

（8）后听的无力营谋，不得身列词林，以知县即用，已选授河南祥符县知县，又不觉的气恨起来。（1回）

（9）及至到了二院，见李必寿背绑在柱上，不由的大惊失色。（23 回）

（10）假若相公中会了，自然要做官。（3 回）

二 表极力、特意、随意

（一）表极力

此小类情状方式副词语义上表示动作行为是竭尽全力、用心进行的。《绿野仙踪》中极力类情状方式副词共有 13 个：苦（23）、苦苦（6）、苦口（4），一力（4）、尽力（6）、极力（11）、竭力（6）、竭诚（2），硬（12）、痛（17），好好（儿）（8）、好生₂（2）、百般（22）。

1. 苦、苦苦、苦口

（11）又过了数天，于冰决意要去。城璧还要苦留……（9 回）

（12）且说温如玉与金钟儿别后，到省城赁房住下，投了试卷。到初八日点名入去，在里边苦思索，完了三场。（58 回）

（13）你只回书房里睡去就是了，何必苦苦向我较白。（81 回）

（14）秦尼复苦口陈说利害，金花不从。（31 回）

"苦"一般修饰单音节动词，如例（11）中修饰单音节动词"留"；但有时可修饰双音节动词，如例（12）中修饰"思索"。例（13）中"苦苦"直接修饰动词性短语，例（14）中"苦口"修饰动词性短语。

2. 一力、尽力、极力、竭力、竭诚

（15）又怕殷氏与姜氏口角，临行再三嘱托段诚女人欧阳氏，

着他两下调和，欧阳氏一力担承。(17 回)

（16）说罢走上前，用右手将假于冰胳膊拉起，用口尽力一咬……（12 回）

（17）日前我在七太爷前，将先生才学极力保举。(2 回)

（18）文魁、殷氏见兄弟骨肉情深，丝毫不记旧事，越发感愧无地，处处竭力经营。(35 回)

（19）每有奇观，必令太夫人寓目，从早间竭诚敬候，始得三位先生驾临，即小弟辈，亦甚喉急。(36 回)

例（15）中"一力"修饰动词"担承"；例（16）中"尽力"修饰动词性短语"一咬"；例（17）中"极力"修饰"保举"；例（18）中"竭力"修饰动词"经营"；例（19）中"竭诚"修饰"敬候"。

3. 硬、痛

（20）他们有何纪律，有何军法？便日夕饮酒食肉，硬夺左近乡村财物东西，以为快乐，那里还作准备？(31 回)

（21）冷松与王献述赏月，夜深露冷，感冒风寒，不数日竟成不起。于冰哀呼痛悼，无异成人。(1 回)

（22）他彼时如何开解，他父母如何搜拣，金钟儿如何痛骂苗秃，他父母如何毒打，温如玉忍不住浑身肉跳起来。(59 回)

4. 好好（儿）、好生₂、百般

（23）若好好儿度日，安饱暖有余，只教元儿守正读书，就是你的大节大义。(5 回)

（24）萧麻子道："你两口儿好好安歇罢，我明日上来看你。"(51 回)

（25）二兄弟家，你连日愁闷，我今日备了一杯水酒，咱姐

妹们好好的吃几杯。（23回）

（26）再说与你主母，好生管教元相公用心读书，不得胡乱出门。（6回）

（27）已到半岩间，只听得知礼吆喝道："好生挽住绳呀！"这一声，于冰便身子乱颤起来……（9回）

（28）桂芳已经说出，难以挽回，遂将朱文炜被恶兄嫂百般谋害，致令流落异乡。（33回）

例（23）、例（24）中"好好（儿）"直接修饰动词谓语；例（25）中"好好"加"的"修饰动词谓语；例（26）和例（27）中"好生"相当于"好好（儿）"；例（28）中"百般"修饰动词"谋害"。

（二）表特意

表特意的情状方式副词在语义上表示某一动作行为是由施事者有意发出的，施事者的态度是特意的或故意的。《绿野仙踪》中表特意的情状方式副词共有3个：特（11）、特特（1）、故意（12）。如：

（29）因此来迟几天，今特交法旨。（29回）

（30）次日未牌时候，一入郑三的门，便大喝小叫道："我是特来报新闻的！"（56回）

（31）一边着收拾饭，一边走至外面，将门斗并新买的一个小厮，和厨房做饭、挑水的二人都叫来，特特的表白了一番……（79回）

（32）郑婆子道："大爷不要故意取笑。"何公子道："我取笑，你怎么？"（50回）

（三）表随意

此类副词语义上表示主体进行某一动作行为时是不经心的、任意的。《绿野仙踪》中此类副词共有7个：轻易（20）、任意（6）、随意（9），胡（79）、胡乱（14），妄（16）、大肆（3）。

1. 轻易、任意、随意

（33）医理我一字不知，只是阴阳二症，听得人说，必须分辨清楚，药不是轻易用的。（17回）

（34）众家丁便眼花撩乱，认赵文华为于冰，又认陈大经为城璧，揪翻在地，踏扁纱帽，扯碎补袍，任意脚踢拳打。（26回）

（35）他见我盘问，就随口说是山东人，在这里任意支吾，真是不要脑袋！（65回）

（36）然我自修道至今，前后仅见吾师三面，我此后便可随意与吾师相见矣。（98回）

例（33）中"轻易"修饰动词"用"；例（34）、例（35）中"任意"分别修饰"脚踢拳打"和"支吾"；例（36）中"随意"修饰状中短语"与吾师见"。

2. 胡、胡乱

（37）龙文心里说：这娃子到还敏捷，不知胡说些什么在上面。（2回）

（38）若讲到胡花钱，我一场就输了六百七八十两……（25回）

（39）再说与你主母，好生管教元相公用心读书，不得胡乱出门。（6回）

例（37）和例（38）中"胡"分别修饰单音节动词"说"和动词性短语"花钱"，例（39）中"胡乱"修饰动词性短语"出门"。

3. 妄、大肆

"妄"意义上相当于"随便的、轻易的"。如：

（40）目今冷于冰已被火龙真人传去，罚他烧火三年，免他妄传匪人的罪孽。（46回）

（41）如无妻子罢了，若有妻子，他哥哥文魁已回家半载有余，定必大肆凌逼。（24回）

三　表协同、单独、躬亲

（一）表协同

此类副词表示动作行为是共同进行的。《绿野仙踪》中表协同的副词共13个：并（3）、齐（19）、同（62），一齐（92）、一同（65）、公同（1）、一并（5）、一总（4）、一体（2），互（10）、互相（32）、相互（1）、厮（2）。

1. 并、齐、同

（42）过了满月后，瑶娘便主持内政。他竟能宽严并用，轻重得宜……（1回）

（43）少刻，酒菜齐至，仲颜一边说着话儿，一边大饮大嚼。（8回）

（44）只见两个大主考齐吩咐道："把第二名做头一名书写……"（3回）

（45）（于冰）将走到厅门外，先咳嗽了一声，众妖齐向外看……（12回）

（46）那个地方，岂是他们去得的？只可我与你同去。（6回）

（47）若能渡脱四方有缘之客，同归仙界，更是莫大功行。（14回）

例（42）中"并"修饰单音节动词"用"；例（43）和例（44）中"齐"分别修饰单音节动词"至"和双音节动词"吩咐"，例

（45）中"齐"修饰状中短语"向外看"；例（46）、例（47）中"同"分别修饰单音节动词"去"和动宾短语"归仙界"。

2. 一齐、一同、公同、一并、一总、一体

（48）说罢一齐来，把一个冷于冰的榜首就轻轻丢过了。（3 回）

（49）（于冰）其立志高大如此。今日不得入场，他安得不气死、恨死！献述再三宽慰，方一同回家，逐日里愁眉泪眼。（1 回）

（50）虽固轮流当值，事无大小，六大宪俱要公同列衔，方能陈奏。（100 回）

（51）我被时在家乡，被地方官拿获，同小妾一并解京。（22 回）

（52）于冰将家中并连城璧送的银两，一总落在他手，喜的留得命在，瓶口中还有七八两散碎，未被那和尚摸着。（9 回）

（53）凡现任大小官员，并城内绅衿以彼商贾士庶，无分贵贱，俱要一体保护，自全性命……（78 回）

3. 互、互相、、相互、厮

（54）后因与本管知府不合，两下互揭起来，俱各削职回籍。（1 回）

（55）众官观罢，互相观望，无一敢言者。（3 回）

（56）文炜与段诚面面厮窥，也没个说的。（19 回）

例（54）中"互"修饰动词"揭"；例（55）中"互相"修饰动词"观望"；例（56）中"厮"修饰动词"窥"。

（二）表单独

此类副词语义上表示动作行为由主语单独进行或分别进行。《绿

野仙踪》中表单独的副词有 9 个：单（2）、独（14）、独自（43）、
分别（4）、分头（21），一一（8）、逐一（1）、陆续（30）、次第
（7）。

1. 单、独、独自

（57）（乔大雄）将别的女人尽行打发入永城，单留殷氏在
富安庄，又拨了本村两个妇女服伺。（33 回）

（58）（不换）在本村雇了个十四五岁的小厮，单伺候城璧
茶水饭食，日落时才许他回家。（20 回）

（59）（于冰）料想着没什么事体，叫伺候书房的人摆列杯
盘，自己独酌。（3 回）

（60）于冰又嘱咐道："此去只可你独自去，张华同去不
得。"（64 回）

例（57）、例（58）中"单"分别修饰单音节动词"留"和双
音节动词"伺候"；例（59）中"独"修饰单音节动词"酌"；例
（60）中"独自"修饰动词"去"。

2. 分别、分头

（61）怎么他的女儿死了，拿我出气？良贱相殴，还要分别
治罪。（57 回）

（62）卜氏深为诧异，随吩咐众小厮分头去买，先将家中有
的取来。（15 回）

3. 一一、逐一、陆续、次第

（63）寡人与槐阴国世为仇敌，你到的是槐阴国何人差遣？
可一一据实供来，寡人定施额外之恩。（65 回）

（64）依我愚见，莫若先委官吏，带同乡保地方，按户口逐

一查明,登记册簿……(39回)

（65）超尘等将银俱俱搬入大殿上安放,猿不邪将纸剪的驴马人众,陆续引到无人之地收法。(39回)

（66）少刻,大陈酒席,众将次第就坐,各叙说前后争战的话。(33回)

（三）表躬亲

此类副词语义上表示动作行为由主语亲自发出。《绿野仙踪》中表躬亲的情状方式副词共有5个:亲(24)、亲自(41)、亲身(1)、亲手(3)、亲眼(3)。

1. 亲、亲自、亲身

（67）冷氏听的侄儿亲来,喜欢之至。(4回)

（68）刘贡生所借银两,我亲问过他三四次,他总推说一时凑不及,许在一月后。(17回)

（69）他听了,替我大抱不平。又知地方官屡将盗案视同膜外,因此着我亲自投送。(58回)

（70）于冰谦退至再三,亲自将椅儿取下来,打了一恭,然后斜坐在下面。(2回)

（71）小的理合亲身赴县密禀,诚恐本县书役盘语,遗漏不便。(20回)

例（67）中"亲"修饰动词"来";例（68）中"亲"修饰动词性短语"问过他三四次";例（69）和例（70）中"亲自"分别修饰动词"投送"和动词性短语"将椅儿取下来";例（71）中"亲身"修饰连动短语"赴县密禀"。

2. 亲手、亲眼

（72）这番起身时,是公主亲手交与奴辈二人,用心收藏,

备驮马拆看，现在衣箱内锁着。(67回)

（73）第二日早间，亲眼还看见李必寿在庭柱上绑着，我们大家才解放了他。(29回)

前一例"亲手"修饰动词性短语"交与奴辈二人"；后一例"亲眼"修饰动词性短语"看见李必寿在庭柱上绑着"。

四　表直接、急切、徒然

（一）表直接

此类副词语义上表示动作行为是简洁明了、直截了当的。《绿野仙踪》中表直接的副词共有6个：直（34）、一直（23）、一径（1）、一味（2）、一味家（3）、一味里（1）。

（74）只见那剑真是仙家灵物，一直赶去，从水中倒起，转一转，横砍下来。(16回)

（75）苏氏换了极好的衣服，拿上银子，一径到齐贡生门前，说是"周家太太差来看望的。"(82回)

（76）又见金钟儿一味与如玉打热，不和他一心一意的弄钱，这婆子那里放得过去？(54回)

（77）那里像这些酸丁，日日抱上书，明念到夜，夜念到明，也不管东家喜怒忙闲，一味家干他的事。(28回)

（78）话说温如玉在郑三家当嫖客，也顾不得他母亲服制未满，人情天理上何如，一味里追欢取乐。(44回)

（二）表急切

此类副词语义上表示动作行为发生得急促、突然，与表示"急切"义的时间副词相比，它们更侧重强调主题发出动作行为时的状态。《绿野仙踪》中表急切的情状方式副词共有6个：连忙（191）、急忙（68）、急急（64）、忙忙（20）、即忙（21）、快快（19）。如：

（79）两个解役喜出望外，连忙磕头道谢，并问于冰姓名……（4回）

（80）冷松素慕王献述才学，急忙遣人约请，年出修金一百两。（1回）

（81）段祥又急急问道："冷爷头前问我看见妇人没有，冷爷可曾看见么？"（7回）

（82）何氏大惊，也忙忙坐起，问道："你……你捻甚甚么？"（86回）

（83）（于冰）于是从树林内钻出，见西面是一高岭，忙忙的走上岭头，四下一望。（6回）

（84）于冰即忙看视，见他一倒即化为乌有，急急向四下一望，形影全无。（8回）

（85）我不稀罕你们那几个房钱，只快快的都与我滚出去罢！（3回）

（三）表徒然

此类副词语义上表示动作行为没有效果，是枉然的。《绿野仙踪》中表徒然的副词共有8个：白（26）、白白（4）、平白（13）、平白里（7）、空（6）、平空里（3）、徒（17）、妄（15）。

（86）假若他借此物要笑我，岂不白受一番秽污。（10回）

（87）寻着兄弟，将此与他，也省的白便宜外人，再与他商酌日后的结局。（25回）

（88）凡人发财，增的是运气。运气催着来，就有那些倒运鬼白白的送我，不趁手高赢他们，过了时候，就有舛错了。（23回）

（89）如玉的母亲听得将儿子平白拿去，吓的心胆俱碎，忙差人去州里打听。（37回）

（90）我家活跳跳的人儿，日夜指望着赚山大的银钱；平白

里被他几句话攒掇死……（57 回）

（91）我到大后日午后再来，你务必等我，不可出门，着我空走一番。（95 回）

（92）你必是外方来的，不知朝台时令，徒费一番跋涉。（8 回）

（93）我们拼命跟随大哥，虽不敢想望个神仙，就多活百五十年，也不枉吃一番辛苦。（37 回）

第八节 《绿野仙踪》中的否定副词

否定副词在语义上表示否定。否定副词在句法上一般只能充当句子的状语，修饰动词和动词性短语，也可以修饰形容词和形容词性短语，但不能修饰小句。否定副词虽然是汉语副词中数量最少的一类，但否定副词内部各成员之间仍然存在很大的差异，《绿野仙踪》中的否定副词共有 18 个，按照语法特征和否定内容的不同可以分为四类：表示单纯否定，如：不、无，等等；表示对已然的否定，如：没、不曾，等等；表示对判断的否定，如：非、非是，等等；表示禁止、劝阻类否定：勿、莫，等等。

一 单纯否定

单纯否定是对话语表达者的主观态度、主观意愿的否定，或者对事物经常性行为和状态的否定。《绿野仙踪》中的单纯否定副词有 5 个：不（7895）、无（23）、不必$_1$（6）、莫$_1$（19）、休$_1$（20）。

（一）不

"不"是现代汉语中最常用的否定副词，从六朝开始逐渐取代了上古的"弗、无、莫、靡"等单纯表示否定的副词，成为汉语中最常用的单纯否定副词。《绿野仙踪》中"不"是出现频率最高的单纯否定副词，共出现 7895 例。

1. "不"经常否定动词性成分。如：

（1）过了三天，于冰便告辞别去，仲彦坚不放行，于冰又定要别去。（9回）

（2）第二日午后，只见罗龙文走来，也不作揖举手，满面怒容，拉过把椅子来坐下，手里拿着把扇子乱摇。（3回）

（3）怕周琏笑话他，向可久道："你和妈说，我今日且不见他罢。"（80回）

（4）仲彦道："先生若不弃嫌我，请到小弟家中暂歇几天，不知道肯去不肯去？"（8回）

例（1）至例（4）中"不"否定不及物动词"放行""作揖举手"和带有宾语的及物动词"见""弃嫌""知道"充当句子的谓语。

2."不"还经常否定形容词，在句子中充当谓语和补语，表示事物不具有某种状态或事情的结果。如：

（5）那汉子将怪眼睁起，冷笑："怎么我问着你不言语？必定是为我人品不高，玷辱你的姑老。"（53回）

（6）管翼道："探访的贼众志气不小，兼有邪法，必无投降之日。即投降，亦为王法所不容，宜速刻并力剿戮，除中州腹心之患为是。"（30回）

（7）我若认的老弟不真切，也不肯舍死忘生，像这样出力作成。（2回）

例（5）和例（6）中"不"分别修饰形容词"高""小"，充当句子谓语；例（7）中"不"修饰形容词"真切"做句子的补语。

"不+形容词"可以受到程度副词的修饰，表示性状的程度。如：

（8）从苏州又坐船，日夜兼行，见山川风景，与北方大不相同。（10回）

（9）周琏道："家中读书，男女出入甚不方便；我看这右边

的房子，到好做一处书房。后面跟随着几个小厮，口中说奇道怪，头脸上大不安分。"（80 回）

例（8）、例（9）中的"不相同""不方便""不安分"分别都受到程度副词"大""甚"等的修饰。

3. "不"可以修饰带有数量结构的名词性短语。

现代汉语中否定副词"不"不能修饰名词和名词性结构，名词性结构的否定形式需要用否定动词"没、没有"。《绿野仙踪》中，带有数量结构的名词成分可以用否定副词"不"进行修饰。如：

（10）是年八月中秋，冷松与王献述赏月，夜深露冷，感冒风寒，不数日竟成不起。（1 回）

（11）不几日，旨意到了。朱文炜闻知，大喜道："但愿如此！"（70 回）

（12）在樱桃斜街开了个油盐店，又收粜米粮。不一二年，生意甚是茂盛。又在顺成门大街，开了一座杂货铺。（71 回）

（13）郭翰领命，管翼带兵疾驰，不数里，早望见八座连营，每营相离各二三里不等。（31 回）

例（10）至例（13）中"不"分别修饰带有数量结构的名词性短语"数日""几日""一二年""数里""二三里"表示时间不长或距离不远，这一用法在现代汉语中已经不存在。

4. "不"能够出现在祈使句中。

现代汉语祈使句中表示禁止意义时，经常使用否定词"别"，"不"在现代汉语中一般不出现在祈使句中①。《绿野仙踪》中否定词"不"可以出现在祈使句中。如：

---

① 当主语为第一人称且表示劝阻意义时，祈使句的否定词可以用"不"。

（14）众人道："你不世故罢，你只快快的与他两位叩头。"
（18回）

（15）只见那公子出来，站在当院里，四面看了看，向庙主
道："你不送罢。"（36回）

例（14）、例（15）均为表示劝阻的祈使句，句尾有表示祈使语
气的语气词"罢"。

（二）无

"无"表示单纯否定的用法在先秦时期已经产生，它还经常与
"毋"通用，表示禁止劝阻。《绿野仙踪》中"无"的主要功能为表
示单纯类否定，有时也表示禁止、劝阻。

1. "无"经常用于动词"有"之前。

否定副词用于动词"有"之前时，表示对某种事物存在性的否
定，句子一般是存现句，其中"有"是作句子的谓语中心语。如：

（16）众贼见开封人马许久无有动静，他们有何纪律，有何
军法？（31回）

（17）蕙娘直等的他父母俱都安寝，外房无有声息，方将他
兄弟推醒。（80回）

2. "无"经常用于一般动词之前充当句子谓语。

否定副词"无"修饰一般动词时，意义与"不"相当；动词一
般不带名词性宾语。如：

（18）邦辅道："师尚诏不过一勇之夫，无足介意。伊妻蒋
金花，深通邪术，尔诸将有何良策？"（33回）

（19）我前后只见过他两次，也看不出他为人，止是你投奔
他时，他竟毫无推却，后被他女人出首到官，他又敢放你逃走。
（27回）

例（18）、例（19）中的"无"修饰动词"介意""推却"等，其后不带宾语，在意义上与现代汉语中的"不"相当。

3. "无"修饰的动词性结构，还可以做名词的定语。如：

（20）那知王忬为此事，本奏四次，俱被严嵩说与赵文华搁起，真是无可辨的冤枉！（73回）

例句中"无"修饰"可辨"，充当名词"冤枉"的定语。

（三）不必₁

"不必"可以用在祈使句中表示劝阻，也可以用在陈述句中表示单纯的否定，我们将表示单纯否定的"不必"表示为"不必₁"。"不必₁"作为单纯否定副词，是"不"的一种强调性形式。但是与"不"不同，"不必₁"只能否定动词性成分，不能否定形容词性成分。如：

（21）我的志念也决了，大家舍出这身命去做一做，有成无成，都不必论，从今后我与二哥心上，总以死人待自己，不必以活人待自己。（37回）

（22）段诚道："老主人家中的私囊，并器物衣服，且不必算。此番刘贡生银子，共本利一千三百余两，大相公早要到手中。"（19回）

例（21）、例（22）都是陈述某种事实的陈述句，而不是表达祈求和恳请的祈使句，句子的主语可以是第一人称的"我"，也可以是第三人称的"他"，这与表示禁止的"不必₂"不同。

（四）莫₁

"莫"在现代汉语中经常使用在祈使句中，表示禁止听话者做某个动作。"莫"也可以出现在陈述句中表示单纯否定，意义与"不"

相当。我们将表示单纯否定的"莫"记为"莫₁",将表示禁止、劝阻的"莫"记为"莫₂"。如:

(23)出北关门,至平望地界,致令倭寇尽劫仓库,屠戮官民,伤心惨目,莫可名状。惊闻传至,臣与贼誓不两立矣!(74回)

(24)贼众道:"余事都易处,惟粮草最难。依小将等意见,莫若随地劫掠,亦可足用,定在后日三鼓起行。"(34回)

(25)双睛顾盼靡常,无怪其逢财必喜;两手伸缩莫定,应知其见缝即挝。(39回)

"莫"用在陈述句中,表示对某一现象的陈述,可以用单纯性否定副词"不"替换。"莫₁"经常与"若"连用表示建议性的选择,共出现7例。

(26)朱义弟事,军门大人前已尽知,莫若将此事启知,看曹大人如何发落。(34回)

(五)休₁

否定副词"休"有两种意义和用法,一是表示单纯否定,我们记为"休₁",经常与"要"组合,提醒听话人注意;二是出现在祈使句中,表示禁止听话人做某个动作我们记为"休₂"。如:

(27)慢慢的下了禅床,与于冰打一问讯道:"先生休要动疑,数日前也是这小孽畜,领来一人……"(11回)

(28)城璧笑说道:"我这汉子粗长,只休要将磁罐撑破。"(36回)

(29)沈襄道:"此妇与令郎有言在先,若把他当妖魔鬼怪看待,有那时休要怨他之语。(88回)

（30）"也罢了！只恨我若大年纪止生了他一个，由他做罢！只说与他：休要做出大是非来。"说罢，周通出去。（84 回）

例（27）至例（30）中的否定副词"休"均与情态动词"要"组合。可以出现在陈述句中，其主语有第二人称，也有第一人称和第三人称，"休要"不表示禁止意义，而表示单纯否定。

二　对已然的否定

对已然否定的副词，在语义上表示对已然、过去事件的否定。此小类否定副词经常修饰动词，表示动作尚未发生。《绿野仙踪》中表示已然否定的副词有 7 个：没、没有（114），不曾（19），尚未（34），未尝（17），未曾（26），未（412）。

（一）没、没有

"没、没有"既可用作动词，也可用作否定副词，一般认为作为否定副词的"没、没有"是由作为动词的"没、没有"虚化而来。"没、没有"是对已然客观事实的否定，不带有说话人的主观感情。"没、没有"经常修饰动词性成分，很少修饰形容词性成分。"没、没有"是《绿野仙踪》中出现最多的已然否定副词，共有 114 例，其用法与现代汉语基本一致。

1. "没、没有"否定动词谓语句。

"没、没有"经常用在动词之前，否定句子的谓语，表示说话时动作还没有完成。《绿野仙踪》中由"没、没有"否定的动词可以添加表示过去的时态助词"过"，有时可以添加"着"，但不能添加"了"。如：

（31）国宾等大是着急，忙问道："我家主人哩？"王经承道："他还没有回来么？"（6 回）

（32）性慧道："岂有此理！这样一声大震，怎么还没有听见？我们再到后院瞧瞧。"（11 回）

（33）只听得他母亲说道："过日再见罢，他今日也没妆束着。"（80回）

（34）而邯郸、槐阴二梦，且有戏文，历来扮演，怎么你就都没见过么？（70回）

（35）到苏州问这八十多万银子，绅衿、士庶、并铺户商人，是那一家没有出过？那一家不是受害之人？（74回）

例（31）至例（35）中的"没、没有"否定谓语动词，动词"见、出"后带有表示过去的时态助词"过"；动词"妆束"后带有"着"，这一用法在现代汉语中已经不存在。

2."没、没有"否定由动宾短语充当的谓语句。

（36）中军道："谕单上只有姓，没填着名讳。沿途探马传说，都说是昨年同大人领兵讳文炜的朱大人。"（77回）

（37）于冰听了，道："我这眼，昏黑之际可鉴百步，无异白昼，怎么到没看见那边房内有人？"（24回）

（38）于冰道："我适才睡熟，没有听见什么响动。"（11回）

（39）即有逃匿隐藏者，官军去后，又无船可渡，被百姓看见，那个肯饶放他，其死更苦，端的没走脱一人。（78回）

3."没、没有"否定由述补短语充当的谓语句。

（40）叫你双目俱瞎，心气不通，一月内身死，他们还有一番作用，可惜苏氏没打听出来。（86回）

（41）不换眼里见熟了，由不得口内鬼念道："这穿白的妇人不是他公婆病故，就是他父母死亡。"店东张二道："你都没有说着，他穿的是他丈夫的孝。"（79回）

例（40）中"没"修饰动补短语"打听出来"，例（45）中
"没有"修饰动补短语"说着"。

4. "没有"出现在疑问句中表示疑问。

《绿野仙踪》中的"没有"与现代汉语不同，不能出现在句中构
成"V没V"格式，只能出现在句尾表示疑问。如：

（42）又道："年兄八股自然是好的了，不知也学过古作没
有？"（2回）

（43）于冰道："适才稀饭吃尽了没有？"（24回）

（44）文魁忙问道："你可见过他这妾没有？"（28回）

《绿野仙踪》中的"没有"可以用在句末表示疑问，与现代汉语
相同，但没有出现"没"用在句末的用例。

（二）不曾

"不曾"大约产生于六朝，由表示否定的"不"和时间副词
"曾"连用逐渐发展而成，在南北朝时开始大量使用。现代汉语中
"不曾"仅用于书面语中。《绿野仙踪》中"不曾"共出现19例。

"不曾"表示过去没有发生某事，意义和用法与否定副词"没
有"相当。常出现在动词谓语之前，不能修饰形容词谓语。

"不曾"修饰动词谓语句，在句中经常有表示时间的成分。如：

（45）不换道："我活了三十多岁，不曾见这样个地方。"
（36回）

（46）那知周琏一夜不曾合眼，翻来覆去，想算道路。
（79回）

（47）勉强应道："我是为找寻你们，三昼夜不曾梳洗，因
此与初见不同。你方才说吃亏之至，是吃了什么亏？"（97回）

例（45）至例（47）中否定副词"不曾"修饰动词，其中的时

间成分"一夜""三昼夜"俱表示时间段。

"不曾"可以用在句尾，表示疑问，如：

（48）你老人家醉了，我与太太女扮男装逃走，不知后来那乔武举来也不曾？（35回）

（三）尚未

"尚未"是由表示时间的"尚"和表示否定的"未"组成的否定副词，表示对过去事情的否定。《绿野仙踪》中"尚未"共出现34例。"尚未"主要否定动词谓语，也可以否定形容词谓语句。

"尚未"否定的动词谓语句中，谓语动词可以是不及物动词。如：

（49）于冰趁他尚未转身，如飞的往东便跑，一回头，见那虎也如飞的赶来。（6回）

（50）忙禀道："小人兄弟文炜已同妻子姜氏，四川探亲去了，如今尚未回来。"（34回）

（51）只见他身子晃了几晃，尚未跌倒，到把个妇人被烟火烧死，倒在地下。（12回）

（52）周琏此时尚未睡，正点着一枝烛看书。听得院外有声，吃了一惊。（83回）

"尚未"否定的动词谓语句中，谓语动词也可以是及物动词。如：

（53）况自出京以来，两月有余，尚未抵浙江边境，拥兵数万，行旅为之不通。（73回）

（54）你这一去，不但有益于他，亦且大有益于你。又念你苦修二十余年，尚未改换儒服；今赐你道衣道冠，丝涤云履。（45回）

（55）急看妖鱼，被火烧的通身破烂，鳞甲披迷，已死在地

下。惟二目尚未损坏。(90 回)

(56) 吕纯阳授枕于卢生，梦享富贵五十余年，醒后黄粱尚未做熟，故又谓之黄粱梦。(70 回)

"尚未"否定形容词谓语句，共有 5 例，形容词表示事物的性状没有发生动态变化。如：

(57) 也是他拼着死命，为大爷一场。何况他的肉尚未冷，怎么这样不认亲起来？(59 回)

(58) 又顾于冰道："年来铅汞调和否?"于冰道："尚未自然。"(14 回)

(59) 于冰忖度道："此刻人尚未静，须少待片刻，再与他们说话。"(24 回)

例(57) 至例(59) 中的"尚未"均否定形容词谓语句，表示事物的状态没有达到形容词表示的状态。

(四) 未尝

否定副词"未尝"是由否定副词"未"和表示时间的"尝"组合而成的，意义与"没有"相当，共 17 例，"未尝"经常修饰动词谓语句。如：

(60) 于冰道："我自收伏你们以来，十年未尝一用，究不知你们办事何如。今各与你们符箓二道，仗此可白昼往来。"(14 回)

(61) 黎氏向如玉道："我已望六之年，止生你一个。自你入监后，我未尝一夜安眠，眼中时滴血泪，觉得精神举动，大不及前。"(37 回)

(62) 如玉道："在老长兄前，安敢不实说？小弟于富贵功名四字，未尝有片刻去怀，意欲明年下下乡场，正欲烦长兄预

断。"（44 回）

"未尝"后可以接表示否定副词"不"构成双重否定，如：

（63）启奏的事，万岁爷未尝不准他的，只是心上不舒服。
（91 回）

（64）卿以倾国姿容，寄迹乐户，每逢客至，未尝不惊羞欲避，愧愤交集，非无情于人也。（59 回）

（五）未曾

"未曾"在《绿野仙踪》中共出现 26 例。"未曾"否定的谓语是动词谓语，谓语动词一般不接宾语，动作的受事出现在动词之前或承前省略。如：

（65）前赵文华、胡宗宪血战成功，止将倭寇赶入海内，未曾入海追逐（75 回）

（66）正欲寻上吊的地方，忽回头看见桌上堆着二三百两银子，还未曾收藏，复回身坐在床沿上拿主意。（25 回）

（67）于冰道："此盛德之事，惜乎我冷某未曾遇着，让仁兄做讫。"（24 回）

（六）未

"未"是上古汉语中最常用的表示已然否定的否定副词，近代汉语中"未"逐渐被"没有/没"所取代，现代汉语中已几乎不用，只存在于方言中。①《绿野仙踪》中的"未"表示已然否定的现象非常常见，共出现 412 例。

---

① 吴方言、粤方言、闽方言都存在用"未"表示已然否定的现象。参见许宝华《汉语方言大词典》，中华书局 1999 年版，第 772、1156 页。

1. "未"经常否定动词性成分。如：

（68）父母早亡，自己亲骨肉再无第二个，只有这一个姑母，又从未见面。(4回)

（69）费封，近日病故，刻下有人举荐了许多，又未试出他们的才学好丑，意思要将这席屈先生，托小弟道达。(2回)

（70）林岱等一边动手，一边令军士分门把守，到者即杀；又差人谕令未入城军兵，将城围住，不许放走一贼。(78回)

2. "未"否定形容词谓语句。

表示已然的否定副词一般不用于否定形容词谓语句，但"未"可以用于形容词谓语句。如：

（71）严世蕃等遣发边郡，又过些时，知将严嵩革职。虽然快活，到的心上以为未足。(92回)

（72）其失查师尚诏，皆因历任未久，相应恩免交部。其余失查文武地方等官，理合严惩，以肃国法。(35回)

例（71）、例（72）中的否定副词"未"否定形容词"足、久"，形容词都是简单形式。

3. "未"用于否定名词

名词一般不充当句子谓语，因此很少受到否定副词修饰，但在《绿野仙踪》中出现2例"未"作为否定副词修饰名词。如：

（73）于冰道："吾虽未仙，然亦可以不死。"(36回)

（74）你今年才十五岁，就便再迟两科不中，才不过二十一二岁的人，何年未弱冠，便干禄慕名到这步田地！(1回)

例（73）中的名词"仙"充当句子的谓语，表示成仙，受到

"未"的修饰。

4. "未"修饰"被""把"等介词短语

"未"也可以出现在介词短语之前，依然是否定句子的谓语。如：

（75）都乱讲先时有许多不怕死的官儿，不但未将严嵩父子动着分毫，并连他的党羽也没弄倒半个。（91回）

（76）这三四日前，小的问捕役们，他们说有点影响，只是那人还未将银子使出。（59回）

（77）喜的留得命在，瓶口中还有七八两散碎，未被那和尚摸着。（9回）

（78）一面又跑至树下看行李，喜得此处无人来往，竟未被人拿去。（22回）

三 对判断的否定

表示对判断否定的副词有 2 个："非"（337）和"非是"（3）。它们在语法功能上与其他副词存在差异，主要表现在此小类副词经常直接修饰名词和句子，而不是修饰动词性成分。

（一）非

"非"经常出现在判断句中，《绿野仙踪》中否定副词"非"共出现 337 例。"非"出现在判断句中，有时直接修饰名词，意义上表示"不是"。如：

（79）众人道："贵亲家是最知礼的，就是令婿，也非无良之辈。"（84回）

（80）于冰向不邪道："温如玉已修道三十年，仍穿儒服，非玄门气象。"（93回）

（81）笑问道："子非广平冷于冰，号不华者乎？"（10回）

例（79）至例（81）中的否定副词"非"均表示对判断的否定，其后直接修饰名词"无良之辈""玄门气象"等。

否定副词"非"有时修饰小句，如：

（82）实指望夫妻偕老，永效于飞，不意家中多故，反受仕宦之累。非你缘浅，乃妾命薄。（18 回）

（83）此冥渺中有天意，非人力所能防及。（32 回）

作为否定判断的否定副词"非"前经常有表示语气的成分出现，如：

（84）如玉笑道："此声断非鸾凤，必系一异鸟也。听他这声音，到只怕有一两丈大小。"（73 回）

（85）于冰道："山西荒旱，定系实情；百姓流移，决非假事。"（3 回）

（86）守陵虽为贼据，镇守者必非大将之才，可一将而取之也。（30 回）

（87）于冰道："冷某赋性愚野，不达世故，况贵署事务繁杂，实非幽僻之人情意所甘。承厚爱，就在这庙中住一半天罢。"（30 回）

例（84）至例（87）中的"非"前均有表示强调语气的语气副词"断""决""必""实"等出现，加强对判断否定的语气。

（二）非是

"非是"在《绿野仙踪》中有 3 例，与"非"不同，"非是"否定的判断只能是小句，不能是名词，如：

（88）笑说道："先生息怒。非是冷某不爱读先生佳章，奈学问浅薄，领略不来。"（7 回）

（89）非是我冷某藐视人，泰尼姑、蒋金花俱有邪法幻术，量军门和管镇台还未必平的了那师尚诏。（30回）

（90）邦辅抚膺长叹道："此非是本部院无缘见真仙，皆林镇台壅蔽之过也。"（33回）

例（88）至例（90）中的"非是"在意义上与"非""不是"相同，其后只与表示判断的小句相连，不能与名词相连。

四　禁止、劝阻类否定

禁止、劝阻类否定副词，经常出现在祈使句中表达祈使语气，主要用于动词之前，语义上表示要求听话人不要进行某动作。《绿野仙踪》中表示禁止、劝阻的否定副词共有5个：勿（15）、毋（25）、莫$_2$（41）、休$_2$（112）、不必$_2$（144）。

（一）勿

"勿"作为禁止、劝阻类否定副词，《绿野仙踪》中共出现15例。如：

（91）今也分赐你一粒，服乏可抵三十年吐纳功夫。你须着实奋勉，勿负我格外提携。（98回）

（92）寡人今授你为衡文殿说书之职，卿须敬共尔位，勿生二心，寡人于卿有厚望焉。（65回）

"勿"作为禁止的否定副词，其前可以出现表示语气的词语"切、慎"等。如：

（93）林大人是热肠君子，哥嫂切勿介意。（34回）

（94）就是林镇台薄责几下，亦是人心公愤使然。你慎勿介怀。（34回）

例（93）、例（94）中表示禁止的否定词"勿"都受到"切"和"慎"的修饰，表示说话人的强调语气。

（二）毋

表示禁止意义的"毋"在《绿野仙踪》中共出现25例，均出现在表示禁止的祈使句中。如：

（95）媳妇今后若少有不合道理处，还求二位大人当面叱责，毋从世套。（88回）

（96）道行完满，我自按期接引，共入仙班，汝等可勉之、慎之，毋辜负我期望至意。（98回）

"毋"可以与"得"组合为"毋得"表示禁止意义。在《绿野仙踪》中共有4例。如：

（97）抄没本乡并任中两处家私，兼详查寄顿地方，监禁老少男妇，毋得轻纵一人。与赵文华一同付刑部，严刑审讯，定罪奏闻。（78回）

（98）着林润知会本地文武，将严世蕃等即行严拿，毋得走脱一人。（92回）

（三）莫$_2$

"莫$_2$"作为表示禁止的否定副词，出现在西汉，近代汉语中"莫"已经是一个常用的禁止副词，出现于祈使句中。"莫$_2$"在《绿野仙踪》中共出现41例。

"莫"用于动词之前，表示禁止听话人实施某种动作，句子的主语一般是第二人称"你、你们"，有时主语也可以省略。如：

（99）姐道："做了一篇，好就罢了，怎么又出题考起来？"体仁道："你莫管。"（79回）

（100）是晚起更后，向连椿等道："你们莫睡，五鼓即回。"（96 回）

（101）萧麻子连连摆手道："莫哭，莫叫。金姐的衣服、首饰，有要的由头了……"（60 回）

（102）于冰道："莫管他，就随这犬声寻去。"（7 回）

例（99）至例（102）中句子的主语是第二人称"你、你们"，也可以省略，省略的主语在意义上一般是第二人称，也可以是第一人称。

"莫"可以出现在兼语句中，表示禁止兼语成分实施动词的动作。如：

（103）不换也甚是难过，与道童留了几百钱，又叮嘱他莫出庙门，明日便有人来看你。（27 回）

（104）适被大风刮奴至此，误入瑶宫。自觉猛浪之至，万望真人莫见怪为幸。（90 回）

表示禁止的副词"莫"前经常出现表示语气的语气副词"切"，如：

（105）将《易经》顶在头上，用手扶着，任凭他有天大的霹雷，你切莫害怕。（46 回）

（106）于冰又道："嗣后若差二鬼回洞，你切莫视为怪物，擅用神火，他们经当不起。"（14 回）

（四）休$_2$

作为表示禁止的否定副词，"休$_2$"主要有两种用法：其一表示劝阻和禁止；其二表示提醒以免出现不应有的情况。两种用法的"休$_2$"均用在祈使句中。如：

（107）金钟儿道："我们这地方，常时连豆腐都买不出。二位爷休笑说，多吃些儿才好。"（43回）

（108）如玉道："你休罪我。我实为先母服制未终，恐怕人议论。"（43回）

（109）何氏道："你休多心，他两个和我的闺女一样。"（86回）

（110）贡生道："你这沾光下顾的话，再休对我说！"（80回）

例（107）至例（110）中的"休"表示禁止，句子的主语一般是第二人称"你、你们"，不能是第一人称"我、我们"。

"休"也能出现在表示提醒的祈使句中，其中的主语一般是第一人称"我、我们"。如：

（111）在苗秃子道："若是假意读书，我还来坐坐；若是真心读书，我休混了你的正务。"（50回）

（112）众官齐声说道："司老先生的见甚是，我们休要误了填榜。"（3回）

（五）不必₂

"不必₂"是否定词"不"和情态动词"必"组成的否定词，表示劝诫和禁止。"不必"用在祈使句中表示某种事情不是必须的，可以不做，经常用于口语中，《绿野仙踪》中的"不必"均出现在对话中。

1. "不必"经常否定动词性成分

"不必"修饰动词时，表示禁止某种动作发生，有时前面有加强语气的成分。如：

（113）这馆中也未必有什么好酒菜，可将吃得过的，不拘荤素，尽数拿来，不必问我。（8回）

（114）于冰扶他坐在床上，先说道："公子不必开口，我是

过路之人，因询知公子是宦门子弟，偶动凄恻……"（4 回）

（115）我过五七年，还要回家看望，你们断断不必寻找我，徒劳心力无益。（6 回）

（116）你的妇人女厮，俱同到你娘家住，听候动静。千万嘱咐你父母，断断不必来。（88 回）

2. "不必" 与代词相连

不必可以与代词相连，禁止代词所指代的动作。如：

（117）于冰道："贤弟不必如此，有话只管相商。"（14 回）

（118）城璧坐在东台阶下说道："你不必如此，可坐起来说话。"（26 回）

（119）文炜道："哥哥不必如此，银子已经与了人家，追悔莫及，总是兄弟该死。"（19 回）

例（117）至例（119）中的 "如此" 指代听话人进行的动作，"不必" 否定代词 "如此"，禁止代词指代的动作。

3. "不必" 可以单用

《绿野仙踪》中的 "不必" 可以单用，表示对听话人动作的劝阻，也可以出现在情态动词之后。如：

（120）于冰忙取大衣服要穿，龙文摆手道："不必。"（2 回）

（121）众解役便欲动手。城璧道："不必。我有要紧话说。"众解役听了，便都不动作。（96 回）

例（120）、例（121）中的 "不必" 单用，阻止于冰 "取大衣服穿"、众解役 "动手" 等动作。"不必" 在祈使句中单用，表示禁止和劝阻听话人停止所做的动作。

第三章

《绿野仙踪》副词的横向比较

在对《绿野仙踪》副词描写分析的基础上，我们将《绿野仙踪》中的副词与同时代的《儒林外史》《红楼梦》《儿女英雄传》中的副词进行横向对比。这种横向对比，有助于深入认识《绿野仙踪》副词的特点，同时也有助于认识整个清代副词的特点。

第一节 《绿野仙踪》副词与《儒林外史》副词比较

一 《绿野仙踪》副词与《儒林外史》副词比较概述

仅仅对《绿野仙踪》中的副词进行静态的描写分析是远远不够的，为了更深入、准确地认识《绿野仙踪》中副词的特点，我们有必要将《绿野仙踪》中的副词与《儒林外史》中的副词进行横向对比。

《儒林外史》，成书于 18 世纪中叶，是清代著名的长篇讽刺小说，约有 40 万字。小说假托明代为背景，以周进、范进、严贡生等一系列读书人为中心，同时也涉及市侩、官吏、乡绅、书办、艺人、侠客等形象，反映了当时科举制度荼毒下文人的命运和封建社会处于崩溃边缘的腐朽面貌。《儒林外史》在文学上具有重要的地位，它以娴熟的语言技巧、离奇的情节安排、戏谑的写作风格和夸张的人物刻画推动中国的讽刺文学达到了新的高峰。鲁迅先生（1973：228）评价说："迨吴敬梓《儒林外史》出，乃秉持公心，指摘时弊，机锋所向，尤在士林；其文又戚而能谐，婉而多讽；于是说部中乃始有足称讽刺之书。"小说的语言接近口语，是比较纯熟的白话，语言生动形象，是研究清代口语的重要语料。

《绿野仙踪》和《儒林外史》都成书于清代中叶，两书中的副词有许多相同之处。总体来看，两书中副词总量相当，都是双音节副词占优势。相同之处具体表现在两个方面。

（一）基本相同

两书中大多数副词的意义和用法基本相同，如程度副词小类中的"很"在两书中都写作"狠"，都是只有作补语的用例；"颇"在两书中都是既可表示程度高，也可表示程度低；"更"在两书中都是既可表示程度增高，也可表示累加。如：

（1）城璧笑道："你这一说，我更明白了。"（《绿野仙踪》27 回）

（2）彼此坐在一处，不是说自己男人长短，便是议论人家丈夫。若题起游街看庙，无不眉欢眼笑，互相传引。更兼男人，十个到有一半不是怕老婆的，就是曲意要奉承老婆的。（《绿野仙踪》61 回）

（3）差人道："你这痴孩子我要传授了，便宜你的狠哩！"（《儒林外史》13 回）

（4）杜少卿道："你一个梨园中的人，却有思念父亲孝敬母亲的念，这就可敬的狠了……"（《儒林外史》33 回）

再如语气副词"可"，在《绿野仙踪》和《儒林外史》中都是用于疑问句中加强疑问语气，没有出现肯定强调的用法。如：

（5）内有一个带将巾穿暗龙缎袍的，笑问道："足下可是广平府的冷先生么？"（《绿野仙踪》2 回）

（6）那人道："范老爷平日可有最怕的人？他只因欢喜狠了，

痰涌上来，迷了心窍……"（《儒林外史》3回）

（二）异中有同

有些副词虽然在两书中的用法存在差异，但也有一些相同之处。如副词"究竟、毕竟、不、莫、极、十分、方才、刚才"等；语气副词"其实"，在《儒林外史》中可表示肯定强调的语气，相当于"的确、确实"，《绿野仙踪》中却没有此种用法，但在表示"申明事情的真相"这一意义时，两书用法相同。如：

（7）湖里有十来枝荷花，苞子上清水滴滴，荷叶上水珠滚来滚去。王冕看了一回，心里想道："古人说，'人在画图中'，其实不错。"（《儒林外史》1回）

（8）那马纯上讲的举业，只算得些门面话，其实，此中的奥妙，他全然不知。他就做三百年的秀才，考二百个案首，进了大场总是没用的。（《儒林外史》49回）

（9）就如萧麻子，名虽秀才，其实是这地方上的土棍，惟利是图。有他在此主持，也可免无穷的口舌。（《绿野仙踪》52回）

由于作者的语言风格不同，或者是受作者所持方言的影响，两书中的副词在意义和用法上也存在差异，差异主要表现在以下三个方面。

1. 有些副词仅在《绿野仙踪》中出现，而《儒林外史》中没有用例。如"好生"，《绿野仙踪》中出现10例，表示程度高和情状方式两种意义，而《儒林外史》中却没有用例。副词"顶、保管、委实、管情、诚、即忙、偏偏、转眼间、即忙"等词也是仅出现于《绿野仙踪》中。如：

（10）你们好生保护着我，跑得出城去，就有几分生路了。（《绿野仙踪》69回）

（11）那些寒鸦野鸟，或零乱沙滩，或娇啼树杪，心上好生伤感。（《绿野仙踪》70回）

2. 有些副词仅在《儒林外史》中出现，而《绿野仙踪》中没有用例。如副词"好不、正自、当下、非常、老、怪、权且、死活、一顿、暗地里、业已"等。"好不"在《儒林外史》中共出现12例，都是肯定式用法，相当于"好"。如：

（12）三房里曾托我说媒，我替他讲西乡里封大户家，好不有钱！（《儒林外史》4回）

（13）他是个武举。扯的动十个力气的弓，端的起三百斤的制子，好不有力气！（《儒林外史》26回）

3. 有些副词在《绿野仙踪》和《儒林外史》中都有用例，如副词"极、十分、甚、方才、刚才、究竟、毕竟、其实、不、莫、俱"等。它们或在使用频率，或在意义上，或在句法功能上，或在组合能力上存在这样或那样的不同之处。如程度副词"甚"，在两书中的使用频率悬殊。"甚"在《绿野仙踪》中出现232例，在《儒林外史》中仅出现86例。再如时间词"刚才"，在《绿野仙踪》中表示初始义，相当于"刚刚才"；在《儒林外史》中既可表示初始义，还可用作时间名词，表示说话前不久的一段时间。

仅见于一书的副词可能会受到文章内容的限制，因此在差异性的对比上不存在典型性，所以我们进行对比时，着重对比两书中都出现，但意义与用法存在差异的副词。对比主要从使用频率、所表意义、组合能力和句法功能角度进行，找出它们的差异，并且对产生这些差异的原因进行解释。

二 《绿野仙踪》副词与《儒林外史》副词个案比较

本节我们选取《绿野仙踪》中"甚、极、狠（很）、十分、俱、方才"等 17 个副词与《儒林外史》进行对比，从使用频率、所表意义、组合能力等角度探求它们在两书中的差异，并力求对差异产生的原因进行解释。

（一）甚

"甚"表示程度很高，相当于"很、非常"等。"甚"在先秦时已有用例，一直到明清时期它的使用频率都比较高。程度副词"甚"在《绿野仙踪》与《儒林外史》中不同之处主要有两点：一是"甚"在两书中的用例数量悬殊；二是"不甚"在《儒林外史》中的用例明显高于《绿野仙踪》中的用例。

1. "甚"在《绿野仙踪》与《儒林外史》中的用例数量悬殊。

《绿野仙踪》中"甚"出现 232 例，而《儒林外史》中"甚"出现 86 例。如：

（14）冷不华人虽年少，甚有才学，若着管理奏疏，强似幕客施文焕十倍。（《绿野仙踪》3 回）

（15）正吃得兴头，听得外面敲门甚凶，何美之道……（《儒林外史》4 回）

（16）先生久享大名，书坊敦请不歇，今日因甚闲暇到这祠里来求签？（《儒林外史》15 回）

（17）自你去后，弟妇到了家里，为人最好，母亲也甚欢喜。（《儒林外史》20 回）

2.《儒林外史》中"不+甚"的用例明显高于《绿野仙踪》中的用例。

《绿野仙踪》中"甚"出现 232 例，"甚"位于否定词"不"之后的用例仅有 13 例。如：

（18）于冰支吾了几句，王经承听了，心上不甚明白。（《绿野仙踪》6 回）

（19）不换多是在田地中吃饭，总以家中有老婆照管，不甚留心。（《绿野仙踪》20 回）

《儒林外史》中"甚"出现 86 例，"甚"位于否定词"不"之后的形式有 19 例，"不甚"的用例占将近 1/4，可见"不甚"在《儒林外史》中的使用频率很高。如：

（20）但这里地下冷，又琉璃灯不甚明亮，我这殿上有张桌子，又有个灯挂儿……（《儒林外史》51 回）

（21）太爷年老多病，耳朵听话又不甚明白。交盘的事本该自己来领王太爷的教。（《儒林外史》8 回）

（22）杜慎卿极大的酒量，不甚吃菜；当下举箸让众人吃菜，他只拣了几片笋和几个樱桃下酒。（《儒林外史》29 回）

"甚"在两书中的使用频率存在很大差异，《绿野仙踪》中出现 232 例，《儒林外史》中出现 86 例。"甚"作程度副词的用法在先秦时就已经出现，从先秦一直到清代的使用频率都非常高，清代中叶以后逐渐萎缩，到现代汉语中仅用于书面语中。很明显，在表达程度高的意义时《绿野仙踪》的作者倾向于使用文言色彩较浓的"甚"，而《儒林外史》的作者倾向于使用具有方言色彩的"X 的紧"的形式和口语色彩较浓的"十分"。之所以出现上述不同的倾向性，是由于作者的语言风格不同造成的。《绿野仙踪》的作者在用词的倾向性上表现出典雅、古朴的语言风格。

从"甚"的组合情况来看，两者也存在很大的差异，具体表现在与否定词"不"的组合上，《儒林外史》中"不甚"的使用频率明显高于《绿野仙踪》。"不+甚"表示对否定性的减弱，使否定语气变得委婉，如例（18）中"心上不甚明白"，是指"不完全明白"，并非"一无所知"。《儒林外史》中倾向于此种表达，表现了作者用词的委婉、严谨。而《绿野仙踪》的作者不大倾向于这种表达，对程度的完全肯定或完全否定用例较多，表现了作者性格上的直率、语言表达上的直接。

（二）极

"极"，表示程度很高，达到了极点。它作程度副词的用法在先秦时已经出现，一直到现代汉语中仍是很常用的程度副词。"极"在《绿野仙踪》与《儒林外史》中的用法存在不同之处，表现在以下两方面。

1.《绿野仙踪》中"极+被饰成分"修饰名词时可带"的"，也可不带"的"；《儒林外史》中全部用"的"。

《绿野仙踪》中，程度副词"极+被饰成分"修饰名词共93例，其中中间用"的"有76例，不用"的"有21例。如：

（23）知府通以极好言语回答，着将金不换、郭崇学、邻里人等一并解府面讯定案。（《绿野仙踪》21回）

（24）三日后，他便打发姜氏同上下男妇还乡；自己又差了林岱署中跟他来的两个极老练家人，送姜氏到虞城县，就近去河阳送家书。（《绿野仙踪》75回）

（25）到次年，周通家备极厚的奠仪来吊，献述替于冰回了书字，陆芳又与于冰的姑母回了些礼物。（《绿野仙踪》1回）

（26）不想他已设备下极丰盛的酒席，又强扯于冰到内房，见了他妻女两人。（《绿野仙踪》2回）

由以上例句可以看出，程度副词"极"不论是修饰单音节形容词还是修饰双音节形容词，都既可带"的"也可不带"的"。

《儒林外史》中，"极+被饰成分"修饰名词共43例，"极+被饰成分"与名词之间全部用结构助词"的"连接，没有出现不用"的"连接的用例。如：

（27）马二先生道："这是我极好的弟兄。头翁，你问他怎

的?"（《儒林外史》13 回）

（28）这湖是极宽阔的地方，和西湖也差不多大。左边台城望见鸡鸣寺。那湖中菱、藕、莲、芡，每年出几千石。（《儒林外史》35 回）

（29）这姚园是个极大的园子，进去一座篱门。篱门内是鹅卵石砌成的路，一路朱红栏杆，两边绿柳掩映。（《儒林外史》33 回）

以上三例，"极+被饰成分"与后面的名词之间都由结构助词"的"连接。

2.《儒林外史》中"极+被饰成分"以作定语为主，《绿野仙踪》中"极+被饰成分"则以作状语为主。

《儒林外史》中程度副词"极"共出现74例，其中"极+被饰成分"作定语的用例有43例，可见，《儒林外史》中"极+被饰成分"以作定语为主。

《绿野仙踪》中程度副词"极"共出现277例，其中"极+被饰成分"作状语有166例，作定语有93例，部分作补语，可见《绿野仙踪》中"极+被饰成分"以作状语为主。

"极+形容词+修饰名词"在两书中表现出的差异，是作者的语言习惯不同造成的。杨荣祥（2005）认为，近代汉语中由上古继承下来的用在定中结构的助词"之"已经走向衰亡，而新兴起的结构助词"的/底"还没有成为定中短语中必带的语法成分，因此中间可用"的"，也可不用"的"。《儒林外史》的作者在使用"极+形容词+名词"结构时，倾向于中间用"的"，而《绿野仙踪》的作者倾向于经常用"的"，少数情况下不用"的"，体现出作者语言形式的丰富性。

（三）很（狠）

程度副词"很"在《绿野仙踪》中均写作"狠"，共有14例，句法功能上都是作补语，没有出现作状语的用例。如：

（30）于冰此时心上有些明白，却不知身在何地，只觉得内急的狠……（《绿野仙踪》12回）

（31）那边热闹的狠，你这道人若会算命起课，也不愁不弄几个钱。（《绿野仙踪》61回）

"很"在《儒林外史》中共出现18例，有4例写作"很"，其余均写作"狠"，句法功能上与《绿野仙踪》相同，都是在句中作补语。如：

（32）那人道："请问先生，这里可有选文章的名士么?"季恬逸道："多的很卫体善、随岑庵、马纯上、蘧美夫、匡超人，我都认的……"（《儒林外史》28回）

（33）鲍文卿惊道："原来老爹是学校中人，我大胆的狠了。请问老爹几位相公? 老太太可是齐眉?"（《儒林外史》25回）

（34）宗嗣大事，我们外姓如何做得主，如今姑奶奶若是急的很，只好我弟兄两人公写一字……（《儒林外史》6回）

（35）直到上灯时候，连四斗子也不见回来，抬新人的轿夫和那些戴红黑帽子的又催的狠，厅上的客说道："也不必等吹手。"（《儒林外史》6回）

（36）差人道："你这痴孩子我要传授了，便宜你的狠哩……"（《儒林外史》13回）

例（32）、例（33）中"很（狠）"的中心语是形容词"多、大胆"；例（34）、例（35）中，"很（狠）"的中心语是动词"急、催"；例（36）中"狠"的中心语是动宾短语"便宜你"。

与《绿野仙踪》不同的是，《儒林外史》中除了"狠"全部用来作补语外，"紧"在《儒林外史》中也都是作补语。如：

（37）众邻都拍手道："这个主意好得紧，妙得紧范老爷怕

的，莫过于肉案子上胡老爹。"（《儒林外史》3 回）

（38）王太守大笑道："这三样声息却也有趣的紧。"（《儒林外史》8 回）

（39）（牛老）说道："却是有劳的紧了，使我老汉坐立不安。"（《儒林外史》21 回）

（40）杜少卿道："你回他我家里有客，不得到席。这人也可笑得紧，你要做这热闹事，不会请县里暴发的举人进士陪?"（《儒林外史》31 回）

"狠"在《绿野仙踪》与《儒林外史》中的用法相同，都是在句中作补语。不同的是，《儒林外史》中除了"很/狠"作补语，"紧"也是只作补语出现，它是一个方言词语。《儒林外史》反映的是江淮官话，而李百川是一个北方籍作家①，由于受作者所操方言的影响，《绿野仙踪》中没有出现"紧"作补语的用例。

（四）十分

"十分"表示程度很高，意义上相当于"很、非常"等。程度副词"十分"在宋代时已有用例，明清时期进一步发展兴盛。"十分"在《绿野仙踪》与《儒林外史》中的不同之处表现在以下两个方面。

1."十分"在两书中的使用频率不同。

"十分"在《绿野仙踪》与《儒林外史》中的使用频率不同。《绿野仙踪》中程度副词"十分"只有 7 例，而《儒林外史》中程度副词"十分"则有 31 例，可见"十分"在两书中的使用频率存在差异。

2."十分"在两书中的组合能力不同。

《绿野仙踪》中，程度副词"十分"共 7 例，其中修饰形容词 2 例，修饰动宾短语 4 例，修饰动补短语 1 例，"十分+不"的形式有 1 例。如：

---

① 许隽超（2012）认为李百川为河北蔚州人。

（41）大雄道："十分迟了，归德一破，被同事人拉扯出来，就不好了。"（《绿野仙踪》33 回）

（42）于冰见桂芳为人爽快，敬意又诚，不好十分违他的意思，说道："大人请先行，冷某同令郎公子入署。"（《绿野仙踪》30 回）

（43）张华十分劝急了，如玉便说："你若想家，任凭你便，我是绝不回去的。"（《绿野仙踪》63 回）

例（41）中"十分"修饰形容词"迟"；例（42）中"十分"修饰动宾短语"违他的意思"；例（43）中"十分"修饰动补短语"劝急了"。

《儒林外史》中，"十分"的组合形式比《绿野仙踪》丰富。程度副词"十分"共 31 例，其中修饰形容词 17 例，修饰动词 10 例，修饰动词性偏正短语 3 例，修饰动宾短语 1 例，"不+十分"的形式 2 例。如：

（44）湖边一带绿草，各家的牛都在那里打睡。又有几十棵合抱的垂杨树，十分阴凉，牛要渴了，就在湖边上饮水。(《儒林外史》1 回)

（45）船家十分畏惧，小心伏侍，一路无话。（《儒林外史》6 回）

（46）依愚见，这样人不必十分周旋他，也罢了。（《儒林外史》10 回）

（47）陈和甫儿子道："万一猪不生这个头，难道他也来问我要钱？"丈人见他十分胡说，拾了个叉子棍赶着他打。（《儒林外史》54 回）

（48）萧金铉道："要僻地方，只有南门外报恩寺里好：又不吵闹，房子又宽，房钱又不十分贵。"（《儒林外史》28 回）

例（44）中"十分"修饰形容词"阴凉"；例（45）中"十分"修饰动词"畏惧"；例（46）中"十分"修饰动宾短语"周旋他"；例（47）中"十分"修饰动词"胡说"；例（48）中是"不+十分"的形式，表示对否定性的减弱。

不难看出，"十分"在《绿野仙踪》中的使用频率没有《儒林外史》高，受使用频率低的影响，组合能力上也没有《儒林外史》丰富。

"十分"在《绿野仙踪》中的使用频率低于《儒林外史》，这是受作者不同语言风格的影响造成的。"十分"产生的时间较晚，在宋代开始出现，清代中期用例逐渐增多，现代汉语中仍是使用频率很高的程度副词。《绿野仙踪》的作者追求语言的典雅、古朴，在词语的选择上，更倾向于使用较早出现的词语，因此"十分"在《绿野仙踪》中的用例少于《儒林外史》。

不难看出，"十分"在《绿野仙踪》中的使用频率没有《儒林外史》高，受使用频率低的影响，组合能力上也没有《儒林外史》丰富。

（五）越 A 越 B 连用式

"越 A 越 B"连用式，《绿野仙踪》与《儒林外史》相比相同之处为形式上都是紧缩句的形式；不同之处为语义上《绿野仙踪》中以正比倚变为主，《儒林外史》中则以反比倚变为主。

形式上，《绿野仙踪》与《儒林外史》中"越 A 越 B"连用式都是采用紧缩句的形式。如：

（49）天天住的是茅茨之屋，吃的是莜荞之面，他访道心切，到也不以为苦，只是越走山势越大，每天路上，或遇两三个人，还有一人不遇的时候。（《绿野仙踪》6 回）

（50）文华道："正是！正是！也不必拘定六十万，越多越好！"（《绿野仙踪》74 回）

（51）这雨越下越大，却见上流头一只船冒雨而来。那船本

不甚大，又是芦席篷，所以怕雨。（《儒林外史》6 回）

（52）那盖碗陈茶，左一碗，右一碗，送来与成老爹。成老爹越吃越饿，肚里说不出来的苦。（《儒林外史》47 回）

以上各例中，"越 A 越 B"连用式采用的都是紧缩句的形式，中间不用逗号隔开。

语义上，《绿野仙踪》中"越 A 越 B"连用式以正比倚变为主，《儒林外史》中则以反比倚变为主。

《绿野仙踪》中，"越 A 越 B"连用式共有13例，其中12例都是正比倚变关系，仅有1例为反比倚变关系。如：

（53）掷了没半顿饭时，乔武举越赢越气壮，文魁越输越气馁，顷刻将三百银子输了个干净，还欠下四十余两。（《绿野仙踪》23 回）

（54）体仁乱嚷道："不成话了！谁家寒士，还讲究衣服、被褥？越穷人越敬重。"（《绿野仙踪》79 回）

前一例"越 A 越 B"连用式是正比倚变的关系，后一例则是反比倚变的关系。

《儒林外史》中，"越 A 越 B"连用式共有 6 例，其中反比倚变关系有 5 例，正比倚变关系只有 1 例。如：

（55）那盖碗陈茶，左一碗，右一碗，送来与成老爹。成老爹越吃越饿，肚里说不出来的苦。（《儒林外史》47 回）

（56）武正字道："提起《毛诗》两字，越发可笑了。近来这些做举业的，泥定了朱注，越讲越不明白……"（《儒林外史》49 回）

（57）令弟才说人的力气到底是生来的，我就教他提了一段气，着人拿椎棒打，越打越不疼，他一时喜欢起来，在那里说

妙。(《儒林外史》49回)

　　(58) 这雨越下越大，却见上流头一只船冒雨而来。那船本不甚大，又是芦席篷，所以怕雨。(《儒林外史》6回)

　　例 (55) 至例 (57) 中"越 A 越 B"连用式是反比倚变的关系，例 (58) 是正比倚变的关系。

　　通过考察上述用例，我们发现"越 A 越 B"连用式表示反比倚变关系时，多用在人物对话中，多出现于轻松、随意的语境中。《儒林外史》中"越 A 越 B"连用式表示反比倚变关系的用例较多，体现了作者语言的生动、活泼。与《儒林外史》相比，《绿野仙踪》不倾向于使用这种表达，而是表示正比倚变的用例较多，体现了《绿野仙踪》语言上的庄重、典雅风格。

　　(六) 俱

　　"俱"是古代汉语中常用的范围副词，表示"全部、都"。《绿野仙踪》中"俱"共出现562例，远远多于《儒林外史》中的26例。《绿野仙踪》中"俱"的用法也较《儒林外史》丰富，主要表现在以下两个方面。

　　1. "俱"在《儒林外史》中只出现在动词和形容词谓语之前，而在《绿野仙踪》中还出现在名词之前。如：

　　(59) 这里学师、典史，俱出来安民，说了许多好话，众回子渐渐的散了。(《儒林外史》5回)

　　(60) 杜少卿道："自先君赴任赣州，把舍下田地房产的帐目，都交付与娄老伯，每银钱出入，俱是娄老伯做主，先君并不曾问。"(《儒林外史》31回)

　　(61) 汤镇台道："我们俱系天涯海角之人，今幸得贤主人相邀一聚，也是三生之缘。"(《儒林外史》46回)

　　(62) 这华居，其实住不得，将来当事拜往，俱不甚便。(《儒林外史》3回)

例（59）至例（62）中"俱"限定前面的主语，其后谓语动词可以是一般的动作性动词"出来"，也可以是系动词"是、系"，形容词谓语句也可以用"俱"作状语。

《绿野仙踪》中"俱"的用法灵活，除了能用于谓词性谓语之前，还能用于名词性成分之前。如：

（63）自己与儿媳俱换了新衣服。（《绿野仙踪》25 回）

（64）乃形质俱花，树木之汁液耳。（《绿野仙踪》16 回）

（65）被巡逻军士拿住，审明男叫朱文魁，女殷氏，俱虞城县人。（《绿野仙踪》34 回）

例（63）中"俱"修饰动词性短语；例（64）、例（65）中"俱"分别修饰名词"花"和"虞城县人"，意义为"全都是"，其中"俱"是谓语的组成部分，不能省略。

2. 《绿野仙踪》中"俱"可用于被动句和处置式中，而《儒林外史》中没有此用法。

"俱"在《绿野仙踪》中既可以出现在被动标记"被"之前，也可用在处置式中"将"之前，或者用在处置对象之后。《儒林外史》中的"俱"不能用于被动句和处置式。如：

（66）一次污了卷子，那三次到都是荐卷，俱被主考拨回。（《绿野仙踪》1 回）

（67）林管二总兵又带兵围裹上来，贼众力战，死亡十分之四，家口并所有俱为官军所得。（《绿野仙踪》34 回）

（68）见家家俱将门户关闭，叫了几家，总不肯开门，沿门问去，无一应者。（《绿野仙踪》7 回）

（69）随将十八房官并内外监场御史、提调等官俱约入里面，取出个纸条儿来，大家围绕着观看。（《绿野仙踪》3 回）

例（66）至例（69）中"俱"用于被动句，出现在"被、为"之前，限定句子的主语范围。"俱"用于处置句的"将"之前，限定句子的主语"家家"；也可用于"将"之后限定句子的处置对象"十八房官并内外监场御史、提调等官"，等等。

范围副词"俱"，先秦时已经产生，宋代时逐渐被"都"取代，到现代汉语中只用于书面语的固定格式中。"俱"在《绿野仙踪》中的使用频率远远高于《儒林外史》，用法上也更丰富。这种差异是由作者的语言风格不同造成的，《绿野仙踪》的作者倾向于使用较早出现的词语"俱"，因此用例较多，句法上也更丰富。

（七）端的

语气副词"端的"在《绿野仙踪》中有两种意义：一是用作表示肯定强调的语气副词，意义上相当于"的确、真的"；二是表示疑问深究的语气，相当于"到底、究竟"。《绿野仙踪》中"端的"表肯定强调语气出现 12 例，表疑问深究出现 8 例。如：

（70）我在这月光下详看那犯人，面貌是个少年斯文人，脸上没半点凶气，端的不是做大罪恶的人。（《绿野仙踪》26 回）

（71）再次你的功名如何，怎么乡会试题名录并官爵录，总不见你的名讳，着我狐疑至今，端的是何缘故？（《绿野仙踪》4 回）

与《绿野仙踪》相比，《儒林外史》中"端的"的用例极少，语气副词"端的"仅出现了 1 例，用于疑问句中表示疑问深究语气，相当于"究竟、到底"。如：

（72）万中书道："中书自去年进京，今年回到南京，并无犯法的事。请问太公祖，隔省差拿，其中端的是何缘故？"（《儒林外史》51 回）

"端的"在两书中的使用频率及用法存在明显不同，我们认为这是由于作者受到不同方言的影响造成的。"端的"是一个典型的方言词语，经常出现在中原官话中①，直到今天还在使用。《绿野仙踪》的作者长期生活在河南、陕西等地，并在河南完成著作，难免受到河南方言的影响。同时代的白话小说《歧路灯》，也受到中原官话的影响，"端的"的使用频率及用法与《绿野仙踪》一致。《儒林外史》一般认为受江淮官话的影响，"端的"的用例极少，仅有 1 例。因此"端的"在两书中的差异是受不同方言的影响造成的。

（八）毕竟

"毕竟"在《绿野仙踪》中有两种意义：一是用作表肯定、强调的语气副词，相当于"终归、终究"，表示事情的最终结果，共有 2 例；二也是表示肯定强调的语气副词，相当于"必定、一定"，略带推断的意味，此种意义的"毕竟"在《绿野仙踪》中均写作"必竟"，共出现 3 例。如：

（73）如玉道："这几根头发，到也是这小奴才的。毕竟他的比旁人分外黑些。"（《绿野仙踪》50 回）

（74）（于冰）又想道："毕竟他们的法力大似我，能于铁石内开通门户，贮放东西。这鱼精能于无可搜寻中盗去，其法力广大，不言可知。"（《绿野仙踪》61 回）

（75）做官的锦袍玉带，必竟风流；读书的阔服方巾，居然儒雅。挨肩擦臂，大都名利之徒。（《绿野仙踪》65 回）

（76）头带远游八宝貂巾，越显得庞儿俊俏；身穿百折鹅绒缎氅更觉得体态风流。耨吏耕经，必竟才学广大；眠宿柳，管情技艺高强。（《绿野仙踪》80 回）

例（73）、例（74）中，"毕竟"相当于终归、终究，起加强语

---

① 参见许宝华《汉语方言大词典》，中华书局 1999 年版，第 6890 页。

气的作用；例（75）、例（76）中"必竟"也是起加强语气的作用，此时"必竟"略带推断的意味，相当于语气副词"必定、一定"。

"毕竟"在《儒林外史》中有三种意义：

（1）用作表示疑问、深究的语气副词，相当于"到底、究竟"，《儒林外史》中"毕竟"的此种用法共有32例，其中30例用于章回的结尾设置悬念。如：

（77）他那日晚间谈到密处，夜已深了，小厮们多不在眼前。杜慎卿问道："鲍师父，你毕竟家里日子怎么样过？还该寻个生意才好。"（《儒林外史》31回）

（78）余大先生道："这毕竟是件甚么事？"杜少卿道："二表兄既不肯说，表兄此时也没处去问，且在我这里住着，自然知道。"（《儒林外史》45回）

（79）只因遇着这只船，有分教：少年名士，豪门喜结丝萝；相府儒生，胜地广招俊杰。毕竟这船是那一位贵人，且听下回分解。（《儒林外史》9回）

（80）只因这一番，有分教：立心做名士，有志者事竟成；无意整家园，创业者成难守。毕竟这小厮姓甚名谁，且听下回分解。（《儒林外史》20回）

（2）用作表示肯定、强调的语气副词，相当于"一定、必定"，略带推断意味，《儒林外史》中"毕竟"的此种用法共有3例。如：

（81）又一个客人道："看令舅这个光景，毕竟胸中才学是好的；因没有人识得他，所以受屈到此田地。"金有余道："他才学是有的，怎奈时运不济！"（《儒林外史》3回）

（82）我小女在家里长到三十多岁，多少有钱的富户要和我结亲，我自己觉得女儿像有些福气的，毕竟要嫁与个老爷，今日果然不错！（《儒林外史》3回）

（83）万中书暗想道："他们家的排场毕竟不同，我到家何不竟做起来？只是门面不得这样大，现任的官府，不能叫他来上门，也没有他这些手下人伺候。"（《儒林外史》49 回）

（3）用作表示肯定、强调的语气副词，相当于"终归、终究"，表示事情的最终结果，起加强语气的作用，《儒林外史》中"毕竟"的此种用法共有 1 例。如：

（84）匡超人道："'二者不可得兼'。依小弟愚见，还是做赵先生的好。"众人一齐拍手道："有理有理！"浦墨卿道："读书毕竟中进士是个了局，赵爷各样好了，到底差一个进士。"
（《儒林外史》17 回）

"毕竟"在《绿野仙踪》中没有出现疑问、深究语气的用法，而在《儒林外史》中用例较多，高达 32 例。我们认为一方面是由于《绿野仙踪》的作者受方言的影响，表达疑问、深究语气时，多用中原官话中的"端的"。另一方面，也是由于作者的写作风格不同造成的。作为章回体小说，《绿野仙踪》多用诗歌结尾，《儒林外史》则多以设置悬念结尾，如"毕竟这小厮姓甚名谁，且听下回分解"。"毕竟"表示疑问、深究语气的 32 例中，有 30 例用于这一形式中。受这两方面的影响，"毕竟"在两书中的使用频率及用法产生了明显差异。

（九）究竟

语气副词"究竟"在《绿野仙踪》中共 20 例，全部用于陈述句中表示肯定强调语气。根据上下文语境"究竟"有两种意义：一是表示"终归、终究、毕竟"；二是表示"其实"之意。如：

（85）林岱道："父亲这件事做的过甚了！受害者是朱义弟，我们不过是异姓知己，究竟是外人。他弟兄虽是仇敌，到底是同

胞骨肉。"(《绿野仙踪》34 回)

（86）谁想尤魁雇的船偏又是只贼船，久惯谋财害人性命。船主叫苏旺，梢工水手，各姓张王李赵，究竟都是他弟兄子侄，不过为遮饰客人的耳目。(《绿野仙踪》40 回)

（87）近日也有胆大的人敢上去，问他生死富贵的话，他总不肯说，究竟他都知道，怕泄露天机。(《绿野仙踪》9 回)

上述各例中"究竟"都用于陈述句中，表示肯定强调语气。根据上下文语境，例（85）"究竟"表示"终归、最终、毕竟"之意，例（86）、例（87）中"究竟"表示"其实"之意。

语气副词"究竟"在《儒林外史》中共 7 例，都是表示肯定、强调语气，和《绿野仙踪》中"究竟"的用法相同；不同的是，语气副词"究竟"在《儒林外史》中仅表示"终归、终究、毕竟"这一种意义，没有出现表示疑问、深究的用例。如：

（88）可笑近来文人学士，说着王冕，都称他做王参军，究竟王冕何曾做过一日官？所以表白一番。这不过是个楔子，下面还有正文。(《儒林外史》1 回)

（89）次日，大先生同二先生商议道："昨日那两个兄弟说的话，怎样一个道理？"二先生道："他们也只说的好听，究竟是无师之学，我们还是请张云峰商议为是。"(《儒林外史》45 回)

（90）严致和道："这话也说不尽了；只是家兄而今两脚站开，差人却在我这里吵闹要人，我怎能丢了家里的事，出外去寻他？他也不肯回来。"王仁道："各家门户，这事究竟也不与你相干。"(《儒林外史》5 回)

（91）四公子道："船家，你究竟也不该说出我家三老爷在船上，又请出与他看，把他们扫这一场大兴，是何意思？"(《儒林外史》9 回)

（92）汤镇台道："这是事势相逼，不得不尔。至今想来，

究竟还是意气用事，并不曾报效得朝廷，倒惹得同官心中不快活，却也悔之无及。"（《儒林外史》46 回）

上述各例中，语气副词"究竟"均表示"终归、终究、毕竟"之意，没有出现表示"其实"的用例。

总之，"究竟"在《绿野仙踪》与《儒林外史》的用法相比，相同点为"究竟"都有表示肯定、强调语气的用例；不同的是"究竟"在《绿野仙踪》中表示肯定强调语气时有表示"终归、终究"和"其实"两种意义，而《儒林外史》中语气副词"究竟"仅有表示"终归、终究"这一种意义，没有出现表示"其实"意义的这种用法。

（十）其实

语气副词"其实"在《绿野仙踪》中表示申明事情的实质和真相，意义上相当于"实际上"，"其实"前后的话往往有转折的意味，这和现代汉语中的用法一致。《绿野仙踪》中语气副词"其实"共 5 例。如：

（93）如今小的女儿也瘦了好些，日日和他妈嚷闹，说是害了他了。这件事，其实原是小的老婆招惹的。（《绿野仙踪》50 回）

（94）就如萧麻子，名虽秀才，其实是这地方上的土棍，惟利是图。有他在此主持，也可免无穷的口舌。（《绿野仙踪》52 回）

（95）又想金钟儿是个聪明知是非的女娃子，从未有一言一事，得罪过他，他心上也怜不过。嘴里虽不肯露出来，其实恨苗秃子切骨，因此说了个探听口气的话。（《绿野仙踪》56 回）

例（93）至例（95）中"其实"均表示申明事情的实质和真相。例（93）中"其实"仅在于申明事情的实质和真相；例（94）、例

（95）中"其实"不仅表示申明事情的真相和实质，同时还表示前后的话有转折的意思。

与《绿野仙踪》相同，"其实"在《儒林外史》中也可表示申明事情的实质和真相，"其实"前后的话往往带有转折的意味，此种意义的"其实"有5例。如：

（96）那马纯上讲的举业，只算得些门面话，其实，此中的奥妙，他全然不知。他就做三百年的秀才，考二百个案首，进了大场总是没用的。（《儒林外史》49回）

（97）原来是差人拿了通缉的文凭投到县里，这县尊是浙江人，见是本省巡抚亲提的人犯，所以带人亲自拿去的。其实犯事的始末，连县尊也不明白。（《儒林外史》50回）

（98）家兄为人，与小弟的性格不同，惯喜相与一班不三不四的人，做诌诗，自称为名士，其实好酒好肉也不曾吃过一斤，倒整千整百的被人骗了去，眼也不眨一眨。（《儒林外史》52回）

上面三例中"其实"不仅表示申明事情的实质和真相，而且"其实"前后的话有转折的意味。

与《绿野仙踪》不同的是，"其实"在《儒林外史》中还可用作表示肯定、强调的语气副词时，相当于"确实、的确"，这种意义的"其实"共14例，可见，"其实"在《儒林外史》中以表示此种意义为主。如：

（99）湖里有十来枝荷花，苞子上清水滴滴，荷叶上水珠滚来滚去。王冕看了一回，心里想道："古人说，'人在画图中'，其实不错。可惜我这里没有一个画工，把这荷花画他几枝，也觉有趣。"（《儒林外史》1回）

（100）敲了一会，里面一个婆婆，挂着拐杖出来说道："不在家了。从清早晨牵牛出去饮水，尚未回来。"翟买办道："老爷亲自在这里传你家儿子说话，怎的慢条斯理快快说在那里，我好去传！"那婆婆道："其实不在家了，不知在那里。"说毕，关着门进去了。(《儒林外史》1 回)

（101）知县听了，说道："一个做贡生的人，忝列衣冠，不在乡里间做些好事，只管如此骗人，其实可恶！"便将两张状子都批准，原告在外伺候。(《儒林外史》5 回)

（102）那少年跳了下来，进里面一层。老和尚已是吓倒在地。那少年道："老师父快起来走！"老和尚道："我吓软了，其实走不动了！"那少年道：："起来我背着你走。"(《儒林外史》39 回)

（103）循着阶级上去，转弯便是千人石，那里也摆着有茶桌子。王玉辉坐着吃了一碗茶，四面看看，其实华丽。(《儒林外史》48 回)

"其实"在北方方言中仅表示"实际上"的意义，它在南方方言中可以表示"实际上"和"确实、的确"两种意义①。《儒林外史》是使用江淮官话创作的，《绿野仙踪》则多反映中原官话的特点，上述差异是作者受不同方言的影响造成的。

（十一）方才

时间词"方才"有两种用法：一是时间名词，意为"刚才"；二是时间副词，意为"才、刚"。"方才"在《绿野仙踪》与《儒林外史》中的相同之处为，都是既可作时间名词，也可作时间副词。但它在两书中也存在差异，表现在以下两方面。

一是"方才"作时间副词和时间名词的比例不同；二是时间名词"方才"在《绿野仙踪》中可作定语，《儒林外史》中没出现作定语的用例。

1. "方才"在《绿野仙踪》中以作时间名词为主，《儒林外史》

---

① 参见许宝华《汉语方言大词典》，中华书局 1999 年版，第 3168 页。

中以作副词为主。

《绿野仙踪》中，时间词"方才"共 159 例，其中作时间副词 144 例，作时间名词 15 例，"方才"作时间副词的用例远远高于作时间名词的用例。如：

（104）自此不隔三五天，总要把国宾等叫来骂一顿，闹乱了半月有余，方才休歇。（《绿野仙踪》6 回）

（105）你方才的话也有道理，我此刻就见军门。（《绿野仙踪》34 回）

《儒林外史》中，时间词"方才"共 139 例，其中作时间副词 79 例，作时间名词 60 例，可见"方才"作时间副词的用例略高于作时间名词的用例。如：

（106）彼此争论了一番，秦老整治晚饭与他吃了；又暗叫了王冕出去问母亲秤了三钱二分银子，送与翟买办做差钱，方才应诺去了，回覆知县。（《儒林外史》1 回）

（107）顾老相公为这戏，心里还不大喜欢，落后戏文内唱到梁灏的学生却是十七八岁就中了状元，顾老相公知道是替他儿子发兆，方才喜了。（《儒林外史》2 回）

（108）胡屠户上前道："贤婿老爷，方才不是我敢大胆，是你老太太的主意，央我来劝你的。"（《儒林外史》3 回）

（109）差人道："你方才说没有伤，这不是伤么？又不是自己弄出来的，不怕老爷会验，还不快去喊冤哩！"（《儒林外史》13 回）

前两例中"方才"作时间副词，相当于时间副词"才"；后两例中"方才"作时间名词，表示说话前不久的一段时间。

2. 时间名词"方才"在《绿野仙踪》中既可作状语，也可作定语；而《儒林外史》中，时间名词"方才"只有作状语的用例，没有出现作定语的用例。如：

《绿野仙踪》中时间名词"方才"共 19 例，其中作状语有 14 例，作定语有 5 例。如：

（110）方才他二人私语了好一会，又说着那犯人到灵侯庙睡长觉去，莫非要谋害这犯人么？我想不公不法的事，多是衙门中人做的。（《绿野仙踪》26 回）

（111）萧麻子大笑，向苗秃道："你看，做老爷们的性儿，总不体贴下情。"又指着金钟儿道："我方才在后边见你父亲雨淋滴……"（《绿野仙踪》43 回）

（112）桂芳道："我收他的银子，本意是与朱相公使用。你方才的话也有道理，我此刻就见军门。"（《绿野仙踪》34 回）

（113）如玉就将方才的事，如何长短，据实诉说了一遍。又道："委的是他撩戏我，我何尝有半点意思在他？"（《绿野仙踪》52 回）

前两例中时间名词"方才"在句中作状语；后两例中时间名词"方才"在句中作定语，后面带有"的"，分别修饰后面的名词"话"和"事"。

《儒林外史》中，时间名词共 60 例，全部用作状语，没有出现"方才"作定语的用例。如：

（114）潘保正道："我道是谁，方才几乎不认得了。你是匡太公家匡二相公。你从前年出门，是几时回来了的？你老爹病在家里？"（《儒林外史》16 回）

（115）老和尚道："我方才不是说的，人家拿大钱请先生教子弟，还不肯读；像你小檀越偷钱买书念，这是极上进的事……"（《儒林外史》21 回）

以上两例中时间名词"方才"都是用作状语。

（十二）刚才

时间词"刚才"在《绿野仙踪》与《儒林外史》中的意义和用法存在不同之处：《绿野仙踪》中，"刚才"全用作时间副词，相当于副词"刚刚、才"；而《儒林外史》中，时间词"刚才"既可用作时间副词，也可用作时间名词。

《绿野仙踪》中，时间词"刚才"共有 7 例，全部用作时间副词，相当于副词"刚刚、才"，"刚才"没有出现作时间名词的用例。如：

（116）无如运气倒的人，这不好的事体，层层皆来。他母亲刚才亡过年余，他妻子洪氏又得了吐血的病；不上三两个月，也病故了，连棺木都措办艰难。（《绿野仙踪》43 回）

（117）不邪不换刚才收拾停妥，早见一仙吏入来。于冰让至石堂中，同城璧等将法帖供放在桌上，一同叩拜。（《绿野仙踪》90 回）

以上两例中"刚才"都是用作时间副词，意义上大致相当于副词"刚、才"。

《儒林外史》中，时间词"刚才"共有 9 例，其中作时间副词有 4 例，意义上相当于"刚、才"；作时间名词有 5 例，表示事情发生在说话前不久。如：

（118）那一日，正从坟上奠了回来，天色已黑。刚才到家，潘保正走来向他说道："二相公，你可知道县里老爷坏了？今日委了温州府二太爷来摘了印去了。"（《儒林外史》17 回）

（119）邻居道："你刚才出门，随即一乘轿子，一担行李，一个堂客来到，你家娘子接了进去。这堂客说他就是你的前妻，要你见面，在那里同你家黄氏娘子吵的狠。"（《儒林外史》

24 回）

（120）掌舵的吓了，陪着笑脸道："小的刚才吃的甜甜的，不知道是药，只说是云片糕。"严贡生道："还说是云片糕！再说云片糕，先打你几个嘴巴！"（《儒林外史》6 回）

（121）虔婆听见他礃着呆子，要了花钱，走上楼来问聘娘道："你刚才向呆子要了几两银子花钱？拿来，我要买缎子去。"（《儒林外史》54 回）

前两例中"刚才"作时间副词，意义上相当于"刚刚、才"；后两例中"刚才"作时间名词，表示事情发生在说话前不久。

时间词"刚才"在两书中意义不同，主要是作者的语言风格不同造成的。"刚才"作时间副词的用法较早在明代《三国演义》中就有出现，在随后的《三宝太监西洋记》中出现了这样一例"刚才一刀斩了他的头，一会儿他又活了，又来讨战"，其中的"刚才"既可理解为时间副词，又可理解为时间名词，可见"刚才"在此时处于模糊状态。《儒林外史》中"刚才"既可作时间副词，又可作时间名词，说明此时"刚才"的词性已经分化；而《绿野仙踪》中"刚才"的意义具有存古色彩，全部用作时间副词。

（十三）却

"却"在《绿野仙踪》和《儒林外史》中，都是既可作关联副词，又可作语气副词。但"却"在两书中的用法也存在差异，表现在以下两方面。

1. 副词"却"在《绿野仙踪》中以作关联副词为主，而《儒林外史》中以作语气副词为主。

《绿野仙踪》中，"却"作关联副词共 77 例，作语气副词共 31 例，其中表示加强肯定语气的"却"有 19 例，表示加强疑问语气的"却" 12 例，可见《绿野仙踪》中"却"以作关联副词为主。如：

（122）阎年耳中听得明白，口中却说不出一句……（《绿野

仙踪》71 回)

（123）次日早，又到赵文华家，却好胡宗宪亦在，文华留吃了早饭，一同到严府中请示下。（《绿野仙踪》73 回）

（124）文炜道："我止有此银，这却怎处？"（《绿野仙踪》18 回）

《儒林外史》中，"却"作关联副词共 74 例；作语气副词共 113 例，其中加强肯定语气有 64 例，加强疑问语气有 49 例。可见，《儒林外史》中"却"以作语气副词为主。如：

（125）公孙急了，要写呈子告差人，差人向宦成道："这事却要动手了！"（《儒林外史》13 回）

（126）他看见赏他脸面，断不是难为他的意思，自然大着胆见我。我就便带了他来见老师，却不是办事勤敏？（《儒林外史》1 回）

（127）只有隔壁秦老，虽然务农，却是个有意思的人。（《儒林外史》1 回）

2.《绿野仙踪》中关联副词"却"位于转折复句后分句主语前有 15 例，《儒林外史》中"却"位于后分句主语前仅有 3 例，可见，《绿野仙踪》中"却"位于后分句主语前的用例比《儒林外史》多。如：

（128）似你虽出身大盗，却存心磊落光明，我就不用试你了。（《绿野仙踪》26 回）

（129）（于冰）见他虽在极贫之际，却举动如常，没有那十般贱相。（《绿野仙踪》64 回）

（130）原来是两个对厅，比正厅略小些，却收拾得也还精致。（《儒林外史》49 回）

（131）萧云仙呼天抢地，尽哀尽礼，治办丧事十分尽心。却自己叹息道："人说'塞翁失马，未知是福是祸'。"（《儒林外史》40回）

高玉蕾（2010）考察了副词"却"的虚化过程，认为"却"本义为动词"退、退却"，由此引申出"返回、拒绝"等义。在逐步的发展中，词性逐渐向副词转化。"却"由于常与别的动词连用，句子中心落到后面的动词上，其所处的位置正是状语的位置。随着使用频率的增加，这种句法位置逐渐固定，词义也越来越抽象。有一部分"却"虚化演变为语气副词，表示"反而、竟"等出乎意料的语气。

我们认为"却"作为语气副词，既可位于主语之后，也可位于主语之前。如在明末的《醒世姻缘传》中，"却"位于主语之前多达38例。随着"却"词义的进一步虚化，到现代汉语中成为表示转折关系的关联副词，全部位于主语之后。清代是处在一种过渡阶段，"却"在位置上有两种倾向，既可位于后分句主语之后，也可位于后分句主语之前。《绿野仙踪》中"却"位于主语前的用例多于《儒林外史》，表现出作者典雅、古朴的写作风格。

（十四）就/便

"就"和"便"作为关联副词，都可用于因果式复句、推断式复句、条件式复句和假设式复句这四类有标复句的后分句中，对前后分句起连接作用。它们作为关联副词，意义和用法区别不甚明显，在《绿野仙踪》与《儒林外史》中存在一些细微的不同，主要表现在以下两点。

1. "就"和"便"在两书中的使用频率不同。

《绿野仙踪》中，关联副词"就"在因果式复句、推断式复句、条件式复句和假设式复句这四类有标复句中共109例，关联副词"便"在四类有标复句中有75例，"就"的使用频率是"便"的1.45倍。

《儒林外史》中，关联副词"就"在这四类有标复句中共61例，关联副词"便"在四类有标复句中仅17例，"就"的使用频率是

"便"的 3.59 倍。如：

（132）若遇清风明月的时节，便同他在前面天井里谈说古今的事务，甚是相得。（《儒林外史》20 回）

（133）只为宁王反叛，弟便挂印而逃。（《儒林外史》8 回）

（134）只要添一个字，"问"桃花何苦红如此，便是《贺新凉》中间一句好词。（《儒林外史》29 回）

（135）既是两公错爱，我便该先到城里去会他，何以又劳他来？（《儒林外史》11 回）

（136）这早晚我若死了，就不能看见他在跟前送终！（《儒林外史》17 回）

（137）少老爷弟兄两位因在我这里听见你老先生的大名，回家就将自己银子兑出七百两上了库，叫家人晋爵具保状。（《儒林外史》11 回）

（138）你长兄既说是该这样写就这样写罢了，何必问我！（《儒林外史》46 回）

（139）只要地下干暖，无风无蚁，我们愚弟兄就感激不尽了。（《儒林外史》45 回）

例（132）至例（135）中，关联副词"便"分别用于假设式复句、因果式复句、条件式复句和推断式复句中；例（136）至例（139）中，关联副词"就"分别用于假设式复句、因果式复句、推断式复句和条件式复句中。

2.《绿野仙踪》中，关联副词"就"和"便"都是和"若"搭配使用最多；而《儒林外史》中，"就"和"因"搭配使用最多，"便"和连词"若""因""既"搭配的比例基本相当。

《绿野仙踪》中，关联副词"就"在四类有标复句中共出现 109 例，其中和假设连词"若"搭配使用的用例最多，有 51 例；其次是和"既"搭配使用，有 21 例。

"便"在四类有标复句中共出现 75 例，也是和"若"搭配的用例最多，有 33 例；其次是和"既"搭配使用，有 12 例，如：

《儒林外史》中，关联副词"就"用于四类有标复句中共 61 例，其中和"因"搭配使用最多，有 17 例；其次和"若"搭配使用，有 13 例。如：

（140）我因匆匆要返舍，就苦辞了他，他却将一席酒肴送在我船上。（《儒林外史》10 回）

（141）鲁编修因无公子，就把女儿当作儿子，五六岁上请先生开蒙。（《儒林外史》11 回）

（142）一向因你没钱，我就不曾认真的替你说。（《儒林外史》19 回）

（143）丁祭肉若不吃，圣人就要计较了：大则降灾，小则害病。（《儒林外史》2 回）

（144）你若同他拱手作揖，平起平坐，这就是坏了学校规矩，连我脸上都无光了。（《儒林外史》3 回）

（145）我如今认些晦气，你也要极力帮些，一个出力，一个出钱，也算积下一个莫大的阴功；若是我两人先参差着，就不是共事的道理了。（《儒林外史》14 回）

例（140）至例（142）中，关联副词"就"用于带有因标"因"的因果式复句中；例（143）至例（145）中，关联副词"就"用于带有假设连词"若"的假设式复句中。

关联副词"便"在这四类复句中共出现 17 例，其中和"若"搭配使用有 4 例，和"既"搭配使用有 3 例。如：

（146）若得如此，便是重生父母，我周进变驴变马，也要报效！（《儒林外史》3 回）

（147）若到这样地方去看人，便是赏罚不明了。（《儒林外

史》20回)

(148) 既是两公错爱，我便该先到城里去会他，何以又劳他来？（《儒林外史》11回）

(149) 既是他荐来的人，留下使唤便了。（《儒林外史》43回）

关联副词"便"和"就"的用法基本相同，但它们在两书中的使用频率存在差异，《绿野仙踪》中多用"便"，《儒林外史》中多用"就"。这种差异是作者的语言风格不同造成的。李宗江（1997）指出，"便"从六朝时开始用于顺接复句关系，"就"产生时间较晚，在宋代才产生关联副词用法。经过宋元时期的发展，到明代时"就"的用例已超过"便"①。现代汉语中"就"仍然很常用，"便"仅使用于书面语中。《绿野仙踪》的作者倾向于使用较早出现的词语"便"，因此《绿野仙踪》中"便"的用例多于"就"。

（十五）终日家

"终日家"在《绿野仙踪》中为时间副词，表示"整日、整天"的意义，共出现2例。如：

(150) 去年又请了个吴先生，是江南人，于营伍中事一点梦不着，且又最疲懒不过，终日家咬文嚼字，每夜念诵到三四更鼓，他还想要中会。（《绿野仙踪》28回）

(151) 金钟儿自从如玉去后，两人的情况都是一般，终日家不梳不洗，埋头睡觉。（《绿野仙踪》55回）

同时《绿野仙踪》中出现时间副词"终日"6例，"终日家"与"终日"表示的意义相同。如：

---

① 参见李宗江《"即、便、就"的历时关系》，《语文研究》1997年第1期。

（152）人见我终日昏闷，都以我为痛惜王大人、伤悼潘大尹使然，此皆不知我者也。（《绿野仙踪》5 回）

《儒林外史》中只出现时间副词"终日"13 例，没有出现"终日家"的用例。如：

（153）我又睡在这里，终日只有出的气，没有进的气……（《儒林外史》16 回）

（154）你赊了猪头肉的钱不还，也来问我要，终日吵闹这事，那里来的晦气。（《儒林外史》54 回）

"终日家"与"终日"表示的意义相同，但在《儒林外史》中没有出现，应当是《绿野仙踪》中的方言副词。据《汉语大词典》解释，"家"是方言副词的词缀。同时《绿野仙踪》中还出现有"逐日家、一味家"等以"家"结尾的副词，在意义上分别表示"逐日、一味"。因此这种差异是作者所操的方言不同造成的。

（十六）莫

"莫"在近代汉语中经常使用在祈使句中，表示禁止和劝阻，是典型的禁止类否定副词，有时可以出现在陈述句中，表示单纯否定，有时相当于"不"，有时相当于"没、没有"。

1. "莫"在两书中表示单纯否定的使用频率不同。

《绿野仙踪》"莫"共出现 102 例，用于陈述句中表示一般否定有 36 例，其中意义上相当于"不"的有 24 例，相当于"没有"的有 12 例。如：

（155）林岱道："朱义弟事，军门大人前已尽知，莫若将此事启知，看曹大人如何发落。"（《绿野仙踪》34 回）

（156）一齐应道："此事极易办。然亲民之官，莫过于知府、知县，必须他们用点力方好。"（《绿野仙踪》74 回）

《儒林外史》中"莫"表示单纯否定的共出现 29 例，意义上与"没、没有"相当的有 7 例，没有出现与"不"相当的用例。如：

（157）大先生道："今日有三处酒吃，一处也吃不成。可见一饮一啄，莫非前定。"（《儒林外史》45 回）

（158）众邻都拍手道："这个主意好得紧！妙得紧！范老爷怕的，莫过于肉案子上胡老爹。好了！快寻胡老爹来！"（《儒林外史》3 回）

（159）现今奉旨禁宰耕牛，上司行来牌票甚紧，衙门里都也莫得吃。（《儒林外史》4 回）

例句中的"莫"在意义上与"没、没有"相当，但其中的"莫非"表示"没有不是"的意义，在《绿野仙踪》中没有出现，同样"莫得 V"格式在《绿野仙踪》中也没有出现。

2. 表示疑问或反问时，《绿野仙踪》中常用"莫非"，《儒林外史》中全用"莫不是"。

《绿野仙踪》中表示疑问或反问时，常用"莫非"，共出现 7 例，"莫不是"只出现 1 例。如：

（160）那太守道："你见了本府，还是这样大刺刺的，你莫不是槐阴国的奸细，假装山东秀才来探听虚实么？"（《绿野仙踪》65 回）

《儒林外史》中的表示疑问或反问时，全部使用"莫不是"，共出现 14 例，没有使用"莫非"。如：

（161）余大先生回礼，说道："年兄莫不是尊字玉辉的么？"王玉辉道："门生正是。"（《儒林外史》48 回）

"莫不是"与"莫非"在意义上相同，基本用法一致，但两者在两书中的使用情况不同。在表示反问时，《绿野仙踪》中几乎都用"莫非"，而《儒林外史》中只用"莫不是"，不用莫非。我们认为这是由于作者的语言习惯不同造成的。"莫非"和"莫不是"意义完全相同，在产生年代上也没有差别，二者的选择是由作者的用词习惯和偏好不同决定的。如《红楼梦》中，前八十回全用"莫不是"，后四十回全用"莫非"，二者之间的差异是由于作者的语言习惯不同造成的。同样，二者在《绿野仙踪》和《儒林外史》中的差异也是由作者的语言习惯不同造成的。

（十七）不

"不"在《绿野仙踪》和《儒林外史》中都是使用频率最高的否定副词，都表示一般否定，"不"的基本意义和基本用法没有太大的差别，但它在两书中的使用还存在细微的不同，主要表现在以下几方面。

1.《绿野仙踪》中"不"可以用在祈使句中，表示禁止，《儒林外史》中"不"没有这种用法。

《绿野仙踪》中的"不"除了表示单纯否定外，还可以出现在祈使句中，表示禁止和劝阻，祈使句的主语可以是第二人称，这一用法在《儒林外史》没有出现。如：

（162）众人道："你不世故罢，你只快快的与他两位叩头。"（《绿野仙踪》18 回）

（163）正言间，只见那公子出来，站在当院里，四面看了看，向庙主道："你不送罢。"（《绿野仙踪》36 回）

虽然在《绿野仙踪》中只有两例，但这一用法在另一部清代小说《歧路灯》中也有用例①。如：

---

① 参见马凤霞《〈歧路灯〉中影响祈使句语力差别的因素》，《现代语文》2009 年第 2 期。

（164）大相公一来就有，不行礼罢。（《歧路灯》）

（165）写完了，不写罢。（《歧路灯》）

2.《儒林外史》中"不"和程度副词连用的用例比《绿野仙踪》中多。

否定副词"不"与程度副词连用表示程度没有达到一定深度，在现代汉语中经常使用"不很"等，《儒林外史》和《绿野仙踪》中均有该用法出现，但在《儒林外史》中出现的频率要远远高于《绿野仙踪》。如：

（166）却也还有个虚惊，不大碍事，此后运气一年好似一年哩。（《儒林外史》16 回）

（167）过了三四个月，看见公子们做的会文，心里不大欢喜。（《儒林外史》44 回）

《儒林外史》中"不大"共出现 9 例，而《绿野仙踪》中只有 1 例；《儒林外史》中"不十分"出现 2 例，《绿野仙踪》中没有用例。如：

（168）因太公是个痰症，不十分宜吃大荤，所以要买这些东西。（《儒林外史》16 回）

（169）要僻地方，只有南门外报恩寺里好：又不吵闹，房子又宽，房钱又不十分贵。（《儒林外史》28 回）

3.《绿野仙踪》中的"不"可用于疑问句，《儒林外史》中则没有出现这种用法。

否定词"不"用在句尾表示疑问是现代汉语中的基本用法之一，但在《绿野仙踪》和《儒林外史》中都不常用，《绿野仙踪》中"不"表示疑问出现两例，《儒林外史》中没有出现用例。如：

（170）不换道："他肯招赘外乡人不？"（《绿野仙踪》21回）

（171）洪氏见吃的甘美，问道："母亲还吃一碗不？"黎氏点了点头儿，又吃了一碗。（《绿野仙踪》42回）

例（170）、例（171）中的否定词"不"都出现在句子末尾，表示是非问。

4. "不"修饰数量名结构时在《绿野仙踪》和《儒林外史》中的用法不同。

"不"修饰数量名结构表示数量少或者时间短，其中的数词可以是定值的"一"，也可以是表示不确定的"几、数"等。《绿野仙踪》中表示不确定的结构可以是"多、数"等。如：

（172）少刻，吩咐出来开门，慌的大小武弁跑乱不迭。不多时，开放中门，请朱文炜入去相见。（《绿野仙踪》28回）

（173）冷松与王献述赏月，夜深露冷，感冒风寒，不数日竟成不起。（《绿野仙踪》1回）

《儒林外史》中的"不"修饰不确定的数量结构用"不+多+几"的格式，表示时间短，数量少。如：

（174）邹三道："就在市梢尽头姐姐家住着，不多几步。小的老子时常想念二位少老爷的恩德，不能见面。"（《儒林外史》9回）

（175）公孙看那马二先生时，身长八尺，形容甚伟，头带方巾，身穿蓝直裰，脚下粉底皂靴，面皮深黑，不多几根胡子。（《儒林外史》13回）

例（174）中的"不多几步"表示距离短；例（175）中的"不

多几根胡子"表示胡子少。用法与《绿野仙踪》不同。

5. "不"在《儒林外史》中还出现了"A 不 AB 不 B"和"N 不 N"格式，《绿野仙踪》中没有此类固定格式。如：

    （176）人生世上，难得的是这碗现成饭，只管"粮不粮莠不莠"的到几时。（《儒林外史》2 回）

    （177）你如今不管他喇子不喇子，替他撮合成了。（《儒林外史》26 回）

"不"在《绿野仙踪》中可单独用于祈使句中表示禁止和劝阻，而《儒林外史》中"不"没有此用法，此差异是《绿野仙踪》受到当时河南方言的影响造成的。在反映清代中叶河南方言的白话小说《歧路灯》中也有用例。① "不"在《绿野仙踪》中可用在疑问句末尾表示疑问，是当时北方方言的用法，在同属北方官话的《醒世姻缘传》中也有用例。南方方言表疑问时，多采用"V+不+V+O"的形式②。因此我们认为"不"用法上的差异是由于作者受到不同方言的影响造成的。

第二节 《绿野仙踪》副词与《红楼梦》副词比较

一 《绿野仙踪》副词与《红楼梦》副词比较概述

仅对《绿野仙踪》中的副词进行穷尽的计量统计和静态的描写分析是远远不够的，为了更深入、准确地认识《绿野仙踪》副词的特点，我们将《绿野仙踪》中的副词与《红楼梦》中的副词进行横向对比。这种横向对比，既有助于深入地认识《绿野仙踪》副词的

---

① 参见本书第二章第八节的论述。

② 参见黄伯荣《汉语方言语法类编》，青岛出版社 1996 年版，第 425 页。

特点，也有助于全面认识清代副词的特点。

《红楼梦》是中国古典白话小说的巅峰，成书于 18 世纪中叶，是一部集高度的思想性、艺术性和文学性为一体的作品。《红楼梦》以当时的官话——北京话为基础，广泛吸收口头俚语、俗语以及某些地区的方言成分。它的语言准确生动，自然流畅，有近乎口语的对话，也有通俗的文言叙述，还有诗词歌赋等韵文和散文，兼具华美与朴素之长，语言成熟完美，再加上篇幅较长，约有 73 万字，因此《红楼梦》不但是文学研究的热点，也是研究清代中叶北京话的重要语料，具有极高的语言学价值。胡适曾赞叹其为绝好的京语教科书。

《绿野仙踪》和《红楼梦》都成书于清代中叶，两书中副词的总量相当，都是双音节副词占优势。相同之处具体表现在以下两方面。

（一）基本相同

两书中的大多数副词在意义和用法上基本相同。如副词"好生"在两书中都表示程度高和情状方式两种意义，且都以表情状方式为主要用法。如：

（1）再说与你主母，好生管教元相公用心读书，不得胡乱出门。（《绿野仙踪》6 回）

（2）如玉想起昔日，一旦到这步时候，心上好生惭愧。（《绿野仙踪》64 回）

（3）黛玉一见，便吃一大惊，心下想道："好生奇怪，倒象在那里见过一般，何等眼熟到如此！"（《红楼梦》3 回）

（4）一时宝玉倦怠，欲睡中觉，贾母命人好生哄着，歇一回再来。（《红楼梦》5 回）

副词"更"在两书中都有两种用法，既可表示程度增高，也可表示累积，相当于"再、又"，且都是表程度增高的用法占绝对优势。如：

（5）今见秦、香二人来告金荣，贾瑞心中便更不自在起来……（《红楼梦》9回）

（6）那甄家丫鬟……猛抬头见窗内有人，敝巾旧服，虽是贫窘，然生得腰圆背厚，面阔口方，更兼剑眉星眼，直鼻方腮。（《红楼梦》1回）

（二）异中有同

有些副词虽然在两书中的用法或意义上存在差异，但是也存在一些相同之处。如语气副词"端的"，在《绿野仙踪》中可表示疑问深究的语气，在《红楼梦》中却没有出现此种用法。但在表示肯定强调的语气时，两书用法相同。如：

（7）宝玉听了是女子的声音，歌音未息，早见那边走出一个人来，蹁跹袅娜，端的与人不同。（《红楼梦》4回）

（8）于冰道："你端的是何妖怪？可向我实说，我自有裁处。"（《绿野仙踪》16回）

（9）我在这月光下详看那犯人，面貌是个少年斯文人，脸上没半点凶气，端的不是做大罪恶的人。（《绿野仙踪》26回）

由于作者的语言风格不同，或者受作者所持方言的影响，两书中的副词在使用频率、意义和用法上也存在差异。差异主要表现在以下三个方面。

1. 有些副词仅在《绿野仙踪》中出现，而《红楼梦》中没有用例。如程度副词"顶"，《绿野仙踪》中出现2例，表示程度极高，而《红楼梦》中却没有用例。副词"良、旋即、随即、始终、定必、再四、猛可里、包管、管取、终日家、逐日家、一味家"等词也是仅出现于《绿野仙踪》中。如：

（10）他心上正要寻个顶好的补缺。今众妇人话皆相同，他

安肯放得过去?(《绿野仙踪》72 回)

(11)冷明猛可里见桌子旁边砚台下压着一封书字,忙取出一看,上写着"柳国宾等开拆"。(《绿野仙踪》4 回)

2. 有些副词仅在《红楼梦》中出现,而《绿野仙踪》中没有用例,如副词"好不、正自、当下、非常、老、怪、权且、死活、一顿、暗地里、业已"等。程度副词"好不"仅在《红楼梦》中出现10 例。如:

(12)他这为人行事,那个亲戚,那个一家的长辈不喜欢他?所以我这两日好不烦心,焦的我了不得。(《红楼梦》10 回)

(13)犹未转过山坡,只听山坡那边有呜咽之声,一行数落着,哭的好不伤感。(《红楼梦》28 回)

3. 有些副词在《绿野仙踪》和《红楼梦》中都有用例,如副词"刚才、方才、从来、竟、很、太、十分、极、端的、毕竟、可、皆、却"等,但它们在两书中的使用频率、意义或用法存在差异。语气副词"毕竟",在《绿野仙踪》中仅表示肯定强调的语气;而《红楼梦》中"毕竟"既可表示肯定强调的语气,还可表示疑问深究的语气。如:

(14)所以我想他们若尽着搁在一块儿,毕竟不成体统。你们怎么说?(《红楼梦》90 回)

(15)知县叫提薛蟠,问道:"你与张三到底有什么仇隙?毕竟是如何死的?实供上来。"(《红楼梦》86 回)

(16)如玉道:"这几根头发,到也是这小奴才的,毕竟他的比旁人分外黑些。"(《绿野仙踪》50 回)

进行横向对比时,我们主要从使用频率、所表意义、组合能力和句法功能等角度对这些副词进行对比，找出它们的差异，并力求对造成这些差异的原因进行解释。

二 《绿野仙踪》副词与《红楼梦》副词个案比较

本部分我们选取《绿野仙踪》中"甚、好生、方才、十分、竟、毕竟、皆、休"等 20 个副词与《红楼梦》进行对比，从使用频率、所表意义、组合能力、句法功能等角度对比它们在两书中的差异，并力求对差异产生的原因进行解释。

（一）极

"极"表示程度非常高，达到了极点。"极"在《绿野仙踪》与《红楼梦》中用法上存在不同，表现在《绿野仙踪》中"极+形容词"修饰名词中心语时，可带结构助词"的"也可不带"的"；《红楼梦》中都带结构助词"的"。

《绿野仙踪》中，"极+形容词"修饰名词中心语共 97 例，其中不带结构助词"的"的有 21 例，带结构助词"的"的有 76 例。例如：

> （17）看见了于冰，妆做出许多妖羞模样，用一把描金扇儿，将面孔半遮半露用极嫩声音问道："这位先生是谁?"（《绿野仙踪》72 回）
> （18）到难走处，仍是千里驹等背负，要沿山寻个极险峻地方，招聚天下同类，做些事业。（《绿野仙踪》13 回）
> （19）他说鲜鱼口儿有个极厚的朋友，必须去看望，若是来迟，不必等我极丰盛的酒席。（《绿野仙踪》6 回）

由上述例句可以看出，"极+形容词"修饰名词时，不管形容词是单音节还是双音节，结构助词"的"都可省略。例（18）中结构助词"的"被省略了，例（19）中结构助词"的"没有省略。

《红楼梦》中，"极+形容词"修饰名词中心语共 23 例，中间都

用了结构助词"的"。如:

　　(20) 宝玉笑道:"你们把极小的事倒说大了。好好的,为什么不来……"(《红楼梦》30 回)

　　(21) 贾母素知秦氏是个极妥当的人,生得袅娜纤巧,行事又温柔和平。(《红楼梦》5 回)

　　由上述例句可以看出,《红楼梦》中"极+形容词"修饰名词时,不管形容词是单音节还是双音节,中间都用结构助词"的"来连接。

　　上述差异是作者的语言习惯不同造成的,前文我们已经交代,近代汉语中由上古继承下来的用在定中结构的助词"之"已经走向衰亡,而新兴起的结构助词"的/底"还没有成为定中短语中必带的语法成分,因此中间可用"的",也可不用"的"。《红楼梦》的作者在使用"极+形容词+名词"结构时,倾向于中间用"的";而《绿野仙踪》的作者倾向于经常用"的",少数情况下不用"的",体现出作者语言形式的丰富性。

(二) 很

　　"很"作为程度副词大约始于元代,清代中期用例开始增多。"很"在《绿野仙踪》与《红楼梦》不同之处表现在以下三个方面。

　　1. 程度副词"很"在《绿野仙踪》与《红楼梦》中的书写形式不同。近代汉语中,程度副词"很"可写作"很",还可写作"狠"。《绿野仙踪》中,程度副词"很"均写作"狠";而《红楼梦》中,程度副词"很"均写作"很"。

　　2. 程度副词"很"两书中的使用频率不同。《绿野仙踪》中,程度副词"很"共13例;而《红楼梦》中,程度副词"很"则有237例,其中前八十回有121例,后四十回有116例,远远高于《绿野仙踪》中"很"的使用频率。

　　3. 程度副词"很"在《绿野仙踪》中只能作补语,没有出现作状语的用例,而《红楼梦》中程度副词"很"以作状语为主,同时也可作补语。

《绿野仙踪》中，程度副词"很"均是作补语，共 13 例，没有出现作状语的用例。如：

（22）那边热闹的狠，你这道人若会算命起课，也不愁不弄几个钱。（《绿野仙踪》61 回）

（23）城璧道："我口渴的狠，若无茶，凉水也罢。"（《绿野仙踪》27 回）

《红楼梦》中，"很"作状语有 183 例，作补语有 54 例，可见《红楼梦》中"很"以作状语为主。

（1）"很"作状语时可修饰形容词、动词及动词性短语，包括动宾短语、状中短语及动补短语。

A. "很"修饰形容词。如：

（24）宝玉道："也不很疼，养一两日就好了。"（《红楼梦》25 回）

（25）前日四月二十六日，我这里做遮天大王的圣诞，人也来的少，东西也很干净……（《红楼梦》29 回）

B. "很"修饰动词、状中短语、动宾短语及动补短语。如：

（26）方才你们送来野鸡崽子汤，我尝了一尝。倒有味儿，又吃了两块肉，心里很受用。（《红楼梦》43 回）

（27）王夫人也道："宝玉，你很会欺负你妹妹。"（《红楼梦》28 回）

（28）若要转卖，不但卖不出原价来，而且谁家拿这些银子买这个作什么，便是很有钱的大家子，也不过使个几分几钱就挺折腰了。（《红楼梦》24 回）

（29）你以后也不用白给那些人东西吃，他尖刺，让他们去；尖刺很听不过了，各人走开。（《红楼梦》57回）

例（26）中"很"修饰动词"受用"；例（27）中"很"修饰状中短语"会欺负你妹妹"；例（28）中"很"修饰动宾短语"有钱"；例（29）中"很"修饰动补短语"听不过"。

（2）"很"除了作状语，也可作补语，共54例。如：

（30）你父亲望你成人恳切的很，你且把从前念过的书！打头儿理一遍。（《红楼梦》81回）

（31）贾瑞听了，喜的抓耳挠腮，又道："嫂子天天也闷的很。"（《红楼梦》12回）

不难看出，"很"在两书中的差异主要为："很"在《绿野仙踪》中的使用频率明显低于《红楼梦》；句法功能不同，"很"在《绿野仙踪》中只作补语，而在《红楼梦》中以作状语为主，作补语居于次位。

"很"在《绿野仙踪》中的使用频率远远低于《红楼梦》，这种差异是受作者不同语言风格的影响造成的。"很"作程度副词的用法出现较晚，大约产生于元代，明代时用例还不多见，在明代白话小说《水浒传》中没有出现，在《金瓶梅词话》中仅出现1例作补语，在明末的《醒世姻缘传》中仅出现6例，到清代中叶以后才逐渐增多，是一个新兴的程度副词。《绿野仙踪》的作者语言上追求古朴、典雅，倾向于使用较传统的词语，因此"很"的用例不多，只有13例。而《红楼梦》的作者，在表达程度高的意义时，既较多使用较传统的"甚"，又较多使用新兴起的"很"，体现了用词的丰富性。因此我们认为作者语言风格的不同导致了"很"在两书中的差异。

（三）甚

"甚"是表示程度高的程度副词，意义上相当于"很""非常"，在先秦时期已有用例，从秦汉到明清，"甚"的使用频率一直很高。"甚"的使用频率在《绿野仙踪》与《红楼梦》中存在明显不同。

《绿野仙踪》中，"甚"共有232例，句法功能上可修饰形容词、动词及动词性短语。如：

（32）若错过我，谁也不肯与你留下，让人穿着罢。天气甚冷，你这皮袄我要穿去。（《绿野仙踪》9回）

（33）不数日到了家中，一家男妇迎接入内，又见他儿子安好无恙，心上甚喜。（《绿野仙踪》4回）

（34）于冰又怕别有絮聒，天交四鼓，便收拾起身，心上甚得意这件事做的好。（《绿野仙踪》4回）

《红楼梦》中，"甚"共有128例，其中前八十回出现79例，后四十回出现49例。句法功能上可修饰形容词、动词及动词性短语。如：

（35）再者市井俗人喜看理治之书者甚少，爱适趣闲文者特多。（《红楼梦》1回）

（36）只是这琪官随机应答，谨慎老诚，甚合我老人家的心，竟断断少不得此人。（《红楼梦》33回）

（37）果然如此，倒辜负了他这一番美意，保不住日后倒要和自己也闹起来，岂非自惹的呢。过了两天，甚觉安静。（《红楼梦》91回）

"甚"在两书中的使用频率存在差异，是因为《绿野仙踪》处于"甚"与新兴副词"很、十分"过渡的阶段，在词语的选择上《绿野仙踪》的作者习惯使用较传统的"甚"，而《红楼梦》的作者较多使用新兴的"十分、很"等，作者的使用习惯导致了上述差异。

（四）太

"太"作为程度副词，在《绿野仙踪》和《红楼梦》中都表示程度过分、过头。"太"在《绿野仙踪》与《红楼梦》中的用法也存在一些差异，主要表现在以下三个方面。

1. "太"在两书中的使用频率不同。

"太"在《绿野仙踪》中有 49 例，在《红楼梦》中有 161 例，可见，"太"在《红楼梦》中的用例明显高于《绿野仙踪》的用例。

2. "太"在两书中的组合能力不同。

《绿野仙踪》中程度副词"太"共有 49 例，其中 46 例修饰形容词，2 例修饰动宾短语，"太+不"的形式 1 例。

《红楼梦》中，程度副词"太"的用法比较丰富。《红楼梦》中"太"共有 161 例，其中前八十回 134 例，后四十回 27 例。句法组合形式上，修饰形容词 120 例，修饰动词 19 例，修饰动宾短语 14 例，"太+不"的形式 7 例，与副词"甚"连用 1 例。如：

（38）宝玉笑道："除四书外，杜撰的太多，偏只我是杜撰不成？"（《红楼梦》3 回）

（39）凤姐会意，因笑道："你也太操心了，难道大爷比咱们还不会用人……"（《红楼梦》16 回）

（40）麝月道："这好的也很好，那不知礼的也太不知礼。"（《红楼梦》54 回）

3. "太+被饰成分"后用语气词"了"的频率不同。

《绿野仙踪》中程度副词"太"共 49 例，其中"太+被饰成分"后带语气助词"了"的有 12 例，不带"了"的有 37 例。可见，《绿野仙踪》中以"太+被饰成分"不带"了"为主。如：

（41）况娶亲太早，未免剥削元气，使此子不寿，皆系我之过也。（《绿野仙踪》1 回）

（42）金不换，你口太锋利了，你这没王法的光棍……
（《绿野仙踪》21 回）

《红楼梦》中程度副词"太"共有 161 例，其中"太+被饰成分"后带语气助词"了"92 例，不带了 69 例。可见，《红楼梦》中程度副词"太+被饰成分"以带"了"为主。如：

（43）但如今家内杂事太烦，太太渐上了年纪，一时想不到也是有的。（《红楼梦》6 回）

（44）众小厮见他太撒野了，只得上去几个，揪翻捆倒，拖往马圈里去。（《红楼梦》8 回）

（45）若是为着一两个不好，个个都押着他们还俗，那又太造孽了。（《红楼梦》94 回）

"太"在两书中使用频率的差异是作者的语言习惯不同造成的，"太、甚"表达的程度等级差异不甚清晰，《绿野仙踪》的作者在词语的选择上倾向于使用"甚"，因此"太"的使用频率减少，组合能力也没有《红楼梦》丰富。

（五）十分

"十分"表示程度很高，意义上与"非常"相当。"十分"在《绿野仙踪》与《红楼梦》中的不同之处表现在以下两个方面。

1. "十分"在两书中的使用频率悬殊。

《绿野仙踪》中程度副词"十分"共 8 例，《红楼梦》中程度副词"十分"的使用频率共 129 例，其中前八十回 117 例，后四十回 12 例。可见，"十分"在《绿野仙踪》中的使用频率远远低于《红楼梦》。

2. 句法组合形式上，《绿野仙踪》的句法组合形式没有《红楼梦》丰富。

《绿野仙踪》中程度副词"十分"共 8 例，修饰形容词 2 例，修饰动宾短语 4 例，修饰动补短语 1 例，"十分+不"的形式 1 例。修饰形容词时有 1 例是"形容词+十分"的形式。

《红楼梦》中程度副词"十分"共 129 例，以修饰形容词为主，还可修饰动词及动词性短语。

A. 十分+形容词，共 68 例。如：

（46）雨村唯唯听命，心中十分得意。（《红楼梦》3 回）

（47）凤姐听了，十分诧异，因说道："哦，原来是他的丫头。"（《红楼梦》13 回）

B. "十分"修饰动词 31 例，修饰动宾短语 14 例，修饰述补短语 7 例。如：

（48）熙凤忙拉了黛玉，在左边第一张椅上坐了，黛玉十分推让。（《红楼梦》3 回）

（49）凤姐儿道："我说他不是十分支持不住，今日这样的日子，再也不肯不挣扎着上来。"（《红楼梦》11 回）

C. "十分+不"的形式 4 例，"不+十分"的形式 4 例。如：

（50）那李婶虽十分不肯，无奈贾母执意不从，只得带着李纹李绮在稻香村住下了。（《红楼梦》49 回）

（51）邢夫人尤氏惜春等听见老太太叫，不敢不来，心内也十分不愿意。（《红楼梦》108 回）

（52）亦曾回明贾母，贾母心中却不十分称意。（《红楼梦》79 回）

（53）那薛蟠自为是过了明路的，除了金桂，无人可怕，所以连门也不掩。今见香菱撞来，也略有些惭愧，还不十分在意。（《红楼梦》80 回）

"十分"在两书中使用频率上的差异，是作者的语言风格不同造成的。《绿野仙踪》的作者追求语言的古朴、典雅，因此用词时倾向于使用较传统的词语。程度副词"十分"出现的时间较晚，在宋代时开始出现，清代中期兴盛起来。因此《绿野仙踪》的作者在表达程度高的意义时，较少使用新兴的"十分"，较多采用传统的程度副词"甚"，"甚"和"十分"表示的等级相当，用法相近。而《红楼梦》的作者则倾向于使用新兴的副词"十分"，因此"十分"在《红楼梦》的用例较多。另外，成书时间早晚也是造成此差异的一个不可忽视因素，《红楼梦》比《绿野仙踪》成书时间晚约二十年，"十分"的使用更加活跃。

《绿野仙踪》在句法组合形式上没有《红楼梦》丰富的特点是和使用频率的高低相关的，由于《绿野仙踪》中"十分"的使用频率没有《红楼梦》高，因此句法组合形式上也没有《红楼梦》丰富。

（六）好生

副词"好生"有两种意义，一是表示程度高，和程度副词"好"相当，我们记为"好生$_1$"；二是表示情状方式，意为"好好地"，我们记为"好生$_2$"。"好生"在《绿野仙踪》与《红楼梦》中的相同之处是"好生"都有两种用法，且都以表情状方式用法为主。

《绿野仙踪》中副词"好生"共10例，其中表示情状方式的用法有8例，表示程度高的用法有2例。如：

（54）再说与你主母，好生管教元相公用心读书，不得胡乱出门。(《绿野仙踪》6回)

（55）如玉想起昔日，一旦到这步时候，心上好生惭愧。(《绿野仙踪》64回)

前一例"好生"表示情状方式，意为"好好地"；后一例"好生"表示程度高，意为"很、十分"。

《红楼梦》中副词"好生"共98例。前八十回有85例，其中表

情状方式的"好生"81例,只有4例表程度高;后四十回"好生"有13例,都是表情状方式,没有出现表程度高的用例。如:

(56) 黛玉一见,便吃一大惊,心下想道:"好生奇怪,倒像在那里见过一般,何等眼熟到如此。"(《红楼梦》3回)

(57) 一时宝玉倦怠,欲睡中觉,贾母命人好生哄着,歇一回再来。(《红楼梦》5回)

(58) 你且不必拘礼,早晚不必照例上来,你就好生养养罢,就是有亲戚一家儿来,有我呢。(《红楼梦》10回)

前一例"好生"为程度副词,后一例"好生"为情状方式副词。"好生"在《绿野仙踪》与《红楼梦》中的不同之处表现在,表情状方式的"好生$_2$"在两书中的使用频率存在较大差异。《绿野仙踪》中,"好生$_2$"有8例,而《红楼梦》中"好生$_2$"有2例,可见"好生$_2$"在《红楼梦》中的使用频率远远高于《绿野仙踪》。"好好"是一个表"极力、努力"的情状方式副词,与"好生$_2$"的意义相同,用法相近。《绿野仙踪》中在表"极力、努力"义时,作者倾向用"好好","好好"在《绿野仙踪》中有8例,而《红楼梦》中仅有4例。如:

(59) 你两口儿好好安歇罢,我明日上来看你。(《绿野仙踪》51回)

(60) 倘或后日这两日一家子要来,你就在家里好好的款待他们就是了。(《红楼梦》10回)

因此"好生$_2$"在两书中使用频率上的差异是由于作者的用词习惯不同引起的。在表"极力、努力"义时,《绿野仙踪》的作者倾向于使用"好好",而《红楼梦》的作者倾向于使用"好生",所以"好生$_2$"在《绿野仙踪》中的使用频率不高。

（七）"越 A 越 B"连用式

"越"表示事物、动作的程度因某种原因的影响而加深，相当于"更加"。"越"可以连用，形成"越 A 越 B"连用式，连用式表示两种行为、性状的倚变关系，即 B 随着 A 的变化而变化。"越 A 越 B"连用式在《绿野仙踪》与《红楼梦》中的不同之处表现在以下三个方面。

1. "越 A 越 B"连用式在两书中的使用频率不同。

《绿野仙踪》中，"越 A 越 B"连用式共 13 例；而《红楼梦》中，"越 A 越 B"连用式共 33 例，其中前八十回有 27 例，后四十回中有 6 例。可见，《绿野仙踪》中"越 A 越 B"连用式的使用频率没有《红楼梦》中的使用频率高。

2. 形式上，《绿野仙踪》的"越 A 越 B"连用式没有《红楼梦》自由，《绿野仙踪》的"越 A 越 B"连用式只有紧缩句形式，而没有"越 A，越 B"分开用的形式。如：

（61）文华道："正是！正是！也不必拘定六十万，越多越好！"（《绿野仙踪》74 回）

（62）掷了没半顿饭时，乔武举越赢越气壮，文魁越输越气馁，顷刻将三百银子输了个干净，还欠下四十余两。（《绿野仙踪》23 回）

《红楼梦》中，"越 A 越 B"连用式，既有紧缩句的形式，又有非紧缩句的形式。如：

（63）黛玉道："可不是。越要睡越睡不着。"（《红楼梦》82 回）

（64）倘或他要驳我的事，你可别分辩，你只越恭敬，越说驳的是才好。千万别想着怕我没脸，和他一犟就不好了。（《红楼梦》55 回）

前一例"越 A 越 B"连用式是紧缩句的形式，后一例采用的不是紧缩句的形式。

3. 语义上，《绿野仙踪》中"越 A 越 B"反比倚变关系的用例没有《红楼梦》中多。

《绿野仙踪》中"越 A 越 B"连用式共 13 例，其中 12 例是正比倚变关系，只有 1 例是反比倚变关系。如：

（65）于冰见雪越下越大，顷刻间万里皆白，急忙回到山下……（《绿野仙踪》9 回）

（66）体仁乱嚷道："不成话了！谁家寒士，还讲究衣服、被褥？越穷人越敬重。"（《绿野仙踪》79 回）

《红楼梦》中"越 A 越 B"连用式共 33 例，其中正比倚变关系有 24 例，反比倚变关系有 9 例。如：

（67）林黛玉把花具且都放下！接书来瞧，从头看去！越看越爱看，不到一顿饭工夫，将十六出俱已看完，自觉词藻警人，余香满口。（《红楼梦》20 回）

（68）宝钗见贾环急了，便瞅莺儿说道："越大越没规矩。难道爷们还赖你？还不放下钱来呢！"（《红楼梦》20 回）

（69）黛玉道："可不是。越要睡越睡不着。"（《红楼梦》82 回）

例（67）、例（68）中"越 A 越 B"连用式是正比倚变关系，例（69）是反比倚变关系。

从使用频率上看，《绿野仙踪》"越 A 越 B"连用式的用例明显多于《红楼梦》。此形式在之前的作品如《金瓶梅词话》和《醒世姻缘传》中已有用例，可见"越 A 越 B"连用式在当时是一个比较普遍的用法。但是两书中的使用频率却有差异，这是由于作者的用词习惯不同造成的。再如《红楼梦》前八十回和后四十回由于作者的不同，此形式的使用频率也有明显差异，这进一步说明上述差异是因为作者的用词习惯不同造成的。

从形式上看，《绿野仙踪》中"越 A 越 B"非紧缩式没有《红楼梦》中自由，具体表现在：《红楼梦》既有紧缩式，又有非紧缩式，而《绿野仙踪》中仅有紧缩式。非紧缩句形式在产生时间上晚于紧缩式，是在紧缩式的基础产生的。我们考察了《绿野仙踪》之前的作品《醒世姻缘传》，发现此时非紧缩句形式已有零星的用例，说明此形式在当时已出现，但还未普遍应用。《绿野仙踪》的作者未使用新兴且不稳定的非紧缩句形式，表现了作者用语上的严谨，体现出其语言风格的典雅。

从语义上看，《绿野仙踪》中"越 A 越 B"连用式表示反比倚变关系的用例多于《绿野仙踪》。上文我们已经考察过，《绿野仙踪》中"越 A 越 B"连用式表反比倚变时，多用于人物对话中，较多出现于轻松、随意的语境中。《红楼梦》中表示反比倚变的用例较多，体现了《红楼梦》在语言上的生动、活泼。而《绿野仙踪》中不倾向于使用这种表达，而是表示正比倚变关系的用例较多，体现了《绿野仙踪》语言上庄重、典雅的风格。

（八）究竟

语气副词"究竟"在《绿野仙踪》与《红楼梦》中的用法存在差异，表现在《绿野仙踪》中语气副词"究竟"都用于陈述句中加强肯定强调语气，而《红楼梦》中"究竟"大多用于陈述句中，但有少数用于疑问句中加强疑问语气。

《绿野仙踪》中语气副词"究竟"共 20 例，全部用于陈述句中表示肯定强调语气。根据上下文语境"究竟"有两种意义：一是表示"终归、终究、毕竟"；二是表示"其实"之意。如：

（70）受害者是朱义弟，我们不过是异姓知己，究竟是外人。他弟兄虽是仇敌，到底是同胞骨肉。（《绿野仙踪》34 回）

（71）庞氏道："闻得你家大爷娶过这几年了，但不知娶的是谁家的小姐？"苏氏道："究竟娶过和不娶过一样。"庞氏道："这是怎该说？"苏氏道："我家大奶奶姓何，是本城何指挥家姑娘。太太和姑娘不是外人，我也不怕走了话。我家大奶奶生的容貌丑陋，实实配不过我家大爷的人才。我家大爷从娶过至今，前后入他的房，不过四五次。"（《绿野仙踪》82回）

（72）近日也有胆大的人敢上去，问他生死富贵的话，他总不肯说，究竟他都知道，怕泄露天机。（《绿野仙踪》4回）

上述各例中"究竟"都用于陈述句中，表示肯定强调语气。根据上下文语境，例（70）中"究竟"表示"终归、最终、毕竟"之意，例（71）、例（72）中"究竟"表示"其实"之意。

与《绿野仙踪》相比，《红楼梦》中"究竟"也可用于陈述句中表示肯定、强调语气。《红楼梦》中"究竟"表示肯定、强调语气共49例，其中前八十回有39例，后四十回有10例。"究竟"用于陈述句中加强肯定强调语气，有"终归、终究"和"其实"两种意义。如：

（73）宝玉道："我可有什么可送的？若论银钱吃的穿的东西，究竟还不是我的，惟有我写一张字，画一张画，才算是我的。"（《红楼梦》26回）

（74）多少一生出来，人罕见的就奇，究竟理还是一样。（《红楼梦》31回）

（75）王夫人忙又道："宝玉，你回去改了罢，老爷也不用为这小事动气。"贾政道："究竟也无碍，又何用改……"（《红楼梦》23回）

（76）诗固然怕说熟话，更不可过于求生，只要头一件立意清新，自然措词就不俗了。究竟这也算不得什么，还是纺绩针黹是你我的本等。（《红楼梦》37回）

与《绿野仙踪》相比不同之处是，"究竟"在《红楼梦》中还可用于疑问句中加强疑问、深究的语气，相当于"到底"。此种用法的"究竟"共有 22 例，前八十回有 16 例，后四十回有 6 例。如：

（77）姐姐们说的，我记着就是了。究竟那玉不知是怎么个来历？（《红楼梦》4 回）

（78）那里知道是这样收罗，究竟妖怪拿去了没有？（《红楼梦》100 回）

（79）王夫人听着不懂，便急着道："究竟要爷们去干什么事？"（《红楼梦》103 回）

（80）贾政道："究竟犯什么事？"（《红楼梦》105）

上述例句中"究竟"都用于疑问句中加强疑问语气。

"究竟"在两书中的使用频率和用法存在差异，我们认为这主要是作者的语言风格不同造成的。语气副词"究竟"始见于唐代①，宋元明时期仍然不多见，我们考察发现在明代的《水浒传》和《金瓶梅词话》中都没有见到用例。清代中叶"究竟"的用例开始逐渐增多，是一个新兴的词语。《绿野仙踪》的作者追求语言的古朴、典雅，因此用词时倾向于使用较传统的词语。因此《绿野仙踪》中的使用频率不高，而《红楼梦》中倾向于使用较新出现的词语，所以使用频率较高。

（九）端的

"端的"，有语气副词和名词两种用法。语气副词"端的"又有两种用法：一是用作表肯定、强调的语气副词，相当于"确实、真的"；二是用作表疑问、深究的语气副词，相当于"到底、究竟"。"端的"作为名词时意为"始末、底细"。"端的"在《绿野仙踪》

---

① 参见王军《副词"究竟"的始见年代》，《南京师范大学文学院学报》2009 年第 3 期。

与《红楼梦》中的用法存在不同之处，表现在以下两个方面。

1. "端的"在《绿野仙踪》中以作语气副词为主，《红楼梦》中则以作名词为主。

《绿野仙踪》中"端的"共有24例，其中"端的"作语气副词用法有20例，名词用法仅4例。可见，《绿野仙踪》中"端的"以作语气副词为主要用法。如：

（81）我在这月光下详看那犯人，面貌是个少年斯文人，脸上没半点凶气，端的不是做大罪恶的人。（《绿野仙踪》26回）

（82）翠黛向锦屏道："你我明明握在手内，怎么一开手就全没了？端的归于何处？"（《绿野仙踪》72回）

（83）适才金姐在这里，我不好明说。你只用打开他房里的柜子，将小温的银子看看，便知端的。（《绿野仙踪》56回）

例（81）中"端的"是表示肯定、强调的语气副词例，（82）中"端的"是表示疑问、深究的语气副词，例（83）中是"端的"作名词的用法。

《红楼梦》中"端的"共有34例，均出现在前八十回中，后四十回中没用出现用例。"端的"的34处用例中，名词用法出现32例，语气副词用法仅2例。可见，《红楼梦》中"端的"以作名词为主。如：

（84）歌音未息，早见那边走出一个人来，蹁跹袅娜，端的与人不同。（《红楼梦》6回）

（85）作速择了日期，贾琏与林黛玉辞别了众人，带了仆从，登舟往扬州去了。要知端的，且听下回分解。（《红楼梦》12回）

（86）袭人早知端的，当此时断不能劝。（《红楼梦》22回）

例（84）中"端的"是表肯定、强调的语气副词，相当于"确实、真的";例（85）、例（86）中"端的"是作为名词使用的，意为"始末、原因"。

2. "端的"作为语气副词在《绿野仙踪》中有表肯定、强调语气和表疑问、深究语气两种用法；而《红楼梦》中"端的"则只有表肯定、强调语气这一种用法。

《绿野仙踪》中语气副词"端的"共有20例，其中表肯定、强调语气有12例，表疑问、深究语气有8例。如：

（87）于冰道："这是我生平未见未闻的怪异象，似他这样来来往往，端的要怎么？"（《绿野仙踪》8回）

（88）他那里有七八间住房，不拘怎么，将就上一夜。他若问时，就说是城中人寻朋友，天晚不遇，明日天一亮即起身。端的人认不出。（《绿野仙踪》23回）

前一例"端的"是表示疑问、深究的语气副词，后一例"端的"是表示肯定、强调的语气副词。

《红楼梦》中语气副词"端的"共有2例，这2例均是表肯定、强调的语气，没有出现表示疑问、深究语气的用法。如：

（89）宝玉听了，是女子的声音。歌音未息，早见那边走出一个人来，蹁跹袅娜，端的与人不同。（《红楼梦》6回）

（90）我常常揣着口儿劝一阵，说一阵，气的骂一阵，哭一阵，彼时他好，过后儿还是不相干，端的吃了亏才罢了。（《红楼梦》34回）

上面两例中"端的"是表示肯定、强调的语气副词，相当于"确实、真的"。

总之，"端的"作为语气副词，在《绿野仙踪》中有表肯定、强调语气和表疑问、深究语气两种用法，而且用例较多，共出现20例；

而《红楼梦》中仅表示肯定、强调语气，而且用例较少，仅出现了2例。

我们认为"端的"在两书中的差异，与作者受不同方言的影响有关。"端的"主要使用于中原官话中。《绿野仙踪》的作者长期旅居河南，并在河南完成著作，其语言必定受到当地方言的影响。我们可以通过另一部清代白话小说《歧路灯》发现端倪。《歧路灯》的作者李绿园是土生土长的河南人，其语言可以大致反映当时河南方言的特点。《歧路灯》中"端的"的使用频率和用法与《绿野仙踪》一致，共出现20例，表肯定、强调语气有15例，表疑问、深究语气的有5例；而《红楼梦》是用清代中叶的北京话写成的，因此"端的"在两书中的使用情况存在差异。

（十）毕竟

"毕竟"在近代汉语中是一个重要的语气副词，它有三种意义，一是表示肯定强调的语气副词，相当于"终归、终究"；二也是表肯定强调的语气副词，此时带有推断意味，相当于"必定、肯定"；三是表疑问深究的语气，相当于"到底、究竟"。

"毕竟"在《绿野仙踪》中有两种意义：

（1）用作表肯定、强调的语气副词，相当于"终归、终究"，表示事情的最终结果，起加强语气的作用。《绿野仙踪》中"毕竟"的这种用法共有2例，如：

（91）如玉道："这几根头发，到也是这小奴才的。毕竟他的比旁人分外黑些。"（《绿野仙踪》50 回）

（92）（于冰）又想道："毕竟他们的法力大似我，能于铁石内开通门户，贮放东西。这鱼精能于无可搜寻中盗去，其法力广大，不言可知。"（《绿野仙踪》61 回）

（2）"毕竟"在《绿野仙踪》中的第二种用法是用作表肯定、强调的语气副词，此时，"毕竟"略带推断意味，相当于"一定、必

定"。语气副词"毕竟"的这种用法在《绿野仙踪》中均写作"必竟",《绿野仙踪》中"必竟"共出现3例。如:

(93) 做官的锦袍玉带,必竟风流;读书的阔服方巾,居然儒雅。挨肩擦臂,大都名利之徒。(《绿野仙踪》65回)

(94) 头带远游八宝貂巾,越显得庞儿俊俏;身穿百折鹅绒缎氅更觉得体态风流。耨吏耕经,必竟才学广大;眠宿柳,管情技艺高强。(《绿野仙踪》80回)

"毕竟"在《红楼梦》中有三种用法:

(1) 表肯定、强调的语气副词,相当于"终归、终究",表示事情的最终结果,起加强语气的作用。《红楼梦》中"毕竟"的这种用法共3例。如:

(95) 老太太这样疼宝玉,毕竟要他有些实学,日后可以混得功名……(《红楼梦》84回)

(96) 惜春听了,默然无语。因想:"妙玉虽然洁净,毕竟尘缘未断……"(《红楼梦》87回)

(97) 以后时常听得林丫头忽然病,忽然好,都为有了些知觉了。所以我想他们若尽着搁在一块儿毕竟不成体统。你们怎么说?(《红楼梦》90回)

(2)"毕竟"在《红楼梦》中的第二种用法也是表肯定、强调的语气副词,此时略带推断的意味,相当于"一定、必定"。语气副词"毕竟"的这种用法在《红楼梦》中也写作"必竟",《红楼梦》中"必竟"仅有1例。如:

(98) 正没主意,只听里面一阵笑语之声,细听一听,竟是宝玉宝钗二人,林黛玉心中一发动了气。左思右想,忽然想起早

起的事来；必竟是宝玉恼我告他的原故。————"但只我何尝告你去了……"（《红楼梦》26 回）

通过上下文语境我们可以知道，"必竟"此时略带推断的意味，相当于"一定、必定"，起加强语气的作用。

（3）"毕竟"在《红楼梦》中还可作表示疑问、深究的语气副词，起加强疑问语气的作用。"毕竟"表疑问、深究的用法仅 1 例。"毕竟"的这种用法在《绿野仙踪》中则没有出现。如：

（99）知县叫提薛蟠问道："你与张三到底有什么仇隙？毕竟是如何死的？实供上来。"（《绿野仙踪》86 回）

综上所述，"毕竟"在两书中的使用频率较少，且用法差异不大。

（十一）可

语气副词"可"在《绿野仙踪》中的用法比较单一，均是用于疑问句中表示加强疑问语气，而且"可"出现的疑问句均是是非问的形式。如：

（100）内有一个带将巾穿暗龙缎袍的，笑问道："足下可是广平府的冷先生么？"龙文边忙代答道："正是。"（《绿野仙踪》2 回）

（101）于冰道："那老道可有些道术么？"山汉道："他不过天生的寿数长，多吃几年饭，有什么道术？"（《绿野仙踪》6 回）

上述两例"可"均用于疑问中加强疑问语气，"可"出现的疑问句均是是非问的形式。如例（100）中，不用语气副词"可"，即为"足下是广平府的冷先生么？"，虽然亦为疑问句，但是没有用上"可"的疑问语气强。

《红楼梦》中，语气副词"可"的用法比较丰富，既可用于疑问句中加强疑问语气，也可用于陈述句中加强肯定强调和劝阻语气。语气副词"可"在《红楼梦》中共有113例，其中前八十回有55例，后四十回有58例。

（1）加强疑问语气的"可"在前八十回中有28例，后四十回中有29例。如：

（102）袭人道："有一双鞋，抠了垫心子，我这两日身上不好，不得做。你可有工夫替我做做？"（《红楼梦》32回）

（103）这一天见贾母满面泪痕，递了茶，贾母叫他坐下。宝钗侧身陪着坐了，才问道："听得林妹妹病了，不知他可好些了？"（《红楼梦》98回）

（2）"可"表示肯定强调语气，前八十回有27例，后四十回有29例。如：

（104）刘姥姥因说："这位凤姑娘，今年大不过二十岁罢了，就这等有本事，当这样的家，可是难得的。"（《红楼梦》6回）

（105）我可嘱咐你，自今日起再不许做诗做对的了，单要习学八股文章。（《红楼梦》81回）

（106）凤姐儿忙笑道："你可别多心，才刚不过大家取笑儿。"（《红楼梦》40回）

语气副词"可"在两书中的不同之处为：《绿野仙踪》中语气副词"可"只用在疑问句中表示加强疑问语气；而《红楼梦》中"可"除用作疑问句中表示加强语气外，还用在陈述句中表示加强肯定、强调等语气，且两种用法的使用比例相当。

"可"在两书中用法的不同，我们推测是作者受不同方言的影响造成的。《绿野仙踪》的作者在扬州等地生活过，难免受到当地方言的影响。用江淮官话创作的《儒林外史》中"可"也只表疑问语气。因此"可"在两书中的用法存在上述差异。

（十二）刚才

时间词"刚才"在《绿野仙踪》与《红楼梦》中表示的意义不同。《绿野仙踪》中，"刚才"均表示初始义，意同"刚刚、才"，而在《红楼梦》中，"刚才"都是时间名词，表示说话以前不久的时间。

《绿野仙踪》中"刚才"为时间副词，表示初始义，相当于"刚刚、才"。如：

（107）刚才站起来，猛见对面西山岔内，陡起一阵腥风。（《绿野仙踪》6 回）

（108）他母亲刚才亡过年余，他妻子洪氏又得了吐血的病；不上三两个月，也病故了，连棺木都措办艰难。（《绿野仙踪》43 回）

例（107）、例（108）中，"刚才"为时间副词，意为"刚、才"。依据上下文语境，"刚才站起来"意为"刚/才站起来"，"他母亲刚才亡过年余"意为"他母亲刚亡过年余"。

《红楼梦》中，"刚才"共 66 例，其中前八十回有 40 例，后四十回有 26 例。"刚才"均是作时间名词，表示说话前不久的时间。它一般位于主语之后谓语之前，也可位于主语之前，还可在句中作定语。如：

（109）姑娘刚才打老太太那边回来，身上觉着不大好，唬的我们没了主意，所以哭了。（《红楼梦》97 回）

（110）刚才我到琏二奶奶那边，看见二奶奶一脸的怒气。我送下东西出来时，悄悄的问小红，说刚才二奶奶从老太太屋里回

来……（《红楼梦》67 回）

（111）旺儿见这话，知道刚才的话已经走了风了。料着瞒不过，便又跪回道："奴才实在不知。"（《红楼梦》67 回）

例（109）至例（111）中"刚才"均为时间名词，在句中作状语或定语，前两例中"刚才"作状语，最后一例中"刚才"作定语。

在本书第三章第二节中我们已分析过，"刚才"作为时间副词较早出现在明代《三国演义》中，随后的《三宝太监西洋记》出现了 1 例可有两种分析解释的"刚才"，《儒林外史》中"刚才"的词性已分化为时间副词和时间名词两种用法。《绿野仙踪》的作者倾向于使用"刚才"传统的时间副词的用法，而《红楼梦》的作者倾向于使用新兴的时间名词用法。

（十三）方才

时间词"方才"有两种用法：一是作时间名词，意为"刚才"；二是作时间副词，意为"才、刚"。《绿野仙踪》与《红楼梦》中"方才"既可作时间名词，也可作时间副词。但不同的是，《绿野仙踪》中"方才"以作时间副词为主要用法，《红楼梦》中"方才"以作时间名词为主要用法。

《绿野仙踪》中，时间词"方才"共 159 例，其中时间副词 144 例，时间名词 15 例。可见，《绿野仙踪》中"方才"以作时间副词为主要用法。如：

（112）次日，段诚禀明姜氏，就要雇骡轿。卜氏那里肯依？定要教住一月再商。段诚日日恳求，卜氏方才许了五天后起身。（《绿野仙踪》35 回）

（113）到是那两个解役甚是刚狠。方才他二人私语了好一会，又说着那犯人到灵侯庙睡长觉去，莫非要谋害这犯人么？（《绿野仙踪》26 回）

前一例"方才"用作时间副词,意为"才";后一例"方才"用作时间名词,意为"刚才"。

《红楼梦》中,时间词"方才"共237例,时间名词"方才"有181例,其中前八十回有138例,后四十回43例;时间副词"方才"共56例,其中前八十回有47例,后四十回有9例。可见,《红楼梦》中"方才"以作时间名词为主要用法。例如:

(114)那林黛玉倚着床栏杆,两手抱着膝,眼睛含着泪,好似木雕泥塑的一般,直坐二更多天方才睡了。一宿无话。(《红楼梦》27回)

(115)贾政一闻此言,连忙答应几个"是"字,又勉强劝了贾母一回酒,方才退出去了。(《红楼梦》22回)

(116)方才在咱们前过去,因看见娇杏那丫头买线,所以他只当女婿移住于此。(《红楼梦》2回)

(117)心里一烦恼,方才吃的香薷饮解暑汤便承受不住,哇的一声,都吐了出来。(《红楼梦》29回)

前两例"方才"用作时间副词,意为"才";后两例"方才"用作时间名词,意为"刚才"。

总之,"方才"在《绿野仙踪》与《红楼梦》中均有作时间副词和作时间名词两种用法,不同的是,《绿野仙踪》中"方才"主要用作时间副词,而《红楼梦》中"方才"主要用作时间名词。

(十四)从来

"从来"是一个表示持续的、时长的时间副词,"从来"的用法在《绿野仙踪》与《红楼梦》中的不同之处表现在两方面。

1.《绿野仙踪》中,"从来"以修饰主谓短语为主;《红楼梦》中,"从来"未出现修饰主谓短语的用例,都是修饰动词性短语。

《绿野仙踪》中,"从来"共出现4例,其中有3例修饰主谓短语,1例修饰动词性短语。如:

（118）从来妇人家性同流水，此时想起何公子，不但不爱，且心中厌恶他……（《绿野仙踪》49 回）

（119）郑婆子道："放陈臭狗贼屁！从来亡八的盖子是硬的，不想你的盖子和蛋皮一样……"（《绿野仙踪》60 回）

（120）他原在斯文一道下过苦功，任人一他出个从来没见的题目，他只用以意见融化一番，总不能做的通妥。（《绿野仙踪》65 回）

例（118）、例（119）中"从来"分别修饰主谓短语"妇人家性同流水"和"王八的盖子是硬的"；例（120）中"从来"修饰动词性短语"没见"。

《红楼梦》中，时间副词"从来"共有 32 例，其中前八十回有 26 例，后四十回有 6 例，都是修饰动词性短语，没有出现修饰主谓短语的用例。如：

（121）从来宝钗笑道："咱们家从来只知买人，并不知卖人之说。妈可是气的胡涂了。倘或叫人听见，岂不笑话。"（《红楼梦》88 回）

（122）不要说是嫂子，就是秋菱，我也从来没有加他一点声气儿的。（《红楼梦》83 回）

2.《绿野仙踪》中，"从来"用于肯定句和否定句的比例相同；而《红楼梦》中，"从来"主要用于否定句中。

《绿野仙踪》中，"从来"有 2 例用于肯定句，2 例用于否定句。如：

（123）从来妇人家性同流水，此时想起何公子，不但不爱，且心中厌恶他，也向众人说道："我和他交往一场，就为省几个钱从来……"（《绿野仙踪》49 回）

（124）他原在斯文一道下过苦功，任人一他出个从来没见的题目，他只用以意见融化一番，总不能做的通妥。（《绿野仙踪》65回）

前一例"从来"用于肯定句中，后一例"从来"用于否定句中。

《红楼梦》中，"从来"用于否定句中有32例，用于肯定句中有4例，可见"从来"主要用于否定句中。如：

（125）黛玉见他今日十分高兴，便笑道："从来没见你这样高兴……"（《红楼梦》76回）

（126）你们姑娘从来不吃这些凉东西的，拿这些瓜果何用？（《红楼梦》64回）

（127）宝钗道："你白听了这几年戏，那里知道这出戏的好处，排场又好，词藻更妙。"宝玉道："我从来怕这些热闹。"（《红楼梦》22回）

（128）黛玉便说："大家就要桃花诗一百韵。"宝钗道："使不得。从来桃花诗最多，纵作了，必落套……"（《红楼梦》70回）

"从来"在《绿野仙踪》中用于肯定句和否定句一样多，而在《红楼梦》中用于否定句居多。造成此差异的原因是，《绿野仙踪》的作者倾向于使用"从来"较早的用法。据我们考察在明代《水浒传》和《金瓶梅词话》中，"从来"都是用于肯定句的用例居多。因此作者的语言偏好不同导致"从来"在两书中用法的不同。

（十五）竟

副词"竟"在《绿野仙踪》中意义较多，用法灵活。有时作为时间副词，意义上相当于"一直、始终、最终"；有时作语气副词，相当于"真、果真，毕竟，竟然"，其中以表"竟然"义为主要用法；有时相当于范围副词"全、都、完全"。如：

（129）说罢，一直入内院去了。文华怕极，日夜登门，严嵩父子通不见面。文华竟是没法。（《绿野仙踪》75 回）

（130）国宾又痛哭道："王先生，你听我说。"遂将于冰在家如何长短，说了一遍。王经承听了也着急起来，道："如此说，他竟是逃走了。你拿他写的书字来我看看。"（《绿野仙踪》6 回）

（131）于冰推辞间，已摆满一桌，约有二十余种奇葩异果，竟是中国海外珍品杂陈。（《绿野仙踪》72 回）

副词"竟"在《红楼梦》中意义繁复，用法更为灵活①。与《绿野仙踪》中相同的是，"竟"有时为时间副词，有时为语气副词，有时为范围副词。

（1）"竟"为时间副词时，意义上相当于"一直、始终、最终"。如：

（132）因此他尊人也曾下死笞楚过几次，无奈竟不能改。每打的吃疼不过时，他便姐姐妹妹乱叫起来。（《红楼梦》2 回）

（133）妙玉本欲扶灵回乡的，他师父临寂遗言，说他"衣食起居不宜回乡，在此静居"后来自然有你的结果，所以他竟未回乡。（《红楼梦》18 回）

（2）"竟"为语气副词时，相当于语气副词"真、果真、果然，毕竟，竟然"。如：

（134）谁知自娶了他令夫人之后，倒上下无一人不称颂他夫人的，琏爷倒退了一射之地；说模样又极标致，言谈又爽利！心

---

① 参见何旦《论〈红楼梦〉中的虚词"竟"》，《镇江师专学报》（社会科学版）1991 年第 4 期。

机又极深细，竟是个男人万不及一的。(《红楼梦》2 回)

（135）天下真有这样标致的人物，我今儿才算见了！况且这通身的气派，竟不象老祖宗的外孙女儿，竟是个嫡亲的孙女。(《红楼梦》22 回)

(3) "竟" 有时相当于范围副词 "全、都"。如：

（136）通共每人只有两三个丫头象个人样，余者纵有四五个小丫头子，竟是庙里的小鬼。(《红楼梦》74 回)

《红楼梦》中 "竟" 除了这三种用法以外，有时意义上表示程度加深，相当于程度副词 "更、还"；有时相当于 "还是、不如"，表示说话人经过比较、思考以后做出的选择；有时相当于转折副词 "却"。如：

（137）狗儿笑道："不妨我教你老人家一个法子：你竟带了外孙子板儿，先去找陪房周瑞，若见了他，就有些意思了……"(《红楼梦》6 回)

（138）茗烟道："熟近地方，谁家可去？这却难了。" 宝玉笑道："依我的主意，咱们竟找你花大姐姐去，瞧他在家作什么呢。"(《红楼梦》19 回)

（139）贾芸笑道："求叔叔这事，婶子休提。我昨儿正后悔呢。早知这样，我竟一起头求婶子，这会子也早完了，谁承望叔叔竟不能的。"(《红楼梦》24 回)

(十六) 却

关联副词 "却" 在《绿野仙踪》与《红楼梦》中都可用于转折复句的后分句中，表示前后分句的关系为转折关系。有时，前分句有转折连词 "虽" 与 "却" 呼应使用。如：

（140）可惜此公下这般身分，却无济于事，而奸党亦不能除。（《绿野仙踪》75回）

（141）如玉虽年来穷苦，酒肉却日日少不得……（《绿野仙踪》72回）

（142）袭人笑道："我们都去了使得，你却去不得。"（《红楼梦》62回）

（143）原来是一个丫鬟，在那里撷花，生得仪容不俗，眉目清明。虽无十分姿色，却亦有动人之处。（《红楼梦》1回）

（144）原来那黛玉虽则病势沉重，心里却还明白。（《红楼梦》97回）

《绿野仙踪》与《红楼梦》一样，"却"既可以位于后分句主语之后，也可以位于后分句主语之前。如：

（145）如玉虽年来穷苦，酒肉却日日少不得。（《绿野仙踪》72回）

（146）似你虽出身大盗，却存心磊落光明，我就不用试你了。（《绿野仙踪》26回）

（147）那雨村心中虽十分惭恨，却面上全无一点怨色……（《红楼梦》2回）

（148）原来那黛玉虽则病势沉重，心里却还明白。（《红楼梦》97回）

"却"在《绿野仙踪》与《红楼梦》中的用法也存在不同之处，表现在以下两点。

1. 《绿野仙踪》中关联副词"却"位于后分句主语之前的使用频率比《红楼梦》中"却"位于后分句主语之前的使用频率高，前者的使用频率约是后者的两倍。

《绿野仙踪》中，"却"位于后分句主语之前的共有15例；而

《红楼梦》中，"却"位于后分句主语之前的共有8例。如：

（149）二妖见于冰举动虽有些自大，却语言温和，面色上无怒气。（《绿野仙踪》72回）

（150）邢德全虽系邢夫人之胞弟，却居心行事大不相同。（《红楼梦》75回）

（151）虽是厨役之女，却生的人物与平、袭、晴、紫、鸳同类。（《红楼梦》60回）

2.《红楼梦》中"却"经常和"说"组合构成"却说"，表示话题的转换；而《绿野仙踪》中副词"却"没有这样的用法，在转换话题时用"且说"。

《红楼梦》中，"却说"经常位于一段的开始，表示话题的转换，"却说"表示话题转换在《红楼梦》中共有63例，其中前八十回有28例，后四十回有35例。如：

（152）道人道："既如此，便随你去来。"却说甄士隐俱听得明白，但不知所云蠢物系何东西，遂不禁上前施礼……（《红楼梦》1回）

（153）却说贾母刚吃完了饭，盥漱了歪在床上说闲话儿，只见小丫头子告诉琥珀……（《红楼梦》88回）

《绿野仙踪》中不用"却说"表示话题的转换，而是用"且说"和"话说"表示话题的转换，"且说""话说"表示话题转换的分别有55例和48例。如：

（154）且说冷于冰自被和尚劫骗后，下了石佛岩。他也心无定向，到处访问高明。（《绿野仙踪》10回）

（155）前回言冷于冰在玉屋沿修炼，这话不表。且说连城璧，自冷于冰去后，又隔了三年有余，思念他胞兄国玺……
(《绿野仙踪》13 回)

另有 1 例"且说"用在小说的开头，起到引出话题的作用。如：

（156）且说明朝嘉靖年间，直隶广平府成安县有一绅士，姓
冷名松，字后凋。其高祖冷谦，深明道术……（《绿野仙踪》
1 回）

关联副词"却"在《绿野仙踪》中位于后分句主语之前的用例
高于《红楼梦》，其原因也是作者语言风格不同造成的①。表示话题
转换时，《绿野仙踪》多用"且说、话说"，而《红楼梦》常用"却
说"，这是作者的语言习惯不同造成的。

（十七）便/就

"便"与"就"作为关联副词，都可以用于因果式复句、推断式
复句、假设式复句和条件式复句的后分句中，对前后分句起连接作
用。关联副词"便"和"就"的意义和用法区别甚微，但是它们在
《绿野仙踪》与《红楼梦》中的使用情况有所不同，主要表现在以下
两点。

1.《绿野仙踪》中"便"的使用频率远远低于"就"的使用频
率，而《红楼梦》中"便"和"就"的使用频率基本持平。

《绿野仙踪》中，关联副词"便"用于因果式、推断式、假设式
和条件式这四类有标复句中共 75 例，关联副词"就"用于这四类有
标复句中共 109 例，"便"和"就"的使用比例为 75∶109，"便"
的使用频率远远低于"就"的使用频率。

《红楼梦》中，关联副词"便"用于因果式、推断式、假设式和

---

① 与"却"在《绿野仙踪》和《儒林外史》中产生差异的原因相同，本书第三章第
二节中已有分析，故不再赘述。

条件式这四类有标复句中共 114 例,关联副词"就"用于这四类有标复句中共 113 例,"便"和"就"的使用比例为 114∶113,"便"和"就"使用频率基本持平。

（157）宝玉虽见宝钗不来,心中纳闷,因黛玉来了,便把想宝钗的心暂且搁开。(《红楼梦》91 回)

（158）这四个人单在内茶房收管杯碟茶器,若少一件,便叫他四个分赔。(《红楼梦》14 回)

（159）他既是你女婿,便带了你去亲见太爷面禀,省得乱跑。(《红楼梦》2 回)

（160）大凡那王公卿相人家的子弟,只一生长下来!暗里便有许多促狭鬼跟着他……(《红楼梦》25 回)

（161）大爷同他在个铺子里吃饭喝酒,因为这当槽儿的尽着拿眼瞟蒋玉菡,大爷就有了气了。(《红楼梦》86 回)

（162）若迟了一步,回事的人多了,就难说话了。(《红楼梦》6 回)

（163）老爷既荣任到这一省,难道就没抄一张本省"护官符"来不成?(《红楼梦》4 回)

（164）只要办得妥当,就可复职。(《红楼梦》107 回)

例（157）至例（160）中,关联副词"便"分别用于因果式复句、假设式复句、推断式复句和条件式复句中;例（161）至例（164）中,关联副词"就"分别用于因果式复句、假设式复句、推断式复句和条件式复句中。

2.《绿野仙踪》中,关联副词"便"和"就"都是与假设连词"若"搭配使用最多;而《红楼梦》中,关联副词"便"与因果连词"因"搭配使用最多,"就"与连词"既"搭配使用最多。

《绿野仙踪》中,"便"用于四类有标复句共 75 例,其中和假设连词"若"搭配使用有 33 例,和连词"既"搭配使用有 12 例,和

"因"搭配使用，即"因……便"的形式有9例。

《红楼梦》中，"便"用于四类有标复句共114例，其中和"因"搭配使用52例；"就"用于四类有标复句共113例，其中和"既"搭配使用有35例，和"若"配对使用次之，有33例。

(165) 只因尚未酬报灌溉之德，故其五内便郁结着一段缠绵不尽之意。(《红楼梦》1回)

(166) 半夜中，霍启因要小解，便将英莲放在一家门槛上坐着。(《红楼梦》1回)

(167) 二奶奶今日不来就罢，既来了，就依不得你老人家了。(《红楼梦》7回)

(168) 王夫人又道："既有这个名儿，明儿就叫人买些来吃。"(《红楼梦》28回)

(169) 茗烟又嘱咐他不可拿进园去，"若叫人知道了，我就吃不了兜着走呢。"(《红楼梦》23回)

(170) 凤姐儿道："菜里若有毒，这银子下去了就试的出来。"(《红楼梦》40回)

例（165）、例（166）中"便"和因果连词"因"相呼应；例（167）、例（168）中"就"和"既"相呼应；例（169）、例（170）中"便"和假设连词"若"相呼应。

（十八）皆

范围副词"皆"，表示全部，没有例外，在《绿野仙踪》和《红楼梦》中的使用频率都很高。《红楼梦》共出现"皆"395例，《绿野仙踪》中共有417例。虽然两书中的使用频率相当，但用法上存在差异，主要表现在以下三方面。

1. "皆"与名词连用在两书中的使用频率个同。

"皆"在语义上限定句子主语的范围，一般出现在谓语动词之前。"皆"也可以和名词连用，表示某个范围之内全是某物。《红楼梦》

中只出现 10 例，远远少于《绿野仙踪》中的 47 例。如：

（171）再如李龟年、黄幡绰、敬新磨、卓文君、红拂、薛涛、崔莺、朝云之流：此皆易地则同之人也。（《红楼梦》2 回）

（172）于冰低头沉吟了好半晌，说道："先生皆金石之言，晚生敢不如命。"（《绿野仙踪》2 回）

（173）于冰道："方才对敌众大汉，并将军和军师先生，皆何物？"（《绿野仙踪》16 回）

例（171）至例（173）中"皆"引导的名词既可以是单个名词，也可以是带有修饰语的名词性短语，还可以是带有名词特征的疑问代词。

《红楼梦》中表示某范围内普遍存在某物一般使用"皆+是/系"的形式，共计 54 例；《绿野仙踪》中仅出现 12 例。如：

（174）其钗环裙袄，三人皆是一样的妆饰。（《红楼》3 回）

（175）这烟火皆系各处进贡之物，虽不甚大，却极精巧，各色故事俱全。（《绿野仙踪》54 回）

（176）亏得吏部尚书徐阶、户部尚书李本，两人皆系明帝宠信大臣，严嵩方准了情面，才许文华入席。（《绿野仙踪》75 回）

《绿野仙踪》中范围副词"皆"经常与名词直接连用，表示普遍存在某物，《红楼梦》中常是"皆+是/系+名词"的结构形式。

2. 《绿野仙踪》中"皆"能与其他范围副词连用，《红楼梦》中很少出现。

《绿野仙踪》中的"皆"可以和"尽、俱"等其他范围副词连用，这种形式在《红楼梦》中出现很少。《绿野仙踪》中"尽皆"共出现 10 例，"俱皆"出现 27 例，"皆都"出现 1 例；《红楼梦》中只有"尽皆"1 例。如：

（177）各州县官因钱粮难比，将富户们捐助的银两米谷，不过十分中与我们散一二分，其余尽皆克落在腰内。（《绿野仙踪》39 回）

（178）然他手下兵将，岂尽都是无用的？（《绿野仙踪》74 回）

（179）众官一见，俱皆魂销魄散，目荡神移。（《绿野仙踪》26 回）

（180）想起此言，不觉将素日想着后来争荣夸耀之心尽皆灰了，眼中不觉滴下泪来。（《红楼梦》31 回）

例（177）至例（180）中的"皆"与"尽、俱"等连用，限定其前的成分范围，意义和单独的"皆、俱、都"相同。

3.《绿野仙踪》中"皆"可修饰限定小句，《红楼梦》中没有此种用例。

范围副词"皆"在《绿野仙踪》中可以与小句相连，《红楼梦》中没有出现用例。如：

（181）于冰道："此皆我说迟了一步，致令家中人传出去。也罢了。"（《绿野仙踪》15 回）

（182）于冰道："字讳皆学生父亲所命，即以字作名，有何不可？"（《绿野仙踪》1 回）

例（181）、例（182）中"皆"后的成分"我说迟了一步""学生父亲所命"都是主谓结构组成的小句，这种用法在《红楼梦》中没有发现。

"皆"修饰名词或小句的用法出现的时间较早，《绿野仙踪》中"皆"的用法多与早期一致，反映了作者用词的典雅。

（十九）一味家

"一味家"，在《绿野仙踪》中为情状方式副词，与"一味"的意义相同，表示不顾客观条件和情况，固执地坚持某种行为或动作。《绿野仙踪》中"一味家"共3例。如：

（183）那里像这些酸丁，日日抱上书，明念到夜，夜念到明，也不管东家喜怒忙闲，一味家干他的事。（《绿野仙踪》28回）

（184）朱文炜这厮，少年不达时务，一味家多管闲事。（《绿野仙踪》73回）

（185）（冷于冰）一味家拼命死战，必无是理。（《绿野仙踪》94回）

《绿野仙踪》中除了使用"一味家"外，还使用情状方式副词"一味"，仅1例。如：

（186）又见金钟儿一味与如玉打热，不和他一心一意的弄钱……（《绿野仙踪》54回）

《红楼梦》中没有出现"一味家"的用例，只有"一味"的用例。"一味"在《红楼梦》中共33例，前八十回有22例，后四十回有11例。如：

（187）若一味要省时，那里不搜寻出几个钱来。（《红楼梦》56）

（188）皆因他一时看的人都不及他，只一味哄着老太太太太两个人喜欢，他说一是一，说二是二，没人敢拦他。（《红楼梦》65回）

（189）你也该学些人功道理，别一味的贪玩。（《红楼梦》82回）

"一味家"在意义上与"一味"相同,《绿野仙踪》中两者都有用例,但《红楼梦》中只出现"一味",没有出现"一味家"的用例。同时《绿野仙踪》中还出现"家"作词尾构成的副词"终日家""逐日家",这两个副词与"逐日""终日"意义相同。因此我们认为是一种方言现象,其中的"家"可以看作是方言中的副词词尾。

(二十) 休

"休"作为否定副词有两种意义:一是表示单纯性否定;二是表示禁止劝阻。"休"在《绿野仙踪》和《红楼梦》中的用法存在不同之处,表现在以下三方面。

1. "休"在两书中的使用频率不同。

《绿野仙踪》中,否定副词"休"共出现132例;《红楼梦》中,"休"共出现43例,其中前八十回有36例,后四十回有7例。可见"休"在《绿野仙踪》中的使用频率明显高于《红楼梦》中的使用频率。

2. "休"在两书中表示的意义不同。

《绿野仙踪》中,"休"表示两种意义。"休"共132例,其中表示单纯否定有20例,表示禁止劝阻112例。如:

> (190) 二哥休要多心,我止与你弄来三十两银子。(《绿野仙踪》20回)
>
> (191) 城璧笑说道:"我这汉子粗长,只休要将磁罐撑破。"(《绿野仙踪》36回)

例(190)中"休"表示禁止劝阻;例(191)中表示单纯否定,相当于否定副词"不"。

《红楼梦》中,"休"全部用于祈使句中表示禁止劝阻意义。如:

> (192) 妙玉遂提笔一挥而就,递与他二人,道:"休要见笑……"(《红楼梦》76回)

（193）王夫人忙劝道："快休乱说……"（《红楼梦》76 回）

无论作为单纯否定副词还是表示禁止的否定副词，《绿野仙踪》中"休"的使用频率都远远高于《红楼梦》。

3. 《绿野仙踪》中使用"休说"表示让步，而《红楼梦》中使用"别说"表示让步。

《绿野仙踪》中表示禁止的否定词"休"与"说"组合，表示让步，其后经常与"就是……也……"连用。如：

（194）休说你浑身都是夹衣，就便是皮衣，也包你冻死。（《绿野仙踪》8 回）

（195）休说太夫人是六十以外之年，就是一少年壮盛人，也当受不起。（《绿野仙踪》41 回）

《红楼梦》中出现"休说"两例，但都不表达让步意义，《红楼梦》中表示让步时采用禁止副词"别"与"说"组合。如：

（196）这会子热剌剌的说一个去，别说他是个实心的傻孩子，便是冷心肠的大人也要伤心。（《红楼梦》57 回）

（197）别说一千两的当头，就是现银子要三五千只怕也难不倒。（《红楼梦》72 回）

"休"在《绿野仙踪》中的使用频率明显高于《红楼梦》，意义和用法也有差异，这是受不同方言的影响造成的。宋代以后，禁止副词出现了地域分化，"休"多用于北方方言。到清代时，北京、河北、山东出现了新的否定副词"别"①，并在与"休"的竞争中处于优势。《红楼梦》是以北京话为基础的白话小说，表示禁止时多使用"别"，因此

---

① 参见江蓝生《禁止词"别"考源》，《语文研究》1991 年第 1 期。

"休"的用例减少。同样表示让步时，使用"别说"的形式。《绿野仙踪》中仍然使用"休"和"休说"。在同属北方方言小说的《歧路灯》中，也多用"休"；而同属北京话小说的《儿女英雄传》中也多用"别"。

第三节 《绿野仙踪》副词与《儿女英雄传》副词比较

一 《绿野仙踪》副词与《儿女英雄传》副词比较概述

我们将《绿野仙踪》中的副词与《儿女英雄传》中的副词进行对比，这种横向对比，既有助于深入认识《绿野仙踪》中副词的特点，也有助于全面认识清代副词的特点。

《儿女英雄传》成书于清代晚期，作者文康，全书40回，约有40万字。小说讲述的是安学海父子的仕途生活，描绘了整个社会特别是官场的黑暗和腐败。虽然作品在思想上维护封建社会腐朽制度的道德风范，显现出作者的阶级局限性。但是，它在艺术技巧上和语言学方面的价值是值得肯定的。胡适先生曾说，《儿女英雄传》的特别之处，在于语言的生动、漂亮、俏皮、诙谐有风趣，称赞它为"绝好的京语教科书"。作者用北京话来写作，小说的语言活泼、传神、风趣、俏皮，常令读者忘却了其创作思想的迂庸肤浅，而陶醉于精彩的语言所带来的愉悦之中。可见，《儿女英雄传》具有很高的语料价值。

《绿野仙踪》和《儿女英雄传》都成书于清代，因此两书中的副词有许多相同之处。相同之处主要表现在：两书中副词的总量相当，都是双音节副词占优势，并且大多数副词的意义和用法相同，如副词"颇、好生、更、太、曾经、终于、索性、必、都"等。程度副词"颇"在两书中都是既可表示程度高，也可表示程度低。副词"好生"在两书中都有表程度高和表情状方式两种意义。如：

（1）再说与你主母，好生管教元相公用心读书，不得胡乱出门。（《绿野仙踪》6回）

（2）如玉想起昔日，一旦到这步时候，心上好生惭愧。（《绿野仙踪》64回）

（3）你可好生的看着那包袱，等我把这门户给你关好，向各处打一照再来。（《儿女英雄传》6回）

（4）那穿月白的女子纳闷道："这个人来的好生作怪……"（《儿女英雄传》7回）

例（1）和例（3）中"好生"为情状方式副词，意义为"好好（地）"；例（2）和例（4）中"好生"表示程度高，意义与"好"相当。

《绿野仙踪》和《儿女英雄传》中副词的相同之处还表现在，虽然有些副词的意义和用法在两书中存在差异，但它们的基本意义和基本用法一般都相同。如时间副词"将"，在《儿女英雄传》中是表示初始义的时间副词，相当于"刚"，而《绿野仙踪》中没有这种意义。虽然"将"在两书中的用法存在差异，但都可作表示将来、未然义的时间副词。

由于作者的语言习惯或偏好不同，或者受作者所持方言的影响，或由于成书时间早晚不同①，两书中的副词在使用频率、意义和用法上也存在一些差异，主要表现在以下三个方面。

1. 有些副词仅在《绿野仙踪》中出现，而《儿女英雄传》中没有用例，如副词"平空里、刚才、每常、时时、终日家、妄自、暗暗、独自、分别、一味家、顶"等。如：

（5）且说冯剥皮平空里得了一万银子，心上快活不过……（《绿野仙踪》39回）

---

① 《儿女英雄传》比《绿野仙踪》成书约晚一百年。

（6）我家大爷自与太太做了干儿子，时时心上想个孝敬太太的东西。（《绿野仙踪》82回）

（7）他母亲刚才亡过年余，他妻子洪氏又得了吐血的病；不上三两个月，也病故了。（《绿野仙踪》43回）

（8）话说温如玉在郑三家当嫖客，也顾不得他母亲服制未满，人情天理上何如，一味里追欢取乐。（《绿野仙踪》44回）

2. 有些副词仅在《儿女英雄传》中出现，而《绿野仙踪》中没有用例，如副词"老、老大、颇颇、怪、益加、刚刚、将才、将将、死活、别"等。如：

（9）原来依照安太太的意思，从老早就张罗要给儿子精精致致地从头置份考具，无奈老爷执意不许。（《儿女英雄传》34回）

（10）安老爷平日虽是方正严厉，见这等娇生惯养一个儿子，为了自己远路跋涉而来，已是老大的心疼。（《儿女英雄传》12回）

（11）如今是你肥猪拱门，我看你肥猪拱门的这片孝心，怪可怜见儿的，给你留个囫囵尸首……（《儿女英雄传》5回）

（12）这其间却有一关颇颇的难过，倒得设个法子才好。（《儿女英雄传》23回）

（13）老爷正在为难，将将船顶码头，不想恰好这位凑趣儿的舅太太接出来了。（《儿女英雄传》23回）

3. 有些副词在《绿野仙踪》和《儿女英雄传》中都有用例，如副词"正在、将、究竟、端的、毕竟、可、却、不、未、亦、极、很、甚"等，但它们在使用频率、意义和用法上却存在差异。如在《儿女英雄传》中，关联副词"却"都位于转折复句后分句主语之后，与现代汉语的用法一致；而《绿野仙踪》中，"却"既可位于后分句主语之后，也可位于后分句主语之前。如：

（14）有几家亲友子弟，因他的学问高深，都送文章请他批评改正，一天却也没些空闲。（《儿女英雄传》1回）

（15）想起当年到山西，遇一连城璧，虽系侠客，却存心光明磊落……（《绿野仙踪》14回）

进行横向对比时，我们着重从使用频率、所表意义、组合能力及句法功能等角度对两书中都出现且意义和用法存在不同的副词进行对比，找出它们的差异，并力求对产生这些差异的原因进行解释。

二 《绿野仙踪》副词与《儿女英雄传》副词个案比较

本节我们选取《绿野仙踪》中"极、甚、究竟、端的、将、方才、通共、亦"等副词与《儿女英雄传》进行对比，从使用频率、所表意义、组合能力等角度探求它们在两书中的差异，并力求对差异产生的原因进行解释。

（一）极

"极"表示程度很高，达到了极点，它作程度副词的用法在先秦时已有用例，一直到现代汉语中都是很常用的程度副词。"极"在《绿野仙踪》与《儿女英雄传》中的用法存在不同之处，主要有以下两点。

1. 程度副词"极"在两书中的主要功能不同。

《绿野仙踪》中，程度副词"极"以作状语为主要功能，作补语为次要功能。"极"共有277例，其中作状语259例，作补语18例。如：

（16）献述道："好极，好极！这是我头一件结记你处。再次你的功名如何，怎么乡会试题名录并官爵录，总不见你的名讳。"（《绿野仙踪》4回）

（17）见林桂芳正在，文炜喜极，便将适才见冷于冰如何长短，说了一番。（《绿野仙踪》29回）

（18）如玉道："想是他气恨极了，所以才一言不发。"（《绿野仙踪》59 回）

《儿女英雄传》中，程度副词"极"以作补语为主要功能，做状语居于次位。"极"共有 51 例，其中作状语 22 例，作补语 29 例。如：

（19）安老爷连忙道："老哥哥肯如此，好极了。但是我办得来的、弄得来的，必能报命。"（《儿女英雄传》32 回）

（20）张老道："有，我车上捎着个带马褥子的软屉鞍子呢。"十三妹道："那就巧极了，牲口也有了……"（《儿女英雄传》10 回）

（21）金、玉姊妹听了这话，齐声说："舅母这话说得是极了。再还有一说，人第一难得是彼此知道个性情儿。"（《儿女英雄传》40 回）

2. 程度副词"极"作补语时的组合能力不同。

《绿野仙踪》中，程度副词"极"作补语通常位于动词之后。《绿野仙踪》中"极"作补语共 18 例，其中 14 例"极"位于动词之后作补语，4 例位于形容词之后作补语。如：

（22）方才又说起他媳妇承老长兄几千里家安顿他，这是何等的热肠！且能未动先知，真正教人爱极怕极。（《绿野仙踪》30 回）

（23）先生乐极，又要取他的著作教于冰看。（《绿野仙踪》7 回）

《儿女英雄传》中，程度副词"极"全部位于形容词后作补语。《儿女英雄传》中"极"作补语共有 29 例，其中位于形容词"好"

之后有 22 例，位于形容词"是"之后有 3 例，位于形容词"巧"之后有 2 例，位于形容词"通"之后有 2 例。如：

（24）如今我们娘儿们既不能去，有大姐姐你替我辛苦这一荡，好极了，我也不说甚么了。（《儿女英雄传》40 回）

（25）邓九公道："是啊！要果然是这桩事，可就算来的巧极了。一则那东西是你一件传家至宝，我呢，如今又不出马了。"（《儿女英雄传》17 回）

"极"在两书中的句法功能存在差异，《绿野仙踪》中以作状语为主，而《儿女英雄传》中则以作补语为主。我们认为这主要是由于两书成书年代不同造成的。清代中叶以后，"很、十分"等程度副词逐渐活跃，它们在句中作状语挤压了"极"作状语的空间；同时，双音节词"极其、极为"使用较多，进一步挤压了"极"作状语的空间，因此到清代晚期的《儿女英雄传》中"极"作补语的用例较多。而《绿野仙踪》成书于清代中期，受这种变化的影响略小些，因此"极"作状语的用例较多。

（二）甚

"甚"表示程度高，意义上相当于"很、非常"。"甚"作为程度副词，先秦时已有用例，一直到明清时期它的使用频率都很高。程度副词"甚"在《绿野仙踪》与《红楼梦》中用法的不同表现在以下两个方面。

1. 程度副词"甚"的使用频率不同。

《绿野仙踪》中程度副词"甚"共出现 232 例，句法组合形式多样，以修饰单音节形容词为主，共 114 例，修饰双音节形容词、动词及动词性短语共 118 例。

《儿女英雄传》中程度副词"甚"共有 40 例，句法组合形式上，以修饰单音节形容词为主，共 27 例，修饰双音节形容词 1 例，"不+甚"的结构形式 12 例。如：

（26）况且浙江离淮安甚近，寄去也甚便。老师这事情大概也就可挽回了。龙媒，你不必过于惦记，把身子养得好好儿的。（《儿女英雄传》3 回）

（27）老爷看那两间屋子，苇席棚顶，白灰墙壁，也挂两条字画，也摆两件陈设，不城不村，收拾得却甚干净。（《儿女英雄传》14 回）

（28）淘气起来，莫说平人说他劝他不听，有时父兄的教训他也不甚在意。年交七岁，纪太傅便送他到学房随哥哥读书。（《儿女英雄传》18 回）

2. 与《绿野仙踪》相比，《儿女英雄传》中没用出现"甚不"的结构形式。

《绿野仙踪》中程度副词"甚"可以修饰否定成分，构成"甚+不"的格式，表示对否定成分的强调，共出现 8 例。而《儿女英雄传》中却没有出现这种形式。如：

（29）随用手在城璧头发胡须上摸了几下，顷刻变的须发尽白。城璧看见，心上甚不爽快。（《绿野仙踪》27 回）

（30）到反念严嵩在阁最久，没一天不和他说几句话儿，一旦逐去，心上甚不快活，不由的迁怒在邹应龙身上。（《绿野仙踪》92 回）

"不甚"在《绿野仙踪》与《红楼梦》中均有用例，在《绿野仙踪》中有 13 例，在《儿女英雄传》中有 12 例。"不甚"表示对否定性语气有所减弱，语气上显得委婉。如：

（31）早午晚总有两碗饭落肚，大便还有浓血，却每次粪多于脓，腹中亦不甚疼痛。（《绿野仙踪》41 回）

（32）淘气起来，莫说平人说他劝他不听，有时父兄的教训

他也不甚在意。(《儿女英雄传》18 回)

"甚"在两书中的使用频率存在较大差异,我们认为这主要是由作者的语言风格不同造成的,同时也受到成书时间早晚的影响。"甚"在先秦时已产生,一直到明清时期使用频率都很高。清代中叶以后,"甚"开始萎缩,到现代汉语中仅使用于书面语中。在表达程度高的意义时,《绿野仙踪》的作者倾向于使用较传统的副词"甚",而《儿女英雄传》的作者较多使用新兴的程度副词"很、十分"等,因此"甚"在《绿野仙踪》中的使用频率较高。同时,《儿女英雄传》成书于清代晚期,此时"甚"进一步萎缩,而"很、十分"等词迅速兴起,因此成书时间不同也是差异产生的不可忽视因素。

(三)很

"很"表示程度高,它作程度副词的用法大约产生于元代,清代中期用例逐渐增多,一直到现代汉语中都是很常用的程度副词。"很"在《绿野仙踪》与《儿女英雄传》中的不同之处表现在以下两方面。

1. "很"在两书中的使用频率不同。

《绿野仙踪》中,"很"共出现 13 例,均写作"狠"。《儿女英雄传》中,"很"共出现 68 例,均写作"很"。可见"很"在《绿野仙踪》与《儿女英雄传》中的使用频率存在明显不同。

2. "很"在《绿野仙踪》中只作补语,而在《儿女英雄传》中以作状语为主,有时还可作补语。

《绿野仙踪》中,"狠"只作补语,没有出现作状语的用例。如:

(33)于冰道:"到没什么怕处。只是上面冷的狠,风大的了不得。"(《绿野仙踪》12 回)

(34)于冰此时心上有些明白,却不知身在何地,只觉得内急的狠。(同上)

(35)城璧道:"我口渴的狠,若无茶,凉水也罢。"(《绿野

仙踪》27 回）

《儿女英雄传》中，"很/狠"在句中以作状语为主，同时还可作句子的补语。

（1）"很/狠"在句中作状语。《儿女英雄传》中，此类用法共有48 例，句法功能上以修饰形容词为主，也可修饰动词及动词性短语，包括动宾短语、状中短语及动补短语。如：

> （36）公子便取出那封信来，又拿了一吊钱，向他道："你去很好……"（《儿女英雄传》4 回）
>
> （37）那前任请的朋友钱公就很妥当，你就请他蝉联下去罢。（《儿女英雄传》2 回）
>
> （38）老爷点头道："这都很难为你。你歇歇儿也就回去罢，家里没人。"（《儿女英雄传》22 回）
>
> （39）那个小子是给那一个盐政钞官坐京的一个家人——叫作甚么东西——的个儿子，家里很过得。（《儿女英雄传》40 回）
>
> （40）褚大娘子道："二叔很不笑话，我们也不可笑。"（《儿女英雄传》15 回）

例（36）、例（37）中"很"分别修饰单音节形容词"好"和双音节形容词"妥当"；例（38）中修饰动宾短语"难为你"；例（39）中修饰动宾短语"过得"；例（40）中修饰状中短语"不笑话"。

（2）"很"在句中作补语。《儿女英雄传》中，此类用法共有11 例。如：

> （41）究竟到了出榜，还是个依然故我，也无味的很，所以我今年没存稿子。（《儿女英雄传》40 回）
>
> （42）这位钦差来得严密得很，只带着两个家人，坐了一只小船儿……（《儿女英雄传》13 回）

（43）不必看了，不必看了，我晓得这庙里娘娘的签灵的很呢！（《儿女英雄传》38 回）

"很"在《绿野仙踪》中的使用频率低于《儿女英雄传》，这主要是作者的语言风格不同造成的。一方面，上文我们已经提到，"很"是一个新兴的程度副词。在表达程度高的意义时，《绿野仙踪》的作者倾向于使用较传统的副词"甚"，因此"很"的用例就相对减少。另一方面，《儿女英雄传》成书于清代晚期，此时"很"已经活跃起来，因此成书年代早晚也是产生差异的不可忽视因素。

（四）"越 A 越 B"连用式

"越"作为程度副词，表示事物、动作的程度因某种原因的影响而加深，相当于"更加"。"越 A 越 B"连用式表示后者随着前者的变化而变化。《绿野仙踪》与《儿女英雄传》相比不同之处为，《儿女英雄传》中"越 A 越 B"连用式形式上比《绿野仙踪》更自由，语义上比《绿野仙踪》更丰富。

1. 形式上，《绿野仙踪》的"越 A 越 B"连用式没有《儿女英雄传》自由。《绿野仙踪》中"越 A 越 B"连用式采用的都是紧缩句的形式，而《儿女英雄传》中既有紧缩句的形式，也有"越……，越……"的形式。

《绿野仙踪》中"越 A 越 B"连用式采用的都是紧缩句的形式，中间不用逗号隔开。如：

（44）郑三在南房里气的睡觉，头前听的骂也就装不知道，后来听着越骂越刻毒，脸上下不来……（《绿野仙踪》56 回）

（45）掷了没半顿饭时，乔武举越赢越气壮，文魁越输越气馁，顷刻将三百银子输了个干净，还欠下四十余两。（《绿野仙踪》23 回）

（46）体仁乱嚷道："不成话了！谁家寒士，还讲究衣服、被褥？越穷人越敬重。"（《绿野仙踪》79 回）

《儿女英雄传》中"越 A 越 B"连用式，既有紧缩句的形式，也有非紧缩句的形式，中间用逗号隔开。如：

（47）却说他站在那棺材的后头，看了两个长工做活，越是褚一官这里合人说话，他那里越吵吵得紧。（《儿女英雄传》17 回）

（48）世上偏有等不争气没出豁的男子，越是遇见这等贤内助，他越不安本分，一味的啖腥逐臭。（《儿女英雄传》27 回）

（49）京城地方的局面越大，人的眼皮子越薄。（《儿女英雄传》32 回）

2. 语义上，《绿野仙踪》中的"越 A 越 B"连用式表达的语义没有《儿女英雄传》丰富。

《绿野仙踪》中，A 和 B 之间的关系只有正比倚变关系。如：

（50）于冰道："可将长绳子弄几十条来，越多越好。"（《绿野仙踪》36 回）

（51）掷了没半顿饭时，乔武举越赢越气壮，文魁越输越气馁，顷刻将三百银子输了个干净，还欠下四十余两。（《绿野仙踪》23 回）

《儿女英雄传》中 A 和 B 之间的关系既有正比倚变关系，也有反比倚变关系。如：

（52）京城地方的局面越大，人的眼皮子越薄。（《儿女英雄传》32 回）

（53）那知这话越平淡越动性，越琐碎越通情。姑娘是个性情中的人，岂有不感化的理？（《儿女英雄传》19 回）

（54）偏偏那女子又是有意而来，彼此阴错阳差，你越防他，

他越近你，防着防着，索兴防到自己屋里来了。(《儿女英雄传》
5 回)

《绿野仙踪》与《儿女英雄传》也有相同之处，即都有"越……
越……"连环形式。《绿野仙踪》中有 1 处，如：

（55）越气越恼，越恼越气，越气越恨。(《绿野仙踪》
83 回)

《儿女英雄传》中有 2 处"越…越…"的连环形式。如：

（56）这个当儿，越耗雨越不住，雨越不住水越加长，又从
别人的上段工上开了个小口子，那水直串到本工的土泊岸里，刷
成了浪窝子。(《儿女英雄传》2 回)

（57）所以只急得他心里好像"十五个吊桶打水——七上八
下"，一时越着急越没话，越没话越要哭。(《儿女英雄传》
40 回)

"越 A 越 B"连用式，在《绿野仙踪》中只有紧缩式；而在《儿
女英雄传》中既有紧缩式，又有非紧缩式。我们在上文中已分析过，
"越 A 越 B"非紧缩式是在紧缩式的基础上产生的。在《绿野仙踪》
之前的文学作品《醒世姻缘传》中已有非紧缩式的零星用例，说明
此时"越 A 越 B"非紧缩式已出现，但还未普遍应用。《绿野仙踪》
的作者未使用这种新兴且未稳定的形式，表现出作者用语上的严谨、
语言风格上的典雅。

语义上，《绿野仙踪》中"越 A 越 B"连用式只有正比倚变；
《儿女英雄传》中既有正比倚变，又有反比倚变。上文我们已分析
过，"越 A 越 B"连用式多用于人物对话中，经常出现在轻松、随意
的语境中。《儿女英雄传》"越 A 越 B"连用式可表示反比关系，体

现了作者语言上生动、活泼;《绿野仙踪》的作者不倾向于这种表达,仅表示正比倚变,体现了作者庄重、典雅的风格。

(五) 究竟

语气副词"究竟"有两种意义和用法,既可表示肯定、强调的语气,还可表示疑问、深究的语气。"究竟"在《绿野仙踪》与《儿女英雄传》中的用法存在不同之处,表现在以下三个方面。

1. "究竟"在两书中的使用频率不同。

《绿野仙踪》中语气副词"究竟"共20例,而《儿女英雄传》中"究竟"共有73例,《儿女英雄传》中"究竟"的使用频率是《绿野仙踪》的三倍多。

2. "究竟"在两书中表示的意义不同。

《绿野仙踪》中"究竟"只用于陈述句中,根据上下文语境有表"终归、终究"和"其实"两种意义;"究竟"没有出现用于疑问句的用例。如:

(58) 林岱道:"父亲这件事做的过甚了!受害者是朱义弟,我们不过是异姓知己,究竟是外人。他弟兄虽是仇敌,到底是同胞骨肉。"(《绿野仙踪》34回)

(59) 如玉虽说是行乐,究竟是受罪,不但从良的话不敢题,每日除大小便之外,连院中也不敢多走动,恐怕被郑婆子咶噪。(《绿野仙踪》54回)

前一例中"究竟"表示"终究"的意义;后一例中"究竟"表示"其实"的意义。

《儿女英雄传》中语气副词"究竟"共出现73例,其中用于陈述句中有42例,用于疑问句中有31例。"究竟"用于陈述句时没有表示"其实"的意义。如:

(60) 那战国的齐宣王也曾娶过无盐,蜀汉的诸葛武侯也曾

娶过黄承彦之女，都是奇丑无对的。究竟这二位淑女相夫，一个作了英主，一个作了贤相，丑又何妨！（《儿女英雄传》9 回）

（61）只是我想他究竟是个女孩儿，无论甚么样的本领，怎生般的智谋，这万水千山，晓行夜住，一个女孩儿就有多少的难处！（《儿女英雄传》14 回）

（62）看你既不是官员赴任，又不是买卖经商，更不是觅衣求食，究竟有甚么要紧的勾当？（《儿女英雄传》5 回）

（63）安公子便问道："究竟是两个甚么人呢？"（《儿女英雄传》8 回）

前两例中"究竟"用于陈述句，加强肯定强调语气；后两例中"究竟"用于疑问句，表示进一步追究，相当于语气副词"到底"。

3. 《儿女英雄传》中语气副词"究竟"用于陈述句时，后面如果有疑问代词或出现可供选择的并列两项，这时"究竟"仍表示追究的意义。《绿野仙踪》中"究竟"没有出现这种用法。如：

（64）何不转到碑前头读读这统碑文？也考订考订这座庙究竟建自何朝何代。（《儿女英雄传》38 回）

（65）两个骡夫去了半天，也不知究竟找的着找不着那褚一官；那褚一官也不知究竟能来不能来。（《儿女英雄传》4 回）

上述两例中"究竟"都用于陈述句中，前一例中"究竟"后有疑问代词"何"；后一例"究竟"后不是疑问代词，是可供选择的并列项"找的着找不着那褚一官"，此时的"究竟"也表示追究的意义。

"究竟"在两书中的使用频率及用法存在明显差异，这是受作者语言风格不同和成书时间不同两种因素造成的。前文我们已交代，"究竟"始见于唐代，但使用频率在宋元明时期一直很低，且用法单一，只出现表示肯定、强调语气的用法。如在明代白话小说《醒世恒言》《金瓶梅词话》等著作中都没有出现用例，到清代中叶用例才逐渐增多。《绿野仙踪》的作者倾向于使用典雅、古朴的语言，因此"究竟"在《绿野仙踪》中的用例较少；《儿女英雄传》在成书时间上较《绿野仙踪》约晚一百年，此时"究竟"用例增多，用法也逐渐丰富。因此在《儿女英雄传》中"究竟"的使用频率较高，同时表疑问、深究的语气占有一定比例。

（六）端的

"端的"，有语气副词和名词两种用法。语气副词"端的"又有两种意义：一是用作表肯定、强调的语气副词，相当于"确实、真的"；二是用作表疑问、深究的语气副词，相当于"到底、究竟"。"端的"作为名词意为"始末、底细"。"端的"在《绿野仙踪》与《儿女英雄传》中的用法存在不同之处，表现在以下两方面。

1. "端的"在《绿野仙踪》中以作语气副词为主，而在《儿女英雄传》中以作名词为主。

《绿野仙踪》中"端的"共出现24例，其中作语气副词有20例，作名词仅4例。如：

（66）城璧道："老弟端的有何事到此？"千里驹道："我是寻西安张铁棍、宣川陈崇礼、米脂马武金刚、西凉李启元。"（《绿野仙踪》13回）

（67）这宝珠端的是怎样偷去？可从实招来，免得皮肉受苦。（《绿野仙踪》96回）

（68）郭氏道："是我父亲写的，替你出首。县中老爷叫入内书房，问了端的，吩咐我父亲道：'这连城璧等，乃山东泰安州劫牢反狱的叛贼……'"（《绿野仙踪》20回）

（69）酒饭间，问明端的，回家便告诉阎年，说："钱元的女儿，是仙女出世。"（《绿野仙踪》71回）

前两例中"端的"作为语气副词，用于谓语之前作句子的状语；

后两例中"端的"是名词的用法，用于动词之后，作句子的宾语。

《儿女英雄传》中"端的"共 15 例，其中作语气副词共 6 例，作名词则有 9 例，作为名词的使用频率略高于作语气副词的使用频率。如：

（70）那块石头细腻精纯，那砚台盒子上面又密密的镌着铭跋字迹，端的是块宝砚。（《儿女英雄传》10 回）

（71）好容易扎挣起来，奔到这里，问了问寄褚老一的那封信，他并不曾收到，端的是个甚么原故？（《儿女英雄传》14 回）

（72）他见那女子行迹有些古怪，公子又年轻不知庶务……要问个端的。（《儿女英雄传》5 回）

（73）不料一问店家，见他那说话的神情来得诧异，不觉先吃了一大惊，忙问端的。（《儿女英雄传》12 回）

前两例中"端的"作语气副词；后两例中"端的"作名词。

2. "端的"作为语气副词，在两书中的使用频率存在明显不同。

《绿野仙踪》中，"端的"作为语气副词共有 20 例，以表示肯定、强调语气为主，其中表肯定、强调语气有 12 例，表疑问、深究语气有 8 例。如：

（74）再次你的功名如何，怎么乡会试题名录并官爵录，总不见你的名讳，着我狐疑至今，端的是何缘故？（《绿野仙踪》4 回）

（75）面貌是个少年斯文人，脸上没半点凶气，端的不是做大罪恶的人。（26 回）

例（74）中"端的"是表示疑问、深究的语气副词，例（75）中"端的"是表示肯定、强调的语气副词。

《儿女英雄传》中，"端的"作为语气副词共 6 例，其中表肯定、强调语气有 2 例，而表疑问、深究语气有 4 例，可见"端的"以作疑问、深究的用法为主。如：

(76) 那块石头细腻精纯，那砚台盒子上面又密密的镌着铭跋字迹，端的是块宝砚。（《儿女英雄传》10 回）

(77)"端的是都被我杀尽了！"看毕，顺着大殿房脊，回到那禅堂东院，从房上跳将下来。（《儿女英雄传》6 回）

(78) 你回去务必替我请教请教尊翁，这老人合那尊神端的是怎生一个原由……（《儿女英雄传》36 回）

例（76）、例（77）中"端的"是表肯定、强调的语气副词；例（78）中"端的"是表疑问、深究的语气副词。

"端的"在两书中的使用频率不同，我们认为这是作者受不同方言的影响造成的。"端的"主要在中原官话中使用。《绿野仙踪》的作者长期活动在陕西、河南等中原官话区，该书最后在河南完成，其语言难免受到中原官话的影响。我们通过考察反映中原官话的长篇白话小说《歧路灯》发现端倪，"端的"在该书中共出现 20 例，用法上与《绿野仙踪》基本一致。而《儿女英雄传》是用当时的北京话写成的，"端的"的使用频率较低。因此可以断定"端的"在两书中的差异是作者受不同方言的影响造成的。

（七）毕竟

近代汉语中，"毕竟"有三种意义：一是作为肯定强调的语气副词，表示事情的最终结果，相当于"终归、终究"；二是作为语气副词表示对事情肯定性的推断，相当于"一定、必定"；三是作为疑问语气副词加强疑问、深究的语气，相当于"究竟、到底"。语气副词"毕竟"在《绿野仙踪》与《儿女英雄传》中的用法存在不同，表现在以下两方面。

1."毕竟"用于陈述句时，《绿野仙踪》中有表"终归、终究"和"必定、一定"两种意义，而《儿女英雄传》中只有表"终归、终究"的这一种意义。

《绿野仙踪》陈述句中的"毕竟"作为表肯定、强调的语气副词，可表"终归、终究"和"必定、一定"两种意义。如：

（79）如玉道："这几根头发，到也是这小奴才的。毕竟他的比旁人分外黑些。"（《绿野仙踪》50 回）

（80）头带远游八宝貂巾，越显得庞儿俊俏；身穿百折鹅绒缎氅更觉得体态风流。耨史耕经，必竟才学广大；眠宿柳，管情技艺高强。（《绿野仙踪》80 回）

例（79）、例（80）中"毕竟"都用于陈述句，前一例相当于"终归、终究"，后一例相当于"必定、一定"。

《儿女英雄传》中"毕竟"用于陈述句表肯定、强调语气共 9 例，均是表示"终归、终究"的意义，没有出现表示"一定、必定"的用例。如：

（81）谁知儿女英雄作事毕竟不同。他见了这穿月白的女子这等的贞烈，心里越加敬爱……（《儿女英雄传》7 回）

（82）他把心思力量尽到这个分儿上，料定姑娘无不死心塌地的依从了，还愁他作女孩儿的这句话毕竟自己不好出口，因又劝道……（《儿女英雄传》26 回）

（83）公子毕竟是个丈夫，有些胆气，翻身起来，在帐子里穿好了衣服……（《儿女英雄传》31 回）

根据上下文语境，我们知道上面三例中"毕竟"都是表示"终归、终究"的意义。

2.《绿野仙踪》中"毕竟"没有出现作为表疑问、深究语气的用法，而《儿女英雄传》中"毕竟"则有表示疑问、深究语气的用例。

《儿女英雄传》中"毕竟"出现在疑问句中，表示疑问、深究语气的意义有4例。如：

(84) 毕竟那掌柜的老头儿对安公子说出些甚么话来，下回书交代。(《儿女英雄传》11回)

(85) 要知如安公子的好称别号，是他为了难了。怎见得呢？一个人，三间屋子里住着两个媳妇儿，风趣些，卿长卿短罢，毕竟孰为大卿、孰为小卿？(《儿女英雄传》29回)

上面两例中"毕竟"都是表疑问、深究的语气副词，相当于"到底、究竟"。

"毕竟"在两书中的使用频率及用法上的差异，一方面是受不同方言的影响造成的。《绿野仙踪》受中原官话的影响，表达肯定、强调语气和疑问、深究语气时多用与"毕竟"同义的"端的"，因此《绿野仙踪》中"毕竟"用例较少。另一方面，也受到作者写作风格不同的影响。《绿野仙踪》多以诗歌结尾，而《儿女英雄传》有时以设置悬念结尾，"毕竟"作为疑问、深究语气的4例中，3例都是出现在此种语境中。

（八）可

语气副词"可"在《绿野仙踪》中的用法比较单一，共有126例，均是用于疑问句起加强疑问语气的作用，没有出现肯定、强调等其他的用法。如：

(86) 于冰笑的走到街上，忽见一学生赶来，说道："你可知道我家先生作用么？"(《绿野仙踪》7回)

(87) 于冰道："你可听见有人在你耳中说话么？"段祥道："我没听见，我到觉得耳中尝有些冷气贯入。冷爷问这话必有因。"(《绿野仙踪》8回)

语气副词"可"在《儿女英雄传》中的用法比较丰富，既可用于疑问句中加强疑问语气，还可用于陈述句中表肯定强调语气，而且"可"在《儿女英雄传》中表肯定、强调语气的用例远远高于表疑问语气的用例。

语气副词"可"在《儿女英雄传》中用于疑问句中加强疑问语气共72例，"可"加强疑问语气时有的用于特指问中，有的用于是非问中。如：

（88）把个公子急的不住的问："嬷嬷爹，他不来可怎么好呢？"（《儿女英雄传》3回）

（89）他倘然要到我这屋里看起道儿来，那可怎么好呢？（《儿女英雄传》4回）

（90）还不曾到那里，他便双膝跪倒，向着那女子道："不敢动问：你可是过往神灵……"（《儿女英雄传》6回）

（91）老人家，你问他一声，我们且离了这个地方，外面见见天光，可好不好？（《儿女英雄传》7回）

例（88）至例（91）中"可"均表示加强疑问语气，前两例"可"用于特指问中加强疑问语气，后两例"可"用于是非问中加强疑问语气。

语气副词"可"还可用于陈述句中加强肯定、强调语气，"可"含有"的确、确实"的意思，用上"可"句子的肯定、强调语气明显加强。《儿女英雄传》中表示肯定、强调语气的"可"共有212例。如：

（92）行得去行不去，我可就不知道了。所以我的主意，打算暂且不带家眷……（《儿女英雄传》2回）

（93）那和尚可是个贪利的，大约合地空口说白话也不得行。（《儿女英雄传》3回）

（94）那妇人道："这可是新样儿的！游僧撺住持，我们的屋子，我倒没了座儿了。"（《儿女英雄传》7回）

上面三例中"可"均是用于陈述句中加强肯定、强调语气。例（92）中，如不用"可"，即为："行得去行不去，我就不知道了"。虽然句子的意思基本没有变化，但用上"可"，句子的肯定、强调语气明显增强。

语气副词"可"在《儿女英雄传》中还可以表示期望、劝阻语气，表示期望语气时常和"要、得"连用，表示劝阻语气时常和"别、不许、不准"连用。如：

（95）等明年开了春，可要认认真真的用起功来了。（《儿女英雄传》30回）

（96）安太太便让道："大姑娘，今日可得多吃些，昨日闹得也不曾好生吃晚饭。"（《儿女英雄传》21回）

（97）舅太太听了，连忙说道："嗳哟！好孩子，那可使不得，二三千里地呢！这么大远的，你可不许胡闹！"（《儿女英雄传》3回）

（98）那张家姑娘，方才听你说来，竟是天作之合的一段姻缘，你可不准嫌他父母乡愚，嫌他鄙陋，稍存求全之见。（《儿女英雄传》12回）

例（95）、例（96）中"可"分别与"要、得"组合，在这种语境下，"可"表示期望、叮咛义。例（97）、例（98）中"可"分别与"不许、不准"组合，在这种语境下，体现了说话者对听话者恳切的规劝。

不难看出，语气副词"可"在两书中的不同之处为，《绿野仙踪》中语气副词"可"用法比较单一，均是用于疑问句中加强疑问语气；而《儿女英雄传》中"可"用法比较丰富，既可用于疑问句中加强疑问语气，还可用于陈述句中加强肯定、强调等语气。上述差异是作者受不同方言的影响造成的。①

（九）通共

"通共"是典型的统计类范围副词，通常用在数量词或动词之前，表示对事物数量或动作次数的统计。《绿野仙踪》和《儿女英雄传》中"通共"都有用例，但在使用频率和用法上存在以下差异。

1. 《绿野仙踪》中"通共"的使用频率低于《儿女英雄传》。

《绿野仙踪》中共出现"通共"3 例，远远低于《儿女英雄传》中出现的 29 例。如：

（99）我前曾说过，连库秤并衙门中使费，通共该找我五十二两五钱。（《绿野仙踪》18 回）

（100）这三千金通共也不过二百来斤，怕不带去了！（《儿女英雄传》9 回）

（101）通共十来里路，走了不上半个时辰……（《儿女英雄传》22 回）

2. 《绿野仙踪》中"通共"只用于含有数量的谓语之前，而《儿女英雄传》中"通共"后可有数量结构也可没有数量结构。

《绿野仙踪》中"通共"后的谓语中必定包含有数量结构宾语。如：

（102）这一日，本乡亲友，或三十人一个名单，或五十人一个名单，通共止六七个祭桌，人倒不下二百有余。（《绿野仙踪》42 回）

《儿女英雄传》中"通共"后的谓语经常含有数量结构，但也有

---

① 与"可"在《绿野仙踪》与《红楼梦》中产生差异的原因相同。

没有数量结构的用例出现。如：

（103）归总又是一行三个大字，通共是十一个字。（《儿女英雄传》26 回）

（104）姐姐通共昨日酉正才进门儿，还不够一周时，姐姐这话是从那里打听了去的？（《儿女英雄传》29 回）

（105）他是个出来打抱不平儿的，这桩事通共与他无干。（《儿女英雄传》32 回）

例（103）中"通共"后的谓语中出现含有数量的宾语，例（104）、例（105）中没有出现数量宾语。

上述差异我们推测可能是受方言的影响造成的，北京话中"通共"与"共"竞争逐渐取得优势，因此《儿女英雄传》中"通共"的使用频率较高，而且用法丰富，同属北京话的《红楼梦》也是如此。①在南方方言中"共"处于优势地位，《绿野仙踪》受南方方言的影响，"通共"的使用频率较低、用法简单，而"共"的使用频率较高、用法多样，《儒林外史》中也是如此。

（十）亦

"亦"在上古和中古时期是最常用的类同副词，在元明时期逐渐被"也"所取代。"亦"在《绿野仙踪》中共出现 629 例，远远高于《儿女英雄传》中的 37 例。两书中"亦"的基本意义和基本用法相同，但两者之间还存在差异。

1.《绿野仙踪》中"亦"可用于疑问句中，《儿女英雄传》中没有用例。

《绿野仙踪》中，"亦"不但可以用于陈述句，也可以用于疑问句，用于疑问句的"亦"出现 14 例；在《儿女英雄传》中只能用于陈述句，不能用于疑问句。如：

---

① 《红楼梦》中"通共"出现 20 例，《儒林外史》中"通共"只出现 3 例。

（106）二女妖道："功夫既纯之后，若少有间断，亦能坏道否？"（《绿野仙踪》72回）

（107）于冰听了，大悦道："我与汝等相伴多年，虽说人鬼分途，情义无殊父子，我亦何忍与汝等永离？"（《绿野仙踪》62回）

例（106）、例（107）中的"亦"用在疑问句中，其中前一例为是非问句，后一例是有疑问词"何"的反问句。

2. 《绿野仙踪》中"亦"常与"连/即/虽"等搭配使用，表示强调；《儿女英雄传》中此种用法仅有1例。

《绿野仙踪》中的"亦"可以单独使用，表示类同的意义；也可以与"连/即/虽"等词搭配使用，强调后者也有类同的性质。如：

（108）城璧笑道："此摄法也。虽十万全银，亦可于此一袱装来。"（《绿野仙踪》96回）

（109）一霹之后，不但求一胎生，连卵生亦不可得，只好在蛆虫、蚊蚋中过日月。（《绿野仙踪》46回）

（110）却为人方正，不但非礼之事不行，即非礼之言亦从不出口。（《绿野仙踪》79回）

例（108）至例（110）中的"亦"分别于"虽""连""即"搭配使用，表示不但前面提到的内容具有某种性质，其后的事物也具有相同的特征和性质。

《儿女英雄传》中"虽"与"亦"搭配使用只出现一例。如：

（111）只得笑道："此所谓'夫妇之愚，可以与知焉；及其至也，虽圣人亦有所不知也'了。"（《儿女英雄传》34回）

"亦"在两书中的使用频率存在差异，是因为《绿野仙踪》处于

"亦"和"也"替换的过渡阶段,作者在两词的选择上习惯使用"亦";而《儿女英雄传》处于两者替换的晚期,因此作者多用"也"。同时,这种频率的差异导致两书在用法上存在丰富与单一的区别。

(十一)将

"将"在《绿野仙踪》中是表示将来、未然的时间副词;而在《儿女英雄传》中除了表示将来的时间意义,还可作表示初始意义的时间副词。

《绿野仙踪》中,"将"只作表示将来、未然的时间副词,表示情况、动作将要发生或进行。如:

(112)说罢,从后檐跳下。将走到厅门外,先咳嗽了一声,众妖齐向外看,于冰已入厅来,那些小的儿们乱喊道:"有生人来了!"(《绿野仙踪》12回)

《儿女英雄传》中,时间副词"将"有两种意义:一是表示将来义的时间副词;二是表示初始义的时间副词,相当于"刚"。如:

(113)你算,我自二十岁上中举,如今将及五十岁,考也考了三十年了,头发都考白了。(《儿女英雄传》1回)

(114)磕完头,将爬起来,只见他把右手褪进袖口去,摸了半日,摸出两镪香钱来,递给安太太。(《儿女英雄传》13回)

(115)那门丁听了,吓得爬起来,找了条小路往回就跑,此时但恨他爹娘少生了两条腿。将跑到县门,钦差的轿子已到,他又同了衙役门前伺候。(《儿女英雄传》13回)

(116)邓九公也叫公子带褚一官过来给安太太磕头。将磕完了起来,褚大娘子大马金刀儿的坐在那里合他女婿说道:"还有舅母合亲家妈得认亲呢,劳动你再磕俩罢!"(《儿女英雄传》32回)

例（113）中"将"是表示将来未然义的时间副词，"将及五十岁"，意思为"快到五十岁"，但还"未到五十岁"。例（114）至例（116）中"将"表示初始义的时间副词，相当于"刚、刚刚"。根据上下文语境，"将爬起来"不是表示"还未爬起"，而是表示"刚爬起来"，因为其动作是在"爬起来"后完成的。例（115）、例（116）中的"将"语义上也是如此。同时，从语法形式上，例（116）中"将"与表完成的词语"完"搭配使用，说明不是还未进行，而是表示动作"刚刚发生"。《儿女英雄传》中"将"表示初始义的时间副词用法，是由于作者受到北京方言的影响。陈刚（1997）的《现代北京口语词典》中对"将"的解释是：刚，不久前。如：他将进门儿不大一会儿。在河南方言中我们也存在"将"表示初始义的用例①，如：

（117）他将吃了饭就去地里干活了。

（118）甲：小明上街去了？

乙：他将上街走。

因此我们认为，时间副词"将"在两书中用法上的差异，是由于作者受到所操方言的影响造成的。

（十二）已、已经/曾、曾经

1．"已、已经"是表示过去、已然的时间副词。《绿野仙踪》与《儿女英雄传》相比，"已、已经"在使用比例上存在差异，这种使用比例的不同，反映了汉语双音节化的大趋势。

（119）诸事安排已毕，这老爷、太太辞过亲友，拜别祠堂……（《儿女英雄传》2 回）

（120）两个人这里说话，刘住儿已经爬在地下，哭着给安公

———————————

① 笔者本人为河南人，例句为笔者方言用例。

子磕头，求着先放他回去发送他妈。(《儿女英雄传》3回)

(121) 我爷儿三个托安公子的一点福星，蒙姐姐救了性命，已经是万分之幸……(《儿女英雄传》9回)

2. "曾、曾经"也是表示过去、已然的时间副词。《绿野仙踪》与《儿女英雄传》相比，"曾、曾经"在使用比例上也存在差异，这种使用比例的不同，也反映了汉语双音节化的大趋势。

《绿野仙踪》中，单音节副词"曾"共出现109例，双音节副词"曾经"没有出现用例，仅有1例短语用法的"曾+经"表示"曾经经过"的意义。

《儿女英雄传》中，单音节副词"曾"共出现118例，双音节副词"曾经"共75例。如：

(122) 佟孺人起身时，曾托过他常来家里照应照应，今日也是听见这个信息前来看望。(《儿女英雄传》3回)

(123) 列公，我说书的曾经听见老辈说过一句阅历话，道是："越是京城首善之地，越不出息人。"(《儿女英雄传》25回)

(124) 我想起来了，记得公公在青云山合我初见的这天，曾经提过这么一句，那时我也不曾往下斟酌……(《儿女英雄传》29回)

《绿野仙踪》与《儿女英雄传》相比，"曾、曾经"的使用比例存在差异，这种差异也正反映了汉语双音节化的大趋势。

(十三) 正在

"正在"是表示动作行为正在进行的时间副词，《绿野仙踪》与《儿女英雄传》相比"正在"的用法有两点不同：一是《绿野仙踪》中"正在"均用在"正在+VP+间/之间/之际/之时"这类结构中，《儿女英雄传》则不是；二是《儿女英雄传》中"正在"的使用频率比《绿野仙踪》的使用频率高，且《儿女英雄传》中"正在"的语法功能比《绿野仙踪》丰富。

1. 一是《绿野仙踪》中"正在"均用在"正在+VP+间/之间/之际/之时"这类结构中，《儿女英雄传》则不是。

《绿野仙踪》中时间副词"正在"共24例，均用在"正在+VP+间/之间/之际/之时"的结构中。如：

> （125）正在怨恨间，那窗外的一双俊眼又来了，周琏也便以眼相迎。叙谈之间。（《绿野仙踪》79回）
>
> （126）正在招降纳叛之际，探子报说："贼众在东门劫营，与林总兵大战好半晌了。"（《绿野仙踪》33回）
>
> （127）四人正在说笑中间，觉得一阵异香吹入鼻孔中来。（《绿野仙踪》43回）
>
> （128）刻下诸军，正在用命之时，必须大加犒赏，方能鼓励众心。（《绿野仙踪》74回）

《儿女英雄传》中，"正在"仅有1例用于这种结构。如：

> （129）因说道："那日正在性命呼吸之间，急然凭空里拍拍的两个弹子，把面前的两个和尚打倒……"（《儿女英雄传》12回）

2. 《儿女英雄传》中"正在"的使用频率要比《绿野仙踪》高，且《儿女英雄传》中"正在"的语法功能比《绿野仙踪》丰富。

《绿野仙踪》中"正在"共有24例，《儿女英雄传》中"正在"共73例，《儿女英雄传》中"正在"的使用频率远远高于《绿野仙踪》。

语法功能上，《儿女英雄传》中"正在"仍以修饰动词性成分为主，还可修饰主谓短语和形容词。

"正在"修饰动词性成分共 64 例，其中修饰单纯动词 36 例，修饰动宾短语 9 例，修饰动补短语 8 例，修饰状中短语 7 例，修饰兼语短语 2 例，修饰连动短语 2 例。如：

（130）正在高兴，忽见我庄上看门的一个庄客跑了进来，报说："外面来了一个人，口称前来送礼贺喜。"（《儿女英雄传》15 回）

（131）姑娘一看，心里说："这可糊涂死我了！"正在纳闷，又不好问。（《儿女英雄传》28 回）

例（130）、例（131）中"正在"分别修饰动词"高兴、纳闷"。

（132）一直叫了半日，也不听得有个人答应。正在叫不开，那些三班衙役也有赶到前头来的，大家一顿连推带踹，把个门插管儿弄折了，门才得开。（《儿女英雄传》11 回）

（133）那位大主考方老先生便先开口说道："方今朝廷正在整饬文风，自然要向清真雅正一路拔取真才。"（《儿女英雄传》35 回）

（134）老爷此时正在满腔的诗礼庭训，待教导儿子一番，不想叫了一声，偏偏的不见公子"趋而过庭"。（《儿女英雄传》33 回）

（135）这太太因等不见喜信，正在卸妆要睡，听得外面喧嚷，忙叫人开了房门，出去打听。（《儿女英雄传》1 回）

"正在"修饰主谓短语有 5 例。如：

（136）正在心里踌躇，只见张进宝喘吁吁的跑来禀道："回老爷，山东茌平县二十八棵红柳树住的邓九太爷到了，还有褚大

姑爷合姑奶奶也同着来了！"（《儿女英雄传》24 回）

"正在"修饰形容词有 4 例。如：

（137）况他又正在年轻，心是高的，气是傲的，脸皮儿是薄的，站着一地的丫鬟仆妇，被人家排大侄儿似的这等排了一场，一时脸上就有些大大的磨不开。（《儿女英雄传》30 回）

通过以上分析，我们可以看出，与《绿野仙踪》相比，《儿女英雄传》中"正在"的使用频率大幅度增加，而且它的语法功能更丰富。

（十四）方/才

"方"与"才"均是表示初始义的时间副词，《绿野仙踪》与《儿女英雄传》相比，"方"与"才"的使用频率有较大差异。

《绿野仙踪》中，时间副词"方"有 182 例，"才"有 94 例，"方"的使用频率约为"才"的 2 倍。

《儿女英雄传》中，时间副词"方"有 172 例，"才"有 1249 例，"才"的使用频率远远高于"方"的使用频率。如：

（138）却说那十三妹姑娘听了褚大娘子这话，才如梦方醒，心里暗暗的说……（《儿女英雄传》19 回）

（139）如今等说书的先把安家这所庄园交代一番，等何玉凤过来，诸公听着方不至辨不清门庭，分不出路径。（《儿女英雄传》24 回）

（140）孺人以前生过几胎，都不曾存下，直到三十以后，才得了一位公子。（《儿女英雄传》1 回）

（141）一时想起来，自己半生辛苦，黄卷青灯，直到须发苍然，才了得这桩心愿，不觉喜极生悲，倒落了几点泪。（《儿女英雄传》1 回）

"方"与"才"都是表示初始义时间副词，在两书中的使用频率存在较大差异，这主要是由作者的语言风格造成的。杨荣祥（2005）认为，宋代以前，表初始义时主要用"方"，而宋以后"方"开始衰落，明代时"才"代之而起，现代汉语中"才"仍是使用频率最高的时间副词之一，而"方"仅出现于书面语中。《绿野仙踪》的作者倾向于使用较早出现的"方"，以体现语言的典雅，因此其书中"方"的使用频率较高。

（十五）却

"却"作为关联副词，在《绿野仙踪》和《儿女英雄传》中都可位于转折复句的后分句中，对前后分句起连接作用。关联副词"却"在两书中的用法也存在差异，不同之处为：《绿野仙踪》中"却"既可位于后分句主语之后，也可位于后分句主语之前；而《儿女英雄传》中"却"均位于后分句主语之后。

《绿野仙踪》中，关联副词"却"既可位于后分句主语之后，也可位于后分句主语之前，"却"位于后分句主语之前共 15 例。如：

（142）阎年耳中听得明白，口中却说不出一句，直气的他双睛叠暴……（《绿野仙踪》71 回）

（143）急忙把眼睁开假怒道："舍亲错会意了。且莫说八百，便是一千六百，看我何其仁收他的不收！"嘴里是这样说，却声音柔弱下来。（《绿野仙踪》84 回）

（144）嘴里是这样说，却声音柔弱下来。（《绿野仙踪》84 回）

（145）（温如玉）浑身上下，瘦同削竹，却精神日觉强壮。（《绿野仙踪》73 回）

《儿女英雄传》中，关联副词"却"全部位于后分句主语之后，没有出现位于后分句主语之前的用例，这点和现代汉语一致。如：

（146）原来安老爷酒量颇豪，自己却不肯滥饮，每饭总以三五斤为度。（《儿女英雄传》13 回）

（147）邓九公听了，喜出望外，口里却作谦让，说……（《儿女英雄传》15 回）

（148）这张金凤姑娘被十三妹缠磨了半日，脸上虽然十分的下不来，心上却是二十分的过不去。（《儿女英雄传》20 回）

副词"却"在《儿女英雄传》中还可表示话题的转换，此时它经常和"说"组合构成"却说"，共同表示话题的转换，《儿女英雄传》中"却说"表示话题转换共 189 例。如：

（149）且不说众人的七言八语。却说一日忽然院上发下了一角公文，老爷拆开一看……（《儿女英雄传》2 回）

（150）话休饶舌。却说那安公子一行人正走之间，忽然听得一声箭响……（《儿女英雄传》11 回）

（151）闲话休提，言归正传。却说这里摆下果菜，褚一官也来这里照料了一番。（《儿女英雄传》15 回）

我们在上文提到，《儒林外史》《绿野仙踪》《红楼梦》中"却"在位置上有两种倾向，既可位于后分句主语之后，又可位于后分句主语之前。经过约一百年的发展，到《儿女英雄传》中"却"的位置趋于固定，都位于后分句主语之后，与现代汉语一致。《绿野仙踪》中使用"且说、话说"引入或转换话题，而《儿女英雄传》中使用"却说"，此差异是作者的语言习惯不同造成的。

（十六）便/就

"便"和"就"作为关联副词，都可用于因果式复句、推断式复句、假设式复句和条件式复句四类有标复句的后分句中，对前后两分句起连接作用。关联副词"便"和"就"的意义和用法区别甚微，但是它们在《绿野仙踪》与《儿女英雄传》中的使用情况有所不同，主要表现在以下两点。

1. 使用频率上，《绿野仙踪》中"就"的使用频率高于"便"的使用频率，而《儿女英雄传》中"就"的使用频率略低于"便"的使用频率。

《绿野仙踪》中，关联副词"就"出现在因果式、推断式、假设式、条件式这四类复句中共 109 例，"便"在这四类复句中共 75 例，可见"就"的使用频率高于"便"的使用频率。

《儿女英雄传》中，关联副词"便"在因果式、推断式、条件式、假设式四类复句中共出现 62 例，"就"在四类复句中出现 66 例，"就"的使用频率略低于"便"的使用频率。如：

（152）（邓九公）他因看着褚一官人还靠得，本领也去得，便许给他作了填房，招作女婿。（《儿女英雄传》14 回）

（153）我既出来多了这件事，便在我身上还你个人财无恙，父子团圆。（《儿女英雄传》5 回）

（154）不知这位舅太太怎的一眼把个生克制化的道理看破了，只要舅太太一开口，水心先生那副正经面孔便有些整顿不起来。（《儿女英雄传》36 回）

（155）侄女儿若再起别念，便是不念父母深恩，谓之不孝。（《儿女英雄传》19 回）

（156）你既这么说，我正少个女儿，你就算我的女儿！（《儿女英雄传》32 回）

（157）只因他天理中杂了一毫人欲在里边，就不免弄成那等一个乖僻性情。（《儿女英雄传》36 回）

（158）别的都不要紧，这一个可着了我一药箭，只要过了午时，他这条命可就交代了。（《儿女英雄传》31 回）

（159）若说照安公子这等的人物他还看不入眼，这眼界也就太高了，不是情理。（《儿女英雄传》9 回）

例（152）至例（159）中，关联副词"便"分别用于因果式复句、推断式复句、条件式复句和假设式复句中；后四例，关联副词"就"分别用于推断式复句、因果式复句、条件式复句、假设式复句中。

2.《绿野仙踪》中，关联副词"便"和"就"都是和假设连词"若"搭配的用例最多，而《儿女英雄传》中，关联副词"便"和"因"搭配使用最多，关联副词"就"和"既"搭配使用最多。

《绿野仙踪》中，关联副词"便"共出现 75 例，其中和"若"搭配使用有 33 例；关联副词"就"共出现 109 例，其中和"若"搭配使用 51 例。

《儿女英雄传》中，关联副词"便"共出现 68 例，其中和"因"搭配使用最多，有 36 例，其次和"既"搭配使用 17 例；关联副词"就"共出现 62 例，其中和"既"搭配使用最多，有 25 例，其次和"因"搭配使用 13 例。如：

（160）安老爷一看，见那人生得大鼻子，高颧骨，一双鼠目……因是首县荐的，便先问了问他的名姓。（《儿女英雄传》2 回）

（161）九哥，你既专诚问我，我便直言不讳。（《儿女英雄传》32 回）

（162）我既这等苦苦相问，你自然就该侃侃而谈，怎么问了半日，你一味的吞吞吐吐，支支吾吾？（《儿女英雄传》5 回）

（163）因他生得白净，乳名儿就叫作玉格，单名一个骥字，表字千里……（《儿女英雄传》1 回）

例（160）中关联副词"便"用于带有因标"因"的因果式复句；例（161）中"便"用于带有"既"的推断式复句；例（162）中关联副词"就"用于带有"既"的推断式复句；例（163）中"就"用于带有"因"的因果式复句。

"便"和"就"的用法基本相同，但在两书中的使用频率存在较大差异。这种差异产生的原因是：《绿野仙踪》处于"便"和"就"替换的过渡阶段，作者在两词的选择上习惯使用"便"；而《儿女英雄传》处于两者替换的晚期，因此作者多用"就"，作者习惯的不同导致了两者使用频率上的差异。

（十七）不

否定副词"不"，在两书中都既可以表示单纯否定，又可以否定形容词、动词等词类。在基本意义和基本用法相同的同时，两书中的"不"还存在一些差异，主要表现在以下几个方面。

1.《绿野仙踪》中"不"可单独用于祈使句，表示禁止和劝阻；《儿女英雄传》中使用"别"表示禁止。

"不"作为否定副词，最基本的意义是表示单纯否定，一般用在陈述句中，祈使句中的"不"要与情态动词"能、要"等连用。《绿野仙踪》中的"不"不但能表示单纯否定，也有表示禁止和劝阻的意义，出现在祈使句中。如：

（164）众人道："你不世故罢，你只快快的与他两位叩头。"（《绿野仙踪》18 回）

（165）正言间，只见那公子出来，站在当院里，四面看了看，向庙主道："你不送罢。"（《绿野仙踪》36 回）

例（164）、例（165）中祈使句的主语都是第二人称的"你"，表示禁止和劝阻意义均单独使用否定副词"不"，句尾有语气词"罢"。

《儿女英雄传》中，表示禁止和劝阻义的祈使句一般使用否定词"别"，作为北京话中最常用的表示禁止的否定词，"别"在《儿女英雄传》中共出现 140 例。如：

（166）向程师爷说道："我们小爷本就没主意，再经了这

事，别为难他了！倒是程师老爷替想想，行得行不得。"（《儿女英雄传》3 回）

（167）说道："大爷，人家姐姐说的可是字字肺腑，句句药石，你可先别闹左性。且沉着心，捺着气，细细儿的想想再说话。"（《儿女英雄传》30 回）

例（166）、例（167）中表示禁止和劝阻义的祈使句都使用否定副词"别"。《儿女英雄传》中也有用"不必"等"不+情态动词"表示祈使的句子。如

（168）当下向公子道："你不必慌，只管起来，明明白白的说。"（《儿女英雄传》12 回）

（169）那女子说："你不要管，且试试看。"（《儿女英雄传》6 回）

例（168）、例（169）中表示劝阻和禁止的祈使句中否定词使用"不+情态动词"的格式，但《儿女英雄传》中没有出现"不"单用表示禁止和劝阻的祈使句。

2.《绿野仙踪》中包含"不"的可能补语可以出现在宾语之后，《儿女英雄传》中没有出现此种用例。

现代汉语中宾语和补语同时出现时，一般采用"动词+补语+宾语"的基本格式，补语出现在宾语之前，《绿野仙踪》中包含有"不"的否定补语有时可以出现在宾语之后，形成"动词+宾语+补语"的格式，《绿野仙踪》中此种用法共有 6 例。如：

（170）总告他到官，刑罚也制他不下。（《绿野仙踪》11 回）

（171）探事的报道："贼将见攻城不下，于昨夜四鼓时候，分兵两路：步登高领大兵一枝，从东路杀向本国。"（《绿野仙

踪》69 回）

例（170）、例（171）中的可能补语"不下"出现在宾语之后，与现代汉语的格式不同，在《绿野仙踪》中共有 6 例，而《儿女英雄传》中没有用例。

3. 正反问句的使用频率不同。

正反问句是要求被问者用"是/不是"回答的疑问句，汉语正反问句一般采用"V 不 V"或"V 没 V"等形式表示①，《绿野仙踪》和《儿女英雄传》中都出现了"V 不 V"格式的正反疑问句，但两者之间在使用频率上不同，《绿野仙踪》中共出现 13 例，《儿女英雄传》中出现 82 例。如：

（172）城璧道："我们如今还是往湖广去不去？"于冰道："怎么不去！"（《绿野仙踪》37 回）

（173）你去很好。这东南大道上岔下去，有条小道儿，顺着道儿走，二十里外有个地方叫二十八棵红柳树，你知道不知道？（《儿女英雄传》4 回）

例（172）、例（173）中的"去不去""知道不知道"都采用"A 不 A"的正反形式表示疑问，两书中的正反重叠都出现在句子的末尾，两书中的双音节重叠都是"AB 不 AB"形式，没有出现"A 不 AB"形式。

4.《儿女英雄传》中有"A 不 A，B 不 B"形式，和不表疑问的"A 不 A"形式，《绿野仙踪》中没有出现此类形式。

"A 不 A，B 不 B"表示 A 不像 A，B 不像 B，什么都不是，什么都不像，什么都不合适的意思。如：

---

① 正反问句有"A 不 A""AB 不 AB""A 不 AB"等形式，三者表达疑问的功能基本相同。

（174）如今却又见他母亲给请了舅母同去，心里一想，这一来，弄得一家不一家，两家不两家，益发不便了，登时方寸的章法大乱。（《儿女英雄传》40 回）

（175）每日里在那梦坡斋作些春梦婆的春梦，自己先弄成个"文而不文正而不正"的贾政。（《儿女英雄传》34 回）

不表疑问的"A 不 A"中的 A 经常是名词或形容词，前面经常有"管他""什么"等词，这一形式表达说话人轻蔑、不屑一顾的感情，《儿女英雄传》中共出现 8 例，如：

（176）这时候且把那些甚么英雄不英雄的扔开。（《儿女英雄传》19 回）

（177）奴才下去帮他催去，也不用讲甚么麦秋不麦秋，那天催齐了，赶紧就交上来。（《儿女英雄传》36 回）

"不"在两书中的差异主要是受作者不同方言的影响造成的。"不"单独用于祈使句中表示禁止和劝阻，在清代的《河南府志》中就有记载，在另一河南小说《歧路灯》中也有使用。《绿野仙踪》的作者李百川在豫生活多年，并在河南完成著作，语言难免受到河南方言的影响。《儿女英雄传》则主要是受北京话的影响，使用"别"表示禁止和否定。"动词+宾语+可能补语"在宋代语料中是常见结构，但经过元明时期的发展，逐渐消失，只存在于南方某些方言中。李百川客居扬州多年，必然受到南方方言的影响。

（十八）未

"未"主要是表示对过去、已然事情的否定，《绿野仙踪》中"未"共有 398 例，使用频率远远高于《儿女英雄传》的 76 例，《绿野仙踪》中"未"的用法也更加灵活。

1.《绿野仙踪》中的"未"可表示单纯否定，《儿女英雄传》中"未"只能表示已然否定。

"未"一般表示已然否定，相当于现代汉语的"没、没有"，在《绿野仙踪》中"未"可表示相当于现代汉语"不"的意义。如：

（178）二哥从前院走不得，被恶妇看见，将来于我未便，可从这后院墙下，踏上房内那张方桌跳去罢。（《绿野仙踪》20 回）

（179）温如玉特具仙骨，只是他于"色"之一字殊欠把持，未便定他的造就。（《绿野仙踪》100 回）

例（178）、例（179）中的"未"在意义上不表示对过去情况的否定，与现代汉语中的"不"相当，表示对现在情况或未来情况的否定，"未知"作为咨询的语气，其后多连接疑问句。

"未"表示单纯否定的用法在《绿野仙踪》中共出现 61 例，在《儿女英雄传》中没有出现这种用法。

2. 《绿野仙踪》中的"未"后可以连接名词性成分和数量短语，《儿女英雄传》中没有此类用法。

"未"作为否定副词，其后连接名词性成分和数量成分，表示"没有成为、没有达到"的意义。如：

（180）未四五里，只听得前面一声炮响，人马雁翅般摆开，当头一将，正是林岱。（《绿野仙踪》34 回）

（181）未几，杭州失守，前巡抚张经屡催进兵，朱文炜备极苦谏。（《绿野仙踪》76 回）

（182）于冰道："吾虽未仙，然亦可以不死。"（《绿野仙踪》36 回）

（183）你今年才十五岁，就便再迟两科不中，才不过二十一二岁的人，何年未弱冠，便干禄慕名到这步田地！（《绿野仙踪》1 回）

例（182）中"未"修饰名词"仙"，表示"没有成为神仙"；

例（180）中"未四五里"表示距离不远；例（181）中"未几"表示时间短。

《绿野仙踪》中"未"与数量词和名词相连出现17例，《儿女英雄传》中没有类似的情况出现。

"未"在两书中的使用频率存在很大差异，主要是由于作者的语言习惯不同造成的。《绿野仙踪》的作者倾向于使用较早出现的"未"，因此使用频率较高。另外成书时间早晚也是产生差异的一个不可忽视因素。《儿女英雄传》成书于清代晚期，此时"未"进一步萎缩，所以用例较少。

第四章

《绿野仙踪》副词的纵向比较

第一节 《绿野仙踪》副词与宋元明时期副词比较

一 《绿野仙踪》副词与宋元明时期副词比较概述

在封闭的专书语料中对副词进行穷尽式研究，只能反映该著作这一时期副词的面貌。为了更深入地认识《绿野仙踪》副词的特点，我们将《绿野仙踪》中的副词与宋元明时期的副词进行纵向比较。

语言的发展具有稳固性，从上古汉语到中古汉语再到近代汉语，虽然语言不断地发展变化，但汉语核心的内容变化缓慢，特别是近代汉语的副词作为一个稳固的系统，其常用的副词从宋元明到清代处于相对稳定状态，《绿野仙踪》中大多数副词都是从宋元明时期继承来的，而且意义和用法没有发生太大的改变。例如："皆、也、亦、只、甚、最、便、且、专、极、常、必、切、不、休、勿、却、尚、将、渐、不必"等。这是语言一贯性和稳定性的体现。

即使《绿野仙踪》部分副词的意义和用法发生了改变，但基本意义和用法变化不大。如"都"作为范围副词，表示"全部，没有例外"。宋代时"都"的语义指向非常自由，可以指向前面的主语，也可以指向后面的宾语；在明代的《金瓶梅词话》和清代的《绿野仙踪》中指向宾语的用例逐渐减少，受到的限制逐渐增多，但"都"的意义没有发生变化，最常见的用法依然是指向句子的主语。

语言为了适应社会交际的需要，也在不断地发生变化。因此，

《绿野仙踪》中的副词与宋元明时期的副词相比也存在不同，不同之处主要表现在以下几方面。

（一）双音节副词大量使用

受汉语词汇双音节化的影响，很多宋元明时期产生的双音节副词在《绿野仙踪》中用例大量增加。如"已经"，作为时间副词的用法在宋代时产生，明代时用例还不多见，在有些作品如《金瓶梅词话》中"已经"作为时间副词仅出现 1 例，在表示过去、已然时多用"已"。到清代的《绿野仙踪》中"已经"成为一个常用副词。

（二）副词使用频率发生变化

《绿野仙踪》副词与宋元明时期的副词相比，总会有一些新产生的副词取代原有的副词，不同时期的副词系统也因此表现出明显的差异。部分宋元明时期常用的副词。在《绿野仙踪》中使用频率很低，变为非常用副词。如情状方式副词"亲"，在宋元明时期的文献中使用逐渐降低，到清代的《绿野仙踪》和《红楼梦》中大部分都使用"亲自"，而很少用"亲"，"亲"成为非常用副词。

有些副词在宋元明时期使用频率不高，而在《绿野仙踪》中它们的使用频率增高，变为常用副词，如时间副词"已经"，在宋元明时期的文献中使用频率不高，仅有零星用例；到清代的《绿野仙踪》中，"已经"共出现 32 例，成为常用的时间副词。

（三）副词的意义发生变化

副词的意义变化主要表现在部分副词义项的增加或减少。如副词"终"，宋代时处于时间副词和语气副词的两可状态；元明时期，经过进一步虚化，"终"作语气副词的用法比较常见，到清代的《绿野仙踪》中，"终"作语气副词成为主要用法。如副词"更"，在宋元时期有表累积和表程度高两种意义，以表累积为主；明代时，"更"表程度的用例有所增加；清代的《绿野仙踪》中两种意义仍然并存，但是表程度高的意义占绝对优势。

（四）副词的组合能力发生变化

《绿野仙踪》与宋元明时期副词的差异还表现在副词的组合能力

发生了变化。如范围副词"俱",在《绿野仙踪》中经常与其他范围副词"皆、都"组合,形成"俱皆、俱都"的形式,共出现34例,这些形式在宋代的《朱子语类》中没有出现,在明代《金瓶梅词话》中只出现1例。再如程度副词"分外",在宋元明时期和《绿野仙踪》中都可以修饰形容词和动词(动词性短语)。但宋元时期,"分外"可以修饰修饰单音节形容词和一般动词;明代时,修饰心理动词的比例上升;到清代的《绿野仙踪》中,全部修饰双音节形容词和心理动词。

《绿野仙踪》中的副词与宋元明时期相比,总体处于相对稳定状态,同时部分副词在语义和用法上发生相对缓慢的变化,我们将对使用频率高,在意义和用法上发生变化的副词进行深入的个案研究。

二 《绿野仙踪》副词与宋元明副词个案比较

我们选取《绿野仙踪》中"更、好生、分外、一定、几乎"等副词与宋元明时期进行对比,从使用频率、所表意义、组合能力等角度分析对比,探讨它们从宋代到清代的发展过程和变化规律。

(一)更

宋元时期,副词"更"有两种用法:一是表累积,相当于副词"又、再";二是表程度增高,相当于"更加",但表累积的用例占绝对优势。据杨荣祥(2005)统计,《朱子语类》中副词"更"共有1093例,其中表示程度高的"更"仅有56例,其余的"更"都表累积。他还统计了《元曲选》,副词"更"共有116例,其中表累积89例,表程度仅有27例①。我们搜索了《朱子语类》中的"更"两种用法的用例,如:

    (1)若义理,求则得之。能不丧其所有,可以为圣为贤,利

---

① 《朱子语类》只统计了第1—30卷和第101—140卷,《元曲选》统计了第61—77卷和第89—100卷。

害甚明。人心之公，每为私欲所蔽，所以更放不下。（《朱子语类》卷13）

（2）讲学固不可无，须是更去自己分上做工夫。若只管说，不过一两日都说尽了。只是工夫难。且如人虽知此事不是，不可为，忽然无事又自起此念。（《朱子语类》卷13）

（3）大凡读书，且要读，不可只管思。口中读，则心中闲，而义理自出。某之始学，亦如是尔，更无别法。（《朱子语类》卷11）

上述例句中，例（1）与例（2）中"更"表示程度高；例（3）中"更"表示累积。

明代时，"更"仍以表累积为主要用法，但表程度增高的用例有所增加。我们以明代的《金瓶梅词话》为例考察"更"的使用情况。《金瓶梅词话》中副词"更"共94例，表程度增高的"更"有34例，其余都是表累积的用法。如：

（4）武大一病不起，更兼要汤不见，要水不见。每日叫那妇人又不应……（《金瓶梅词话》4回）

（5）小玉不能隐讳，只说"五娘使秋菊来请奶奶说话。"更不提出别的事。（《金瓶梅词话》83回）

（6）两件大红纱，两件玄色焦布，俱是织金莲五彩蟒衣，比织来的花样身分更强几倍，把西门庆欢喜的要不的。（《金瓶梅词话》27回）

我们考察发现，清代时"更"用法发生了质的变化，"更"表程度增高占绝对优势，表累积已占次要地位。在《绿野仙踪》中，副词"更"共出现112例，其中表程度增高有93例，表累积仅有13例。如：

（7）那妇人此时更忙乱百倍，急圈，急说，急拜，急吹，恨不得那男子登时身死方快。（《绿野仙踪》88 回）

（8）既成气候，其心较人倍灵，却比世间极无赖人，更不安分百倍。（《绿野仙踪》46 回）

（9）彼此坐在一处，不是说自己男人长短，便是议论人家丈夫。若题起游街看庙，无不眉欢眼笑，互相传引。更兼男人，十个到有一半不是怕老婆的，就是曲意要奉承老婆的。（《绿野仙踪》61 回）

例（7）、例（8）中，"更"为程度副词，相当于"更加"；例（9）中"更"表示累积，相当于"再、又"等。

副词"更"在宋元时期有表累积和表程度增高两种用法，表累积的用例占绝对优势。到明代时，两种用法继续并存，不过表"更"表程度增高的用例有所增加。发展到清代，副词"更"的用法发生了质的变化，两种用法继续并存，但表程度增高的"更"占绝对的优势。

（二）好生

副词"好生"是由副词"好"和词尾"生"构成的附加式副词。"好生"有两种意义和用法：一是用作程度副词，意义上相当于"好"；二是用作情状方式副词，意为"好好地"。

宋代时，副词"好生"只表情状方式，意为"好好地"，没有出现表程度高的用法。《朱子语类》中，"好生"共3例，全部表情状方式。如：

（10）诸生看大学未晓，而辄欲看论语者，责之曰："公如吃饭一般，未曾有颗粒到口，如何又要吃这般，吃那般！这都是不曾好生去读书。"（《朱子语类》卷 14）

（11）盖是王公大人好生地做，都是识道理人言语，故它里面说得尽有道理，好子细看。（《朱子语类》卷 80）

元代时，副词"好生"开始出现表示程度高的用法，但仍以表情状方式为主要用法，"好生"在元代某些文献如《元典章·刑部》中仅表示情状方式，没有出现程度副词用法。如：

（12）做兄弟的久容空囊，不曾具得一杯与哥哥拂尘，好生惭愧。（关汉卿《杜蕊娘智赏金线池》）

（13）好生巡护，休教走了。（《元典章·刑部》）

明代时，"好生"表程度高的用法比元代时增多，但仍以表情状方式为主要用法。《金瓶梅词话》中"好生"有 37 例，表程度高的"好生"有 11 例。如：

（14）到那日也少不的要整两席齐整的酒席，叫两个唱的姐儿，自恁在咱家与兄弟们好生玩耍一日。（《金瓶梅词话》1 回）

（15）这陈敬济连忙接在手里，与他深深的唱个喏。妇人分咐："好生藏着，休教大姐看见，他不是好嘴头子。"（《金瓶梅词话》28 回）

（16）今年觉得好生不济，不想又撞着闰月……（《金瓶梅词话》3 回）

例（14）、例（15）中"好生"表示情状方式，"好生玩耍一日"意为"好好地玩耍一日"；例（16）中"好生"表示程度高，"好生不济"相当于"好不济"。

我们考察《绿野仙踪》发现，"好生"共出现 4 例，表程度高和表情状方式各占 2 例，如：

（17）已到半岩间，只听得知礼吆喝道："好生挽住绳呀！"（《绿野仙踪》9 回）

（18）如玉想起昔日，一旦到这步时候，心上好生惭愧。

（《绿野仙踪》64回）

例（17）中"好生"表情状方式，意为"好好地"；例（18）中表示程度高，相当于"好"。

可以看出，清代时，"好生"表程度高和表情状方式的两种用法仍然并存，但是我们发现，不同书中"好生"的用法存在很大差异。《红楼梦》中"好生"出现89例，几乎完全表示情状方式，仅有1例表示程度高；我们考察《歧路灯》发现"好生"出现22例，全部表示程度高，没有出现表情状方式的用例。

副词"好生"在宋代时仅表示情状方式；元代时开始出现表示程度高的用法；明代时表程度高的用例增多，但仍以表方式为主；清代时，"好生"两种用法继续并存，但不同的书中"好生"的用法存在很大的差异。

（三）分外

王秀玲（2007）对程度副词"分外"的历史发展过程作过考察，我们现将其发展脉络作如下总结。

"分外"最初是个短语，表示"本分之外、职分之外"等意义，最早出现在魏晋南北朝时期。"本分之外""职分之外"都是"超出正常"的意思，这是"分外"虚化为副词的语义基础，再加上句法位置的改变，开始出现在谓语前作状语，最终促使它发展出程度副词的用法。晚唐时"分外"的程度副词用法已经萌芽产生，不过此时程度副词"分外"的使用频率不高。

宋元时期，程度副词"分外"的用例比晚唐时明显增多。"分外"以修饰形容词为主，包括单音节形容词和双音节形容词，还可以修饰一般的动词和动词性短语；此外，"分外"与所修饰的动词中间还可以插入介词结构。如在《朱子语类》中，程度副词"分外"共出现13例，以修饰形容词为主，占9例，其中修饰双音节形容词6例，单音节形容词3例；修饰一般动词2例，修饰动词性短语2例。

明代时"分外"的用法与宋元时期不同的是，程度副词"分外"

修饰双音节形容词已经占绝对优势，修饰心理动词的用例增加。《醒世恒言》中"分外"修饰动词和动词性短语共8例，其中4例是修饰心理动词。

我们考察《绿野仙踪》发现，"分外"共出现11例，其中修饰双音节形容词6例，没有出现修饰单音节形容词的用例；"分外"修饰修饰动词、动词性短语有4例，其中的动词全为心理动词。如：

（19）于早午茶饭甚是殷勤，待城璧分外周到。（《绿野仙踪》20回）

（20）郑三夫妇听了有破格与他的话，于饮食、茶饭分外丰满精洁。（《绿野仙踪》49回）

（21）与别的官儿不同，我要分外的敬你了。（《绿野仙踪》91回）

不难发现，《绿野仙踪》中"分外"的用法与明代相比发生了细微的变化，程度副词"分外"修饰的全是双音节形容词，修饰动词性成分时其中的动词都是心理动词。

（四）已经

杨永龙（2002）考察了时间副词"已经"出现年代和成词过程，认为副词"已经"初见于宋代，他以"已经+时点""施事+已经+终结动词"为标志，判断副词"已经"的成词时代。我们在《朱子语类》中搜索了"已经"作为时间副词的用例，如：

（22）恰似一间屋，鲁只如旧弊之屋，其规模只在；齐则已经拆坏了。这非独是圣人要如此损益，亦是道理合当如此。（《朱子语类》卷33）

（23）要之，当时史官收诗时，已各有编次，但到孔子时已经散失，故孔子重新整理一番，未见得删与不删。（《朱子语类》卷34）

元代时，"已经"作为时间副词的用例有所增加，我们考察发现在《元典章·刑部》中时间副词"已经"有11例。如：

（24）本道肃政廉访分司副使李朝列，巡按到浦城县，已经具呈前事。（《元典章·刑部》）

发展到明代，"已经"作时间副词的用例已很常见，如在《醒世恒言》中，"已经"共有7例，全是时间副词的用例，均修饰动词性成分。但"已经"的短语义用法仍未消失，如《金瓶梅词话》中"已经"仅出现1例，且是短语用法。

（25）（白氏）果然梦见神女备细说道："遐叔久寓西川，平安无恙。如今已经辞别，取路东归。"（《醒世姻缘传》25回）

（26）准前把孩儿直至江边，已经数时，不忍抛弃。感得观世音菩萨，遂化作一僧，身披百衲，直至江边……（《金瓶梅词话》59回）

到清中叶的《绿野仙踪》中，"已经"共出现32例，都是时间副词的用法，没有出现短语用法的用例。如：

（27）我已经打发张华同差人去州中，与他们那凑去了，先和母亲说声。（《绿野仙踪》41回）

（28）如玉见他月前买的锦缎被褥料子，已经做成，辉煌灿烂的堆在坑上。（《绿野仙踪》41回）

以上两例"已经"均为表示过去、已然义的时间副词用法，"已+经"的短语义用法在《绿野仙踪》中没有出现。

总之，"已经"本是时间副词"已"和动词"经"组成的短语。宋代时"已经"出现时间副词的用法，但使用频率和范围一直不高；

发展到明代"已经"作为时间副词的用例占绝对优势；到清代的《绿野仙踪》中"已经"都是时间副词的用法，"已+经"的短语义用法已经消失。

（五）一定

陈勇（2011）对副词"一定"的历时发展过程作过考察，该研究认为"一定"最初是由"一"和"定"组成，表示"一经制定、一经确定"，是一个动词性短语，最早见于春秋时期。两汉到魏晋南北朝时期，由此引申出"固定不变"的意义，这一意义是"一""定"组合向词过渡时的意义。

我们根据他对"一定"的研究，将"一定"在宋元明时期的发展脉络总结如下。

宋代时，"一定"已经虚化为一个形容词，句法功能上可以作定语，修饰名词，也可以直接作句子的谓语，意义为"固定的、规定的、确定的"。同时，"一定"逐渐开始在句中作状语，但用例较少，而且作状语的用法还不成熟，因为"一定"修饰的动词都是一些弱动作动词。如：

（29）语孟精义皆诸先生讲论，其间多异同，非一定文字，又在人如何看。（《朱子语类》卷114）

（30）若扬子云：于仁也柔，于义也刚。又自是一义。便是这物事不可一定名之，看他用处如何。（《朱子语类》卷6）

发展到元明时期，"一定"基本上演变为一个副词，副词的用法最终形成。副词"一定"语义分化为表示"态度、意志坚决"和"对情况的推测和判断"两种意义。副词"一定"之所以分化为两种意义，这与"一定"所处的语境有密切的关系。表意志坚决的"一定"经常与"要+V"连用；表对情况的推测或判断的"一定"经常出现在"是"字的判断句中和带有"倘或、倘若、若、若是"等词的假设句或条件句中。

我们考察《绿野仙踪》发现，语气副词"一定"共出现 15 例，有表示"态度、意志坚决"和"对情况的推测和判断"两种意义。如：

（31）剥皮拉着于冰的手儿一定要送至大堂口始回。（《绿野仙踪》39 回）

（32）正鬼念着，见萧、苗二人走来，笑说道："那何公子听见温大爷到此，一定要请去会会。"（《绿野仙踪》47 回）

（33）于冰道："我虽非他的党羽，却和他是最厚的朋友。"众兵大吵道："不消说了，这一定是他们的军师。"（《绿野仙踪》14 回）

根据上下文语境，例（31）、例（32）中"一定"表示态度、意志坚决；例（33）中"一定"表示对情况的推测和判断。我们不难看出，语气副词"一定"在清代《绿野仙踪》中的用法和明代相比几乎没有变化。

（六）几乎

麻爱民（2010）对副词"几乎"的历时发展过程作过全面的考察，我们对"几乎"的发展脉络作如下总结。

"几乎"在先秦时用例较少，是形容词"几"和介词"乎"的组合，意义为"接近于、近于"。汉魏六朝到隋唐五代时，"几+乎+VP"结构得以延续，但 VP 一般为不及物单音节动词，"几+乎+VP"表示表示主语接近于 VP 的状态，因此这个时期"几乎"仍是"几+乎"的组合。

宋代时，"几乎"的用法发展迅速，在句法上和数量上都发生了很大变化。句法上，"几乎"可以修饰复杂的谓语结构；数量上，这种结构在宋代时逐渐增多。

元明时期，副词"几乎"进一步发展并趋于成熟，表现在两方面：一方面，"几乎"不仅可以修饰复杂的谓语结构，而且可以用在把字句、被字句前，还可以与"连、也、险"等搭配使用。另一方面在使用频率上，元明时期"几乎"的使用频率比宋代时要高。宋代的《朱子语类》中，"几"出现13例，"几乎"出现5例；到了明代，"几乎"的使用频率就要高于"几"了。在《醒世恒言》中，"几乎"共出现12例，"几"仅出现2例。到明末的《醒世姻缘传》时，"几乎"出现22例，"几"的副词用法已经消失。

我们考察清代的《绿野仙踪》发现，在表达"将近、差点儿"的意义时基本都用"几乎"，共有23例；单音节副词"几"仅出现1例，但它是出现在对仗工整的骈文中，不是出现在口语中。这也说明了在明末的口语中双音节副词"几乎"已经取代了单音节副词"几"。如：

（34）原来近视眼看诗文最费力，这先生将一本赋掀来掀去，几乎把鼻孔磨破。（《绿野仙踪》7回）

（35）先时请了个阴阳先生降服他们，几乎被他们打死。（《绿野仙踪》11回）

（36）但见：一双猫儿眼，几生在头顶心中；两道虾米眉，竟长在脑瓜骨上。（《绿野仙踪》2回）

在表达"将近、差点儿"的意义时，例（34）、例（35）中用的是"几乎"，例（36）中用的是单音节的"几"，但这句话出现在对仗工整的骈文中。

"几乎"最初是形容词"几"和介词"乎"的组合，意义为"接近于、近于"。宋代时，"几乎"发展迅速，句法上可以接复杂的谓语结构，而且这种结构的数量增多。元明时代，"几乎"进一步发展并趋于完善。到明末的口语中，双音节副词"几乎"取代了单音节副词"几"，《绿野仙踪》中"几乎"的使用情况也佐证了这一观点。

（七）不成

宋代时，"不成"作为副词有两种用法：一是为否定副词，表示禁止，义同"不能、不可以"；二是语气副词，表示反诘语气，与现代汉语中的"难道"意义相当。这两种用法都产生于宋代，宋以前没见到用例①。据唐贤清（2004）统计，《朱子语类》中"不成"作为否定副词共有132例，作为反诘副词有93例。我们搜索了《朱子语类》中"不成"两种用法的用例，如：

（37）谓如"人心惟危，道心惟微"，都是心，不成只道心是心，人心不是心。（《朱子语类》卷4）

（38）如言孔子"七十而从心"，不成未七十心皆不可从！（《朱子语类》卷15）

（39）如千里马也须使四脚行，驽骀也是使四脚行，不成说千里马都不用动脚便到千里！（《朱子语类》卷63）

（40）孔孟教人，多从发处说。未发时固当涵养，不成发后便都不管？（《朱子语类》卷113）

（41）如颜子克己复礼，亦须是"非礼勿视，非礼勿听，非礼勿言，非礼勿动"，不成只守个可克己复礼，将下面许多都除了？（《朱子语类》卷117）

例（37）至例（39）中"不成"为否定副词用法；例（40）至例（41）中"不成"为反诘副词用法。

"不成"在产生反诘副词用法后，钟兆华（1991）认为在元代时又产生了语气助词的用法。语气助词"不成"均是位于疑问句的句尾，既可单用，也可与一些反诘副词结合使用。

明代时，"不成"作为反诘副词的用法基本消失。我们搜索语料发现在《金瓶梅词话中》中，"不成"作为反诘副词只有1例，其余都是作为语气助词出现的。如：

----

① 参见杨永龙《近代汉语反诘副词"不成"的来源及虚化过程》，《中国语文》2000年第1期。

（42）婆子道："难道他娘家陪的东西，也留下他的不成？他背地又不曾自与我什么，说我护他，也要公道……"（《金瓶梅词话》6 回）

（43）俺每是买了个母鸡不下蛋，莫不杀了我不成！（《金瓶梅词话》30 回）

（44）金莲道："怪行货子，好冷手，冰的人慌！莫不我哄了你不成？"（《金瓶梅词话》38 回）

（45）你说你把一个半个人命儿打死了不放在意里，那个拦着你手儿哩不成？（《金瓶梅词话》43 回）

（46）你便取银子出来，央我买。若是他便走时，不成我扯住他？（《金瓶梅词话》3 回）

例（42）至例（45）中"不成"为语气助词；例（46）中"不成"反诘副词，相当于"难道"。

徐时仪（1999）对"不成"作为反诘副词用法消失的原因做出了解释，认为"不成"既可用作语气副词，又可用作语气助词；而副词"难道"则只表反诘语气一种用法，意义单一。因此元代以后，"不成"开始只用作语气助词的用法出现。

我们考察清代的《绿野仙踪》发现，"不成"共出现25例，均是位于疑问句的末尾作语气助词，其中6例是"不成"单用的形式，19例是与疑问代词"难道"呼应使用，即"难道……不成……"。如：

（47）又一个道："今日这事就如此了局不成……"（《绿野仙踪》87 回）

（48）他要拜望朋友去，难道我缚住他不成？（《绿野仙踪》6 回）

（49）设或你姐夫不收留，难道又去江西讨吃不成？（《绿野仙踪》22 回）

不难发现，与明代相比，"不成"的反诘副词用法完全消亡。与之同义的"难道"，用例则大量增加，虽然在明代的《金瓶梅词话》中"难道"的用例还不是很多，只有 18 例，但到明末清初的《醒世姻缘传》中已有 103 例，《绿野仙踪》中"难道"有 67 例，《儿女英雄传》中"难道"高达 193 例。如：

> （50）知他识破行踪，也大声道："你会拿人，难道人不会拿你么？"（《绿野仙踪》11 回）
>
> （51）胡监生道："娘子千伶百俐，难道还不知小生的意思么？"（《绿野仙踪》18 回）

总之，"不成"在宋代时有否定副词和反诘副词两种用法，元代时"不成"又产生了语气助词的用法，并且开始只作语气助词方向发展。明代时"不成"作为反诘副词的用法逐渐消失，到了清代，"不成"的反诘副词用法完全消亡，而与之同义的"难道"用例则急剧增加。

（八）亲、亲自

亲，《说文》："亲，至也。"段玉裁认为："亲，父母者，情之最至也，故谓之亲。""亲"的本义是父母，是情之最至者，事必躬亲才显得情意恳到，由此引申出"亲"强调行为动作由主体直接发出的意义，也就是"亲自"的意义。"亲"表"亲自"义，先秦时已有用例。副词"亲自"是由副词"亲"（亲自）和词缀"自"组合而成的。

宋元时期，表示躬亲义时一般使用单音节的"亲"，而极少使用双音节的"亲自"，"亲"的使用频率远远高于"亲自"。在宋代的《朱子语类》中"亲"共出现 492 例，而"亲自"只有 3 例①；我们考察了《元典章·刑部》，"亲"共出现 48 例，而"亲自"只有 1

---

① 参见唐贤清《〈朱子语类〉副词研究》，湖南人民出版社 2004 年，第 98 页。

例。如：

（52）方其知之而行未及之，则知尚浅。既亲历其域，则知之益明，非前日之意味。（《朱子语类》卷9）

（53）若不亲入其门户，在外遥望，说我皆知得，则门里事如何知得。（《朱子语类》卷19）

（54）程门诸子在当时亲见二程，至于释氏，却多看不破，是不可晓。（《朱子语类》卷110）

（55）至于建康，仅及月余，亲睹所历河水之中，时复有漂流被死人尸，合面仰卧，顺波而下……（《元典章·刑部》）

（56）民无从得钱，遂命监司、郡守亲自征督，必足而后已。（《朱子语类》卷127）

（57）今拟李宝为妾与人夤夜通奸，亲自捉获殴死，比妻从轻。（《元典章·刑部》）

到明代时，随着汉语双音节化的趋势，双音节"亲自"已开始占有一定优势，其使用频率开始超过单音节的"亲"。在《醒世恒言》中，"亲"共有23例，而"亲自"则有35例，"亲自"的使用频率开始超过"亲"的使用频率；在《金瓶梅词话》中，"亲"共有26例，而"亲自"则有34例。如：

（58）妇人道："我亲数了两遍，三十个角儿，要等你爹来吃。你如何偷吃了一个……"（《金瓶梅词话》8回）

（59）妇人双手高擎玉，亲递与西门庆，深深道个万福："奴一向感谢官人……"（《金瓶梅词话》13回）

（60）他若不来，你就说六姨到明日坐轿子亲自来哩。（《金瓶梅词话》8回）

（61）月娘见李瓶儿锺锺酒都不辞，于是亲自递了一遍酒，又令李娇儿众人各递酒一遍。（《金瓶梅词话》14回）

到了清代的《绿野仙踪》中，发生了质的变化，双音节"亲自"的用例大量增加，超过了"亲"的用例。《绿野仙踪》中，"亲自"共有 41 例，而"亲"则只有 24 例。如：

（62）刘贡生所借银两，我亲问过他三四次，他总推说一时凑不及，许在一月后。（《绿野仙踪》17 回）

（63）于冰谦退至再三，亲自将椅儿取下来，打了一恭，然后斜坐在下面。（《绿野仙踪》2 回）

（九）尽情

"尽情"本是动宾短语，表示"尽心尽力"的意义，从上古到明清时期均有用例。卿显堂（2003）认为，在北宋时期"尽情"出现范围副词的用法，但用法不十分明显①。如：

（64）圣人方道是我无知识，亦不是诲人不倦，但鄙夫来问，我则尽情向他说。（《朱子语类》卷 36）

（65）山曰："双明亦双暗。"师礼谢。三日后却问："前日蒙和尚垂慈，只为看不破。"山曰："尽情向汝道了也！"（《五灯会元》卷 7）

（66）说妙谈玄，袖僧面前，望梅林而止渴。际山今日去却之乎者也，更不指东画西，向三世诸佛命脉中，六代祖师骨髓里，尽情倾倒，为诸人说破。（《五灯会元》卷 20）

例句中的"尽情"都用在谓语之前，是句中的状语，在意义上既可以理解为表示全部的范围副词，也可以理解为表示尽心尽力的动词结构，因此还处于副词产生的初期。

元代语料中没有发现"尽情"作为范围副词的用例，到了明代，

———————

① 参见卿显堂《副词"尽情"的形式化标志》，《古汉语研究》2003 年第 3 期。

"尽情"作为范围副词的用法已经出现。《三国演义》中"尽情"出现 3 例,均为表示全部的范围副词;在《警世通言》《醒世姻缘传》等书中都有用例。如:

(67) 孔明曰:"吾已知此人无降心,故意使入城。彼必尽情告与夏侯楙,欲将计就计而行。"(《三国演义》92 回)

(68) 鸨子说:"奴才,他到把我金银首饰尽情拐去,你还放刁!"(《警世通言》24 回)

(69) 众水手将贼船上家火东西,尽情搬个干净,方才起篷开船。(《醒世姻缘传》36 回)

(70) 老魏同魏三封开了他的箱柜,凡是魏家下去的东西尽情留下,凡是他家赔来的物件,一件也不留。(《醒世姻缘传》72 回)

(71) 众水手将贼船上家火东西,尽情搬个干净,方才起篷开船。(《醒世恒言》36 回)

例句中"尽情"都是表示全部意义的范围副词,限定前面出现的名词。句法形式上,"尽情"一般出现在有"将/把"出现的处置式中①。

清代的《绿野仙踪》和《红楼梦》中都有"尽情"作为范围副词的用法。《绿野仙踪》中"尽情"共 5 例,其中表示范围的有 3 例;《红楼梦》中"尽情"共 7 例,其中 3 例为表示全部的范围副词。如:

(72) 我若不把姐姐当作亲姐姐一样看,上回那些家常话烦难事,也不肯尽情告诉你了。(《红楼梦》37 回)

(73) 后来大相公将本村地土尽情出卖,得价银八百八十两,

---

① 卿显堂(2003)将能否出现在处置式中看作是"尽情"作为范围副词的形式表示。

是小人经手兑来。(《绿野仙踪》29 回)

例(72)、例(73)中的"尽情"都表示全部范围,出现在动词之前;例(73)中"尽情"出现在处置式中。

通过分析不难看出,"尽情"在宋代时出现范围副词的用法,表示"全部,没有例外";明清时期该类用例大量存在,成为"尽情"的主要义项。但在现代汉语中"尽情"已经由表示范围的范围副词,逐渐转化为表示情态的情状方式副词。

(十)凡

"凡"的本义为"刚要,概括之辞",后引申为"全部、只要是"的总括意义,"凡"作为副词有两种意义和用法:一是用于名词性谓语和数量词之前,表示人、事物的总数,相当于"一共、总共";二是用于做主语的名词性短语和动词性短语之前,表示概括所陈述的人、事物和动作全部具有某种性质,相当于"凡是",两种意义从先秦一直沿用至现代汉语中。

北宋时期,副词"凡"的两种用法都非常普遍。《朱子语类》中,副词"凡"共出现 721 例①,我们发现表示统计意义的"凡"有70 例;"凡"出现在名词性短语或动词性短语之前表示范围,共计651 例。如:

(74)又错综为六十四卦,凡三百八十四爻。(《朱子语类》卷 34)

(75)第二十三章凡八说,伊川三说。(《朱子语类》卷 33)

(76)凡物有四隅,举一隅,则其三隅之理可推。(《朱子语类》卷 34)

(77)凡事,好中有不好,不好中又有好。沙中有金,玉中有石,要自家辨得。(《朱子语类》卷 20)

---

① "凡"出现频率的数据为唐贤清(2003)统计的结果。

"凡"限定的成分通常出现在句首，"凡"限定的名词和动词性短语不出现在句首的只有 11 例。如：

> （78）字凡从"皮"，皆是一边意，如跛是脚一长一短，坡是山一边斜。（《朱子语类》卷 52）
> （79）论语凡言在其中，皆是与那事相背。（《朱子语类》卷 24）

"凡"还经常与"大、但"组合，形成"大凡、但凡"的形式。"大凡"的用例远远高于"但凡"，"大凡"共有 108 例，"但凡"仅有 2 例。如：

> （80）大凡读书，须是要自家日用躬行处着力，方可。（《朱子语类》卷 43）
> （81）但凡事须当立志，不可谓今日做些子，明日便休。（《朱子语类》卷 18）

明代时，"凡"表范围的用例增多[①]，表示统计意义的"凡"大量减少。《金瓶梅词话》中，副词"凡"共出现 93 例，其中表示统计意义仅 1 例，表示范围意义的"凡"有 92 例。

"凡"限定名词的用例增多。如：

> （82）你凡事只有个不瞒我，我放着河水不洗船，好做恶人？（《金瓶梅词话》74 回）
> （83）你爹没了，你娘儿们是死水了，家中凡事，要你仔细。（《金瓶梅词话》79 回）

---

① "凡"作为副词总量减少，但是作为范围副词，表示"全部"意义的用例比表示"统计"意义的用例逐渐变多。

清代时，"凡"表范围的用法占优势，表示统计意义的"凡"用例很少，《绿野仙踪》中副词"凡"出现96例，表示统计意义仅有1例，如：

（84）《小雅》自《鹿鸣》而下，《湛露》而上，凡二十有二章，其中如《伐木》之燕朋友，《南陔》《白华》之事亲悉载焉。（《绿野仙踪》2回）

形式上"凡"经常单用，《绿野仙踪》中"大凡"仅有1例，没有"但凡"的用例。如：

（85）大凡贼杀人谓之"收拾"（《绿野仙踪》28回）

总之，"凡"作为限定范围的范围副词，两种意义在宋代都频繁使用；到了明清时期，"凡"的意义发生变化，表范围的"凡"占绝对优势，表示统计意义的"凡"用例非常少。

（十一）都

"都"本义为都城，现代汉语中作为副词的"都"与作为名词的"都"没有联系，是一个假借字。① 据杨荣祥（2005：100—103）的考证，"都"作为副词，早期是表示强调语气的语气副词。作为范围副词的"都"产生于东汉，到晚唐五代之前使用并不频繁。宋代以后范围副词"都"的使用迅速增多，在《朱子语类》中，范围副词"都"使用2107例，成为仅次于"皆"的范围副词。②

宋代时，"都"的语义指向比较自由，既可指向句子的主语，也可指向句子的宾语，还可指向处置式中的处置对象和介词宾语。如：

---

① 关于副词"都"与名词"都"之间是否有联系，学界存在不同看法：《古代汉语虚词词典》认为两者之间没有联系，是一种假借字；杨荣祥（2005）认为名词"都"表示人口聚集的地方，引申出动词义"聚集"后发展为副词义，表示总括。

② "皆"在《朱子语类》中出现3272例。

（86）上面气渐清，风渐紧，虽微有雾气，都吹散了，所以不结。（《朱子语类》卷 2）

（87）吾儒更着读书，逐一就事物上理会道理。他便都扫了这个，他便怎地空空寂寂，怎地便道事都了。（《朱子语类》卷 14）

（88）若只见夫子语一贯，便将许多合做底事都不做，只理会一，不知却贯个甚底！（《朱子语类》卷 27）

（89）又如读得圣制经，便须于诸书都晓得些。（《朱子语类》卷 10）

例句中"都"分别指向句子的主语"雾气"、宾语"这个"、处置式中的处置对象"许多合做底事"、介词"于"的宾语"诸书"。

《朱子语类》中"都"可以出现在动补结构之间，在语义上一般还指向句子的主语。如：

（90）须看其说与我如何，与今人如何，须得其切处。今一切看得都困了。（《朱子语类》卷 19）

元代时，"都"一般只指向句子的主语。据杨荣祥（2005）统计，在《元曲选》中，"都"大部分指向句子的主语，仅有 2 例指向句子的宾语[①]。如：

（91）你都有什么功劳在那里？（《元曲选》）

我们统计了明代的《金瓶梅词话》，副词"都"共出现 1742 例，其中范围副词 1326 例，"都"指向其后的成分只有 3 例。如：

---

① 参见杨荣祥（2005），共统计的元曲 20 本。

（92）这一家都谁是疼你的？（《金瓶梅词话》12回）

（93）你将初一十五开的庙门早了，都放出些小鬼来。（《金瓶梅词话》46回）

《绿野仙踪》中，范围副词"都"的用例增多，"都"大部分都是指向句子的主语，指向"都"之后成分的有3例。如：

（94）他虽是个和尚，却一句和尚话不说，都说的是道家话，劝人修炼成仙。（《绿野仙踪》9回）

不难看出"都"作为范围副词，从宋代起用例越来越多，宋代时"都"的语义指向相对自由，受到的限制较少，元明以后"都"指向其后成分的用例越来越少，受到的限制越来越多①。

（十二）倒

李焱、孟繁杰（2011）对关联副词"倒"的历史发展过程做过考察，该研究认为，"倒"原义为"颠倒"，可以作及物动词和不及物动词，后来"倒"可以和其他动词连用表示方式或状态，如"倒悬、倒持"，但是"倒"的颠倒之义仍旧很明显。唐代时，"倒"的使用出现了较大变化，表示转折的关联副词"倒"产生，但用例甚少。

宋元时期，"倒"作为关联副词的用例有所增加，时有所见。如：

（95）如今人怎地文理细密，倒未必好，宁可是直白粗疏之人。（《朱子语类》卷39）

（96）盖偷心是不知不觉走去地，不由自家使底，倒要自家捉它。（《朱子语类》卷16）

---

① 现代汉语中只有固定格式中的"都"语义指向其后的成分。

明代时，"倒"的使用数量激增，而且在用法上日趋完善，"倒"表转折和舒缓语气的用法都已出现。用法上，根据"倒"所连接的两个分句之间是否存在逆常理性，可以分化为表逆转关系和表对照两类。有时候，表对照关系的前后两个分句都可以用"倒"连接。如：

(97) 你是个把舵的，我是个撑船的，我倒不慌，你倒慌了手脚！(《金瓶梅词话》5 回)

我们考察发现清代的《绿野仙踪》发现，"倒"作关联副词和表示舒缓语气的用法仍然很常见。如：

(98) 那妇人两手捧着个盘子，盘子内塑着几个小娃儿，坐着的，睡着的，到也有点生趣。(《绿野仙踪》8 回)

(99) 有人将冷于冰名讳并不中的原由详细告诉他，他到也不拿父母的官架子……(《绿野仙踪》4 回)

(100) 门外走入个少年妇人，手提着一个小布袋儿，虽是村姑山妇，到生的是极俊俏人才。(《绿野仙踪》28 回)

(101) 我从这条路也来往过两三次，到没看见这间房儿。(《绿野仙踪》27 回)

前两例中"倒"分别用于肯定句和否定句中表示舒缓语气；后两例中"倒"用于复句中表示前后分句之间为转折关系。不难看出，"倒"在《绿野仙踪》的用法与明代基本相同。

明清时期副词"倒"的使用频率大量增加，这可能与近代汉语中"却"表达的意义过多有关。近代汉语中，表示转折关系时主要是用"却"，但是"却"在近代汉语中还有其他多种意义[①]，而副词"倒"

---

① 李法白、刘镜芙（1981）认为"却"在《水浒传》中不包括表示转折，还有 12 种意义。

只表转折关系和舒缓语气，用法简单，不容易产生歧义和误解，因此这一时期"倒"的用例大量增加。

（十三）不

"不"作为否定副词，在先秦已经出现，六朝以后表示单纯否定的几乎都是用"不"，同时也产生了一些不是单纯否定的用法。

与宋代《朱子语类》和明代的《金瓶梅词话》相比，我们考察发现《绿野仙踪》中的"不"有以下两点差异。

1. "不"做可能补语出现在宾语之后的用例减少。

现代汉语中有"不"出现的可能补语，一般出现在动词的宾语之前构成"动词+补语+宾语"的格式；在近代汉语中，"不"做补语可以出现在宾语之后，形成"动词+宾语+补语"的格式，但这种格式逐渐减少。宋代的《朱子语类》中"不"做补语出现在宾语之后共有114例，例如：

（102）初下江南，一年攻城不下，是时江州亦城守三年。（《朱子语类》卷127）

（103）知道恶不可作，却又是自家所爱，舍他不得，这便是自欺。（《朱子语类》卷16）

例句中的"不下""不得"作为句子的补语，都出现在宾语"城""他"之后。

明代的《金瓶梅词话》中"动词+宾语+补语"共出现15例，例如：

（104）吃他那日叉帘子时见了一面恰似收了我三魂六魄一般，日夜只是放他不下。（《金瓶梅词话》2回）

（105）话说温秀才求见西门庆不得，自知惭愧，自携家小搬移原旧家去了。（《金瓶梅词话》77回）

清代的《绿野仙踪》"动词+宾语+补语"仅有 6 例，而后的《儿女英雄传》中没有出现这一用法，例如：

（106）于冰道："门生于放榜之后，即欲回里，因领落卷不得，故羁迟累日。"（《绿野仙踪》3 回）

（107）探事的报道："贼将见攻城不下，于昨夜四鼓时候，分兵两路：步登高领大兵一枝，从东路杀向本国。"（《绿野仙踪》69 回）

不难看出否定副词"不"组成的可能补语，出现在宾语之后形成的"动词+宾语+补语"的用例越来越少，在现代汉语中已经消失①。

2.《绿野仙踪》中的"不"可表示祈使，《朱子语类》和《金瓶梅词话》中都没有出现。

"不"最主要用法是表示单纯否定，在《朱子语类》中偶尔可以表示已然的否定，在《绿野仙踪》中则可以表示禁止和劝阻，出现在祈使句中，例如：

（108）众人道："你不世故罢，你只快快的与他两位叩头。"（《绿野仙踪》18 回）

（109）正言间，只见那公子出来，站在当院里，四面看了看，向庙主道："你不送罢。"（《绿野仙踪》36 回）

例句中"不"均出现在祈使句中，表示劝阻，句尾有表示祈使语气的"罢"。在清代的另一部小说《歧路灯》中也有"不"用于祈使句表示禁止和劝阻的用例。

---

① 现代汉语南方某些方言中还存在"动词+宾语+补语"的用例。

第二节 《绿野仙踪》副词与现代汉语副词比较

一 《绿野仙踪》副词与现代汉语副词比较概述

《绿野仙踪》成书于清代，而清代是近代汉语向现代汉语发展演变的重要时期，因此将《绿野仙踪》中的副词与现代汉语副词进行比较，可以探求汉语副词从清代向现代汉语发展演变的特点和规律。

语言的发展是渐变的，在一定时间内保持相对的稳定性。因此，《绿野仙踪》与现代汉语相比，它们有着相同的副词系统，并且副词系统中的各个次类也基本相同。就副词词语本身而言，《绿野仙踪》和现代汉语中的副词也有许多相同之处。

首先，现代汉语中大多数副词的意义、用法与《绿野仙踪》保持一致。《绿野仙踪》中的大多数副词，在现代汉语中仍然使用，并且意义、用法没有发生变化。如："没/没有"，在《绿野仙踪》中作为副词表示对已然的否定，用于动词之前；现代汉语中的"没/没有"用法与之相同，也用在谓语动词之前，表示对已然的否定。

其次，即使发生了变化的词在意义和用法上也部分保留原来的意义。有些副词，《绿野仙踪》中的用法和意义与现代汉语存在差异，但两者之间并非完全不同，许多副词的基本意义和基本用法几乎一致，例如：否定副词"不"在《绿野仙踪》中很少在对话中单用表示回答，但是可以用在祈使句中；而现代汉语中"不"可以单用回答正反问句，但不能单独使用在祈使句中，两者之间存在着差异。但是作为否定副词，"不"在《绿野仙踪》和现代汉语中的意义都表示单纯否定，在句法上都常出现在谓语动词之前，其基本意义和用法没有发生改变。再如语气副词"毕竟"，在《绿野仙踪》中有两种意义，既有表肯定强调的语气，相当于"终归、终究"；也有表示疑问深究语气，相当于"到底、究竟"。虽然在现代汉语中，"毕竟"的意义发生变化，但是"毕竟"表示肯定强调语气的用法还保留在现代汉语中。

《绿野仙踪》和现代汉语副词的相同之处，体现了汉语副词发展的稳定性，同时也是汉语词汇一贯性的反映。

语言是发展变化的，因此《绿野仙踪》中的副词与现代汉语副词相比，也存在一些差异，表现在以下几个方面。

（一）新副词的产生和旧副词的消亡

现代汉语中产生了一些新的副词。如副词"特别、竟然、偶尔、别、相当、仅仅"等。"别"作为表示禁止的否定副词在现代汉语中经常使用，但在《绿野仙踪》中没有用例。"特别"作为程度副词在《绿野仙踪》《红楼梦》等清代小说中都没有用例，在现代汉语中"特别"为常用的程度副词。

有些副词在现代汉语中消失，或仅保留在书面语或方言中，如副词"甚、好生、颇、忽、稍、略、微、渐、偏生、本、定、终、端的、恰、果、正"等。副词"好生"，在《绿野仙踪》中既可表示程度高，又可表示情状方式，义为"好好（地）"；而现代汉语中仅在某些方言中使用。"甚"作为程度副词，《绿野仙踪》中为使用频率最高的程度副词；而现代汉语中仅在书面语中使用。语气副词"端的"，《绿野仙踪》中既可表示肯定、强调语气，也可表示疑问、深究语气；而现代汉语中仅保留在某些方言中。单音节副词"忽"，在《绿野仙踪》中表示突发、短时的时间副词；现代汉语中，"忽"作时间副词的用法已经消失。

（二）有些副词的使用频率发生变化

《绿野仙踪》中的有些常用副词在现代汉语中使用频率逐渐降低，变为非常用副词，或者成为只出现在书面语中的文言词，如：俱、未、亦等。"俱"在《绿野仙踪》中出现562例，既可以出现在人物对话中，也可以出现在叙述性语言中，是使用频率仅次于"都"的范围副词；现代汉语中"俱"的使用频率降低，已经退出口语，只出现在书面语或固定短语中。

《绿野仙踪》中有些低频副词在现代汉语中变为高频副词，如

"很、非常、十分、都、也"等。"非常"在《绿野仙踪》中作为副词只出现 3 例，使用频率很低，表示"不是一般"的意义；但在现代汉语中"非常"作为程度副词的使用频率很高，是汉语的常用词。

（三）副词的义项发生变化

副词的意义具有稳固性的同时也具有渐变性，副词的意义会随时间的改变而逐渐发生变化，主要表现在三个方面：副词义项的增加、副词义项的减少、副词义项的转移。

有些副词的义项增加。如程度副词"太"，在《绿野仙踪》中仅表示程度过分、过头；而现代汉语中还可用于感叹句中表示程度非常高。再如语气副词"可"，《绿野仙踪》中只用于疑问句中加强疑问语气，而现代汉语中还可加强肯定肯定强调、期望语气等多种用法。

有些副词的义项减少。《绿野仙踪》中有些副词同时具有多个意义，在发展中许多义项不常用或消失，部分副词在现代汉语中只存在一种义项，如语气副词"毕竟"，在《绿野仙踪》中既可表"终归、终究"之意，又可表"到底、究竟"之意；但到了现代汉语中，"毕竟"仅表示"终归、终究"的意义。再如程度副词"颇"，《绿野仙踪》中既可表示程度高，也可表示程度低；而现代汉语中"颇"的义项减少，仅表示程度高，并且使用范围变小，仅用于书面语中。

个别副词的义项发生转移，其作用和功能也随之发生改变，如"尽情"本义为"尽心尽力"，在《绿野仙踪》中则意义为"全部"，是典型的范围副词；现代汉语中的"尽情"则表示"由着自己的感情，不受约束"的意义，转化为典型的情状方式副词，其他义项都已消失。

（四）有些副词组合能力发生变化

副词的主要作用是与谓词组合，充当句子的状语，《绿野仙踪》中部分副词的组合能力较现代汉语强，如"未"作为否定副词可以与名词组合，"我虽未仙"表示没有成为神仙，这种用法在现代汉语中已经不存在。再如"甚、十分"等程度副词，在《绿野仙踪》中既可修饰心理动词及其短语，还可修饰普通动词及其短语；而在现代汉语中，程度副词的组合能力发生变化，修饰一般动词及其短语的用法消失。

（五）个别副词的句法位置发生改变

《绿野仙踪》中的副词与现代汉语相比，大部分用法没有发生变化，但是部分词的句法位置不同。现代汉语中有宾语时出现时，表示否定的可能补语用在宾语之前，形成"动+补+宾"的格式，如"咽不下去这口气"。《绿野仙踪》中表示不可能意义的补语可以出现在宾语之前，如"这也怪不得你"；也可以出现在宾语之后，形成"动+宾+补语"的格式，如"日日如此，也止他不得"。

（六）双音节副词的数量增多

汉语从单音词过渡到双音词是其发展的内部规律之一。《绿野仙踪》中双音节副词已经占有一定优势，到现代汉语中，随着汉语词汇双音节化的发展，出现了一些新的双音节副词，如"竟然、偶尔、特别、仅仅"等，双音节副词的使用频率增高。

另外，现代汉语中形成了一些副词的固定搭配，在《绿野仙踪》中均未出现。现代汉语中的"只"经常与"就"组合，形成"只……就……"的格式，表示项目单一，具有举例的性质，如"只跑步就花了半个多小时"，《绿野仙踪》中的"只"与名词直接相连表示范围，后面不出现"就"，如"不算金帛珠玉，只银子有三万余两"。

总之，语言的发展是渐变的，在一定时期内保持着稳定性，因此《绿野仙踪》与现代汉语中的副词在意义和用法上有很多相同之处。但是，从清代发展到现代，汉语副词也发生了很大的变化，因此我们将《绿野仙踪》与现代汉语中的副词进行纵向比较，探求汉语副词从清代到现代发展演变的特点和规律。

二 《绿野仙踪》副词与现代汉语副词个案比较

本部分我们选取《绿野仙踪》中"极、太、甚、究竟、毕竟"等副词与现代汉语进行对比，从使用频率、所表意义、组合能力、句法功能等方面来分析它们在现代汉语中的发展变化，探求汉语副词从清代到现代的发展特点和变化规律。

（一）极

程度副词"极"在《绿野仙踪》和现代汉语中都表示程度很高，达到顶点。它在《绿野仙踪》与现代汉语中的不同之处主要表现在以下两个方面。

1.《绿野仙踪》中"极+形容词"修饰名词时，既可用结构助词"的"，也可不用；而现代汉语中间必须用"的"。

《绿野仙踪》中"极+形容词"修饰名词时，中间可用结构助词"的"，也可不用助词"的"形成"极+形+名"的格式。《绿野仙踪》中"极+形容词"修饰名词，用助词"的"出现76例，不用助词"的"出现21例。如：

（1）到难走处，仍是千里驹等背负，要沿山寻个极险峻地方，招聚天下同类，做些事业。（《绿野仙踪》13回）

（2）不想他已设备下极丰盛的酒席，又强扯于冰到内房，见了他妻女两人。（《绿野仙踪》2回）

现代汉语中，"极+形容词"修饰名词时，通常要用结构助词"的"才能构成定中结构。如：

（3）现在，虽然没有大规模的战斗，他的任务仍然是极艰苦的；他担任驿谷川渡口的查线接线工作。（老舍《无名高地有了名》）

（4）这几句不激昂而极切实的话打动了每个人的心，大家马上喊起……（老舍《无名高地有了名》）

2.《绿野仙踪》中，"极"以作状语为主，作状语的用例远远高于作补语的用例；而现代汉语中，"极"常用来做补语，后面一般有语气词"了"。

《绿野仙踪》中，"极"共有 176 例，其中作状语 158 例，作补语 18 例，可见，"极"在《绿野仙踪》中以作状语为主要功能。

《现代汉语虚词例释》认为，程度副词"极"作状语，一般只出现于书面语中，而"极"位于形容词或心理动词后面作补语，在书面语和口语中都很常见，后面一般带有语气词"了"。如：

（5）手风琴拉得快乐极了，热烈极了，畅快极了。（《现代汉语虚词例释》）

（6）多多头不耐烦极了，就像要跟他哥哥吵架似的嚷着。（《现代汉语虚词例释》）

《绿野仙踪》中，"极+形容词"修饰名词时可以不用结构助词"的"，是因为在近代汉语中，由上古继承下来用在定中结构的助词"之"已经走向衰亡，而新兴起的结构助词"的/底"还没有成为定中短语中必带的语法成分，所以"极+形容词"可直接修饰名词。发展到现代汉语中，结构助词"的"已经发展成熟，用法趋于稳定，成为"极+形容词"修饰名词的必带成分。

"极"在清代中期以作状语为主，发展到现代汉语中以作补语为主，发生这种变化的原因，我们认为首先是其他新兴程度副词与"极"竞争的结果。清代中叶以来，新兴的程度副词"很、十分、非常"等逐渐活跃，它们在意义上都表示主观认定的高程度，这与"极"的程度界限不甚清晰。它们在句中作状语，占据了"极"作状语的使用空间。另外，"极"的双音节形式"极其、极为"分化了单音节副词"极"的使用。"极"既可修饰单音节词，也可修饰双音节词；而"极其""极为"只修饰双音节词，它们在某种程度上分化了"极"修饰双音节词的部分用法。因此，现代汉语中"极"作状语的用例减少，句法功能上也逐渐变为以作补语为主。

（二）甚

程度副词"甚"在《绿野仙踪》中使用频率很高，而且组合形式丰富。现代汉语中程度副词"甚"只用于书面语中，一般只修饰单音节形容词或动词。

《绿野仙踪》中程度副词"甚"共出现232例，既可用于人物对话中，也可用于叙述性语言中。句法组合能力方面，既可修饰形容词，也可修饰动词及动词性短语。音节上，被饰成分以单音节为主，也可以修饰一部分双音节或多音节成分。如：

（7）为人聪明仁慈，娶妻姜氏，亦甚纯良。（《绿野仙踪》17回）

（8）于冰又怕别有絮聒，天交四鼓，便收拾起身，心上甚得意这件事做的好。（《绿野仙踪》4回）

（9）冷不华人虽年少，甚有才学，若着管理奏疏，强似幕客施文焕十倍，就只怕他不与我们气味相投。（《绿野仙踪》3回）

现代汉语中，程度副词"甚"一般只用于书面语中，口语中很少使用。句法组合形式方面，一般只修饰单音节形容词或动词，很少修饰双音节成分。在《四世同堂》中，"甚"共出现27例①，其中有26例用于叙述性语言中，仅有1例出现在人物对话中，修饰单音节"是"。如：

（10）是的！是的！所长所见甚是！你跟高第说去……（老舍《四世同堂》）

（11）韵梅两个字仿佛不甚走运，始终没能在祁家通行得开。老舍《四世同堂》

程度副词"甚"的日趋萎缩和"很"的迅速扩展密切相关。清代中叶以后，"甚"的用例逐渐减少，而"很"的用例逐渐增多。我

---

① 本书统计了《四世同堂》前两部，约67万字，与《绿野仙踪》篇幅相当。

们通过考察清代中期的《红楼梦》、清代晚期的《儿女英雄传》、清末的《老残游记》可以看出"很"与"甚"的变化趋势。《红楼梦》中"很"与"甚"的比例为 251：126；《儿女英雄传》中"很"与"甚"的比例为 91：11；《老残游记》中"很"与"甚"比例为 127：59。发展到现代汉语中，"甚"的使用频率更低，如在《四世同堂》中，二者比例为 1252：27。

杨荣祥（2005：393）认为，在同义副词竞争中能够取胜的副词，一定具有某种优势，这种优势主要表现在组合能力方面，凡组合能力强的副词，必定将组合能力弱的副词排挤掉。"甚"与"很"表示的程度等级相当，用法上也有相同之处，但"很"在组合能力上比"甚"更有优势。傅书灵（2007）认为，这种优势主要表现在"很"可以自由地作补语，而"甚"必须采用"AP+之甚"这种强化形式，因此使用范围不广。我们认为这种分析有失偏颇，因为"十分、非常"等作补语受到限制的程度副词在现代汉语中同样得到迅速发展，即使能自由作补语的"极"在现代汉语中的用例也逐渐较少。我们考察《绿野仙踪》发现，"甚"主要修饰单音节成分，"甚是、甚为"主要修饰双音节成分。这一趋势在清末的文学作品中更为明显，如在《老残游记》中，"甚"只修饰单音节成分，没有出现修饰双音节的用例；"甚是、甚为"只修饰双音节成分，两种之间的分化逐渐明朗。新兴的程度副词"很"既可以修饰单音节成分，也可以修饰双音节成分，不受音节上的限制。"甚"与"很"在被饰成分音节上的差异是两者萎缩和兴起的主要原因。

（三）太

程度副词"太"在《绿野仙踪》与现代汉语中都可表示程度过分、过头，但是其意义和用法存在一些差异，主要表现在以下三个方面。

1. 程度副词"太"在《绿野仙踪》中仅表程度过分、过头；现代汉语中"太"除了表示程度过分、过头，还可以表示程度非常高，经常用于感叹句。

《绿野仙踪》中程度副词"太"表示程度过分、过头，超过正常的情况或某种主观预期的标准。如：

（12）大人书气过深，弟到不好违拗，坏你重师生而轻仇怨之意，就将"正法"二字，改为"革职"罢。只是太便宜他了！（《绿野仙踪》73回）

现代汉语中，"太"除表示程度过分、过头外，还表示程度非常高，多用于赞叹。如：

（13）"那太好啦！太棒了！"连长天真地笑了，脸上有了光彩，"我保证完成任务！"（老舍《无名高地有了名》）

（14）"比谁已经见过英雄营长！"说到这里，他没法不斜翻一翻眼，实在太兴奋了！（老舍《无名高地有了名》）

（15）哥儿俩长得太像了。（《现代汉语八百词》）

2.《绿野仙踪》中，"太+被饰成分"后以不带"了"为主；而现代汉语中，"太+被饰成分"后常带"了"。

《绿野仙踪》中程度副词"太"共有49例，其中"太+被饰成分"带语气助词"了"12例，不带"了"37例，可见，《绿野仙踪》中"太"后以不带"了"为主。

《现代汉语八百词》指出，"太"作程度副词时，句末常带"了"。如：

（16）他太坚持己见了。（《现代汉语八百词》）

（17）你太相信他了。（《现代汉语八百词》）

3. 现代汉语中有"不太"的形式，修饰动词或形容词，表示减轻否定的程度或不十分确定的行为动作，带有委婉的语气。而《绿野仙踪》中没出现这样的用例，同时代的《红楼梦》中也没有出现"不太"的用例。如：

（18）天赐虽不能高兴，也不太悲观，开始写小纸签，该卖的都贴上，没签的是留下来的。（老舍《牛天赐传》）

（19）及至一挺腰板，长篇大套地谈起来，他又才华横溢。不太圆也不太长的脸上没有什么特点，可是一说起话来或干起活来……（老舍《无名高地有了名》）

（20）她还不敢吸兰花烟，可是已经学会了嚼槟榔——这大概就离吸兰花烟不太远了吧。（老舍《正红旗下》）

"不太悲观"与"不悲观"相比，程度较轻。"不太悲观"的意思是"还是悲观的"，只是"不十分悲观"，因此"不太悲观"表示委婉的语气。

"太"在《绿野仙踪》与同时代的《红楼梦》《儿女英雄传》中以及其后的四大谴责小说中[①]，都表示程度过分，超过表达者主观预期的标准意义。现代汉语中，"太"还可以表示程度非常高，经常用于感叹句中。我们认为发生这种变化的原因是："太"语义上具有超出表达者主观预设的特征，当这种变化符合主体需求时，意义上就转换为程度高的意义，多出现在感叹句中。因此现代汉语中"太"就增加了程度高的意义。

（四）颇

程度副词"颇"在《绿野仙踪》中既可表示程度高，也可表程度低；既可出现在口语中，也可出现在较正式的叙述性语言中。而现代汉语中，"颇"只表程度高，而且使用范围变小，仅在书面用语中使用。

《绿野仙踪》中程度副词"颇"有两种用法，既可表程度深或数

---

① 四大谴责小说为《官场现形记》《二十年目睹之怪现状》《孽海花》《老残游记》。

量多（记为"颇₁"），又可表程度浅或数量少（记为"颇₂"）。《绿野仙踪》中程度副词"颇"共 66 例，其中"颇₁"有 54 例，"颇₂"有 12 例，可见《绿野仙踪》中以表程度深的"颇₁"为主。同时期的《红楼梦》中"颇"也是既可表程度深，也可表程度浅，且以表程度深为主要用法。如：

（21）原来那和尚是湖广黄山多宝寺僧人，颇通文墨，极有胆量。（《绿野仙踪》9 回）

（22）妻郑氏亦颇贤淑。夫妻二人年四十余，止有一子一女。（《绿野仙踪》1 回）

（23）我虽然是个亡八羔子娼妇养的，也还颇有些人性、人心，并不是驴马猪狗，恩怨不分。（《绿野仙踪》54 回）

（24）我少时常听我亡母说，我母舅一贫如洗，生下我表弟时，同巷内有个邻居。颇可以过得日月，只是年老无儿。曾出十两银子，要买我表弟去做后嗣。（《绿野仙踪》14 回）

前两例中"颇"表示程度高，相当于"很、非常"；后两例"颇"表示程度低，相当于"略、略微"。

现代汉语中，程度副词"颇"只表示程度高，相当于"很、十分"等，且仅用于书面语中，口语中不再使用。如：

（25）有段顺口溜，是画家们自己编的，颇为写实，又充满了自嘲……（北大语料库）

（26）他议论非常多，而且往往颇齐警。（《现代汉语虚词例释》）

（27）微生物除草剂，是近几年来发展起来的一种微生物，颇受人们重视。（《现代汉语虚词例释》）

（28）驶车的面前的那把小刷子，自动的左右摆着，刷去玻璃上的哈气，也颇有趣。（老舍《骆驼祥子》）

"颇"本义为"头偏斜",后引申出"偏、不正、倾斜"等义；先秦时引申出程度副词的用法，表示程度轻微，相当于"稍微、略微"；汉代时又产生了表示程度高的用法；在后来的发展中，表程度高的用法占据优势，这种情况一直持续到清代。同一个程度副词"颇"，既可表示程度高又可表示程度低，给语言的交际带来不便，容易造成理解上的歧义和误解，不符合语言的明晰性原则。于是在逐步发展的过程中，"颇"表示程度低的用例逐渐减少。在清末四大谴责小说中只有零星的用例，如《老残游记》中"颇"表程度低只有3例。到现代汉语中，"颇"只保留了程度高的用法。清代中叶以来，随着程度副词"很、十分、非常"等副词的迅速发展，"颇"表程度高的用法也在逐渐减少，到现代汉语中仅在书面语中使用。

（五）更

"更"在《绿野仙踪》中有两种意义和用法：一是表程度增高，相当于"更加"；二是表累积，相当于副词"再、又"，"更"表程度高的用法占绝对优势。如：

（29）城璧笑道："你这一说，我更明白了。"（《绿野仙踪》27回）

（30）彼此坐在一处，不是说自己男人长短，便是议论人家丈夫。若题起游街看庙，无不眉欢眼笑，互相传引。更兼男人，十个到有一半不是怕老婆的，就是曲意要奉承老婆的。（《绿野仙踪》61回）

现代汉语中，副词"更"表示累积的用法彻底消失，被意义、用法相似的"再、又"等副词替换，仅保留了表示程度增高的用法。现代汉语中，表示程度增高时还经常使用双音节"更加"。如：

（31）他非常高兴，因为战士们都能按照计划分头进攻……而且，他反倒比小郑更谨慎了。（老舍《无名高地有了名》）

（32）小谭更佩服营长了，心里说："看营长的记性有多么好！只见过一次，就把我记住了！"（老舍《无名高地有了名》）

（33）祥子手哆嗦的更厉害了，端起保单，几乎要哭起来。（老舍《骆驼祥子》）

现代汉语中，程度副词"更+被饰成分"可以连用，形成"更……更……"连用的形式，或三个"更"连用的形式。如：

（34）它没有因为胜利而故步自封，所以继续得到更大更多的胜利。（老舍《无名高地有了名》）

（35）是的，他必须去看看她；从她的面貌言语中得到鼓励，使他更坚决，更勇敢，打好一个歼灭战！（老舍《无名高地有了名》）

（36）我们要鼓动起大家的学习热情来，教大家知道不是因为在三连里就光荣，而是真下决心苦干，人人有份儿地把三连搞得更硬，更好，而且更谦逊可爱才光荣。（老舍《无名高地有了名》）

（37）应该下去休整，而后再来打"老秃山"。那才能打得更漂亮，更顽强，更有把握。（老舍《无名高地有了名》）

例（34）、例（35）是"更……更……"的连用形式；例（36）、例（37）是三个"更"连用的形式，如例（37）"更……更……更……"作"打得"的补语。

《现代汉语八百词》和《现代汉语虚词例释》都认为，现代汉语中，"更"有时表示在几种事物中，某种事物最为突出、最值得特别提出，"更"与"尤其"相近。这种用法的"更"一般不修饰形容词。如：

（38）延安有优美的风景，丰富的物产，更有光荣的革命历

史。（《现代汉语虚词例释》）

（39）工兵班的闻季爽是小谭的好友，彼此也是在渡口上由相识而互相敬爱起来的。他俩都是湘西人。不过，这倒无关紧要。更重要的倒是二人都年轻，都是团员。（老舍《无名高地有了名》）

副词"更"在《绿野仙踪》中有表示程度增高和表累积两种意义和用法，前一种用法占绝对的优势。发展到现代汉语中，"更"在意义上只表示程度增高，表累积的意义被"再、又"等副词替换；形式上，"更"可以两个或三个连用。

这种形式的出现，与"五四"以后汉语受西方语言的影响有密切关系。王力（1980：477）认为，"五四"以后，汉语中的句子结构在严密性这一点上起了很大的变化。如：

（40）We expect writers to produce more and better works. （《新概念英语》第二册）

我们期望作家们写出更多更好的作品。

（41）Swifter, Higher and Stronger is one of the Olympic tenets.

更快、更高、更强是奥林匹克运动宗旨之一。

现代汉语中的修饰语和限制语增多，表达更加精密，句子自然也随之增长。在《绿野仙踪》中，仅使用"更+被饰成分"的形式；而现代汉语中，出现了"更"连用的形式。

（六）很（狠）

程度副词"很"在《绿野仙踪》中写作"狠"，使用频率不高，共有14例，句法功能单一，均是在句中作补语。如：

（42）那边热闹的狠，你这道人若会算命起课，也不愁不弄几个钱。（《绿野仙踪》61回）

（43）城璧道："我口渴的狠，若无茶，凉水也罢。"（《绿野仙踪》27 回）

现代汉语中，"很"是一个使用频率非常高的程度副词。句法功能上，既可作补语又可作状语，且以作状语为主。作状语时，可以修饰形容词、心理动词、能愿动词及有些动词构成的动词性短语。如：

（44）这几天老王忙的很。
（45）老王在这一片受欢迎的很。
（46）他们的生活很幸福。
（47）看到眼前这一幕，小兰很感动。
（48）老王很喜欢跳舞。
（49）小明很愿意去西部支教。

"很 X"与"X 得很"虽然意思一样，但"X 得很"语气更重，所表示的程度似乎更高一些。如：很高兴—高兴得很；很愿意—愿意得很。很明显，"高兴得很"要比"很高兴"程度上更高一些。

"很"有时修饰一般动词构成的动词词组，此时有加强语气的作用，同时表示数量比较多。"很"所修饰的这类动词词组，经常带有数量词。如：

（50）我很劝慰了一番；他却除了唯唯诺诺之外，只回答了一句话，是——"多谢你的好意。"（《现代汉语虚词例释》）
（51）张明为了这次招聘会很花费了一段时间。

现代汉语中，"很"还可修饰一些带有"异感性"的名词，形成"很+名"结构，如"很绅士、很贵族、很高山流水"等。如：

（52）殷法能兴高采烈地拿起了杜晚晴的手，很绅士风度地

吻了下去。(梁凤仪《花帜》)

（53）我现在开始弄瓷器，很时髦、很贵族的玩意儿，不过其中学问很多。(施叔青《香港的故事》)

"很"在《绿野仙踪》中只做补语，而在现代汉语中，既以作状语为主，同时也可作补语。现代汉语中，"很"还出现了"很+名词"的结构，如"很绅士""很贵族"等。

"很"在《绿野仙踪》中的用例较少，句法功能上只作补语；同时期的《红楼梦》中用例较多，句法上既可作状语又可作补语。到现代汉语中，"很"已经发展为一个使用频率非常高的程度副词。发生这种变化的原因是，"很"在句法功能上既可作状语，又可作补语，而且作补语时不受任何限制，而传统的程度副词"甚"作补语时，必须采用"AP 之甚"这样的强化形式。因此在长期的竞争中，"很"逐步取代了传统的程度副词"甚"，在现代汉语中成为常用的程度副词。

（七）十分

程度副词"十分"在《绿野仙踪》与现代汉语中的不同之处，主要有以下三点。

1. "十分"在《绿野仙踪》中既能修饰心理动词、能愿动词或由这些动词构成的动词性短语，也能修饰一般动词和由一般动词构成的动词性短语；而现代汉语中"十分"和多数程度副词一样，在修饰动词时，一般只修饰心理动词、能愿动词以及由它们构成的动词性短语。

《绿野仙踪》中，"十分"既可以修饰心理动词、能愿动词以及由它们构成的动词性短语，也能修饰一般动词及由它们构成的动词性短语。如：

（54）金钟儿见如玉十分敬重于冰，也在旁极力的款留。（《绿野仙踪》44 回）

（55）于冰见桂芳为人爽快，敬意又诚，不好十分违他的意思，说道："大人请先行……"（《绿野仙踪》30回）

前一例"十分"修饰由心理动词构成的动词性短语"敬重于冰"；后一例"十分"修饰由一般动词构成的动词性短语"违他的意思"。

虽然《绿野仙踪》中仅出现了1例"十分"修饰一般动词及其短语，但这并不是该书的特殊用例，《红楼梦》中"十分"也存在这类用法，而且有一定的数量。《红楼梦》中，"十分"共129例，其中修饰一般动词5例，修饰一般动词的动词性短语15例。如：

（56）自幼淘气异常，天天逃学，老爷太太也不便十分管教。（《红楼梦》56回）

（57）至李守中承继以来，便说"女子无才便有德"，故生了李氏时，便不十分令其读书……（《红楼梦》4回）

现代汉语中，"十分"在与动词结合时，只能修饰心理动词、能愿动词及由它们构成的动词性短语，不能修饰一般动词及由其构成的动词性短语。如：

（58）（祥子）已经剃了头，已经换上新衣新鞋，他以为这就十分对得起自己了。（老舍《骆驼祥子》）

（59）对于那个太太，祥子只把她当作个会给点零钱的女人，并不十分喜爱她。（老舍《骆驼祥子》）

2. "十分"在《绿野仙踪》中既能修饰不带有程度的性质形容词，也能修饰本身带有程度的状态形容词；而现代汉语中，"十分"和多数程度副词一样，一般不能修饰本身带有程度的状态形容词。

"十分"在《绿野仙踪》中既可修饰本身不带有程度的形容词，

也能修饰本身带有程度的形容词。如：

（60）二姐听了，自是愿意，当下十来个人，倒也过起日子来，十分丰足。（《绿野仙踪》65 回）

（61）虽说精神长了一点儿，还算不得十分大好。（《绿野仙踪》67 回）

现代汉语中，"十分"只能修饰不带有程度的形容词①。如：

（62）＊十分雪白

　　　＊十分丰足

3. "十分"在《绿野仙踪》中可以修饰动补短语，在《红楼梦》中也有此类用法，现代汉语中"十分"没有这样的用法。如：

（63）张华十分劝急了，如玉便说："你若想家，任凭你便，我是绝不回去的。"（《绿野仙踪》13 回）

（64）宝玉深知其情，十分劝慰了一番方罢。（《红楼梦》49 回）

（65）小厮答应了，戴权也就告辞了。贾珍十分款留不住，只得送出府门。（《红楼梦》13 回）

"十分"的用法从近代到现代逐渐变少，发生这种变化的原因主要有两点：从来源上说，"十分"本义为"按十等分划分"，后引申出对事物进行十等分的概括，相当于"十成"，在此基础上又引申出"全部、完全"的意义，这种用法一直在近代汉语中使用。如《绿野仙踪》中"不好十分违他的意思"，可理解为"不好完全

---

① 加"＊"表示句子不合语法。

违他的意思"。现代汉语中"十分"表示范围副词的用法消失，因此也就不能修饰一般的动词性成分了。近代汉语中，程度副词如"甚、极、最"等都可以修饰一般动词及其短语，因此"十分"也不例外。

（八）竟

副词"竟"在《绿野仙踪》中意义繁复，用法灵活，它有三种意义。

1. 有时为时间副词，意义上相当于"一直、始终、最终"。如：

（66）于是听几步，走几步，竟寻到了山庄前，见家家俱将门户关闭，叫了几家，总不肯开门，沿门问去，无一应者。（《绿野仙踪》7 回）

（67）说罢，一直入内院去了。文华怕极，日夜登门，严嵩父子通不见面。文华竟是没法。（《绿野仙踪》75 回）

2. 有时为语气副词，相当于语气副词"真、果真""竟然、居然"，其中以表"竟然"义为主要用法。如：

（68）那妇人又将于冰细看道："你面目上竟有些道气，正而不邪。敝寓离此不远，请先生同去一叙何如？"（《绿野仙踪》16 回）

（69）过了满月后，瑶娘便主持内政。他竟能宽严并用，轻重得宜，一家男妇，俱各存敬畏之心，不敢以十六七岁妇人待他。（《绿野仙踪》1 回）

前一例中"竟"相当于语气副词"真、果真"；后一例"竟"相当于语气副词"竟然、居然"。

3. 有时相当于范围副词"全""都""完全"。如：

（70）于冰推辞间，已摆满一桌，约有二十余种奇葩异果，竟是中国海外珍品杂陈。（《绿野仙踪》72 回）

副词"竟"的意义繁复，用法灵活，不是《绿野仙踪》中的特殊现象，在《红楼梦》中"竟"的意义更为突出。何旦（1991）认为，《红楼梦》中副词"竟"有 11 种意义，虽然他的分析仍有可商榷之处，但是在清代，"竟"的用法灵活、使用广泛是一个不争的事实。

现代汉语中，副词"竟"只表示出乎意料，相当于"竟然"。如：

（71）他似乎已痛深恶觉了大哥，因为大哥竟敢公然与冠家为敌，帮着钱默吟和金三爷到冠家叫闹，打架。（老舍《四世同堂》）

（72）现在，定大爷竟敢约来僧道陪他吃饭，分明是戏弄他，否定他的上帝！（老舍《正红旗下》）

清代时，"竟"的用法灵活，使用广泛；到了现代汉语中，"竟"却变成了一个意义单一的副词，"竟然、居然"以外的意义全部消亡。原因在于，现代汉语是更趋于规范、精密的语言，一个副词负载多种意义，且与其他副词的意义交叉重叠（如"竟"作时间副词时，意义与"一直、始终"等词重叠；作语气副词时，与"真、果真"的意义相交叉），这不利于语言的表达和理解。因此在语言的发展竞争中，"竟"的一些意义被淘汰是势所必然的。

（九）究竟

语气副词"究竟"在《绿野仙踪》中只用于陈述句中加强肯定强调语气，表示"终归、终究"和"其实"两种意义。同时期的《红楼梦》中"究竟"除了用于陈述句中，还有极少数用于疑问句。如：

（73）受害者是朱义弟，我们不过是异姓知己，究竟是外人。他弟兄虽是仇敌，到底是同胞骨肉。（《绿野仙踪》34回）

（74）如玉虽说是行乐，究竟是受罪，不但从良的话不敢题……（《绿野仙踪》54回）

（75）就连作诗写字等事，原不是你我分内之事，究竟也不是男人分内之事。（《红楼梦》42回）

现代汉语中"究竟"多用于疑问句中，表示进一步追究，且多用于书面语中，相当于口语中的语气副词"到底"。如：

（76）这台机器究竟好用不好用？（《现代汉语八百词》）

（77）问题究竟出在哪里？（《现代汉语八百词》）

（78）究竟室内温度有多高？（《现代汉语八百词》）

"究竟"还可针对主语提问，此时"究竟"只用位于主语之前。如：

（79）究竟你去还是他来？

（80）究竟谁搞的鬼？

现代汉语中"究竟"用于陈述句中加强肯定强调语气时，只表示"终归、终究、毕竟"一种意义，没有"其实"的意义。如：

（81）哲理是：放胆去赊，无须考虑怎样还债；可是，门口儿讨债的过多，究竟有伤子爵女儿、佐领太太的尊严。（老舍《正红旗下》）

（82）他知道怎样谨慎，特别因为车是自己的，但是他究竟是乡下人，不象城里人那样听见风便是雨。（老舍《骆驼祥子》）

　　"究竟"在《绿野仙踪》全部用于陈述句中加强肯定强调语气。现代汉语中，"究竟"一般是用于疑问句中加强疑问语气，有时可用于陈述句中加强肯定强调语气。近代汉语中，"究竟"与"毕竟"是一对近义词，"毕竟"负载的意义太多，容易发生歧义，不符合语言的明晰性原则。在逐步的发展过程中，"毕竟"把在疑问句中的用法逐步让位给了"究竟"，因此"究竟"表示疑问、深究的用例逐渐多起来。

　　（十）毕竟

　　"毕竟"在《绿野仙踪》中有两种意义，一是用作表肯定、强调的语气副词，相当于"终归、终究"，表示事情的最终结果，起加强语气的作用；二是用作表肯定、强调的语气副词，略带推断意味，相当于"一定、必定"。如：

　　（83）如玉道："这几根头发，到也是这小奴才的。毕竟他的比旁人分外黑些。"（《绿野仙踪》50回）

　　（84）头带远游八宝貂巾，越显得庞儿俊俏；身穿百折鹅绒缎氅更觉得体态风流。耨吏耕经，必竟才学广大；眠宿柳，管情技艺高强。（《绿野仙踪》80回）

　　在同时代的《红楼梦》和《儒林外史》中，"毕竟"除了以上两种用法外，还有表示疑问、深究的语气副词用法，相当于"到底、究竟"；也可以用于章节末尾，提示下文。如：

　　（85）杜慎卿问道："鲍师父，你毕竟家里日子怎么样过？还该寻个生意才好。"（《儒林外史》31回）

　　（86）只因这一番，有分教：荣华富贵，依然一旦成空；奔走道途，又得无端聚会。毕竟阿三说出甚么话来，且听下回分解。（《儒林外史》27回）

　　（87）知县叫提薛蟠问道："你与张三到底有什么仇隙？毕

竟是如何死的？实供上来。"（《红楼梦》86回）

在现代汉语中，"毕竟"的用法没有《绿野仙踪》成书的时代复杂，只保留了表示"终归、终究"的肯定强调用法。如：

（88）虽说她的思想已经超越了国家和民族的界限，然而她毕竟属于这个国家，属于这个民族，因此她也必须承担罪责。《四世同堂》）

（89）不过，洋鬼子毕竟是洋鬼子，无论怎么厉害也是野人，只要让着他们一点，客气一点，也就可以相安无事了。（老舍《正红旗下》）

（90）虽然不能说他卖了闺女，但毕竟是用她换了个弹弦的来。（老舍《鼓书艺人》）

现代汉语中，"毕竟"不再表示疑问深究的意义，在表示疑问深究时用"究竟"。出现此种变化的原因是，一方面，近代汉语中"毕竟""究竟"是一对近义词，而在用法上，两个词几乎没有什么差别，"毕竟"基本都可以用"究竟"替换，这就造成了形式上的繁复，这与语言的择一原则相违背①；另一方面，"毕竟"在近代汉语中，负载的意义太多，容易发生歧义，与语言的明晰性原则相违背，因此在逐步的发展过程中，"毕竟"把在疑问句中的用法逐步让位给了"究竟"，"毕竟"与"究竟"在语法上的分工逐步明确。

（十一）可

语气副词"可"在《绿野仙踪》中的用法比较单一，总是用于疑问句中加强疑问语气。《绿野仙踪》中语气副词"可"共出现126例，都用来加强疑问语气。如：

---

① 参见孙菊芬《"毕竟"在近代汉语中的发展演变研究》，《海南大学学报》（哲学社会科学版）2002年第3期。

（91）于冰道："不换金大哥可在家么？"老汉道："此人去有许久了，相公想还不知道，待我略言大概。"（《绿野仙踪》26回）

（92）于冰刚走到东关尽头处，只见几个兵丁没命的跑来，问道："尊驾可是冷先生么？"于冰道："我姓张。"（《绿野仙踪》29回）

现代汉语中，语气副词"可"是人们口语与文学作品对话中的高频词之一，它可以表达十分丰富的语气。《现代汉语八百词》指出："可"表强调，程度由轻到重都有。"强调"是"可"的核心语义，由于语境对语义的实现具有限制和解释的功能，它的核心义即强调义在不同的语境中衍生出新的语气义，从而表现出丰富的语气义。

现代汉语中，"可"的语气义主要有：加强肯定、强调语气，申辩、辩驳语气，期望、劝阻语气，如愿语气，疑问、反诘语气等。

1. 加强肯定、强调语气

肯定、强调是语气副词"可"的核心语义，"可"表示所说的话是真实的，它含有"的确、确实"的意思。表示肯定、强调的语气副词"可"常与程度副词"真、太、挺"等连用。如：

（93）李先生，你这几天可太辛苦了！（老舍《春华秋实》）

（94）郭沫若的《女神》可挺不错啊，您也参加吧。（杨沫《青春之歌》）

例（93）和例（94）中，"可"用于句中，句子表达肯定语气的意味得到大大加强。

2. 申辩、辩驳语气

"可"此种语义的实现句式一般是"可+没"或"可+不+动词或动词性结构"。使用"可"，使原来的一般性陈述句带上了较为明显的辩驳义。如：

（95）要都来，我可没那么大锅。（李英良《北京话口语》）

（96）我说："大嫂，话可不能这样说。"（杜鹏程《平常的女人》）

3. 期望、劝阻语气

当"可"表示期望，恳切的请求时，一般用在祈使句的肯定形式中，此种语义的实现句式为："可+得、要等能愿动词"。如：

（97）同志们，这一炮可要打响啊！（转引自《现代汉语虚词例释》）

（98）凌云，万一咱们分到一起工作，你可得帮助我和志芳学文化。（老舍《女店员》）

当"可"表示劝阻时，这种语义一般是用在祈使句的否定形式中，其实现句式一般为"可+别、不准、不许"。如：

（99）可别哭了，再哭就让西大山人把你背了去！（陈映实《山里的世界》）

（100）大哥，可不许变卦呀！（老舍《方珍珠》）

4. 如愿语气

"可"表示如愿语气，即叙述者长时间盼望的事或愿望终于实现时，此种语义的实现句式为"可+（算）"，句尾有语气助词"了"。如：

（101）爸爸，你可回来了。（自由的老枪《崛起在黑土地》）

（102）哎，找了你老半天，这回可算找到你了。（《现代汉语虚词例释》）

例（101）如不用"可"，即："爸爸，你回来了"，句子表示的是出乎意料或轻微的愿望实现义；而用上"可"，表现了对爸爸回来期待了很久，即这一愿望已经实现的兴奋之情。

5. 疑问、反诘语气

当"可"用于反问句时，能加强反问语气。如：

（103）二十多年了，你们可给我长过工钱？（老舍《茶馆》）

（104）你只知道蛮干，这件事情的后果你可曾想过？（《现代汉语虚词例释》）

总之，语气副词"可"在《绿野仙踪》与现汉汉语中不同之处为：《绿野仙踪》中"可"都是用于疑问句中加强疑问语气；而在现代汉语中语气副词"可"的核心语义为肯定强调，在不同的语境中衍生出申辩、如愿、疑问反诘等丰富的语气义。

"可"用于疑问句表示加强疑问语气的用法在东汉时已经产生，在明清的文学作品中"可"仍是一个高频率的疑问语气副词，所以《绿野仙踪》中"可"均表疑问语气。根据江蓝生（1990）统计，《儿女英雄传》中又出现了新的疑问表达形式"可 VP 不 VP"，这是一种过渡阶段。到现代汉语中，表疑问时主要使用"VP 不 VP"，"可 VP"的用法逐渐消失，因此"可"表疑问语气的用法也随之消失。吕叔湘在《现代汉语八百词》中指出，"可"表疑问语气，多用于比较早期的著作，现代汉语很少用。

"可"表肯定、强调语气在《红楼梦》和《儿女英雄传》中的用例增多。现代汉语中"可"主要表示肯定、强调语气，这是因为现代汉语普通话是以北方方言为基础，"可"这种用法是受方言的影响造成的。

（十二）必

语气副词"必"在《绿野仙踪》中共有 341 例，用法上可以分为以下三种。

1. "必"表示对事物的性质状态或动作行为的推测或判断，意义上相当于"必定、一定"。如：

(105) 如玉原急的要去试马坡，只因有四五个朋友都说他的文字必中，他心上得意起来。(《绿野仙踪》58 回)

2. "必"表示在某一行为上态度坚决，相当于"一定"。如：

(106) 你这奴才，放着二百银子还怕在直隶娶不了个老婆，必要到山西地方娶亲！明是见色起意。(《绿野仙踪》22 回)

3. "必"表示某种必要性，相当于"必须"。如：

(107) 大经又伸出两个指头连圈道："必如此，方见你我是真正清官。"(《绿野仙踪》38 回)

现代汉语中，受汉语词汇双音节化的影响，口语中不再使用单音节语气副词"必"，它一般用在书面语中，常跟"将、能、有"等连用，此时"必"意义上相当于"必定"。如：

(108) 事实上，他无须一定说话。他来到这里，已经足以教大家感到这一仗必须打胜，必能打胜。(老舍《无名高地有了名》)

(109) 她的嗓子与口腔便是一部自制的扩音机。她总以为只要声若洪钟，就必有说服力。她什么也不大懂，特别是不懂怎么过日子。(老舍《正红旗下》)

(110) 这样，欧洲的加入，必将促使东南亚、澳大利亚等产品不断升级换代。(2004 年新闻稿)

现代汉语中，表示对某一行为的态度坚决时，一般用"一定"。如：

（111）请首长放心，我们一定保持荣誉，坚决攻上"老秃山"！（老舍《无名高地有了名》）

（112）其余的人，一定在二十时零四分出洞进攻，一分钟不差！（老舍《无名高地有了名》）

现代汉语中，表示事物或动作的某种必要性时，一般用"必须"。如：

（113）你们必须这样去认识：打今天的仗，眼看着明天的发展！（老舍《无名高地有了名》）

（114）我们必须先攻他，而且要攻他最不肯丢掉的地方，好扯乱了他的兵力。（老舍《无名高地有了名》）

（十三）一定

语气副词"一定"在《绿野仙踪》中共有15例，有两种意义和用法。

1. "一定"表示对某种情况确切的推断或判断，这种用法的"一定"有3例。如：

（115）于冰道："我虽非他的党羽，却和他是最厚的朋友。"众兵大吵道："不消说了，这一定是他们的军师。"（《绿野仙踪》14回）

2. "一定"表示态度或者意志坚决，这种用法的"一定"有12例。如：

（116）剥皮拉着于冰的手儿一定要送至大堂口始回。（《绿野仙踪》39 回）

（117）正鬼念着，见萧、苗二人走来，笑说道："那何公子听见温大爷到此，一定要请去会会。"（《绿野仙踪》47 回）

现代汉语中，语气副词"一定"仍可以表示对情况的推测、判断和态度的坚决两种意义。如：

（118）这点事若放在平日，他一定会咽口气，认吃亏，决不能这样的因不吃亏而显出自己的小气。（老舍《四世同堂》）

（119）李四爷在年轻的时候一定是很体面，尽管他脖子有肉包，而背也被压得老早就有点弯。（老舍《四世同堂》）

（120）医生来到，金三爷急扯白脸的教李四爷回家："四爷！你一定得回家歇歇去！这里全有我呢!"　（老舍《四世同堂》）

（121）我的小南屋闲着没用，只要你不嫌窄别，搬来就是了！我一定收你的房钱，不教你白住，你不用心里过意不去！（老舍《四世同堂》）

与《绿野仙踪》不同的是，现代汉语中"一定"可以和否定词"不"连用，而《绿野仙踪》中没有出现"一定"和否定词"不"连用的用例，与《绿野仙踪》同时期的《红楼梦》中也没有出现此种用例。

"一定"和否定词"不"连用时，"不"可位于"一定"之前，也可位于"一定"之后。当"不"放在"一定"后时，即"一定+不"，"一定"仍表示对情况的推断和意志的坚决两种意义。如：

（122）我就直劝他，反正咱们姓祁的人没得罪东洋人，他们一定不能欺侮到咱们头上来！（老舍《四世同堂》）

（123）凭一位英雄，而没能得到最艰苦的任务！他一定不会象黎芝堂连长那样的闹情绪、发脾气，可是他的心里会疼痛。（老舍《无名高地有了名》）

（124）他决定了：在沦陷的城内，他一定不能因作孝子而向敌人屈膝；他宁可丢了脑袋，也不放弃了膝磕。（老舍《四世同堂》）

（125）紧跟着，他鼓动："三营胜利了，我们能丢人吗？一定不能！好，还有十分钟，准备！"（老舍《无名高地有了名》）

前两例中"一定"表示对情况的推测，后两例中"一定"表示态度坚决。

当"不"位于"一定"之前时，表示对情况的不肯定，"既可能这样，也可能那样"。"一定"的两种意义前都可以用"不"。如：

（126）"钱伯伯！"瑞全咽了几口热气才说："我不一定再来辞行啦，多少要保守点秘密！"（老舍《四世同堂》）

（127）瑞宣喜欢逛书铺和书摊。看到新书，他不一定买，可是翻一翻它们，他就觉得舒服。新书仿佛是知识的花朵。（老舍《四世同堂》）

（128）这个办法不一定能避免灾患，可是在心理上有很大的作用，它能使两个院子的人都感到人。（老舍《四世同堂》）

（129）因为领粮的地方忽远忽近，因为拿着粮证而不一定能领到粮，小羊圈的人们时时咒骂李四爷——他发粮证，所以一切过错似乎都应由他负责。（老舍《四世同堂》）

前两例"一定"表示态度或意志坚决的否定形式，例（126）中"一定"的肯定形式为"我一定再来辞行"，例（127）中"一定"的肯定形式为"看到新书，他一定买"。后两例是"一定"表示对情况推测或判断的否定形式，例（128）中"一定"的肯定形式为"这个办法一定能避免灾祸"，例（129）中"一定"的肯定形式为"因为拿着粮证一定能领到粮"。但是"一定"两种意义的否定形式均表示对情况的不肯定，既可能这样，也可能那样"。

有时，"不一定"可以表示委婉的否定，如：

（130）他虽然读的书很多，但是这本书不一定读过。

（131）这个箱子看起来很大，但不一定很重。

前一例可以理解为"没读过"，后一例可以理解为"不重"。

总之，语气副词"一定"在《绿野仙踪》与现代汉语中都表示两种意义和用法，既表态度、意志坚决和表对情况的推测和判断，但是现代汉语中"一定"可以和否定词"不"连用，"不"可位于"一定"之前或之后。

（十四）已、已经

"已""已经"都是表示过去、已然义的时间副词，它们在《绿野仙踪》与现代汉语中的不同之处表现在以下三方面。

1. 使用比例不同。《绿野仙踪》中，单音节副词"已"共出现745 例，双音节副词"已经"出现29 例，可见，"已"的使用频率远远高于"已经"的使用频率。而现代汉语中，"已经"的用例大幅度增加。老舍的长篇小说《无名高地有了名》中，"已"出现94 例，"已经"出现58 例，可见"已经"的用例大幅度增加。如：

（132）廖朝闻看了看方今旺，心里已猜到八九成，规规矩矩地立在一旁，不敢再出声。（老舍《无名高地有了名》）

（133）事实上，他无须一定说话。他来到这里，已经足以教大家感到这一仗必须打胜，必能打胜。（老舍《无名高地有了名》）

2. 使用范围不同。《绿野仙踪》中，"已"既可出现在人物对话中，也可出现在较正式的书面语中。现代汉语中，"已"多用于书面语中；"已经"既可用于口语中，也可用于书面语中，是口语与书面语通用的时间副词。

（134）于冰道："已到巢穴，师兄也该动手。"仙客道："此刻不过四鼓，夜正昏黑，总不如天明为妙。"（《绿野仙踪》12回）

（135）卜氏道："我们两家，不隔一二年俱差人探望。二位老长亲好，家道越发富足。姑母已生了儿子八九年了。"（《绿野仙踪》15回）

上述例句中，"已"均用于《绿野仙踪》中的人物对话；而现代汉语中，人物对话中一般都用双音节词"已经"。

3. 时间副词"已经"在《绿野仙踪》中一般修饰动词或动词性短语，偶尔修饰数量结构，但没有出现修饰名词的用例。

现代汉语中，"已经"可以修饰一些名词，构成"已经+名词+了"的格式，用来表示一种动态变化。如：

（136）已经大学生了，怎么还没一点儿礼貌？

（137）已经所长了，不要说话这么不注意。

《绿野仙踪》中，单音节的"已"占绝对优势，可用于人物对话和叙述性语言中。受汉语词汇双音节化的影响，到现代汉语中，"已"仅用于书面语，"已经"在口语和书面语中都很常用，而且出现了新的句法功能。

（十五）忽、忽然

"忽""忽然"在《绿野仙踪》与现代汉语中的不同表现在两方面：一是"忽""忽然"的使用频率不同；二是"忽然"在现代汉语中可位于句首，能起到连接篇章的功能。

1.《绿野仙踪》中，单音节"忽"的使用频率远远高于双音节副词"忽然"的使用频率；现代汉语中，副词很少出现"忽"作状语，一般使用"忽然"。

《绿野仙踪》中单音节副词"忽"有68例，双音节副词"忽然"有19例，可见单音节副词"忽"的使用频率远远高于双音节副词"忽然"的使用频率。单音节"忽"修饰VP时，经常与感官动词"听、见、闻"等连用，组成"忽听、忽见、忽闻"等结构。如：

（138）两事方完，三人才出房门，忽见寺主披了法衣，没命的往外飞跑。（《绿野仙踪》36回）

（139）没有半顿饭时，忽听得后面高一声，低一声叫吵，到像有人拌嘴的光景。（《绿野仙踪》54回）

现代汉语中，随着汉语双音节化的普遍趋势，单音节副词"忽"作状语已经很少出现，仅出现在"忽X忽Y"这类格式中，表示某种性状、情况变化频繁。从词性上看，X与Y一般是形容词或动词，有时还可为名词或代词；从意义上看，X与Y是反义的；从音节上看，X与Y为单音节词，没有出现双音节的用例。句法功能上，"忽X忽Y"格式可作句中的谓语、定语和状语。在老舍的小说《四世同堂》中，均是双音节副词"忽然"作状语修饰谓词性短语，单音节副词"忽"仅出现在"忽X忽Y"结构中。如：

（140）因为领粮的地方忽远忽近，因为拿着粮证而不一定能领到粮。（老舍《四世同堂》）

（141）这一串的惊人的消息，与忽来忽止的言论，使北平人莫名其妙，不知道世界将要变成什么样子。（老舍《四世同堂》）

（142）他的心中这样忽此忽彼的乱折腾，所以不愿再和瑞宣闲谈。（老舍《四世同堂》）

例（140）中"X、Y"分别为反义的形容词"远"和"近"，"忽 X 忽 Y"格式在句中作谓语；例（141）"X、Y"分别为意义相对的动词"来"和"止"，此格式在句中作定语；例（142）中"X、Y"分别为意义相对的名词"此"和"彼"，此格式在句中作状语。

2. 现代汉语中，"忽然"可位于句首，用逗号与后面成分隔开。《绿野仙踪》中，"忽然"没有这样的用法。

《绿野仙踪》中，"忽然"修饰谓词性短语时，均位于句内。如：

（143）彼时已有七月二十左近，于冰忽然破起腹来，诸药皆止不住，到了八月初间，于冰日夜泻泄，连行动的气力俱无。（《绿野仙踪》1 回）

现代汉语中，"忽然"可位于句首，用逗号与后面的成分隔开。此时的"忽然"不仅表示时间副词的意义，同时还有提醒说话人注意和连接下文的篇章功能。如：

（144）象是种地的庄稼汉儿，又象个军人。她不敢多嘴，他们也不告诉她那是谁。忽然，那个人又不见了。她盘问丈夫，他只那么笑一笑，什么也不说。（老舍《四世同堂》）

（145）台上，忽然上来一排人，有穿长袍的中国人，也有武装的日本人。忽然，带着绸条的人们——蓝东阳在内——象由地里刚钻出来的，跳跳钻钻的往四处跑。（老舍《四世同堂》）

（十六）终于

"终于"在《绿野仙踪》中是"终+于"的短语用法。在现代汉语中，"终于"为一个时间副词，有时还可位于句首，用逗号与后面的成分隔开。

《绿野仙踪》中，"终于"不是一个词，"终"是表示终结义的动词，作句子的谓语；"于"是介词，与其后的名词性成分构成介宾短语作动词"终"的补语。"终于"在《绿野仙踪》总共有5例，都是"终+于"的用法，《红楼梦》和《儿女英雄传》中的"终于"也是如此。如：

（146）你将来前程远大，必非终于贫贱之人。我只盼望你，速速挪移几两盘费，投奔荆州，异日富贵归来。（《绿野仙踪》18回）

（147）于冰听了他这几句话，又见他仙骨珊珊，不忍心着他终于堕落。听他适才的话。像个有点回头光景，复行坐下。（《绿野仙踪》44回）

上述例句，"终于"都是表示"以……而结束"，"必非终于贫贱之人"意为"必定不是以贫贱之人而告终"，"不忍心着他终于堕落"意为"不忍心让他以堕落告终"。

现代汉语中，"终+于"的短语义用法已经消失，"终于"已经完全虚化为一个时间副词，其后一般为动词性成分或形容词性成分。如：

（148）黎连长想了想，终于爽直地说出来："谁先插上红旗，都对全体有利！"（老舍《无名高地有了名》）

（149）金三琢磨来琢磨去，终于想出了主意。他决定去向钱先生讨教。（老舍《四世同堂》）

（150）大嫂终于能起床做活了。她瘦了，越瘦，眼睛就越显得大。（老舍《四世同堂》）

上面例句中，"终于"已经完全虚化为了一个副词。有时，副词"终于"位于句首，与后面的句子用逗号隔开。如：

（151）他一面想一面转眼珠子，怎么能不吵不闹，好好把她

劝上岸去。终于，他转过身只对大凤和秀莲说："你们俩是愿意走路呢，还是愿意坐滑竿?"（老舍《鼓书艺人》）

"终于"提到句首时，与位于句中时的意义相同，但强调了说话者盼望已久的事情最终实现，同时还有引出下文的篇章连接功能。

王美华、叶壬华（2004）对时间副词"终于"的虚化过程进行了考察，该研究认为"终于"最初不在一个句法层面上，"终"为动词，"于"是介词，与后面的成分一起作"终"的补语。魏晋六朝时，"终于"后除接名词或具有指称义的主谓短语外，开始较多接动词成分，这些动词处于句子的核心位置，它们成为句子的谓语，而"终于"在句首起修饰限制作用，因此时间副词"终于"开始形成。

时间副词"终于"虚化的过程相当漫长。副词"终于"虽然在魏晋时期已经产生，但在清代小说中的用例还不多，一直到现代汉语中用例才开始增多。《绿野仙踪》处于清代中叶，"终于"还未完全虚化为时间副词，所以"终于"在《绿野仙踪》中还是其作短语义的用法。

（十七）都

"都"意义上表示"总括，没有例外"。"都"在《绿野仙踪》和现代汉语中都可以出现在谓语之前，修饰动词性短语、形容词性短语和数量短语。但用法上也存在不同之处，表现在以下两方面。

1. 《绿野仙踪》中"都"没有否定格式，现代汉语中"都"可以被否定。

《绿野仙踪》中，"都"只有肯定形式，没有受否定词"不""没有""没"修饰和限定的用例。

在现代汉语中"都"可以通过添加否定词"不""没""没有"等进行否定，变为"不都""没有都""没都"等多种形式，表示与动作有关的名词没有完全统一，具有特例。如：

（152）里根的思想也不都是那么保守的，在他与中国直接交

往接触之后，人们可以看到他对中国的看法很激进。（CCL 语料库）

（153）最终，6 个人没有都正确的拼出来，我们成了游戏的失败者。（CCL 语料库）

（154）秀权的后半截话并没都进到烈德的耳中去，一半因他已经听腻，一半因他正在思索。（老舍《新韩穆烈德》）

例（152）至例（154）中"都"受否定词"不、没、没有"等的限制，表示句子主语"里根的思想""6 个人"和"秀权的后半截话"只有部分承受动作，还存在部分例外。

2.《绿野仙踪》中"都"用于被动句的位置比现代汉语自由。

"都"可以用于被动句，限定句子主语的范围。《绿野仙踪》中"都"使用位置相对自由，在被动句中可以用于"被"之前，也可以用于"被"之后，表示对主语范围的限制。如：

（155）众家人听得说是两个女人，大大小小都跑入内院，看客人如何行礼。被卜氏都骂了出去。（《绿野仙踪》25 回）

（156）行至东大峪，山水陡至，可惜七驮酒、七个驴，都被水冲去。我与驴夫上了树，才留得性命。（《绿野仙踪》8 回）

现代汉语中的总括类范围副词"都"只能用在"被"之前，不能用于"被"之后，不然句子不能成立。在《四世同堂》中，"都"位于"被"之前共有 32 例，没有出现"都"位于"被"之后的用例。如：

（157）＊心中的委屈仿佛已经都被泪冲洗干净……
＊心中的委屈仿佛已经被泪冲都洗干净……

例（157）中，前一句"都"直接位于被动句标志"被"之前，限定句子的主语"心中的委屈",表示主语没有例外;但是当"都"处于"被"之后,句子不合语法。

"都"出现在被动句中"被"之后的情况在中古汉语中使用较为频繁,在《朱子语类》中就有用例,《绿野仙踪》中虽然出现不多,但"被"在《绿野仙踪》中的位置仍然比现代汉语中灵活。

历史发展过程中,"都"在语义指向、适用范围和频率等方面都与现代汉语存在差异。中古时期,"都"的使用频率不高。从宋代开始,"都"的语义指向开始丰富,可以指向句中的任何名词,而且受到的限制较少,能与新兴的句法规范结合,因此,使用频率迅速增多,成为使用频率最高的范围副词。同时,由于"都"的使用过于自由,不利于话语的精确表达和理解,违反了语言表达的明晰性原则,因此对语义指向其后的情况进行句法形式上的限制。从宋代以后,"都"在语义上自由指向其后的用例逐渐减少,到现代汉语中只有出现在固定格式中,如"都谁来了""都买了什么东西"等,"都"才能指向其后的成分①。

(十八) 也

"也"在《绿野仙踪》和现代汉语中都是常用的表示类同的范围副词,它在《绿野仙踪》和现代汉语的不同主要是,《绿野仙踪》中"也"经常连用,而现代汉语中"也"经常单用。

《绿野仙踪》中的"也"经常连用,形成"也……也……"的格式,这时前面的"也"表示意义较虚,有的可以省略。如:

(158) 倘被他们寻着,那时我也不能隐藏,你也不能出觳,事体犯了,咱弟兄两个难保不死在一处。(《绿野仙踪》9 回)

(159) 你不过止出着五十多两,我就是你的人,将来好也是个过,歹也是个过。(《绿野仙踪》55 回)

---

① 参见马真《关于"都/全"所总括的对象的位置》,《汉语学习》1983 年第 3 期。

例句中"也"出现在前后两个句子中，表示前后两句类同，前一句子中的"也"可以省略。

有时两个分句中的"也"都是句子的必要成分，不能省略。如：

（160）他又不走正路，只拒有州县处绕着路儿走，二三十里也住，五六十里也住。（《绿野仙踪》73 回）

（161）娃子笑道："没有，没有。这一头柴也放，木炭也放。"（《绿野仙踪》81 回）

例句中的"也"表示类同，前后两句中的"也"都不能省略，不然句子不成立。

与《绿野仙踪》相比，现代汉语中的"也"一般出现在类比的后一分句中，表示后一句与前一句在性质、动作等方面有共同之处，如：

（162）可是希望多半落空，祥子也不例外。（老舍《骆驼祥子》）

（163）普及是人民的普及，提高也是人民的提高。（毛泽东《在延安文艺座谈会上的讲话》）

（164）坐着不动只能被灭亡，没有持久战，也没有最后的胜利。（毛泽东《论持久战》）

《绿野仙踪》中表示类同的"也"经常连用，形成"也……也……"的格式，前一个"也"的意义较虚。现代汉语中，表示类同的"也"经常单用。"也……也……"使用频率降低，应当是前一个"也"表示意义较虚，容易省略造成的。

（十九）皆

"皆"是古代汉语中最常用的总括类范围副词之一，现代汉语中"皆"作为文言虚词，在口语中很少出现，只能出现在书面语和固定格式中。

《绿野仙踪》中的"皆"使用频繁，且用法多样。《绿野仙踪》中的"皆"出现次数与"都"相当，共计417例。"皆"可以出现在各种常用的语法环境中，如：

（165）赵文华勃然变色道："你尚以倭贼为诱敌耶？此皆托天子洪福……"（《绿野仙踪》74回）

（166）得遇吾师东华帝君，赐吾火丹，服之通体皆赤，须眉改易。（《绿野仙踪》10回）

（167）此番官兵，皆沂州总兵久炼之卒，非泰安军兵可比，连本州捕役丁壮，不一千七八百人，止存有二十余贼，如何对敌。（《绿野仙踪》13回）

例句中的"皆"分别修饰动词性短语"托天子洪福"、形容词"赤"和名词性短语"沂州总兵久炼之卒"。

《绿野仙踪》中的"皆"能够限定介词性短语，也能用于被动句中，如：

（168）你今日为蟒头妇人所困，皆因不会架云故耳。（《绿野仙踪》73回）

（169）其时有一九江夫人、白龙夫人皆被吾雷火诛杀。（《绿野仙踪》89回）

现代汉语中"皆"大部分出现的环境是固定格式。如：

（170）马路下面的闹市区广告招牌、霓虹灯比比皆是，繁华商业街一条挨一条，人群熙攘车辆川流。

（171）真是一失足成千古恨呵！真是一着不慎满盘皆输呵！真是一生心血付诸东流呵！

（172）我在保育院多年享有"尿床大王"的名声。这称号人人皆知，搞的我很没面子，始终树立不起威信。

例句中"比比皆是、满盘皆输、人人皆知"中的"皆"修饰谓语动词，限定句首的主语成分，但都是现代汉语中的固定格式。

"皆"在上古和中古时期是最常用的范围副词，其用法和意义非常灵活。直到宋代的《朱子语类》中"皆"还是出现最多的范围副词，元明以后逐渐被范围副词"都"所取代，现代汉语中作为文言词汇"皆"只出现在书面语和固定格式中，这是与"都"竞争的结果。

（二十）俱

"俱"作为范围副词，意义上与"都、全"相当，概括动作涉及对象的范围。"俱"在《绿野仙踪》和现代汉语中意义相同，但在使用频率和用法上存在差异。

"俱"在《绿野仙踪》中共出现562例，使用频率远远高于现代汉语，"俱"用法灵活，可以修饰动词谓语句、名词谓语句、形容词谓语句。如：

（173）你们从老爷至我至大相公，俱是三世家人，我与你们都配有家室，生有子女。（《绿野仙踪》5回）

（174）被巡逻军士拿住，审明男叫朱文魁，女殷氏，俱虞城县人。（《绿野仙踪》34回）

（175）曹大人诸处俱好，也还有点才情，惟骄之一字未除，所以有此一跌。（《绿野仙踪》32回）

例句中的"俱"分别修饰动词谓语、名词谓语、形容词谓语，其中动词"是"带有宾语"三世家人"；"俱"限定名词"虞城县人"，表示句子的主语"全部都是"。在现代汉语中这些用法已经不存在。

"俱"还可以出现在被动句和处置结构中，"俱"的语义指向主语或处置对象。如：

（176）一个个神头鬼脸，偷着拆取，俱被李必寿同大相公搬移在房内，方才散去。（《绿野仙踪》19 回）

（177）超尘等将银俱搬入大殿上安放，猿不邪将纸剪的驴马人众，陆续引到无人之地。（《绿野仙踪》39 回）

例（176）中"俱"出现在被动标记"被"之前，限定句子的主语；例（177）中的"俱"出现在处置结构中，限定"将"的宾语。

现代汉语中"俱"经常和"备、有、无、在"等动词和形容词连用，"俱"修饰的动词不能带有宾语，语义指向句子的主语，表示没有例外。现代汉语中"俱"的使用频率非常低，经常出现在固定短语中，老舍的作品中共出现 26 例。如：

（178）忽然像有股细风替"自然"调合着彩色，轻轻地抹上一层各色俱全而全是淡美的色道儿。有这样的山，再配上那蓝的天，晴暖的阳光。（老舍《一些印象》）

（179）第三位，天津大汉，手枪，皮带，子弹俱全；第四位，山东大汉，手枪，子弹，外加大刀。（老舍《火车》）

例（178）中的"俱"使用在"全"之前，"各色俱全"是固定的四字格式。

"皆"和"俱"在宋以后逐渐为新兴的范围副词"都"取代，在近代汉语和现代汉语中使用都很少，特别是现代汉语中，只出现在固定格式中，许多用法也逐渐消失。

（二十一）尽行、尽情

"尽行"在近代汉语中表示"全部"，限定句子的主语没有例外；现代汉语中没有"尽行"。《绿野仙踪》中共出现"尽行"11例。如：

（180）城璧坐在一小土堆上，将连椿和他大孙儿各用手一指，铁炼手肘，尽行脱落。（《绿野仙踪》96 回）

（181）穷人家一文无有，也未尝尽行饿死，还要养活儿女哩。（《绿野仙踪》55 回）

例句中，"尽行"在"脱落""饿死"之前作状语，限定句子的主语"铁炼手肘"和"穷人家"没有例外。

"尽行"还经常用于处置式中，作限定介词"将"的宾语，如：

（182）惟有他两个是一对软货，只一夹棍，将历来同事诸人都尽行说出，且说令兄是窝主，为群盗首领。（《绿野仙踪》13 回）

例句中的"尽行"均出现在处置式中，限定"将"的宾语"历来同事诸人"。

"尽情"在《绿野仙踪》中共有 4 例，均为范围副词，表示"全部，没有例外"。同时代的《红楼梦》与《儿女英雄传》中也有"尽情"作范围副词的用例。如：

（183）今年六月间，大家相商，将这柳树尽情砍倒，使他无存身之地。（《绿野仙踪》11 回）

（184）你在庙里合咱们两家那位恩人媒人说的话，我都尽情的知道了。（《儿女英雄传》12 回）

"尽情"在现代汉语中是情态方式副词，表示"由着自己的情感，不受约束"。如：

（185）今天，人民自己有了政权，有了自由，还不积极劳动，尽情欢笑么？（老舍《无名高地有了名》）

（186）她要的是无忧无虑无拘无束，尽情享受，而毫无责任，说干什么就干什么的生活。（老舍《四世同堂》）

"尽情"本义是由动词"尽"和名词"情"组成的动宾短语，表示"尽心尽力"的意义，在宋代出现了表示"全部"的范围意义，逐渐转化为一个副词，两种意义在明清语言中长期共存，但表示范围意义的"尽情"处于优势。明代的语料中同时发现了表示"尽自己感情"的意义，经常充当句子的状语或补语，这种语义更符合现代汉语的理解模式，因此在现代汉语中得到广泛的应用。"尽情"作为情状方式副词表示"由着自己感情不受约束"成为主要意义，逐渐取代了"尽情"的范围副词用法。

（二十二）不过

"不过"在现代汉语中可以表示多种意义，如可以作为否定副词"不"与动词"过"组成的词组表示"不超过"。"不过"在《绿野仙踪》和现代汉语中都有限定副词的用法，但意义和用法存在差别，表现在以下两方面。

1. "不过"在《绿野仙踪》和现代汉语中都可作限定副词，限定事物的范围，但"不过"在现代汉语中有轻视、往浅处说的意思。

《绿野仙踪》中，"不过"作为限定副词限定事物的范围，意义上相当于"仅仅"，"不过"的这种用法在《绿野仙踪》中很常见。如：

（187）他并非我父兄伯叔可比，不过痛惜一时罢了，何至于寝食俱废，坐卧不安？（《绿野仙踪》5回）

现代汉语中，"不过"作为限定副词限定事物的范围，有轻视、往浅处说的意义。如：

（188）他上学的时候不过爱蹦蹦跳跳，真正意义上的体育锻炼，并且坚持锻炼都是后来的事。

（189）卖底货罢，他店里早已掏空，架子上那些装卫生衣的纸盒子就是空的，不过摆在那里装幌子。（茅盾《林家铺子》）

例（188）中"不过"限定"爱蹦蹦跳跳"，比"真正意义上的体育锻炼，并且坚持锻炼"的程度低；例（189）中，架子上的纸盒子仅仅是装幌子，用"不过"是限定范围，意思是"仅仅是这样"。

2. "不过"在《绿野仙踪》中可以直接限定名词；现代汉语中"不过"直接限定名词的用法消失。

《绿野仙踪》中，"不过"可以限定动词性短语，也可以限定名词性成分，如：

（190）倭寇之所欲者，不过子女、金帛而已，地方非他所欲！（《绿野仙踪》74回）

（191）师尚诏不过一勇之夫，无足介意。伊妻蒋金花，深通邪术，尔诸将有何良策，各出所见以对。（《绿野仙踪》33回）

例句中"不过"作为范围副词限定名词，实质上是省略了动词"是"。发展到现代汉语中，"不过"只限定动词性短语，限定名词的用法消失。

（二十三）仅

"仅"作为范围副词意义上与"只"相近，表示"唯一"，用来限定行为和事物的范围。但它在《绿野仙踪》和现代汉语中存在一些细微的差别，表现在以下几个方面。

1. 《绿野仙踪》中"仅"只能单用，现代汉语中的"仅"可以重叠。

《绿野仙踪》中的范围副词"仅"只以单音节的形式出现，没有发现重叠形式。如：

（192）如此鬼弄了月余，仅捐了三十多两，共得银四十三两有奇。（《绿野仙踪》19 回）

（193）我到杭州，查办被寇郡县地方事务，屈指仅十一日。（《绿野仙踪》78 回）

现代汉语中的"仅""单"等单音节范围副词都可以重叠形成"仅仅""单单"等双音节形式，加重句子的语气。如：

（194）仅仅这几天之间，我就懂了：革命还有那么多困难！斗争是这样的复杂！

（195）该队年年重视小秋收，今年仅仅野生药材就收入一万余元。

例（194）、例（195）中的"仅仅"都表示"唯一"的意义，与"仅"表示的意义相同，可以变为单音节的"仅"，但双音节表示的语气相对较强。

2. 现代汉语中的"仅"和"只"可以连用，形成"仅只"表示唯一。有时"仅"还可以使用重叠形式，形成"仅仅只"的格式限定句子主语的范围。如：

（196）但是，如果我们仅只说到这里，那就有点象旧戏《打龙袍》，打的人虽然气喘吁吁，真正的要害没有说清楚。

（197）《晚照楼论文集》为他的文学论文选集，虽然仅只十八篇，实则选自他的百余篇学术论文，内容相当精辟。

（198）了解得知，每偷运一部车，一个帮工仅仅只有 150 元的收入。

"仅仅"的使用在清代和民国时期还很少，通过对北京大学语料库的统计，清代语料中只发现 25 例，民国语料中"仅仅"只有 83

例。现代汉语中"仅仅"开始大量使用。

（二十四）只

"只"在现代汉语和《绿野仙踪》中都是常见的范围副词，在意义上一般具有排他性，两者在意义上基本一致，在用法上略有差异。

1.《绿野仙踪》中"只"经常单用，现代汉语中"只"经常与"就"连用。

《绿野仙踪》中的"只"可以修饰名词，表示限定名词的范围，在语义上与现代汉语相同，但是《绿野仙踪》中的"只"单用。如：

（199）不算金帛珠王，只银子有三万余两，足见宦久自富也。（《绿野仙踪》35 回）

（200）经年家修桥补路，只各庙中布施也不知上着多少。（《绿野仙踪》18 回）

现代汉语中的"只"经常和"就"连用组合为"只……就……"固定格式，限定名词，表示项目单一，具有举例的性质。如：

（201）我们学校去年大搞生产，只蔬菜就收了两万多斤。（《现代汉语虚词例释》）

2. 现代汉语中"只"经常出现在"只……不（没有）……"格式之中，表示动作的主体仅发出某个动作，或者仅具有某种性质。如：

（202）这个人只说不做，华而不实。

（203）你别只打扫房间，不管走廊。

这一用法在《绿野仙踪》中没有发现。

3.《绿野仙踪》中的"只"可以表示事情或动作很快就要发生，

在意义上相当于现代汉语中的"就"，如：

（204）又向诸生道："尔等拭目俟之，他中会只在三五年内。"（《绿野仙踪》1 回）

（205）他去广平已五六天了，也只在三两天内即回。（《绿野仙踪》15 回）

例（204）、例（205）中的"只"限定时间成分，表示时间短，这一用法在现代汉语中一般使用限定副词"就"。

"只"作为范围副词表示"仅仅"的意义，在南北朝时期已经存在，一直沿用至今，是"只"的基本意义。唐代时"只"出现了相当于"就"的用法，主要用于"在"之前，限定其后的宾语，如："只在此山中，云深不知处。"（贾岛《寻隐者不遇》）这一用法在清代语料《儒林外史》《红楼梦》《儿女英雄传》中还有出现。"就"只强调"在"后的宾语；而"只"可以强调"在"后的宾语，也可强调其后的动词。比如"就在屋里躺着"强调"在屋里"，而"只在屋里躺着"可以强调"在屋里"也可强调"躺着"，在意义上表达不准确，不符合语言表达明晰性的原则，因此现代汉语中"只"的这一用法逐渐消失，最终被"就"所取代。

（二十五）便

在《绿野仙踪》中，关联副词"便"用于因果式复句、条件式复句和假设式复句的后一分句中，对前后分句起连接作用。"便"既出现于叙述性话语中，也经常出现在人的对话中。如：

（206）因拖欠下两日房钱，店东便出许多恶语。（《绿野仙踪》19 回）

（207）今既做女婿妻房，便是一家骨肉。（《绿野仙踪》88 回）

（208）只要破江南几处大府分，便又是大富贵，大快活。

（《绿野仙踪》74 回）

（209）若是没解法，便和闰年一般，什么亏也吃了。（《绿野仙踪》71 回）

现代汉语中，"便"仍可作关联副词，用于因果式复句、假设式复句、条件式复句的后分句中。与《绿野仙踪》不同的是，现代汉语中关联副词"便"一般出现在书面语中，口语中很少使用。如：

（210）大雨如不停止，施工便有困难。（《现代汉语八百词》）

（211）这些婚丧大典既是那么重要，亲友家办事而我们缺礼，便是大逆不道。（老舍《正红旗下》）

现代汉语中，关联副词"便"基本被"就"替代，关联副词"就"在口语和书面语中都很常用。如：

（212）因为临时有事，就在北京逗留了两天。

（213）"仗在哪里打，就在哪里学习！"这是他参军后听一位连指导员说的，他永远不能忘记。（老舍《无名高地有了名》）

（214）贺营长喜欢作这种研究，明白了别人，也就间接地可以明白自己。（老舍《无名高地有了名》）

副词"就"大约最早见于元代，但用例还不多；明清时期，"就"的用例超过"便"。到现代汉语中，"就"在口语和书面语中都很常用，而"便"仅见于书面语。

（二十六）却

副词"却"在《绿野仙踪》与现代汉语中的用法存在不同之处，主要表现在以下三点。

1. 副词"却"在《绿野仙踪》中除了作关联副词，有时还可作语气副词和时间副词。而现代汉语中，"却"只作表示转折关系的关联副词，作语气副词和时间副词的用法已经消失。

（1）"却"在《绿野仙踪》中可作表转折关系的关联副词。如：

（215）于冰此时心上有些明白，却不知身在何地……（《绿野仙踪》12 回）

（216）阎年耳中听得明白，口中却说不出一句，直气的他双睛叠暴……（《绿野仙踪》71 回）

上面三例中"却"都为关联副词，表示所连接的两个分句之间为转折关系。

（2）《绿野仙踪》中，副词"却"有时为语气副词，用来加强肯定语气或加强疑问语气。如：

（217）却好那妇人刚跑到面前，于冰对准面门，两手用力一掷，喜得端端正正，打在那妇人脸上。（《绿野仙踪》8 回）

（218）国宾拉住衣袖道："你从内院逃去，我却向谁要人？"（《绿野仙踪》6 回）

前一例中"却"为表示加强肯定语气的语气副词，"却好"相当于"正好"；后一例"却"用于疑问句中加强疑问语气。

（3）副词"却"在《绿野仙踪》中还可作时间副词，表示现在，相当于"正"。如：

（219）于冰又将状元儿叫过来，却待要说，不由得眼中落下泪来。（《绿野仙踪》5 回）

（220）文魁扑向前，把文炜脸上就是一掌。文炜却要哀恳，不防右脸上又中了一掌。（《绿野仙踪》19 回）

现代汉语中，"却"作语气和时间副词的用法消失，它只作表转折关系的关联副词。如：

(221) 虽然年轻，他却不象前边两位发言人那么激动。他慢慢地讲，每个字都说清楚。(老舍《无名高地有了名》)

(222) 小谭虽然口中不说，心里却不能不承认老常的话一点也不错。(老舍《无名高地有了名》)

2.《绿野仙踪》中，"却"作关联副词用于转折复句时，既可位于后分句主语之后，也可位于后分句主语之前；而现代汉语中，"却"都是位于后分句主语之后。

《绿野仙踪》中，"却"共有 17 例，可位于后分句主语之后，也可位于后分句主语之前。如：

(223) 城璧只得周旋慰问，心中却大是不快，深恨怎么便遇着他。(《绿野仙踪》13 回)

(224) 如玉虽年来穷苦，酒肉却日日少不得。(《绿野仙踪》71 回)

(225) 于冰看得真切，却说话听不清楚……(《绿野仙踪》12 回)

(226) 就如做儿女的，心上本待父母凉薄，却外面做出许多孝顺……(《绿野仙踪》46 回)

前两例中"却"位于后分句主语之后，后两例中关联副词"却"位于后分句主语之前。

现代汉语中，"却"位于主语之前的形式已经消失，关联副词"却"均位于主语之后。如：

(227) 小崔们虽然不会说这些名词，心里却有一股子气儿，

一股子不服人的，特别不服日本人的气儿。（老舍《四世同堂》）

（228）五分钟的热气能使任何人登时成为英雄，真正的英雄却是无论受多么久，多么大的困苦，而仍旧毫无悔意或灰心的人！（老舍《四世同堂》）

（229）天佑在感情上很高兴中国敢与日本决一死战，而在理智上［却］担忧自己的生意。（老舍《四世同堂》）

3. 关联副词"却"在《绿野仙踪》中一般用于连接两个分句，表示所连接的分句之间为转折关系；而现代汉语中"却"不仅可以连接分句，还可以连接某个句法成分中的两个结构项。

（1）"却"出现在复句中，连接两个分句。如：

（230）一个人可以很容易获得一些知识，而性情的深厚却不是一会儿的工夫培养得出的。（老舍《四世同堂》）

（231）这块地的本质原不是很好，可是他的精神与劳力却一点不因土壤而懈怠。（老舍《四世同堂》）

（2）"却"可以位于单句中某个句法成分中的两个结构项之间，这两个结构项可以是词语也可以是词组。如：

（232）他的声音低沉却有力。

（233）我说是向南走，他说是向北走。而小陈却什么都不说，老是沉默地然而却异常坚定地在前面走着。（峻青《黎明的河边》）

（234）在这个虚拟却又实在的复合体中，作为文化的人生生息息却又死死生生。（戴剑平《永恒的悖论：无网之网———文化范畴发微》）

例（232）中"却"连接词语"低沉"和"有力"，它们一起做句子的谓语。例（233）中"却"连接短语"老是沉默地"和"异常坚定地"，它们一起作句子状语，修饰谓语"在前面走走"。例（234）中，前一个"却"连接词语"虚拟"和"实在"，它们一起作定语修饰名词"复合体"，后一个"却"连接"生生息息"和"死死生生"，它们一起作句子的谓语。

我们在第三章横向对比时曾指出，《绿野仙踪》中关联副词"却"既可位于后分句之后，也可位于后分句主语之前，此时正好处于"却"从语气副词向关联副词过渡的阶段。发展到现代汉语中，随着"却"语义虚化的完成，"却"的句法位置也随之固定，均是位于后分句主语之后。

（二十七）到（倒）

副词"倒"在《绿野仙踪》中均写作"到"，"到"在《绿野仙踪》中有以下三种用法。

1. "到"作为语气副词，可表示舒缓语气，如果不用"到"，语气较强。"到"表示舒缓语气既可用于肯定句，也可用于否定句。如：

（235）那妇人两手捧着个盘子，盘子内塑着几个小娃儿，坐着的，睡着的，到也有点生趣。（《绿野仙踪》8回）

（236）有人将冷于冰名讳并不中的原由详细告诉他，他到也不拿父母的官架子……（《绿野仙踪》4回）

前一例"到"表示舒缓语气用于肯定句中，后一例"到"用于否定句中。

2. 语气副词"到"还可表示所陈述的事情与常理相反，相当于"反而、反倒"。如：

（237）我男人句句都是实话，怎么到打起来了！（《绿野仙

踪》29回）

（238）于冰见不换虽是个小户人家子弟，颇知敬贤道理，一见面看得有些拘谨，住下来，却到是个好说笑，极其活动的人。（《绿野仙踪》15回）

3. 副词"到"还可用在转折复句的后分句中，此时"到"为关联副词，表示前后分句之间为转折关系。如：

（239）我从这条路也来往过两三次，到没看见这间房儿。（《绿野仙踪》27回）

（240）门外走入个少年妇人，手提着一个小布袋儿，虽是村姑山妇，到生的是极俊俏人才。（《绿野仙踪》28回）

副词"到"还可用于让步复句的前一分句中，后一分句常有表转折的连词"只是"等与之呼应。

（241）院子到还阔大，只是房子甚少。（《绿野仙踪》15回）

（242）你到有一片深心，只是我无门报你！（《绿野仙踪》80回）

和《绿野仙踪》一样，现代汉语中副词"倒"也有这三种意义和用法。如：

（243）小明能和我们一起去，那倒挺好。

（244）你说他不爱吃西餐，那倒不见得。

（245）我的化学一直不好，可是这回考的倒不错。（《八百词》）

（246）剧本的内容一般，语言倒很生动。（《八百词》）

（247）这个题目倒不难，不过做起来也还要费点儿脑筋。（《八百词》）

前两例"倒"表示舒缓语气，例（243）"倒"用在肯定句中，例（244）"倒"用在否定句中；例（245）"倒"表示所陈述的事情与一般情理相反，相当于"反而、反倒"；例（246）"倒"用于转折复句中，相当于"却"；例（247）"倒"用于让步复句的前一分句中，后面有转折连词"不过"呼应。

与《绿野仙踪》不同的是，现代汉语中副词"倒"有"X倒X"和"X倒不（没）X"的格式。这两种格式有共同的语用意义，就是权且认同或认定某种情况。格式中的X可以是形容词，如：

（248）a 这座山高倒很高，但不险峻。
b 那座山高倒不高，但风景秀丽。
（249）a 这本书厚倒很厚，但是没什么新的内容。
b 那本书厚倒不厚，但很实用。
（250）a 老李家富裕倒很富裕，但花钱很仔细。
b 老王家富裕倒不富裕，但为人很仗义。
（251）a 这小姑娘聪明倒聪明，就是太任性！
b 那小姑娘聪明倒不聪明，但心地特别善良。

上面各例中的X分别为形容词"高、厚、富裕、聪明"，X既可为单音节形容词，也可为双音节形容词。

"X倒X"和"X倒不（没）X"格式中"X"还可为动词，如：

（252）a 那个地方我去倒去过，但是路还是不熟悉。
b 那个地方我去倒没去过，但那里的风景我早有耳闻。
（253）a 我进去倒进去了，但我什么都没听见。

b 我进去倒没进去，但我听到他们好像在里面吵架。

"X 倒 X"和"X 倒不 X"这两种格式有共同的语用意义，就是权且认同或认定某种情况。如，"这座山高倒很高"权且认定"这座山很高"，"那座山高倒不高"权且认定"这座山不高"。

现代汉语中，副词"倒"还可表示祈使的语气，并表示催促或深究。如：

（254）三爷，三爷！你倒是抓早儿买点菜去呀，待一会儿准关城门，就什么也买不到啦！（老舍《茶馆》）

（255）据我看哪，你作了委员，倒该多照顾照顾我们！（老舍《春华秋实》）

（256）大家都在门外等你，你倒说句话呀！

现代汉语中副词"倒"出现了"X 倒 X""X 倒不（没）X"的格式，这种格式用语简练，却表达了细致、丰富的含义。

（二十八）不

副词"不"在《绿野仙踪》和现代汉语中都可表示单纯否定，但用法上存在一些差异，主要表现在以下几个方面。

1.《绿野仙踪》中"不"单用的情况很少，现代汉语中"不"单用很常见。

《绿野仙踪》中的"不"单用只有 2 例，单用的"不"只表示对之前祈使句的回应。如：

（257）金钟儿摇着头儿笑说道："不！"（《绿野仙踪》51 回）

（258）贡生见庞氏不成声气，有些怕怕的说道："着孩子们走走，也罢了。"庞氏道："不！我要东西哩！"（《绿野仙踪》80 回）

除了单用"不"外,《绿野仙踪》中表示对前一祈使句的否定回应还使用"我不",出现1例,如:

(259)"你既然预备下,苗老三他们想来也知道,还是在一处坐为是。"金钟儿道:"我不。我嫌他们太凉薄。"(《绿野仙踪》54回)

现代汉语中"不"可以单用,其后一般有语音上的停顿,用来对选择疑问句、是非疑问句或者祈使句做出否定的回答,其后一般可以追加比较完整的否定,有时可以追加否定的理由。如:

(260)"你是不是昨天来的武汉啊?""不,我是前天来的。"

(261)"咱们去体育馆看球赛去,好么?""不,我还要在家写点东西呢!"

(262)袁:"来,来,你躺会儿。"何:"不,我要等董事长电话,他还在市委呢。"(《现代汉语虚词例释》)

"不"单用在现代汉语中可用于自问自答,或者对自己前面说法的否定,可以使论述更加生动有力,或者通过否定引出更深刻、更全面的判断。如:

(263)难道我们就这样被困难吓倒了吗? 不,我们绝不能在困难面前畏缩不前,这是关系全局的大事。(《现代汉语虚词例释》)

(264)有一位士兵同声说:"是啊! 他是我们的好朋友。"叶德胜填了一句:"不! 我们的好先生。"(《六十年的变迁》)

2."不"在《绿野仙踪》中可用于祈使句表示禁止和劝阻,现代汉语中一般使用"不要、不能、别"等形式。

《绿野仙踪》中可以单独使用否定词"不"表示劝阻；现代汉语中则使用表示劝阻的禁止词"别"，或者在"不"后添加情态动词。

《绿野仙踪》中"不"可单独用于祈使句中表示劝阻，祈使句的主语一般是第二人称的"你"。如：

（265）众人道："你不世故罢，你只快快的与他两位叩头。"（《绿野仙踪》18 回）

（266）正言间，只见那公子出来，站在当院里，四面看了看，向庙主道："你不送罢。"（《绿野仙踪》36 回）

"不"单独使用出现在祈使句中并不是《绿野仙踪》的特殊用例，在清代的《歧路灯》中也有用例。如：

（267）大相公一来就有，不行礼罢。（《歧路灯》）

（268）写完了，不写罢。（《歧路灯》）

马凤霞（2010）的研究认为，《歧路灯》中的"不"单用表示祈使句较多，并且经常出现在受使者隐现的句子中，只能位于受使者之后，不能位于受使者之前。

现代汉语祈使句中，单用"不"作为否定词，只能用于主语为第一人称"咱、我们"的祈使句中，如：

（269）白花蛇，好！我们不讨论这个。方大哥，说说您的意见。（老舍《方珍珠》）

（270）我一人干五个人的活，咱不怕！（老舍《老字号》）

主语不是第一人称的祈使句，否定形式一般采用否定副词"别"，或者副词"不"和情态助词"要、应、应该"等配合使用。如：

（271）别那样吹腾自己！连长怕你乱耍武器，吃了亏。（老舍《无名高地有了名》）

（272）有功必赏，有过必罚，这是我们的纪律！不要老眨巴眼睛，把眼瞪圆，瞪着"老秃山"！（老舍《无名高地有了名》）

（273）记住军长的话吧，我们不该存一点侥幸心！就这么办吧！睡！（老舍《无名高地有了名》）

3.《绿野仙踪》中"不"表示否定的补语，可以出现在宾语之后；现代汉语中则出现在宾语之前。

《绿野仙踪》中由"不"组成的补语经常位于宾语之前，但有时也会处于宾语之后，形成"动词+宾语+补语"的格式，如：

（274）于冰连住五天，日日如此，也止他不得。（《绿野仙踪》15 回）

（275）是你这样多管闲事，定与这死囚是一路上人，也须饶你不得！（《绿野仙踪》26 回）

现代汉语句子中同时存在宾语和补语时，补语一般位于宾语之前，形成"动词+补语+宾语"的基本格式，如：

（276）他和士兵们一样，都看不起敌兵，特别是美国兵。（老舍《无名高地有了名》）

（277）患难打不到他的乐观，死亡可使他不能再固执己见。（老舍《四世同堂》）

4."不"修饰"数量名"结构的用法不同。

《绿野仙踪》中的"不"修饰"数量名"结构，在意义上表示数量少、时间短，其中的数词可以是确指的数词"一、两"等，也可以是不确定的数词"一二、多、数"等。如：

（278）在樱桃斜街开了个油盐店，又收粜米粮。不一二年，生意甚是茂盛。（《绿野仙踪》71 回）

（279）少刻，吩咐出来开门，慌的大小武弁跑乱不迭。不多时，开放中门，请朱文炜入去相见。（《绿野仙踪》28 回）

现代汉语中的"不"可以用在数词和表示时间的数量词之前，表示数量少、时间短。如：

（280）走不几步，他又想起了什么，在自己挂包里掏了一阵……（《现代汉语虚词例释》）

（281）不一阵，三路砍山的人，都上来了桦林山……（《吕梁英雄传》157 回）

《绿野仙踪》中表示不定数的"一二、数、多"等在现代汉语中已经不再使用。

"不"表示单纯否定的基本意义和用法从古至今没有发生变化，《绿野仙踪》中的"不"与现代汉语的差异，原因主要有以下几个方面：其一，"不"单独使用出现在应答的句子中是现代的常见用法，这一用法最早出现在明代，使用非常少，在《金瓶梅词话》中只出现 1 例，在《西游记》中只出现 1 例。清代语料中"不"单用在对话中出现 22 例[1]。民国以后的语料中"不"单用的情况才逐渐增多。说明"不"单用是现代汉语中新兴的语法现象。其二，《绿野仙踪》中"不"用在祈使句中是受到当时方言的影响。李百川在河南完成大部分著作，"壬午抵豫，始得苟且告完"[2]。"不"用于祈使句在同时期的河南著作《歧路灯》中也有用例，在其他著作中没有发现，说明这一用法是清代河南方言的特殊用法。其三，"动词+宾语+补

---

① 统计"北京大学语料库"清代语料得出的数据。

② 见《绿野仙踪》自序。

语"的用法在现代汉语普通话中已经不再使用。在宋代语料中,"动词+宾语+补语"是一种常见格式,在元明时期逐渐被取代,在清代的《儿女英雄传》中已经没有用例,但在南方方言中还存在,李百川在扬州等地旅居数年,难免受南方方言的影响。

(二十九) 未

"未"作为文言词汇,在现代汉语中只出现在书面语中,意义上"没有(没)"相当。与现代汉语中相比,"未"在《绿野仙踪》中的使用频率远远高于现代汉语,在语义和语法上也有不同,主要体现在以下几个方面。

1.《绿野仙踪》中"未"可以修饰数量成分,而现代汉语没有此种用法。

"未"与现代汉语中表示已然否定的"没、没有"相当,但《绿野仙踪》中的"未"还可以修饰数量结构,表示时间短、数量少,如:

(282) 未几,杭州失守,前巡抚张经屡催进兵,朱文炜备极苦谏。(《绿野仙踪》76 回)

(283) 未四五里,只听得前面一声炮响,人马雁翅般摆开,当头一将,正是林岱。(《绿野仙踪》34 回)

例(282)中的"未"修饰表示不定数的"几",表示时间不长;例(283)中"未四五里"表示距离短。这一用法在现代汉语中已经消失。

2.《绿野仙踪》中"未"经常修饰情态动词,现代汉语中这种用法已经消失。

"未"在《绿野仙踪》中的用法比现代汉语中的用法丰富,其中"未"经常修饰情态动词"敢、能"等,如:

(284) 自二百年前至今,止见此鱼游行过两三次,近年来实

不知在何方停止。未敢妄对，望法师于别处江湖内查察。(《绿野仙踪》61 回)

(285) 若换做别家，最大三个五十两，我还未肯依他。(《绿野仙踪》86 回)

例 (284)、例 (285) 中的"未"修饰情态动词"敢、肯"，不表示对未发生事情的否定，在意义相当于表示单纯否定的"不"。

3. 《绿野仙踪》中"未"能够修饰名词，现代汉语中此种用法已经消失。

"未"在现代汉语中和名词相连的只有"未果"表示没有结果，《绿野仙踪》中的"未"可以与名词相连，如：

(286) 于冰道："吾虽未仙，然亦可以不死。"(《绿野仙踪》36 回)

(287) 你今年才十五岁，就便再迟两科不中，才不过二十一二岁的人，何年未弱冠，便干禄慕名到这步田地！(《绿野仙踪》16 回)

例句中的"未"都直接和名词相连，"未仙"表示没有成仙，"未弱冠"表示没有到弱冠的年龄。

现代汉语中的"未"不能否定名词，"没、没有"与名词相连一般是动宾结构，表示不存在某物。如：

(288) 白天这里没有一个人影；晚上我们才能活动。(老舍《无名高地有了名》)

(289) 营长"嗯"了一声，没心思去放下帽翅儿来。(老舍《无名高地有了名》)

4. 《绿野仙踪》中"未"否定的成分能充当补语，现代汉语中此种用法消失。

"未"否定的成分在《绿野仙踪》中可以在动词之后充当句子的补语，如：

> （290）家人来回话说："木炭四十担都领炭铺中人向齐家交割，此时还担送未完……"（《绿野仙踪》81 回）
> （291）见金钟儿才缠了脚，还在炕上扎榜未完。（《绿野仙踪》53 回）

"未"出现在补语中的用法在现代汉语中已经消失，现代汉语中表示单纯否定的"不"可以充当可能补语，意义上与"得"相反。

"未"做否定副词在先秦时期已经出现，明清时期"未"处于与"没、没有"替代的过渡阶段。到现代汉语中，这种替代已基本完成，"未"只用于书面语中。

（三十）莫

近代汉语中，"莫"作为否定副词，既可表示单纯否定，又可表示禁止和劝阻。现代汉语中，"莫"作为一个文言词汇，经常出现在固定格式中表示单纯否定，表示禁止和劝阻的"莫"仅出现在一些方言中。"莫"在《绿野仙踪》与现代汉语中的用法存在差异，表现在以下三方面。

1. 《绿野仙踪》中"莫"表示单纯否定的用法比现代汉语自由。

《绿野仙踪》中的"莫"用法自由，既可以出现在固定格式之中，还可修饰一般动词。如：

> （292）朱义弟事，军门大人前已尽知，莫若将此事启知，看曹大人如何发落。（《绿野仙踪》34 回）
> （293）只要他们步步学你，就有好处。其次莫如救济众生，斩除妖逆。（《绿野仙踪》45 回）
> （294）率领众妖鱼，在饶州、九江等地作祟。是我之罪，粉

身莫补。(《绿野仙踪》45 回)

（295）师尊于三年前也曾传授，单剑名天遁剑法，专以击刺耸跃为事，使敌者莫测其去来。(《绿野仙踪》99 回)

前两例中"莫"出现在"莫若、莫如"等固定格式中，后两例中"莫"修饰一般动词"补"和"测"。

现代汉语中的"莫"表示单纯否定时，多和"若、如"等组合为固定格式，不能修饰一般动词。如：

（296）在这儿闲着没事，莫如到湖边去散散步。(《现代汉语虚词例释》)

（297）光在旁边看着别人做，莫若自己也来试一下。(《现代汉语虚词例释》)

2. "莫"作为表示禁止、劝阻的否定副词在《绿野仙踪》中用例很多；而现代汉语中，只在一些南方方言如赣语中使用。如：

（298）二鬼若到，可说冷法师在京西百花山，着他们到那边找寻我。莫误！(《绿野仙踪》26 回)

（299）你若是擅离一尺一寸，那时霹了你，你切莫怨我。慎之！慎之！(《绿野仙踪》46 回)

（300）我跟你讲了几多次了！你莫去。

（301）请注意下，公共场所莫乱走。

3. 《绿野仙踪》中"莫"经常与"说"组合，表示让步；现代汉语中该用法很少出现，一般使用"别说"。

《绿野仙踪》中"莫说"表示让步，一般两件事都使用与同一结论，前一事情如此，后一事情更是如此。"莫说"经常和"就是……也……""便是……也……"搭配使用，如：

（302）况儿孙迟早有命，莫说周舍亲六十岁未见孙儿，他便一百二十岁不见孙儿，也只合怨自家的命！（《绿野仙踪》84 回）

（303）且莫说这等园墙，就是极高的城墙，他也可飞跳过去，皆易骨丹之力也。（《绿野仙踪》12 回）

"莫说"之前可以有表示时间的副词"且"，表面看是暂且不说某事，实际上是加强论证。

现代汉语中表示让步时，一般使用"别说"。如：

（304）别说是狗，就是老虎我也不怕。（《现代汉语虚词例释》）

（305）这几位专家，别说在国内，就是在世界上也是很有名的。（《八百词》）

"莫"是古代汉语中常用的否定副词，可以表示单纯否定，但用例较少。表示禁止的"莫"产生于西汉，在近代汉语中取代了"毋、勿"，成为口语中最常用的禁止类否定副词。我们前文已交代，在宋代以后，"莫"和"休"出现了地域上的分化，"莫"多用于南方方言，"休"多用于北方方言。后来表示禁止的否定副词"别"大量使用，取代了"莫"和"休"的地位。清代否定副词"别"大都使用于北京、河北、山东等地[①]，李百川主要活动在山西、扬州、河南、陕西等地，因此《绿野仙踪》中没有使用"别"，而是使用南方常见的"莫"。"莫"在《绿野仙踪》和现代汉语中的差异主要是由时间的原因造成的，同时也受到方言的影响。

---

① 参见江蓝生《禁止词"别"考源》，《语文研究》1991 年第 1 期。

第五章

结　论

第一节　《绿野仙踪》副词的特点

我们将《绿野仙踪》中的副词分为程度副词、范围副词、语气副词、时间副词、关联副词、情状方式副词、频率副词和否定副词八个次类，并对每一小类进行了计量统计和静态的描写分析，在此基础上，我们对《绿野仙踪》副词的特点做一总结。

（一）从音节上看，双音节副词占优势

《绿野仙踪》中的副词，从音节上可分为单音节副词、双音节副词和三音节副词三类，其中以双音节副词为主。

《绿野仙踪》中的单音节副词，如"最、极、已、既、尝、将、勿、独、亲、皆、俱、不、非"等，多是从上古、中古汉语中继承下来的；《绿野仙踪》中的双音节和三音节副词则多是在近代汉语中产生的，双音节的如"十分、好生、曾经、正在、不要、百般、极力、次第、一一、必须、尽情"等，三音节的如"早晚间、转眼间、恨不得、平白里"等。

（二）从结构上看，单纯词的用法较为丰富，使用频率较高

在结构形式上，《绿野仙踪》中的副词可分为单纯词和合成词两大类。单纯词都是单音节形式的，合成词是双音节和三音节形式的。

《绿野仙踪》中单纯词的意义和用法比较丰富，往往有两个或多个义项。如副词"才"，在《绿野仙踪》中表示限定、表示肯定强调和表示关联三个义项；副词"都"有表示范围、表示语气两个义项；

副词"更"有表程度增高和表累加两个义项。《绿野仙踪》中单纯词在使用频率上远高于合成词，而且多数是从上古、中古汉语中继承下来的，具有较强的生命力，有些词一直到现代汉语中仍很常用，如"太、最、极、不、岂、都"等。

《绿野仙踪》中大多数合成词如"必定、保管、不妨、委实、大约、亲自、一齐、猛然、随即"等，只有一种义项，而且在使用频率上要低于单纯词。如"必定"在《绿野仙踪》中共出现40例，仅有表示对事情的肯定推断这一种意义；而同义的单音节词"必"，在《绿野仙踪》中则多达341例，除表示上述意义外，还可表示事理上的某种必要性和态度、意志坚决两种意义。

（三）从意义上看，有些副词兼有两种或多种意义

《绿野仙踪》中，有些副词兼有两种意义。程度副词"颇"在《绿野仙踪》中有两种意义，既可表示程度高或数量多，也可表示程度低或数量少，但随着时间的推移，"颇"表程度低的用法逐渐消失了。"更"既可为程度副词，表示程度增高；又可为累加副词，相当于"再、又"。"好生"兼有情状方式副词和程度副词两种词类，表情状方式时意为"好好地、好好（儿）"，表程度高时相当于"好"。副词"却"也有两种用法，既可作关联副词，用于转折关系复句的后一分句中，对前后分句起关联作用；还可作语气副词，加强肯定强调语气或加强疑问反诘语气。

《绿野仙踪》中有些副词兼有多种意义。副词"竟"兼有语气、时间、范围、情状方式四种意义，作为语气副词，表示出乎意料，和现代汉语中的用法相同；作为时间副词，相当于"一直、始终"；作为范围副词，相当于"全、都"；作为情状方式副词，相当于"直接、径直"。"到底"兼有三种意义，作为时间副词，相当于"最后、最终"；作为语气副词，有时加强肯定强调语气，相当于"终究、终归"，有时加强疑问语气，相当于"到底、究竟"。

《绿野仙踪》中副词兼类现象普遍存在，有的副词兼有两种意义，有的兼有多种意义。词的兼类现象过多，容易造成歧义，这与语言发

展的明晰性原则不相符，因此有的意义和用法随着时间的推移逐渐消失了。如副词"竟"到现代汉语中仅保留了"竟然、居然"这一种意义。再如"却"，在《绿野仙踪》中可作语气副词和关联副词两种用法，到现代汉语中只能作关联副词。

（四）从组合能力上看，不同次类的副词组合能力不同

我们从被修饰成分的词性选择、音节形式的选择两方面来看《绿野仙踪》中副词的组合能力。

《绿野仙踪》中的程度副词一般都可以修饰形容词、心理动词及其短语，如"最、深、更、颇"等；有的也可以修饰动作动词及其短语，如"大、十分、甚"等；还有的可以修饰主谓短语和动补短语，如"太、十分、甚、分外"等。《绿野仙踪》中的语气副词均可修饰动词性成分；有的可以修饰形容词性成分，如"着实、真正、委的"等；有的可以修饰名词性成分，如"本、本自、实"；还有的可以修饰小句，如"委、委的、委实、分明、管保、难道"等。《绿野仙踪》中的范围副词均可修饰动词性成分和形容词性成分，如"都、皆、通、全"等；有的还可修饰名词性成分，如"皆、惟、只、凡"等。《绿野仙踪》中的时间副词一般都只能修饰动词性成分，但有些可以修饰数量短语，如"才、刚"等；有的还可修饰小句，如"曾经、早晚、从来"等。频率副词和情状方式副词组合能力比较简单，均是修饰动词性成分。《绿野仙踪》中的否定副词一般都可以修饰动词性成分和形容词性成分，如"不、没、不曾、勿、莫、不必、非"等；有的还可修饰名词性成分，如"未"修饰名词性短语"仙、弱冠"等。

从音节形式上看，《绿野仙踪》中的单音节副词"太、大、已、忽、猛、暂、必"等，既可以修饰单音节成分，也可以修饰双音节成分或多音节成分。如程度副词"大"，在《绿野仙踪》中共出现742例，既可以修饰单音节成分如"喜、嚷、坏"等，也可以修饰双音节或多音节成分如"有荣光、挣着两眼"等。《绿野仙踪》中的双音节副词"十分、毕竟、屡屡、深深、极为、百般、已经、过于、明

明、好好、着实"等，一般修饰双音节成分或多音节成分，如语气副词"着实"在《绿野仙踪》中共出现 51 例，均是修饰双音节成分或多音节成分，如"劳苦、感念我、往透彻里传示传示"等。

（五）从句法功能上看，绝大多数作状语，个别词可作补语。

《绿野仙踪》中的副词，绝大多数只作状语，如"太、甚、颇、委的、实、难免"等；有的副词以作状语为主，有时还作补语，有"极、甚、绝"；只作补语的副词，只有"狠"。

第二节　通过横向比较看《绿野仙踪》副词的特点

一　与《儒林外史》比较看《绿野仙踪》副词的特点

前文我们比较了《绿野仙踪》和《儒林外史》中的十几个常用副词，它们的不同之处主要表现在以下几个方面。

（一）副词的使用频率不同

如程度副词"甚"在两书中的使用频率存在明显不同，此差异是由作者的语言风格不同造成的。"甚"在先秦产生，一直到明清时期使用频率都很高，在清代中期以后逐渐萎缩。《绿野仙踪》的作者倾向于使用较早出现的词语，体现出语言的古朴、典雅，在表达程度高的意义时较多使用传统的词语"甚"。而《儒林外史》的作者倾向于使用"X 的紧"和"十分"，因此"甚"的用例较少。再如"莫非、莫不是"，表示疑问时，《绿野仙踪》中几乎全用"莫非"，而《儒林外史》只用"莫不是"，此差异是作者的用词习惯或偏好不同造成的。二者表示的意义和用法相同，产生年代没有差别，二者的选择多是由作者的用词习惯或偏好不同决定的。再如语气副词"端的"，《绿野仙踪》出现 20 例，《儒林外史》仅有 1 例，使用频率存在很大差异。这是由于作者受到不同地域方言的影响造成的。"端的"经常出现在中原官话中，《绿野仙踪》的作者经常活动在河南、山西等地，必定受到河南方言的影响，因此"端的"使用频率较高；而

《儒林外史》一般认为受到江淮官话的影响，因此用例极少。再如，《绿野仙踪》中表达"终日"的意义时，既使用"终日"，又使用"终日家"，而《儒林外史》中只使用"终日"。与此相似，《绿野仙踪》中还出现"逐日家、一味家"的用例。我们认为"终日家"应是《绿野仙踪》中的方言副词，"家"是方言副词的词缀，这种差异的产生也是由作者所操方言不同的影响造成的。

（二）副词表示的意义不同

如语气副词"毕竟"，在《绿野仙踪》中不表示疑问、深究语气；而在《儒林外史》表示疑问、深究语气的用例高达 32 例。一方面，《绿野仙踪》的作者受方言的影响，表达疑问、深究语气时多用中原官话的"端的"；另一方面，是由于受作者写作风格的影响。《绿野仙踪》多以诗歌结尾，而《儒林外史》多以设置悬念结尾，如"毕竟这小厮姓甚名谁，且听下回分解"，"毕竟"表疑问的 32 例中，30 例都是用于此环境。再如时间词"刚才"，在《绿野仙踪》中是表示初始义的时间副词，相当于"刚刚"。而《儒林外史》中表示两种意义：一是作为时间副词表示初始义；二是作时间名词，表示说话前不久的一段时间。再如"紧"，在某些方言中可作程度副词。《儒林外史》有"紧"作程度副词的用例，都是"X 的紧"形式，在句中作补语；《绿野仙踪》中"紧"却没有这种意义和用法。造成这种差异的原因是受作者所操方言的影响造成的。再如"其实"，在《绿野仙踪》中仅表示申明事情的真相或实质，相当于"实际上"；而《儒林外史》中还表示"的确、确实"的意义。

（三）个别副词的组合能力不同

如程度副词"极"，《绿野仙踪》中"极+形容词"可直接修饰名词，也可加"的"修饰名词；而《儒林外史》中"极+形容词"修饰名词时都带"的"。近代汉语中，由上古继承下来的用于定中结构的助词"之"已经走向衰亡，而新兴起的结构助词"的/底"还没有成为定中短语必带的语法成分，所以"极+形容词"可不用加"的/底"直接修饰名词。《绿野仙踪》的作者在使用"极+形容词+名词"的结构时，有时用"的"，有时不用"的"；而《儒林外史》的作者更倾向于用"的"。因此我们认为作者的语言习惯或偏好不同是这种差异产生的原因。再如否定副词"不"，《绿野仙踪》可用于疑问句末尾，如："母亲还再吃一碗不？"这是当时北方方言的用法。而《儒林外史》中多用"V+不+V+O"形式，这是由于作者受不同方言的影响而造成的差异。

《绿野仙踪》与《儒林外史》中的副词在使用频率、意义、组合能力等方面都存在不同，我们认为作者的语言风格不同是导致上述差异的主要原因，同时也受到作者所操方言的影响。

二 与《红楼梦》比较看《绿野仙踪》副词的特点

前文我们比较了《绿野仙踪》与《红楼梦》中的常用副词，它们的不同之处主要有以下几方面。

（一）副词的使用频率不同

如程度副词"很"，在《绿野仙踪》中的使用频率远低于《红楼梦》，作者的语言风格不同导致了"很"在使用频率上的差异。"很"大约产生于元代，明代时用例还不多见，如明代白话小说《水浒传》中没有出现，《金瓶梅词话》中仅有 1 例，清代中叶以后逐渐增多，"很"是一个新兴的程度副词。《绿野仙踪》的作者追求语言的典雅、古朴，倾向于使用传统的词语。在表达程度高的意义时，较多使用传统的词语"甚"，因此"很"在《绿野仙踪》中的用例较少。再如语气副词"端的"在《绿野仙踪》中出现 20 例，而《红楼梦》中出现 2 例，使用频率存在明显不同。此差异主要是作者受不同方言的影响造成的。"端的"主要在中原官话使用，作者经常旅居河南，其语言受到河南方言的影响，因此用例较多。而《红楼梦》反映的是清代中叶的北京话，因此"端的"用例较少。再如，《绿野仙踪》中表达"不顾客观条件固执地做某事"的意义时，既使用情状方式副词"一味家"，又使用"一味"；而《红楼梦》中仅出现"一味"的用例。与此相似，《绿野仙踪》中还出现"逐日家、整日家"。因此我们认为"一昧家"应是《绿野仙踪》中的方言副词,"家"是方言副词的词缀,这种差异的产生是受作者所操方言不同的影响造成的。

（二）副词表示的意义不同

如语气副词"究竟"在《绿野仙踪》中只表示肯定、强调的语气;而《红楼梦》中既可表示肯定、强调语气,还可表示疑问、深究语气。再如"刚才",《绿野仙踪》中表示初始义,相当于"刚、才";而《红楼梦》中为时间名词,表示说话前不久的一段时间。

否定副词"休",在《绿野仙踪》中既可表示单纯否定,相当于"不",又可表禁止、劝阻;而《红楼梦》中"休"都表示禁止、劝阻。

（三）副词的组合能力不同

如程度副词"很"在《绿野仙踪》中只作补语;而在《红楼梦》中既可作状语,也可作补语。再如范围副词"皆"在两书中都表示"全部",经常用在动词、名词等之前。但在《绿野仙踪》中"皆"可以用在小句之前,《红楼梦》中没有这种用法。再如时间副词"从来"在《绿野仙踪》中多修饰主谓短语,在《红楼梦》中多修饰动词性短语,造成这种差异的原因是,《绿野仙踪》中"皆"多出现在诗句中,用于肯定句,修饰主谓短语。

（四）副词的句法功能不同

如否定副词"不"在两书中均表示单纯否定,但"不"在《绿野仙踪》中可以用在祈使句中表示禁止和劝阻,这一用法在《红楼梦》中没有出现;"不"在《绿野仙踪》中可以用在句尾,表示疑问,而《红楼梦》中没有出现相同的用例,这一差异可能是作者受不同方言的影响造成的。

总之,《绿野仙踪》与《红楼梦》中的副词在使用频率、表示意义、组合能力等方面存在不同,我们认为产生这种差异的原因主要是作者的语言习惯不同,同时也受到作者所操方言的影响。

三 与《儿女英雄传》比较看《绿野仙踪》的特点

前文我们比较了《绿野仙踪》与《儿女英雄传》中的十几个常用副词，它们的不同之处主要有以下几方面。

（一）副词的使用频率不同

首先，与同义的单音节副词相比，双音节副词在《儿女英雄传》中更占优势。如时间副词"已、已经"，都是表示过去已然的时间副词，《绿野仙踪》中二者比例是645：29，《儿女英雄传》中二者比例是289：104，可见，双音节副词"已经"在《儿女英雄传》中的使用频率明显高于在《红楼梦》中的使用频率。其次，相同意义的副词使用频率不同。比如，"便"和"就"作为关联副词，意义和用法基本相同，都用于因果式、条件式、假设式复句的后分句中起连接作用。不同的是，《绿野仙踪》中多用"便"，《儿女英雄传》中多用"就"。此差异主要是作者的语言风格不同造成的，"便"从六朝起逐渐用作关联副词，"就"出现于宋代，产生时间晚，但发展迅速，到明代时"就"的使用频率已超过"便"，到现代汉语中"就"仍很常用，"便"仅用于书面语中。《绿野仙踪》的作者倾向于使用较传统的词语，因此"便"的使用频率较高。再次，同一个副词在两书中的使用频率不同。如程度副词"很"，在《绿野仙踪》中的用例远低于《儿女英雄传》，此差异主要是作者的语言风格不同造成的，同时还受到成书年代早晚的影响。《儿女英雄传》处于清代晚期，较《绿野仙踪》晚约一百年，此时"甚"进一步萎缩，"很"的使用更加活跃。

（二）副词的意义不同

如时间副词"将"，在《绿野仙踪》中仅表示将来未然义；而在《儿女英雄传》中除了表示将来未然义，还可表示初始义，相当于时间副词"刚"。出现这种不同的原因是《儿女英雄传》的作者受到北京话的影响，在《现代北京口语词典》中"将"就有表示初始的义项。再如语气副词"究竟"，《绿野仙踪》中表示"终归、终究"和

"疑问、深究"两种意义，而《儿女英雄传》中仅表示"终归、终究"，无"到底、究竟"的意义。

（三）副词的组合能力不同

如时间副词"正在"，《绿野仙踪》中多用于"正在+VP+间/之间/之际/之时"这类结构中，而《儿女英雄传》中，多是"正在+VP/S"这样的结构。再如范围副词"皆"，在《儿女英雄传》中经常单用，而在《绿野仙踪》中经常与其他表示范围的副词"俱""尽"等连用，组成"尽皆""俱皆"等形式。

（四）副词的句法功能不同

如"很"，《绿野仙踪》中只作补语，而《儿女英雄传》中既可作补语，也可作状语。再如程度副词"极"，《绿野仙踪》中以作状语为主，《儿女英雄传》中以作补语为主，主要是由于成书时间不同造成的。清代中期以后，与"极"程度不甚分明的"很、十分"等词逐渐活跃，它们在句中作状语，挤压了"极"作状语的空间。同时双音节副词"极其、极为"较多使用，也挤压了"极"作状语的空间。因此，"极"在《儿女英雄传》中以作补语为主。再如，有"不"出现的可能补语，《儿女英雄传》中经常出现在宾语之前，形成"V+补语+宾语"的格式；而在《绿野仙踪》中则除了"V+补语+宾语"格式之外，还有"V+宾语+补语"格式，两种情况并存。这一差异应当是《绿野仙踪》的作者受到南方方言的影响造成的。

（五）关联词语在句中的位置不同

在《绿野仙踪》中关联副词"却"用于转折关系复句时，可位于后分句主语之前；而《儿女英雄传》中，关联副词"却"都是位于后分句主语之后。我们认为"却"之所以在两书中用法存在不同，是因为《绿野仙踪》中"却"在位置上有两种倾向，既可位于后分句主语之后，又可位于后分句主语之前。经过约一百年的发展，到《儿女英雄传》中"却"位置趋于固定，都位于后分句主语之后，与现代汉语一致。

《绿野仙踪》与《儿女英雄传》中的常用副词在使用频率、意义、句法功能等方面存在不同，我们认为作者的语言习惯是产生这些差异的主要原因，同时也受作者所操方言和成书年代早晚的影响。

第三节　通过纵向比较看《绿野仙踪》副词的特点

语言的发展一般都是通过旧的语言现象逐渐消亡，新的语言现象逐渐兴起来实现的。通过《绿野仙踪》与宋元明时期和现代汉语副词的比较发现，《绿野仙踪》中的副词是相对稳定而又不断发展变化的。

一　与宋元明时期副词比较看《绿野仙踪》副词的特点

《绿野仙踪》中的副词既有对宋元明时期的继承，又有较为明显的发展变化。总的来看，这些发展变化表现在以下三个方面。

（一）副词的稳定性

《绿野仙踪》中有不少常用副词是从宋元明时期继承来的，如"极、最、太、颇、皆、必、将、好、渐、便、即、偏、亲"等。这些副词在意义和用法上与宋元明时期相比没有发生太大的变化，体现了语言的继承性和一贯性。

（二）副词的使用频率发生变化

与同义的单音节副词相比，双音节副词的使用频率明显增高。如表示过去已然义的时间副词"已、已经"，宋元时期多用单音节的"已"，双音节的"已经"在宋代才产生。随着汉语词汇双音节化的发展，明代时，"已经"的使用频率有所增加。到清代的《绿野仙踪》中，"已经"的使用频率进一步增加。再如副词"倒"，它的关联副词用法产生于唐代；宋元时期，作为关联副词的用例还不多见；明清时期，"倒"的使用数量激增，而且用法日趋完善，表转折和舒缓语气的"倒"都有用例。

（三）副词的义项发生变化

有些副词的义项减少或消失，有些副词的义项增加，有些副词的义项发生转移。

有些副词的义项减少。如"尽情"本是动宾结构，表示"尽心尽力"的意义，从上古到宋元明的语料中都有用例，但这一意义在清代的《绿野仙踪》中消失。

有些副词的义项增加，如副词"才"，宋代时有三种意义：一是表示限定的副词；二是表示初始义的时间副词，此种意义的"才"可用于条件式复句的后分句中起关联作用；三是用于条件副词的前分句，相当于"只要"。明代时"才"产生了表示肯定强调的语气副词用法。再如"终"，最初作为时间副词表示"终于"的意思，随着"终"的虚化，明代时产生了语气副词的用法，相当于"终究、终归"。

有些副词的义项发生转移。如"不成"，宋代时有两种用法：一为语气副词，表示反诘语气；二为否定副词，表示禁止，这两种用法都产生于宋代。元代时，"不成"又产生了语气助词的用法，并且开始向专职的语气助词发展。到明代，"不成"的反诘副词用法逐渐消失。清代时，"不成"的语气副词用法完全消失，而做语气助词成为主要用法。

二 《绿野仙踪》副词在现代汉语中的发展

语言的发展是渐变的，在一定时期内保持着相对的稳定性，汉语中的副词也不例外。《绿野仙踪》中的多数副词在现代汉语中仍然继续使用，它们是现代汉语副词系统的核心词汇，其意义和用法没有发生变化，如"都、也、没、没有、深、大、最、好、过于、常、已经、将、好、最"等。即使某些副词发生变化，其意义和用法也存在相同之处，如"不、究竟、毕竟、一定、十分、大、更、不过、仅、倒、却"等。否定副词"不"，在《绿野仙踪》中几乎不单用回答疑问句，现代汉语中"不"用于回答疑问句的用法相当普遍，两者之间存在差异，但"不"表示单纯否定的意义没有改变。

《绿野仙踪》处于近代汉语向现代汉语过渡的重要阶段，通过《绿野仙踪》副词与现代汉语副词的比较，可以看到《绿野仙踪》副词的历时发展特点主要表现在以下几个方面。

（一）新词产生和旧词消亡

与《绿野仙踪》相比，现代汉语中产生了一些新的副词，同时有些副词在现代汉语中衰亡或仅保留在书面语以及某些方言中。从《绿野仙踪》时代到现代汉语，新产生的副词数量较少，如"特别、永远、竟然"等。由于副词的意义较虚，与实词相比，稳固性和继承性更强，所以新产生的数量较少。《绿野仙踪》中有些副词，在新的语法体系中适应性较弱，到现代汉语中逐渐消亡，如"好生、偏生、端的、莫、着实、委的、委实、未、休"等。

（二）副词的双音节化趋势更加明显

由单音节词向双音节词发展，是汉语词汇发展的一条基本规律。就副词而言，"由以单音副词为主，逐步向单音副词与复音副词平分秋色的方向发展，进而向以复音副词为主的方向发展"①，是汉语副词总的发展趋势。《绿野仙踪》中的双音节副词，如"已经、曾经、亲自、忽然、十分、非常、更加、始终、分外、万分、务必、果然、必须、必定、明明、稍微"等，它们在现代汉语中的使用频率增高，既可用于口语，又可用于书面语。与之同义的单音节副词，如"忽、已、曾、稍、必、定、略"等一般保留在书面语中，使用范围变小。时间副词"已、已经"，在《绿野仙踪》中两者的使用频率为单音节副词"已"占有较多比例。现代汉语中，表过去、已然义时，一般都是使用双音节副词"已经"，单音节副词"已"仅在书面语中使用。同时，现代汉语中又产生了一些新的双音节副词，如"竟然、偶尔、仅仅、特别、永远"等。

---

① 参见杨伯峻、何乐士等《古汉语语法及其发展》（修订本），语文出版社 2001 年版，第 363 页。

（三）副词的义项发生变化

有些副词的义项增加。如程度副词"太"，在《绿野仙踪》中只表示程度过分、过头；但现代汉语中，既可表示程度过分，也可表示程度非常高，多用于感叹句中。再如语气副词"可"，《绿野仙踪》仅表示加强疑问语气；而现代汉语中还可加强肯定、强调语气，且以表加强、肯定强调语气为主。

有些副词的义项减少。语言的表达要求简单、明确，避免造成歧义。当一个副词意义过多时，容易产生歧义，给语言交际带来不便，不符合语言的明晰性原则，因此词的部分意义必然会萎缩或消失。如副词"竟"，在《绿野仙踪》中意义繁复、用法灵活；而到了现代汉语中，"竟"只表示"居然、竟然"的意义，义项减少。副词"竟"义项减少的原因是，近代汉语中副词"竟"负载的意义太多，与其他副词的意义交叉重叠，不利于语言的表达和理解。因此在语言的发展竞争中，"竟"的一些意义被淘汰是必然的。再如语气副词"毕竟"在《绿野仙踪》中表示肯定、强调语气，在《红楼梦》中还可表疑问、深究语气。但到了现代汉语中，"毕竟"仅表示肯定、强调语气。义项减少的原因是，近代汉语中"毕竟、究竟"是一对近义词，用法上两个词几乎没有差别，"毕竟"基本都可用"究竟"替换，这就造成了形式上的繁复，与语言的择一原则相违背。因此在发展过程中，"毕竟"把在疑问句中的用法逐步让位给了"究竟"，"毕竟"与"究竟"在语法上的分工逐步明确。

有些副词的义项发生转移。如"终于"，在《绿野仙踪》中为"终+于"的短语义用法，而且同时代的《红楼梦》中也是如此，但在现代汉语中，"终于"的短语义用法消失，只作为表示时间副词的意义。这是因为，"终于"的虚化过程相当漫长。"终于"作为时间副词在魏晋时期已经产生，但到清代时虚化过程还没有完成，因此在《绿野仙踪》和同时代的《红楼梦》中均为"曾+经"的短语义用法。再如"尽情"，《绿野仙踪》中为范围副词，表示"全部"；到现代汉语中，意义发生变化，作情状方式副词，表示"由着自己的感情，不受拘束"。

（四）副词的用法发生变化

有些副词的句法功能发生变化。如程度副词"极"，既可作状语，也可作补语。在《绿野仙踪》中以作状语为主；现代汉语中，"极"却经常作补语，后面一般带语气词"了"。发生这种变化的原因是，双音节程度副词"极其、极为"的出现，分化了"极"的用法；与"极"程度界限不甚分明的程度副词"很、十分"的使用，挤压了"极"作状语的空间；作补语的"极"功能上分化了作状语的"极"。因此，"极"的句法功能发生了变化。再如表示单纯否定的副词"不"，在《绿野仙踪》中很少单独使用，仅出现 2 例，分别表示对是非问句和祈使句的回答；清末以后，否定副词"不"单独使用的情况逐渐增多，现代汉语中"不"经常单独使用，表示对是非问句和祈使句的否定回答，"不"单独使用在现代汉语中还可以表示自问自答，引出某种更深刻的论断。

副词的组合能力发生变化。如程度副词"极"，《绿野仙踪》中，"极+形容词"修饰名词时，中间可用结构助词"的"，也可不用；现代汉语中，中间都要用"的"。原因是，在近代汉语中，由上古继承下来的用在定中结构中的助词"之"已经走向衰亡，而新兴的结构助词"的/底"还没有成为定中短语中必带的语法成分，所以"极+形容词"可直接修饰名词。再如程度副词的组合能力发生变化。《绿野仙踪》中有些程度副词，如"甚、十分"等，既可修饰心理动词及其短语，还可修饰普通动词及其短语；现代汉语中，这些副词的组合能力发生变化，一般只能修饰心理动词及其短语。

"五四"以后，汉语受西方语言的影响越来越大，并且人们的思维也趋于精密化，现代汉语中修饰语和限制语增多，句子自然增长。如"更"，在《绿野仙踪》中仅有"更"只能单独使用；而现代汉语中，出现了"更……更……"的形式。再如关联副词"却"，现代汉语中可连接某个句子成分的两个结构项，如"他的声音低沉却有力"和"在这个虚拟却又实在的复合体中"等。

（五）常用副词的演变兴替

词汇系统是一个有机联系的系统，在这个系统中每个词语之间都是相互联系的，所以某一个词发生变化，常常会对其他的词产生影响。如否定副词"别"的出现，使同义的副词"莫、休"逐渐在系统中消失。

副词具有严密的系统性，同义副词的不断增多，容易给语言系统造成不必要的负担，与语言的简明经济原则相违背，因此这些副词就会形成竞争，相互排挤，造成同义副词之间的替换，如"皆/都、方/才、亦/也、便/就"等。杨荣祥（2005）认为，在同义副词的竞争中，具有优势的副词更容易取胜，这种优势主要表现在组合能力方面。一般说来，组合能力强的副词包含了组合能力弱的副词的用法，使用范围更广，因此容易取胜。通常是新兴副词替代旧有副词，这是因为新兴副词语义的发展而产生的，有更强的适应性；而旧有的副词由于其滞后性很难适应新的语法环境，因此在竞争中容易被排挤掉。《绿野仙踪》中如范围副词"都"，其意义和用法与"皆"几乎相同，两者并存，与语言的经济性原则相违背，所以这一现象不会长久持续，必然出现两者之间的竞争。"都"的语义指向比"皆"更自由，能指向各个成分，所受限制较少；另外，"都"更容易使用于被动句和处置式等句式，而"皆"只常用于处置式。因此，"都"逐渐取代"皆"，成为最常用的范围副词。再如"亦"和"也"，都是表示类同的范围副词，其意义几乎没有差别，但在组合功能上存在一些不同，主要表现在："亦"更适应旧有的语法体系，"也"更适应新兴的语法环境。"亦"可在判断句中修饰名词性成分，而"也"不能，这种组合在六朝以后逐渐消失，"也"形成的固定形式比"亦"多，如"连……也……""一……也……"等格式，说明"也"与新兴的语法体系更相适应，因此"也"必然逐渐取代"亦"。

（六）副词的地位发生变化

有些副词从常用副词变为非常用副词。《绿野仙踪》中有些副词，因具有浓厚的文言色彩，与语言发展的趋势相违背，使用频率明显下降。如程度副词"甚",在《绿野仙踪》中是使用频率最高的程度副词,既可用于叙述性语言中,也可用于人物对话中。清代中叶以后开始萎缩,现代汉语中"甚"的使用频率大大减少,一般只用于书面语中。再如否定副词"未"在《绿野仙踪》中使用频率非常高,现代汉语中使用频率较低。

有些副词从非常用副词变为常用副词。这些副词一般是近代汉语中新产生的,因为它们具有更强的适用性,使用频率明显提高,在与同类其他成员的竞争中最终取得优势,成为表达相同意义的常用副词。如程度副词"很"和"十分",在《绿野仙踪》中使用频率不太高,清代中叶以后开始兴盛起来,到现代汉语中发展为常用的程度副词。

(七) 副词的形式趋于规范

《绿野仙踪》中有个别副词形式不固定,存在构词语素相同,但语序倒置的现象。如"必定"和"定必","反倒"和"倒反"等。《绿野仙踪》中副词的同素逆序现象,反映了汉语词汇双音化进程中形式尚未固定的过渡情况。另外,《绿野仙踪》中个别副词的书写形式还未固定,如"倒"写作"到","很"写作"狠",现代汉语中它们的书写逐渐规范。

附　　录

程度副词

副词	使用频率	备注	副词	使用频率	备注
表极度、强度类					
大	742		深	78	
大是	37		深为	8	
大为	24		深深	19	
顶	2		甚	398	
分外	13		甚是	224	
过	35		甚为	4	
过于	19		十分	7	
好	69		太	49	
好生₁	2	表程度高	忒	6	
狠	14		万分	2	
极	176		异常	7	
极为	3		最	184	
绝	25		最是	16	
良	1		最为	1	
颇₁	54	表程度高			
表比较度					
更	93		尤	1	
更是	15		尤为	1	
更为	6		愈	8	
益	9		越	39	
益发	1		越发	99	
益加	2				

续表

副词	使用频率	备注	副词	使用频率	备注
表微度、弱度					
略	54		少	25	
略略	4		微	39	
略为	4		微微	1	
颇₂	12	表程度低	有点	4	
稍	1		有些	32	

语气副词

副词	使用频率	备注	副词	使用频率	备注
确认、强调语气					
包管	3		管情	8	
保管	1		果	19	
本	27		果然	62	
本来	4		究竟	20	
本自	1		就₁	176	
必	341		明明	3	
必定	40		其实	4	
必须	61		实	187	
毕竟	2		实实	9	
便₁	206		实在	4	
并	106		势必	13	
才₁	98		索性	1	
诚	36		委	3	
当真	1		委实	3	
到底	24		一定	15	
定	125		原来	25	
定必	26		真	289	
都₁	113		真个	6	
端的	20		真正	12	
断	76		正₁	187	
断断	43		终₁	16	
分明	8		着实	51	
管保	16		委的	1	

续表

副词	使用频率	备注	副词	使用频率	备注
委婉语气					
不妨	14		未尝	17	
不免	5		未免	35	
几乎	23		也₁	1172	
未必	25				
不定、推测语气					
大抵	7		庶几	1	
大凡	1		想必	4	
大概	19		想来	12	
大约	5		想是	44	
或	17		约	68	
或者	32		约略	1	
庶	16				
疑问、反诘语气					
何必	28		可	108	
何不	41		莫不是	1	
何尝	4		莫非	5	
何妨	4		难道	70	
何苦	21		岂	199	
何须	4				
评价语气					
多亏	2		切	18	
怪不得	11		务	2	
怪道	11		务必	16	
恨不得	28		务要	3	
恨不能	12		幸	20	
亏得	16		幸而	2	
偏	45		幸亏	10	
偏偏	12		幸喜	3	
恰	7		只得	165	
恰恰	1		只好	5	

范围副词

副词	使用频率	备注	副词	使用频率	备注
总括类					
都₂	743		全	45	
皆	417		通	61	
尽	72		统	15	
尽情	4		无非	6	
尽行	11		一概（概）	9	
俱	362				
均	8				
限定类					
不过	284		惟有	49	
单	8		只	929	
但	103		止	378	
独	2		专	13	
凡₁	96		专一	1	
仅	24				
惟	124				
类同类					
也	2679		亦	629	
统计类					
大约	4		通共	3	
凡₂	1		约	76	
共	55				

时间副词

副词	使用频率	备注	副词	使用频率	备注
过去、进行、将来					
曾	109		正₂	168	
尝	4		正在	24	
既	28		待要	10	
已	749		将	29	
已经	32		将要	3	
早	286		然后	100	

副词	使用频率	备注	副词	使用频率	备注
初始、最终类时间副词					
才	98		刚才	7	
初	15		竟	16	
方	182		起初	13	
方才	156		始	34	
刚	36		终$_2$	18	
短时、持续、不定时					
便$_2$	157		仍	109	
当下	2		仍旧	12	
登时	7		仍然	1	
忽	68		时刻	11	
忽然	19		始终	24	
即刻	15		素日	38	
即忙	21		向来	1	
就$_2$	256		依旧	12	
立即	58		一连	14	
立刻	30		依然	5	
猛	119		一向	4	
猛可里	2		一直	23	
猛然	11		永	46	
霎时	1		永远	4	
随即	126		犹	46	
旋	47		有时	11	
旋即	14		早晚	35	
一旦	9		早晚间	3	
一时	41		照旧	4	
转眼	3		直	52	
转眼间	3		至今	13	
骤然	2		逐日	5	
不时	8		逐日家	8	
从此	49		自来	1	
从来	5		总	46	
历来	8		总是	24	
连连	87		终日	7	
偶	10		终日家	2	
偶然	4				

续表

副词	使用频率	备注	副词	使用频率	备注
暂且、逐渐					
姑	4		且	343	
渐	20		权	4	
渐次	24		暂	37	
渐渐	2		暂且	2	
渐渐的	2		暂时	8	
聊	1				

频率副词

副词	使用频率	备注	副词	使用频率	备注
表惯常					
常	47		时常	18	
常常	1		时时	14	
每常	1		往往	1	
每每	4				
重复类频率副词					
重	12		屡次	30	
从新	38		屡屡	7	
反复	2		再三	42	
屡	38		再四	18	
累加类频率副词					
复	89		又	617	
更$_2$	13		再	138	

情状方式副词

副词	使用频率	备注	副词	使用频率	备注
表暗自、自然					
暗暗	6		不禁	20	
悄悄	22		不觉	3	
窃	2		不由的	100	
私	4		自然	43	

续表

副词	使用频率	备注	副词	使用频率	备注
表极力、特意、随意					
百般	22		苦	23	
大肆	3		苦口	4	
好好	8		苦苦	6	
好生₂	2	情状方式	轻易	20	
胡	79		任意	6	
胡乱	14		随意	9	
极力	11		痛	17	
竭诚	2		妄	16	
竭力	6		一力	4	
尽力	6		硬	12	
表协同、单独、躬亲					
并	3		亲眼	3	
次第	1		亲自	41	
单	2		厮	4	
独	14		同	62	
独自	43		相互	1	
分别	4		一并	5	
分头	21		一齐	92	
公同	1		一体	2	
互	10		一同	65	
互相	32		一一	8	
陆续	30		一总	4	
齐	19		逐一	1	
亲	24				
亲身	1				
亲手	3				
表直率、急切、徒然					
白	26		妄	17	
白白	4		一径	1	
空	6		一味	2	
平白	13		一味家	3	
平百里	7		一味里	1	
平空里	3		一直	23	
徒	17		直	34	

否定副词

副词	使用频率	备注	副词	使用频率	备注
单纯否定类否定副词					
不	7895		无	23	
不必	6		休₁	20	
莫₁	19				
对过去的否定类否定副词					
不曾	19		未	412	
没/没有	114		未尝	17	
尚未	34		未曾	26	
对判断的否定类否定副词					
非	337		非是	3	
禁止、劝阻类否定副词					
不必₂	144		毋	25	
莫₂	41		休₂	112	
勿	15				

参考文献

（一）著作

北京大学中文系 1955、1957 级语言班：《现代汉语虚词例释》，商务印书馆 1996 年版。

北京大学现代汉语教研室：《现代汉语专题教程》，北京大学出版社 2003 年版。

曹炜：《〈水浒传〉虚词计量研究》，暨南大学出版社 2009 年版。

丁声树：《现代汉语语法讲话》，商务印书馆 1999 年版。

董秀芳：《词汇化：汉语双音词的衍生与发展》，四川民族出版社 2002 年版。

董志翘、蔡镜浩：《中古虚词语法例释》，吉林教育出版社 1994 年版。

冯春田：《近代汉语语法问题研究》，山东教育出版社 1991 年版。

冯春田：《〈聊斋俚曲〉语法研究》，河南大学出版 2003 年版。

侯学超：《现代汉语虚词词典》，北京大学出版社 1998 年版。

黄伯荣、廖序东：《现代汉语》，高等教育出版社 1991 年版。

蒋冀骋、吴福祥：《近代汉语纲要》，湖南教育出版社 1997 年版。

蒋绍愚：《汉语词汇语法史论文集》，商务印书馆 2001 年版。

蒋绍愚、曹广顺：《近代汉语语法史研究综述》，商务印书馆 2005 年版。

蒋绍愚：《近代汉语研究概况》，北京大学社出版 1994 年版。

蒋绍愚：《古汉语词汇纲要》，商务印书馆 2007 年版。

蒋绍愚、江蓝生主编：《近代汉语研究》（二），商务印书馆 1999年版。

江蓝生：《近代汉语研究新论》，商务印书馆 2008 年版。

江蓝生：《近代汉语探源》，商务印书馆 2000 年版。

雷文治：《近代汉语虚词词典》，河北教育出版社 2002 年版。

黎锦熙：《新著国语文法》，湖南教育出版社 2007 年版。

李泉：《词类问题考察》，北京语言学院出版社 1996 年版。

李崇兴等：《元语言词典》，上海教育出版社 1998 年版。

鲁迅：《中国小说史略》，人民文学出版社 1973 年版。

陆俭明、马真：《现代汉语虚词散论》，北京大学出版社 1985年版。

吕冀平：《汉语语法基础》，商务印书馆 2000 年版。

吕叔湘：《中国文法要略》，商务印书馆 2002 年版。

吕叔湘：《现代汉语八百词》，商务印书馆 1980 年版。

吕叔湘：《汉语语法分析问题》，商务印书馆 1979 年版。

钱乃荣：《现代汉语》，江苏教育出版社 2008 年版。

石毓智、李讷：《汉语语法化的历程》，北京大学出版社 2001年版。

［日］太田辰夫：《中国语历史文法》（1958），蒋绍愚、徐昌华译，北京大学出版社 2003 年版。

唐贤清：《〈朱子语类〉副词研究》，湖南人民出版社 2004 年版。

王力：《汉语史稿》，中华书局 1980 年版。

王力：《中国现代语法》，商务印书馆 1985 年版。

吴福祥：《〈敦煌变文〉语法研究》，岳麓书社 1996 年版。

吴福祥：《〈朱子语类辑略〉语法研究》，河南大学出版社 2004年版。

吴福祥：《汉语语法化研究》，商务印书馆 2005 年版。

吴竞存：《〈红楼梦〉的语言》，北京语言学院出版社 1996 年版。

［日］香坂顺一：《水浒词汇研究（虚词部分）》，植田均译，文

津出版社 1992 年版。

[日] 香坂顺一：《白话词词汇研究》，江蓝生、白维国译，中华书局 1997 年版。

向熹：《简明汉语史》，商务印书馆 2010 年版。

邢福义：《邢福义学术论著选》，华中师范大学出版社 2003 年版。

邢福义主编：《现代汉语》，高等教育出版社 1991 年版。

邢福义：《汉语语法学》，东北师范大学出版社 1996 年版。

邢福义：《词类辨难》，商务印书馆 2003 年版。

许宝华：《汉语方言大词典》，中华书局 1999 年版。

袁宾：《近代汉语概论》，上海教育出版社 1992 年版。

袁宾、刘坚：《宋语言词典》，上海教育出版社 1997 年版。

杨伯峻、何乐士：《古汉语语法及其发展》，语文出版社 1992 年版。

杨树达：《词诠》，中华书局 1965 年版。

杨荣祥：《近代汉语副词研究》，商务印书馆 2005 年版。

赵元任：《汉语口语语法》，吕叔湘译，商务印书馆版 2005 年版。

张伯江、方梅：《汉语功能语法研究》，江西教育出版社 1996 年版。

张美兰：《近代汉语语言研究》，天津教育出版社 2001 年版。

张谊生：《现代汉语副词研究》，学林出版社 2000 年版。

郑振铎：《郑振铎全集·第十二卷》，花山文艺出版社 1998 年版。

中国社会科学院语言研究所词典编辑室编：《现代汉语词典》第 5 版，商务印书馆 2005 年版。

中国社会科学院语言研究所古代汉语研究室：《古代汉语虚词词典》，商务印书馆 1999 年版。

朱德熙：《语法讲义》，商务印书馆 1982 年版。

（二）论文

曹秀玲：《"相当"的虚化及相关问题》，《中国语文》2008 年第

4 期。

陈宝勤：《副词"都"的产生与发展》，《辽宁大学学报》（社会科学版）1998 年第 2 期。

陈勇：《"一定"的虚化及两种语义的分化》，《武汉科技大学学报》（社会科学版）2011 年第 5 期。

傅书灵：《〈歧路灯〉程度副词"极"考察》，《安阳师范学院学报》（社会科学版）2001 年第 2 期。

高玉蕾：《"却"副词用法的形成和发展》，《语言科学》2010 年第 3 期。

管晓燕：《〈琵琶记〉副词研究》，硕士学位论文，曲阜师范大学，2009 年。

韩陈其：《浅谈"几乎"类语词的形式联系和语义强度》，《汉语学习》2005 年第 5 期。

何旦：《论〈红楼梦〉中的虚词"竟"》，《镇江师专学报》（社会科学版）1991 年第 4 期。

黄革：《〈水浒传〉中的"却"》，《广西师范大学学报》（社会科学版）1998 年第 1 期。

蒋绍愚：《近十年近代汉语研究的回顾和前瞻》，《古汉语研究》1994 年第 4 期。

江蓝生：《疑问副词"可"探源》，《古汉语研究》1990 年第 1 期。

江蓝生：《禁止词"别"探源》，《语文研究》1991 年第 1 期。

孔令达：《"好容易"的功能和意义》，《中国语文》1996 年第 3 期。

雷冬平、胡丽珍：《时间副词"正在"的形成再探》，《中国语文》2010 年第 1 期。

李广瑜：《跨层结构"恨不得"的词汇化及其他》，《古汉语研究》2010 年第 1 期。

李宗江：《"即、便、就"的历时关系》，《语文研究》1997 年第

1 期。

李宗江：《副词"倒"及相关副词的语义功能和历时演变》，《汉语学报》2005 年第 2 期。

李茂、康健：《〈绿野仙踪〉双音节倒序词札记》，《安康学院学报》（社会科学版）2009 年第 3 期。

李焱、孟繁杰：《关联副词"倒"的演变研究》，《古汉语研究》2011 年第 3 期。

李杰群：《"甚"的词性演变》，《语文研究》1986 年第 2 期。

李欢：《〈儒林外史〉副词研究》，硕士学位论文，四川师范大学，2011 年。

李锦：《〈新校元刊杂居三十种〉副词研究》，硕士学位论文，苏州大学，2010 年。

李晴：《〈绿野仙踪〉抄本、刻本关系及其优劣简议》，《明清小说研究》2009 年第 1 期。

梁慧娟：《近代汉语中的"却"》，《重庆三峡学院学报》（社会科学版）2012 年第 6 期。

刘冬青：《北京话副词史》，博士学位论文，苏州大学，2011 年。

刘蕾：《〈醒世姻缘传〉总括副词》，硕士学位论文，山东大学，2009 年。

刘坚、曹广顺、吴福祥：《论诱发汉语词汇语法化的若干因素》，《中国语文》1995 年第 3 期。

刘元满：《"太+形/动"与"了"》，《语言教学与研究》1999 年第 1 期。

麻爱民：《副词"几乎"的发展》，《古汉语研究》2010 年第 3 期。

梅立崇：《关联副词"却"试析》，《语言教学与研究》1998 年第 3 期。

聂丹：《〈水浒传〉副词研究》，硕士学位论文，贵州大学，2005 年。

彭坤：《〈红楼梦〉副词研究》，硕士学位论文，贵州大学，2005 年。

卿显堂：《副词"尽情"的形式化标志》，《古汉语研究》2003 年第 3 期。

邱冰：《副词"白"的始见书证》，《中国语文》2004 年第 2 期。

沈家煊：《"语法化"研究综观》，《外语教学与研究》1994 年第 4 期。

宋媛媛：《〈金瓶梅〉程度副词研究》，硕士学位论文，四川师范大学，2009 年。

孙菊芬：《副词"难道"的形成》，《语言教学与研究》2007 年第 4 期。

孙菊芬：《"毕竟"在近代汉语中的发展演变研究》，《海南大学学报》（人文社科版）2002 年第 3 期。

唐贤清：《从清代"索性"类副词的使用看汉语副词演变的规律》，《湖南师范大学学报》（哲学社会科学版）2003 年第 5 期。

唐贤清：《汉语"渐"类副词演变的规律》，《古汉语研究》2003 年第 1 期。

唐贤清：《副词"互相""相互"的演变机器原因分析》，《古汉语研究》2006 年第 4 期。

王为民：《〈绿野仙踪〉中的 AABB 式——兼谈 AABB 式词在明清时期的发展变化》，《徐州师范大学学报》（哲学社会科学版）2003 年第 1 期。

王江：《篇章关联副词"其实"的语义和语用特征》，《汉语学习》2005 年第 1 期。

王美华、叶壬华：《副词"终于"的形成和发展》，《古汉语研究》2008 年第 11 期。

王秀玲：《程度副词"分外"的来源及其发展》，《古汉语研究》2007 年第 4 期。

王秀玲：《〈歧路灯〉中的代词、助词、副词》，博士学位论文，中山大学，2007 年。

王群：《明清时期山东方言副词研究》，博士学位论文，山东大学，2006 年。

吴中伟：《主述结构和关联副词的句法位置》，《华东师范大学学报》（哲学社会科学版）1998 年第 2 期。

武振玉：《程度副词"好"的产生和发展》，《吉林大学学报》（哲学社会科学版）2004 年第 2 期。

武振玉：《〈朱子语类〉中的"十分"》，《古籍整理研究学刊》2004 年第 2 期。

武振玉：《程度副词"非常、异常"的产生和发展》，《古汉语研究》2004 年第 2 期。

席嘉：《转折副词"可"探源》，《语言研究》2003 年第 2 期。

邢福义：《南味"好"字句》，《华中师范大学学报》（哲学社会科学版）1995 年第 1 期。

许秋娟：《副词"究竟"的句法考察》，《柳州职业技术学院学报》（社会科学版）2012 年第 4 期。

徐时仪：《也谈"不成"词性的转移》，《中国语文》1993 年第 5 期。

许隽超：《〈绿野仙踪〉作者李百川生平家世考实》，《文学遗产》2012 年第 3 期。

许卫东：《〈高僧传〉时间副词研究》，博士学位论文，山东大学，2006 年。

薛谨：《〈水浒传〉程度副词研究》，硕士学位论文，苏州大学，2010 年。

杨梅：《〈红楼梦〉前八十回程度副词计量研究》，硕士学位论文，苏州大学，2001 年。

杨荣祥：《近代汉语中类同副词"亦"的衰落与"也"的兴起》，《中国语文》2000 年第 1 期。

杨永龙：《近代汉语反诘副词"不成"的来源及虚化过程》，《语言研究》2000 年第 1 期。

杨永龙：《"已经"成词时代及成词过程》，《中国语文》2002 年第 1 期。

杨艳华：《〈型世言〉范围副词研究》，硕士学位论文，河南大学，2011 年。

杨载武：《〈西游记〉虚词"却"词义探》，《贵州教育学院学报》（哲学社会科学版）1994 年第 1 期。

余丽梅：《论〈金瓶梅〉中的程度副词"十分"》，《绵阳师范学院学报》（社会科学版）2009 年第 4 期。

于文霞：《〈五十二病方〉与〈武威汉代医简〉副词比较研究》，硕士学位论文，华东师大学，2007 年。

云兴华：《太"A"了》，《山东师大学报》（社会科学版）1994 年第 1 期。

赵质群：《〈儿女英雄传〉副词研究》，硕士学位论文，宁波大学，2010 年。

张伟丽：《〈西游记〉副词研究》，硕士学位论文，安徽大学，2010 年。

张小燕：《〈绿野仙踪〉中"与"的使用》，《伊犁教育学报》（社会科学版）2005 年第 2 期。

张晓英：《〈西游记〉语气副词研究》，硕士学位论文，暨南大学，2007 年。

张亚军：《语气副词的范围、类别和共现顺序》，《中国语文》2003 年第 1 期。

张谊生：《名词的语义基础及功能转化与副词修饰名词》，《语言教学与研究》1996 年第 4 期。

张谊生：《从间接的跨层次连用到典型的程度副词——"极其"词汇化和副词化的演变历程和成熟标志》，《古汉语研究》2007 年第 4 期。

张谊生：《从"曾经"功能的扩展看汉语副词的多能性》，《汉语学习》2003 年第 5 期。

张振宇：《〈三言〉副词研究》，博士学位论文，湖南师范大学，2010 年。

张芳：《现代汉语副词重叠研究》，硕士学位论文，上海师范大学，2008 年。

钟兆华：《疑问副词"何忽"》，《语文研究》2002 年第 4 期。

朱冠英：《副词"其实"的形成》，《语言研究》2002 年第 1 期。

后　　记

　　本书是我在博士论文的基础上修改而成的，经过一年多的努力，书稿终于画上了句号，但是心里的忐忑和胸中的波澜却久久不能平静，不禁要在本书出版之际整理一下自己凌乱的思绪。七年前我从南国边陲小城毕业，来到以"火炉"著称的江城武汉，有幸求学于著名的华中师范大学，三年时光转瞬即逝。之后又回到中原，供职于郑州大学，四年有余。郁郁葱葱的桂子山，倒映明月的南湖水深刻于记忆里，每念及此，不禁感叹岁月如梭，逝者如斯。

　　首先感谢范先钢先生和范新干先生。在风光秀丽的桂林小城，范先钢老师带领我第一次走进语言学的学术殿堂，初次领略语言的奥妙，虽然硕士生活已经结束近十年，但范老师依然关心我的生活和学习，时常从国外来信，勉励我努力。范新干先生学识渊博，治学严谨，让我知道学术研究没有捷径，只有努力刻苦才能取得成绩，只有不断拼搏才能不断前进。第一次见范新干老师，是在下着瓢泼大雨的夏季午后，当时老师的鞋和裤子都已经湿透，还是坚持安排完我博士生的第一堂课才冒雨回家。

　　特别感谢邢福义先生带领的华师语言学团队。桂子山的美名不在其高，而在于邢先生一样的巨匠和他们的卓然成就。"抬头是山，路在脚下"的进取思想是激励我们不断努力的座右铭，"人品第一，学问第二；文品第一，文章第二"的治学思想促使我加快人生追求的步伐。邢老师的为人和学术是我一生的榜样和楷模。汪国胜老师平易近人，学养深厚，学习中给予我很多关心和鼓励，许多生活中的事情也都得到了汪老师的帮助，这些都将永远铭记在我心中。李向农老师、徐杰老师、吴振国老师、储泽祥老师、曹海东老师也经常殷切教诲，使我的学术视野不断开阔，引发了许多思考。刘云老师、罗耀华老师、谢晓明老师、匡鹏飞老师、姚双云老师、罗进军老师、苏俊波老师都风华正茂，品学俱佳，是我学习的榜样。

感谢我的父亲和母亲，他们都没有太多的文化，但却一直支持我读书，不管家里出了什么事，他们总是不打扰我的学习。从豫北小城的安阳，到美丽的广西桂林，再到江城武汉，虽然他们都没有时间去，但我知道他们的关心永远围绕着女儿；虽然每年我在家的时间很短，但偶尔的一个电话总能连起亲情，总是恋恋不舍地挂断。感谢我的家人，他们为我付出了很多，使我有更多的时间和精力在求学的道路上拼搏。

感谢我的爱人司罗红，从大学到硕士到博士到工作我们一路走来，经历了很多风风雨雨，他总能让我感到淡定和幸福。特别是在我博士论文写作期间，他总是鼓励我，支持我，使我能有好的状态全身心地投入。

邢老师说过，句号放大就是一个零。结束预示着一个新的开始，新的起跑线。无论学术的道路多么崎岖，我将矢志不渝永远走下去。

王素改

2017 年 9 月